鹏城记忆

老新闻背后的故事

辜晓进——著

南方日报出版社
NANFANG DAILY PRESS
中国·广州

图书在版编目（CIP）数据

鹏城记忆：老新闻背后的故事 / 辜晓进著. --广州：南方日报出版社，2020.12
ISBN 978-7-5491-2206-6

Ⅰ.①鹏… Ⅱ.①辜… Ⅲ.①新闻报道—作品集—中国—当代 Ⅳ.①I253

中国版本图书馆 CIP 数据核字（2020）第 135346 号

PENGCHENG JIYI：LAO XINWEN BEIHOU DE GUSHI
鹏城记忆：老新闻背后的故事

著　　者：辜晓进
出版发行：南方日报出版社
地　　址：广州市广州大道中 289 号
出 版 人：周山丹
责任编辑：刘志一　郭海珊
责任技编：王　兰
封面设计：邓晓童
责任校对：魏智宏
经　　销：全国新华书店
印　　刷：广东信源彩色印务有限公司
开　　本：787mm×1092mm　1/16
印　　张：18
字　　数：331 千字
版　　次：2020 年 12 月第 1 版
印　　次：2020 年 12 月第 1 次印刷
定　　价：68.00 元

投稿热线：（020）87360640　读者热线：（020）87363865
发现印装质量问题，影响阅读，请与承印厂联系调换。

自序

宏阔背景下的非主流叙事

辜晓进

20世纪90年代的深圳。

一切皆有可能。

一切可能也可能成为不可能。

那时，侯为贵带着一个民营团队接管国有企业中兴新公司，以“国有控股，授权经营”的新花样，竟搞出一个风生水起的“中兴通讯”；同是国有企业的“润迅”，其“一呼天下应”的寻呼机却上了巅峰又跌落谷底，一不小心逼出个马化腾，成就了后来的腾讯。

那时，任正非的华为一度惨淡经营，却奇迹般渡过难关，走上高速发展的快车道，成为中国最富创新精神的伟大企业；“夏氏四兄弟”中最大胆的老四夏春盛，其一手创办的“黄金灯饰”，却在迅速成为“亚洲最大”之后困于三角债和资金链断裂，倒闭走人。

还是那时，金陵美女杨筱妹管理的岁宝百货，开启了深圳的“大百货时代”；规模居南山区之首的蛇口天天商业城，却在忽悠大批消费者并开出一堆空头支票后悄然关闭。一场官司尚未打完，其法人代表和董事长已双双失联。

20世纪90年代的深圳传媒，有的开始成熟，有的刚刚草创，有的生了又死，有的死而复生。

《深圳特区报》在邓小平“南方谈话”后一纸风行，以卫星传版和12个外地分印点，将报纸铺向华夏四方，覆盖全国98%的市县。《深圳商报》在休刊又复刊之后，打起“政府机关报”的旗号，在不断向深圳特区报叫板的过程中快速崛起。与香港星岛日报集团合作而被称为中华人民共和国第一份“中外合资”日报的《深港经济时报》，在以6大张24个对开版试刊3期后，因政策变化而郁郁收兵，全国各地招来的大部分新闻骨干作鸟兽散（少部分留在只能在香港注册的深星时报继续工作，该报后又因深圳特区报兼并香港商报而停刊）。

市场化媒体《深圳晚报》和未获刊号而只能随深圳特区报发行的《鹏城今版》接踵出刊，在另一个战场捉对厮杀。横空出世的深圳有线电视台，为被香港电视压抑已久的深圳电视媒体打了一剂强心针。没有“人民”二字的深圳广播电台，以《深圳事大家议》节目成为与“人民”互动最频繁的本地官方媒体。深圳期刊的“一哥”《深圳青年》，因开创性的文稿拍卖而大红大紫，却又在一起官司中毁誉参半。被称为“中国纪实摄影摇篮”的《现代摄影》杂志，虽屡换马甲仍触礁停刊。曾因批评袁庚而为业界所瞩目的《蛇口通讯报》，倒下两年后诞生了《蛇口消息报》，独存至今。

20世纪90年代的深圳报人，职业精神焕发，竞争意识膨胀，有一些新闻理想，讲一点专业主义。深圳特区报一小股创新势力，孤军深入后来被称为“福田中心区”、现在是高楼林立之CBD（中央商务区）的荒芜地带，办报之余，踢球为乐。深圳商报来自各地的一些孤男寡女，下班后迟迟不愿离去，在蓝光大厦租用的办公楼里，围坐军棋盘，沉迷于“四国大战”。深圳晚报现在的当家花旦们，那时风华正茂，靓丽如春，跟着一个精力旺盛、永远不老的精明男人，品味着创办报纸的苦辣酸甜。更多懵里懵懂的年轻书生，则蜗居莲花山、冬瓜岭两大临时安置区，过着清贫生活，写着天下大事，在泥水里蹚进蹚出。

那时的我，于1991年7月别南京，转佛山，经广州，到深圳，于28日晚抵达深圳特区报社。一路不顺，有惊险。从南京飞佛山（为省费用走的军用机场），再转乘大巴经广东第一条高速公路广佛高速至广州火车站。下车后，为搬大巴肚里的行李，暂放下从不离身的密码箱。行李刚到手，同行的东南大学科研处黄处长惊呼：有人抢你密码箱！抬眼一看，一青年拿着我的密码箱已跑出50米。箱里有我的全部证件、钱钞和其他贵重物品。我请黄处长帮我看住行李，拔腿就追，跑出此生最快速度，一直追到一条小巷深处。那“烂仔”见我怒目逼近，才将箱子扔下逃窜。火车站排长队买到了站票，到达深圳罗湖火车站。下车后完全打不到的士。好不容易拦住一辆破旧小面包车，却只同意载一人，我让黄处长先走。最终还是左右问人，拖着行李找到附近的公交车站，乘坐8路车到达报社，此时天色已晚。

两天后，去广州办理从中国人民大学托运过来的行李转运（那时外地行李不能直达深圳，要从广州转），也是大费周章，还因寥寥数日的“超期”而被罚款302元（相当于那时内地普通公务员3个月的工资）。买好车票，唇焦舌燥，酷热难当，在广场小摊买一片西瓜解渴。有了上次经历，为防盗贼，吃瓜时胳膊紧紧夹住小皮包，不敢大意。瓜吃完，手一摸，包虽没丢，两个裤口袋里的零钱等物已被人掏得干干净净。那时的广州火车站的秩序真是刷新我的观感。当然，那时深圳的治安也好不到哪里去。就在大白天，在深圳特区报社门口的深南中路公交车站旁，我太太拉着的行李箱曾被两个骑车青年公然抢走，后被我急追夺下。那时出门，没一点体力还真不行。

整个20世纪90年代，我在深圳特区报行走多个部门，顺序是专刊部、总编室、深港经济时报（筹）、鹏城今版、经济部，做的都是编辑或管理工作（其中8年做部主任直至总编助理），并未做过一天专职记者。但那时的深圳遍地新闻，无论是报纸需要还是职业兴趣，我都忍不住去写点什么。10年内发表的新闻和评论近千篇，在部主任中名列前茅。而且，由于这些新闻大多是我“想去写”而非“奉命写”或“迎合写”，因此就比较注重新闻价值和读者兴趣。用现在的话说，比较“三贴近”。

那时还是薄报时代。《深圳特区报》从我刚去时的每天8版（当时内地九成以上报纸还是每天4版），逐步扩大到12版、16版、20版。20版是20世纪90年代后期的日常数据，《深圳特区报》曾与《广州日报》并列全国两大“厚报”。薄报流行短稿，提倡新民晚报总编辑赵超构的办报宗旨“短些短些再短些”，要求消息500字以内、一般通讯1500字以内。从这个意义上说，我那时也写了不少“长稿”，多次占据一整版，应该说是有一定深度的。

那时海天出版社一位编辑喜欢我的这些文字，曾建议我将其编辑成书，定名《深圳故事》。但当时我整天埋头苦干，每天十多个小时用于工作，似乎抽不出时间做这“务虚”之事，一拖数载也就不了了之。10年后，广州的花城出版社托朋友联系我，要将我写的乐评选编成书，也是类似原因被我自己拖“黄”了。

倏忽20多年过去，不免“沉思往事立残阳”。回首看20世纪90年代那些文字，尽管那些新闻稿并不能“从心所欲不逾矩”，却仍觉有趣。其中一些文章看上去有点另类，有点非主流，最多也就是党报宏大叙事的拾遗补阙，却是当时社会情境的真实写照，也应当是值得保留的民间记忆。当然，我也写过很多“主流”新闻，特别是1997年底到经济部之后。但那些新闻大多“易碎”，现在再读，有趣者不多，故本书只挑选若干篇收入。

无论主流还是非主流，都是历史。马克思主义唯物史观的核心就是尊重历史，尊重历史的发展规律。恩格斯有言，“没有古希腊罗马的奴隶制，就没有现代的社会主义”，“在当时的情况下，采取奴隶制是一个巨大的进步”。[1] 他还说，“完美的社会、完美的国家是只有在幻想

[1] 马克思，恩格斯．马克思恩格斯文集：第9卷[M]. 中共中央马克思恩格斯列宁斯大林著作编译局，编译．北京：人民出版社，2009：188.

中才能存在的东西。”[1] 而尊重历史的前提就是承认历史，包括“承认历史的真相，承认曾经的错误，承认先人的功业和成果，承担应有的历史责任”[2]。从这个意义上说，这本小书也是对深圳20世纪90年代宏大叙事的一点补充。

拙著所涉内容，多为深圳人不曾在意或早已忘却的“小”事，更是现在年轻一代难以想象的“俗”事。把它们放在一起，就有了不同于其他出版物的“别样”感觉。再将这些新闻发表的时代背景及后来走势（包括20多年后的补充采访）连缀成篇，突破主流叙事框架，赋旧事以新意，拾细节而成趣，仿佛20世纪90年代滚滚红尘中的一串小露珠，用以窥探改革开放过程中的深圳民间生活，也自有其独特价值。这既是本书最大的特点，也是我费力完成的初衷。

感谢深圳特区报所有为我的稿件做过“嫁衣裳”的领导、编辑和同事。感谢刘廷芳、余海波、岑志利、郑东升、薛云麾等摄影家慷慨提供老照片，以及胡冠一、罗静玲等在资料查找方面给予的可贵帮助。

2019年12月25日

于深圳爽籁居

[1] 马克思，恩格斯．马克思恩格斯文集：第4卷[M]．中共中央马克思恩格斯列宁斯大林著作编译局，编译．北京：人民出版社，2009：270.

[2] 谢国旺，蒋群利．公务员职业道德：恪尽职守[M]．北京：国家行政学院出版社，2012：168-169.

目录

CONTENTS

第三编　社会

第一编

进 取

深圳电脑写作史

背景：个人电脑开始风行

我是不懂技术的文科生，却是个技术崇拜者，喜欢尝试新的技术性便利手段。早在30多年前动手写毕业论文时，我就曾试图使用当时刚出现不久的“国际联机检索服务”。这套系统可以通过主题词等途径在大型计算机终端查找全球主要国家的科研数据，但这在20世纪80年代早期是非常稀罕的事物，只有北京、南京、西安、重庆等10多个大中城市建有联机终端。当时，我所在的南京有两个终端，一个在南京大学，另一个在江苏省科技情报研究所。我的论文是关于国内书末索引的研究，想了解国外的一些面上数据（当时只通过阅读外文书籍知道，国外很多图书都特别重视书末索引的作用）。我仔细了解才知道，这个终端是要花钱的，而且是美元外汇。每检索10分钟要交10多美元，在当时相当于人民币40多元，是一个大学毕业生一个月的工资。而且因为涉及外汇，所以要申请并经厅局级单位领导批准。我只好作罢。虽然论文后来在《图书馆学刊》发表，但缺少国外比较数据仍是一个遗憾。

1991年我到深圳工作时，个人电脑在中国已经开始进入家庭，比美国晚了10年。那时，深圳特区报已经采用激光照排，告别了“铅与火”。我每次送画好的版样到电脑房时，总是羡慕那边的一些年轻人。他们将稿件打出小样给我，我根据小样画好版样送去，他们再在

深圳特区报于1989年10月1日起率先启动电脑激光照排系统。当月22日，报社应邀在广州农讲所广场向包括南方日报在内的广州媒体及市民公开展示电脑排版。社长区汇文（前排右一手持话筒者）亲自讲解，操作者为深圳特区报电脑技术员王旭文（现为深圳记者协会专职干部）（刘廷芳 摄）

电脑上根据我的版面设计组成可以制作菲林的版面。我常想，自己要是学会电脑多好啊，何必事事假手于人呢？

1992年5月某日，专刊部组织去位于上海宾馆附近的中航电脑设备公司参观，我们都被那里正在批量生产的个人电脑的功能吸引。参观结束时，我们经不住公司开出的每台电脑2800元优惠价（据说市面卖4000元）的诱惑，大多数人都订了一台。2800元是4个月的工资，当时还是要下点决心的。而我当年6月领回的这部“中航3C”牌电脑，其实是无硬盘的PC-286单显（即黑白显示）电脑。每次开机都要插入一张5英寸软盘进行启动才能完成，所有数据也都只能存储在空白的软盘上。

专刊部的这一举动，在报社内部引起震动。那时报社还没听说有哪个记者用电脑写稿的，我们一下子全体“武装”，算是很超前的。但那时深圳社会上已经掀起了个人电脑的热潮，各种输入法培训班的招牌随处可见。报社后来也鼓励学习电脑，请人来办培训班。我先后学会了五笔字型、拼音、表形码、自然码等多种输入法，最后还是锁定了以双拼为基础的自然码。我放弃五笔字型的原因，是觉得每个字都要先想到偏旁部首，会影响写作的思维连贯性。而拼音与脑子里面形成的字句读音是对应的，自然码特有的双拼形式又大大提高了拼音输入的效率，再加上各种词组的联想，输入速度很快。数年后，有一次参加报社部分编辑记者在深圳市委党校电脑学习班的结业考试，我以每分钟输入300多字而名列第一，用的就是自然码。直到今天，我仍然采用这种输入法。当然，一切以拼音为基础的输入法都有个较为致命的弊端：用的时间长了后，会忘记某些汉字的写法。

我在南京工作时，就曾在单位的一台袖珍打字机上练过键盘指法，所以学电脑输入法早期就实现了“盲打”。那时，专刊部分配了一位名叫周文逸的实习生跟着我，我便带她去了解和采访深圳人用电脑写作的情况，了解到当时深圳除了乔雪竹、吴启泰、宫瑞华等几位作家已经用电脑写作外，绝大多数的文字工作者还是“电脑盲”。我们于1992年6月20日在深圳特区报“社会大观园”版头条刊发了约2000字的通讯《作家与个人电脑》。

那时，我已加入深圳市作家协会。有一次作家协会主席林雨纯见到我，说看到我写的文章很有意思，问我能否换个角度给作家协会新办的报纸《深圳作家》也写一篇。他说他想促动一下，鼓励更多作家拿起电脑进行高效率的写作。我立即应允，该报于7月8日刊发了我写的《作家与电脑》。该文内容只有约五分之一与我在深圳特区报发表的文章重叠。

7月19日，光明日报旗下的《文摘报》几乎全文转载了我在《深圳特区报》的文章，改标题为《个人电脑与写作革命》。《文摘报》创刊于1981年，是当时名气仅次于解放日报旗下《报刊文摘》的综合类文摘报纸，发行量最高时达80万份，在全国有较大的影响。该报副主编盛祖宏亲自寄来样报，并写便签表达谢意。

故事——见报稿一：

作家与个人电脑

本报记者　辜晓进　　实习生　周文逸

（《深圳特区报》1992年6月20日第11版）

PC——“个人电脑”英文的缩写。

当《大趋势》的作者奈斯比特将写作工具由打字机改为PC机时，这美国人喜形于色好一阵子。那么，中国作家扔掉那爬格子的秃笔端坐在小小荧屏前的心情又如何呢?

徐迟就很兴奋。这位“哥德巴赫猜想”作家自1989年拥有一套“SUPERPC/XT”后，短短3年已写出包括一部60万字长篇在内的许多作品。他说：“没有计算机，我绝做不到。在我一生的创作上，可以说，这回达到一个最高潮了。”

如今，一批深圳作家也悄悄投身这“写作革命”中，并已获得某种不曾体验过的快乐，惹得为数更多的一批观望者也跃跃欲试。

“我喜欢形式美，电脑帮了我大忙啦！”

吴启泰不仅是作协里的活跃分子，也是个爬格子能手，10多年来发表过7个中篇、3个长篇、7部电影剧本和4部电视剧。但他开始写《北回归线上的太阳》《上帝不公平》等文字时，却不再伏在方格纸上“爬”了——PC为他显现出了50万字的新作！

他前年装备电脑的最初动机竟是为了形式美。他说：“也许是学过美术的缘故，我一向喜欢工整，喜欢形式美。写稿也如此，常常错几个字便把整页纸撕掉，在追求这工整上花去不少时间和精力。电脑一举扫除这烦恼，使改动、调整易如反掌，出来的东西永远显得那么精美！”这让我想起我在南京做报纸时的一位同事，也有稿纸洁癖，每有错字便将整页稿纸撕掉重写，从不涂涂改改。

后来吴启泰体会到，电脑带给他的不仅仅是形式美。他用了两三个月熟练掌握五笔字型输入技术后，便把创作、写信、写日记等一切笔头工作都放在机器上进行。快捷、美丽、随用随取的功能使他对用笔反而渐渐生疏了。去年他曾尝试用笔写一篇稿，可写到6000字时竟感到完全不习惯，不得不又坐回到荧屏前。我们到他家时，他正以每天4000字的速度写一部12集电视连续剧《1992——中国知青部落》。应客人要求，他在打印机上输出一份作品目录。我们注意到，这是一台牌号为“BROTHER M—1724”的24针高档打印机。他的PC带有40兆硬盘和汉卡。他说总共花费1万元。

“这玩意儿有良性刺激，我现在一想到写作，心里就兴奋。”

与吴启泰比，这位作家性格略显孤僻。他不愿透露姓名，甚至不愿谈他的作品。我们只能告诉读者他是一位擅长写长篇小说的职业作家。

在他的书房，作家用4个月前才装备的电脑熟练地将一部小说的结尾打给我们看。见我们惊异于他的速度，他笑笑说：“买电脑前我完全是门外汉，这机子是朋友帮我装的。我用十几天功夫去学，每天打十多个小时，现在可以不看键盘盲打。”他和我们见到的所有“电脑作家”一样，自学了汉字输入法，未上过任何形式的培训班。他未配打印机，而把写出的长篇直接“拷”在薄薄的软盘上送交出版社。

对电脑，他有这样一番评价：“它不仅速度不比手写慢，而且能刺激写作欲望。作家一天要写好几千字，很辛苦的。我这人不勤奋，一想到写字头皮就发麻。用了电脑后，一想到写作，心里就特别兴奋，它使我喜欢往那儿（指电脑）坐。”

“它像一位很有合作精神的朋友，有了它，我写稿不再寂寞。”

家住蛇口的这位作家也不愿在报上透露大名，但这并不妨碍他在电话里同我们大侃“玩电脑”的感觉：“坐在机器前，自己两只手动作，听噼噼啪啪的响声，给我的快感实在是用笔写作无法体验到的。而且，我常常觉得电脑像个人，像一位很有合作精神的朋友。我一坐到她面前，她就用英文字和我对话，诸如‘是否要删除？’‘真的要打印？’‘请您摁某键’‘命令不对，请查证’‘某处有错误’等等。这友善且温文尔雅的‘话语’使我顿感愉快，全无独自闷头写作时那份寂寞。”

“取代了一支笔、一张纸，电脑在作家手中主要还是一台打字机。”

在深圳的作家中，乔雪竹的名气不小，人们至少可以从近年获奖的长篇小说《无碑年代》中领略这位女作家的独特风格。但我们此刻所关心的，却是这毕业于理工科专业的才女用电脑写作后的感觉。可惜她现在满天飞，难以“捕捉”。5月26日中午，在她开完一个会正欲启程离开深圳时，我们在电话里“截”住她聊了几句。

两年前，她购置了一台“长城286”，后又“升级”而使之具有“386”的功能。她用这较高档的PC写小说、写信、写日记。她说：“我和其他作家一样，更多的是把它当作一台打字机来用，数据存储用得少。其实，用普通的PC机也就够了，再加上一台9针打印机，花5000元就能享受电脑写作的乐趣。但一支笔、一张纸的被代替，毕竟只是工作方式的改进。作为一种古老的创作类型，我还未发现机器使思维方式出现什么新变化。”

“电脑写作是必然趋势，但要小心病毒。”

周雁是我们此次采访遇到的唯一业余作者，也是我们迄今所见唯一在计算机上吃过苦头的文人。

他毕业于北京邮电学院，在市邮电局工作。他写的电视剧《鸿雁传情》于1990年获“飞天奖”二等奖。他去年“东拼西凑”买了台“286”，带硬盘、彩显，花了5000多元，他认为真够便宜的。他有基础，很快就用这“286”写第二部电视剧。不料今年写到三分之二时，电脑感染了病毒，把数据库和硬盘都破

1992年6月20日 星期六　　深圳特区报

作家与个人电脑

本报记者 辜晓进 实习生 周文逸

PC—英文“个人电脑”的缩写。

当《大趋势》的作者奈许毕特将写作工具由打字机改为PC机时，这美国人喜形于色好一阵子。那么，中国作家扔掉那爬格子的秃笔端坐在小小荧屏前的心情又如何呢？

徐迟就很兴奋。这位“哥德巴赫”专家自1989年拥有一套“SUPER PC／XT”后，短短3年已写出包括一部60万字长篇在内的许多作品。他说：“没有计算机，我决做不到。在我一生的创作上，可以说，这回达到了一个最高潮了。”

如今，一批深圳作家也悄悄投身这“写作革命”中，并已获得某种不曾体验过的快乐，惹得为数更多的一批观望者也跃跃欲试。

“我喜欢形式美，电脑帮了我大忙啦！”

吴启泰不仅是作协里的活跃分子，也是个爬格子能手，10多年来发表过7个中篇、3个长篇、7部电影剧本和4部电视剧。但他开始写《北回归线上的太阳》、《上帝不公平》等文字时，却不再伏在方格纸上“爬”了——PC为他显现出了50万字的新作！

他前年装备电脑的最初动机竟是为了形式美。他说：“也许是学过美术的缘故，我一向喜欢工整，喜欢形式美。写稿也如此，常常错几个字便把整页纸撕掉，在追求这工整上花去不少时间和精力。电脑一举扫除这烦恼，使改动、调整易如反掌，出来的东西永远显得那么精美！”

后来他体会到，电脑带给他的不仅仅是形式美。他用了两三个月熟练掌握五笔字型输入技术后，便把创作、写信、写日记等一切笔头工作都放在机器上进行。快捷、美丽、随用随取的功能使他对用笔反而渐渐生疏了。去年他曾尝试用笔写一篇稿，可写到6000字时竟完全感到不习惯，不得不坐回到荧屏前。我们到他家时，他正以每天4000字的速度写一部12集电视连续剧《1992—中国知青部落》。应客人要求，他在打印机上输出一份作品目录。我们注意到，这是一台牌号为“BROTHER M—1724”的24针高档打印机。他的PC带有40兆硬盘和汉卡。他说总共花费1万元。

“这玩艺儿有良性刺激，我现在一想到写作心里就兴奋。”

与吴启泰比，这位作家性格略显孤僻。他不愿透露姓名，甚至不愿谈他的作品。我们只能告诉读者他是一位擅长写长篇小说的职业作家。

在他的书房，作家用4个月前才装备的电脑熟练地将一部小说的结尾打给我们看。见我们惊异于他的速度，他笑笑说：“买电脑前我完全是门外汉，这机子是朋友帮我装的。我用十几天功夫去学，每天打十多个小时，现在可以不看键盘盲打。”他和我们见到的所有“电脑作家”一样，自学了汉字输入法，未上过任何形式的培训班。他未配打印机，而把写出的长篇直接“考”在薄薄的软盘上送交出版社。

对电脑，他有这样一番评价：“它不仅速度不比手写慢，而且能刺激写作欲望。作家一天要写好几千字，很辛苦的。我这人不勤奋，一想到写字头皮就发麻。用了电脑后，一想到写作心里就特别兴奋，它使我喜欢往那儿（指电脑）坐。”

“它象一位很有合作精神的朋友，有了它，我写稿不再寂寞。”

家住蛇口的这位作家也不愿在报上透露大名，但这并不妨碍他在电话里同我们大侃“玩电脑”的感觉：“坐在机器前，自己两只手动作，听僻僻啪啪的响声，给我的快感实在是用笔写作无法体验到的。而且，我常常觉得电脑象个人，象一位很有合作精神的朋友。我一坐到她面前，她就用英文字和我对话，诸如‘是否要删除？’‘真的要打印？’‘请您揿某键’‘命令不对，请查证’‘某处有错误’等等。这友善且温文尔雅的‘话语’使我顿感愉快，全无独自闷头写作时那份寂寞。”

“取代了一支笔、一张纸，电脑在作家手中主要还是一台打字机。”

在深圳的作家中，乔雪竹的名气不算小，人们至少可以从近年获奖的长篇小说《无碑年代》中领略这位女作家的独特风格。但我们此刻所关心的，却是这毕业于理工科专业的才女用电脑写作后的感觉。可惜她现在满天飞，难以“捕捉”。5月26日中午，在她开完一个会正欲启程离开深圳时，我们在电话里“截”住她聊了几句。

两年前，她购置了一台“长城286”，后又“升级”而使之具有“386”的功能。她用这较高档的PC写小说、写信、写日记。她说：“我和其他作家一样，更多的是把它当作一台打字机来用，数据存贮用的少。其实，用普通的PC机也就够了，再加上一台9针打印机，花5000元就能享受电脑写作的乐趣。但一支笔、一张纸的被代替，毕竟只是工作方式的改进。作为一种古老的创作类型，我还未发现机器使思维方式出现什么新变化。”

“电脑写作是必然趋势，但要小心病毒。”

周雁是我们此次采访遇到的唯一业余作者，也是我们迄今所见唯一在计算机上吃过苦头的文人。

他毕业于北京邮电学院，在市邮电局工作。他写的电视剧《鸿雁传情》于1990年获“飞天奖”二等奖。他去年“东拼西凑”买了台“286”，带硬盘、彩显，花了5000多元真够便宜的！。他有基础，很快就用这“286”写第二部电视剧。不料今年写到三分之二时，电脑感染了病毒，把数据库和硬盘都破坏了，写出的文字也被“冲”得无影无踪。问到原因，他说，也怪他自己，随意把软盘拿到别的机子上用，又把别人的软盘拿到自己机器上用，使感染机会大增。看来，个人电脑也不宜“滥交”，在防卫措施不够严密的情况下还是“封闭”点好。不过，虽遇此挫折，周雁仍对电脑写作赞不绝口，现正用单位的电脑重写那部电视剧。

电脑写作在深圳还是一种新现象，市作协会员中染指PC的不足一成。但我们发现，一支潜在的“电脑作家”队伍正在形成，今年内要买电脑的至少有两位数，他们中有专业和业余的作家，也有编辑、记者……或许，在深圳走向现代化的进程中，这也是必不可少的一步？

本版责任编辑

社會大觀

《深圳特区报》1992年6月20日第11版（“社会大观园”专版，局部）

坏了，写出的文字也被“冲”得无影无踪。问到原因，他说，也怪他自己，随意把软盘拿到别的机子上用，又把别人的软盘拿到自己机器上用，使感染机会大增。看来，个人电脑也不宜“滥交”，在防卫措施不够严密的情况下还是“封闭”点好。不过，虽遇此挫折，周雁仍对电脑写作赞不绝口，现正用单位的电脑重写那部电视剧。

电脑写作在深圳还是一种新现象，据了解，市作协会员中染指PC的不足一成。但我们发现，一支潜在的“电脑作家”队伍正在形成，今年内要买电脑的至少有两位数，他们中有专业和业余的作家，也有编辑、记者……或许，在深圳走向现代化的进程中，这也是必不可少的一步？

故事——见报稿二：

作家与电脑

本报记者　辜晓进

（《深圳作家》1992年7月8日第4期）

工欲善其事，必先利其器。

中国人手中的笔用了多少年？尚无从考证。秦有蒙恬造笔，但考古发现战国时期就有了毛笔，而有人把它追溯到新石器时代的陶器彩绘。我只记得，小时候看电影，洋人还在可笑地摇动着鹅毛管，我们老祖宗文房四宝中的笔已经洋洋大观、精致得让人目瞪口呆了。

在用毛笔一族中，论写字速度，有人推举清末的林琴南先生。据说这位“运笔如风落霓转”的墨客神通广大，“能限一时许就千言，不窜一字”，每日伏案4小时，便挥就蝇头小楷六千。难怪他那么高产，不识外文仅靠别人翻译转述，就弄出159种“林译小说”满天飞。

然而，中国人在书写工具上又变革最慢，还是捡着洋人的发明才用上铅笔、钢笔和圆珠笔的。这一变化的结果，是稍利索些的中学生，也能1小时写出至少1500字。林氏在天有灵，只怕是要气个半死。可就在新一代中国人运笔有神可以潇洒一番的时候，洋人早已用打字机写作，如今更是普遍用上了计算机。

不过且慢，这里有个契机，可以使中国的作家和文人一步跃上世界先进水平。这就是——越过“打字机”阶段，我们也用上电脑。

电脑写作好不好？北京可以问徐迟，江苏可以问叶兆言，湖北可以问鄢烈山，深圳可以问乔雪竹、吴启泰、宫瑞华……

囿于方块字的特殊性，中国人的写作长期以来被机械化拒之门外。严格地说，是20世纪80年代中期一批先进的汉字输入技术，才使中国作家用电脑成为可能。以王永民教授的五笔字型输入法为例，出字速度丝毫不逊于西洋字。熟练者每分钟可以输入100多字，一小时能成文6000字。仅这一点，难道不值得一试？

徐迟是1989年装备计算机的，至今已写出包括一部60万字长篇的许多作品。他坚信这主要得力于计算机。他说：“没有计算机，我绝做不到。在我一生的创作上，可以说，这回达到了一个最高潮。”

叶兆言起步早些，1986年就买了计算机。机器到手后摆弄两天，他便用它“写”出一篇文章拿到报纸上去发表。他认为：“既然作家迟早都要玩电脑，迟玩不如早玩。”

善写杂文的鄢烈山去年把一台“组装”电脑搬进自己简陋的书房，从此他投出去的作品便全如印刷文件一般整洁漂亮。他告诉我：“我现在还不熟练，输入速度也只和手写差不多，但由于不用一遍遍誊写，还是省去很多时间。”

如果你和吴启泰聊聊，就会发现，计算机所给予的，不仅仅是书写的速度，更多的还在于那种料想不到的方便。

在吴启泰的书房，那里正躺着一台附有高档打印机的计算机。它进门才两年多，其主人已驾驭它创造出50万字的新作。吴启泰说，他一向喜欢工整，写错了字必定把整页纸撕掉重来。用了电脑则可以放心改动，绝对不露痕迹。他擅长写剧本，已发表过7部电影剧本（拍出5部）、1部话剧剧本、1部歌剧剧本、4部电视剧剧本，眼下正以每天4000字的速度赶写12集电视连续剧《1992——中国知青部落》。他认为电脑写剧本最方便：剧中人物的出现频率高，第一次输入后只需敲一个键便可重现；剧中对话、场景大多自成段落，电脑调度起来易如反掌。

“兹……”，应我的要求，吴启泰耗时1分钟，从打印机里输出整整3页纸的作品目录。现在调动工作、评定职称、上报材料，常常要出示较为详细的个人履历、工作业绩、作品目录之类。有了计算机，岂不随需随取而一扫重复抄写之苦？若有新建树，随时“敲”进去即可。

吴启泰现在寄希望于社会提供更多的应用软件乃至联网服务，这样便可在大量资料中撷取自己需要的东西。

前两天，有朋友告诉我，武汉杂文作家朱建国买了一片北京最新出品的“王码汉卡”，说是功能极多。其中一个功能就是，输入文章后，机器会自动读给你听。你可以闭目养神，躺在安乐椅上听自己的文章哪里有不妥，随时去校正。再早些时间，我见深圳一家电脑公司正开发一种叫作“多媒体”的软件，用它可以把家中几乎所有电器组成一个系统，进行诸如作曲、处理电视画面、特技录音等别开生面的创造性活动。可见，计算机还给了我们优先享用最新科技成果的便利。

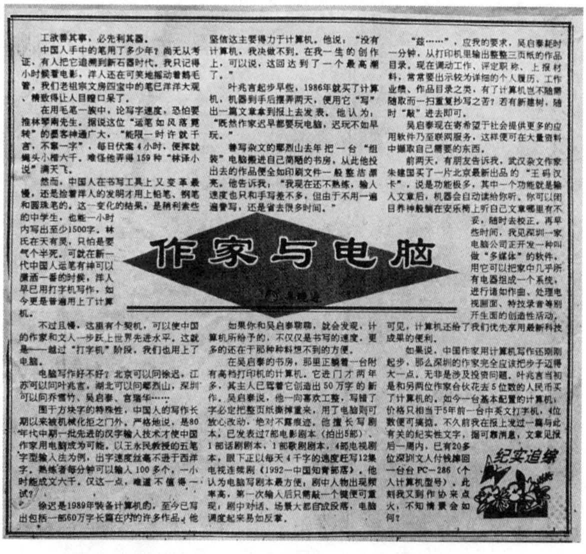
作家与电脑

工欲善其事，必先利其器。

中国人手中的笔用了多少年？尚无从考证，有人把它追溯到新石器时代。我只记得小时候看电影，洋人还在可笑地摇动着鹅毛管，我们老祖宗文房四宝中的笔已洋洋大观、精致得让人目瞪口呆了。

在用毛笔一族中，论写字速度，恐怕要推林琴南先生。据说这位“运笔如风落霓转”的墨客神通广大，“能限一时许就千言，不窜一字”，每日伏案4小时，便挥就蝇头小楷六千，难怪他弄得159种“林译小说”满天飞。

然而，中国人在书写工具上又变革最慢，还是捡着洋人的发明才用上铅笔、钢笔和圆珠笔的。这一变化的结果，是稍利索些的中学生，也能一小时内写出至少1500字。林氏在天有灵，只怕是要气个半死。可就在新一代中国人运笔有神可以潇洒一番的时候，洋人早已用打字机写作，如今更是普遍用上了计算机。

不过且慢，这里有个契机，可以使中国的作家和文人一步跃上世界先进水平。这就是——越过“打字机”阶段，我们也用上了电脑。

电脑写作好不好？北京可以问徐迟，江苏可以问叶兆言，湖北可以问鄢烈山，深圳可以问乔雪竹、吴启泰、宫瑞华……

囿于方块字的特殊性，中国人的写作长期以来被机械化拒之门外。严格地说，是80年代中期一批先进的汉字输入技术才使中国作家用电脑成为可能。以王永民教授的五笔字型输入法为例，出字速度丝毫不逊于西洋字。熟练者每分钟可以输入100多个，一小时能成文六千。仅这一点，难道不值得一试？

徐迟是1989年装备计算机的，至今已写出包括一部60万字长篇在内的许多作品。他坚信这主要得力于计算机。他说：“没有计算机，我决做不到。在我一生的创作上，可以说，这回达到了一个最高潮了。”

叶兆言起步早些，1986年就买了计算机，机器到手后摆弄两天，便用它“写”出一篇文章拿到报上去发表。他认为：“既然作家迟早都要玩电脑，迟玩不如早玩。”

善写杂文的鄢烈山去年把一台“组装”电脑搬进自己简陋的书房，从此他投出去的作品便全如印刷文件一般整洁漂亮。他告诉我：“我现在还不熟练，输入速度也只和手写差不多，但由于不用一遍遍誊写，还是省去很多时间。”

如果你和吴启泰聊聊，就会发现，计算机所给予的，不仅仅是书写的速度，更多的还在于那种种料想不到的方便。

在吴启泰的书房，那里正躺着一台附有高档打印机的计算机。它进门才两年多，其主人已驾着它创造出50万字的新作。吴启泰说，他一向喜欢工整，写错了字必定把整页纸撕掉重来，用了电脑则可放心改动，绝对不露痕迹。他擅长写剧本，已发表过7部电影剧本（拍出5部）、1部话剧剧本、1部歌剧剧本，4部电视剧本，眼下正以每天4千字的速度赶写12集电视连续剧《1992—中国知青部落》。他认为电脑写剧本最方便，剧中人物出现频率高，第一次输入后只需敲一个键便可重现；剧中对话、场景大都自成段落，电脑调度起来易如反掌。

“兹……”，应我的要求，吴启泰耗时一分钟，从打印机里输出整整三页纸的作品目录。现在调动工作、评定职称、上报材料，常常要出示较为详细的个人履历、工作业绩、作品目录之类。有了计算机岂不随需随取而一扫重复抄写之苦？若有新建树，随时“敲”进去即可。

吴启泰现在寄希望于社会提供更多的应用软件乃至联网服务，这样便可在大量资料中撷取自己需要的东西。

前两天，有朋友告诉我，武汉杂文作家朱建国买了一片北京最新出品的“王码汉卡”，说是功能极多，其中一个功能就是输入文章后，机器会自动读给你听。你可以闭目养神般躺在安乐椅上听自己文章哪里有不妥，随时去校正。再早些时间，我见深圳一家电脑公司正开发一种叫做“多媒体”的软件，用它可以把家中几乎所有电器组成一个系统，进行诸如作曲、处理电视画面、特技录音等别开生面的创造性活动。可见，计算机还给了我们优先享用最新科技成果的便利。

如果说，中国作家用计算机写作还刚刚起步，那么深圳的作家完全应该把步子迈得大一点。无非是涉及投资问题。叶兆言当初是和另两位作家合伙花去5位数的人民币买了计算机的。如今一台基本配置的计算机，价格只相当于5年前一台中英文打字机，4位数便可搞掂。不久前我在报上发过一篇与此有关的纪实性文字，据可靠消息，文章见报后一周内，已有20多位深圳文人付钱搬回一台台PC—286（个人计算机型号）。此刻我又到作协来点火，不知情景会如何？

纪实追踪

《深圳作家》1992年7月8日第4期（局部）

如果说，中国作家用计

算机写作还刚刚起步，那么深圳的作家完全应该把步子迈得大一点。无非是涉及投资问题。我的老乡叶兆言当初是和另两位作家合伙花去5位数的人民币买了计算机的。如今一台基本配置的计算机，价格只相当于5年前一台中英文打字机，4位数便可搞掂。不久前我在报上发过一篇与此有关的纪实性文字。据可靠消息，文章见报一周内，已有至少20多位深圳文人付钱捧回一台台PC-286（个人计算机型号）。此刻我又到作家协会来点火，不知情景会如何?

当然，我自己也有了一台电脑，并已初尝电脑写作之乐趣，包括这篇小文的写作。

发展：由电脑写作走向无纸化、网络化

自从1992年用新买的电脑写下正式发表的第一篇文章后，我就几乎再也未用笔写过文章，直至今日。1993年底完成、1994年由中国科学技术出版社出版的22万字学术专著《现代科技新闻概论》，是我用电脑写的第一本书。当时就是将一张软盘寄给北京的出版社编辑的，他们很高兴，说省得再录入了。前面说过，拼音类输入法的最大弊端会让你只知读音而忘了写法，我便把每天写日记当作最主要的书写锻炼。当然，我主要做的是编辑工作，编改稿件也是要笔的，而且在1995年7月1日《鹏城今版》正式创刊并实现无纸化前，我一直用毛笔改稿。

后来，我还在报纸上写了一篇文章《电脑代笔与录入法》，谈到叶永烈称“很好使”的表形码、报界使用较多的自然码、新华社部分人员采用的五十元码以及当时在深圳出现并推广的傻瓜码，还有跳出上述两条思路的手写录入法。这些五花八门的录入法虽不乏科学而实用的创新，但因其多而杂和涉及版权，很难被一些通用软件支持，使许多欲让电脑发挥更大作用的个人用户望而止步。我在文中呼吁汉字录入也来一次“统一度量衡”，即由国家出面，优选出两三种最先进的录入法，规定所有通用软件必须使用，并推广到中小学教学中去。事实上，我在写这本书的时候，最苦恼的也是现在的电脑无法识别早期的输入法和文件格式。在深圳特区报发表的还好说，大多数文章麻烦深圳特区报发展研究部的胡冠一帮助查找出当时的小样。在其他报刊上发表的，只能对照报纸重新输入。有的文章很长，如在《南京日报》《科学时代周刊》发表的“8·10”股票风波始末那篇，7000多字的重新录入，眼睛都看花了。

在筹办《鹏城今版》期间，报社决定以我们这个新报纸为试点，尝试全电脑的全程无纸化办报。那时候，于1994年创刊的深圳晚报已经在国内率先尝试无

纸化办报，用的是北大方正新开发的报纸排版软件。无纸化对记者写稿来说挑战不大，不少记者和我一样已经用电脑写作。挑战在于排版和编辑流程管理。对包括我在内的编辑而言，长期习惯用笔在小样和版面上勾勾画画，直观而高效，排版也完全依赖印刷厂的电脑车间。现在突然要自己用电脑排版，且修改也都在电脑上完成，是非常不适应的。与现在比，当时的排版软件设计得也不够好，环节多，步骤复杂，界面不直观，没有防错功能。编辑们虽经培训，还是很不熟练，一开始排一个版要花好几个小时，有时一个误操作就前功尽弃。作为每天出版的日报，截稿期又很紧迫，多位编辑都为此哭过。当时一些编辑无暇回家，干脆就睡在办公室。很多年后的2018年，我邀请当年创办晚报、后在深圳报业集团总编辑任上退休的王田良老总来深大讲课时，他还回忆起当年晚报编辑经历过的痛苦和烦恼。

坦率地说，我们当时的无纸化比深圳晚报更加彻底，包括发稿、组版、审签、图片扫描等所有工序的内容生产都在编辑部内完成，每天只派车向印刷厂送去一个可擦写的小硬盘（那时还没有移动硬盘和光盘，比普通软盘厚，我忘记它叫什么了）并将前一天送去的盘取回。做到这点的前提，是不仅采用排版软件，还要实施全流程的编辑管理。那时北大方正公司刚开发出一套报纸编辑管理软件，拿到我们这里试运行，还派了4名工程师每天跟着我们一起上班。我们当时对那套软件不太满意，提了很多意见。例如，软件想当然地设置了严格的层级管

深圳特區報
鹏城今版
1997年9月 1 星期一
与您同乐忧
一代名妃巴黎香消玉殒
安娜昨罹车祸身亡
改变形象做亲善大使 追求新生续平民生活
三十六年风雨路
盛华月饼

《鹏城今版》1997年9月1日第1版（已截去底部通栏广告）

深圳特區報
鹏城今版
1997年9月 2 星期二
伴着百姓走 与您同乐忧
我们需要怎样的知情权
——戴妃之死引发公众对西方传媒报道方式的争论
查尔斯赴法亲迎戴安娜遗体回国

《鹏城今版》1997年9月2日第1版（已截去五分之二通栏广告）

理权限，缺乏基本的灵活性，记者发稿给编辑，编辑发稿给主任，主任发稿给主编，都是不可逆的。如果编辑想让记者做较大修改，必须自己或请记者到编辑的电脑上完成，这时记者若在外面采访，就很耽误时间。同样，主任对编辑发来的稿件，也无法打回编辑重新处理，只能自己来处理。而过去在同一个办公室，主任只要说一句话就行：“你这篇稿件编得不太好，赶紧重新处理一下。”还有很多其他毛病，我们不断提出，他们不断改进，用了足足半个月的时间。我后来对这4位年轻的工程师开玩笑说：“你们这套编辑管理系统，也有我们一部分知识产权呢。”他们连说：“是的是的。”所以说，最彻底的全程电脑无纸化办报，《鹏城今版》可能是国内第一家。

后来，我们又在报社内最早将网络内容用于办报，契机来自英国王妃戴安娜的突然不幸去世。1997年8月31日当地时间凌晨零点31分（北京时间上午7点31分），戴安娜在巴黎一个隧道里因车祸身亡，年仅36岁。我得到这个消息时已是中午，当时刚到食堂打完饭坐下，有位老同志习惯拿着个收音机，边吃饭边听香港电台的广播。我在一旁听到这消息，匆忙吃完饭便赶回办公室，打电话让编辑全部过来集中。当天本是一位副主编值班，但我等不及正在午休的他赶来，立即布置任务，希望抓紧时间，用专题形式报道好这个突发事件。

但当时苦于没有内容，新华社直到晚上才发了很短的消息，我们能找到的

戴安娜一生璀璨多姿
唯独与幸福无缘
“慈善活动”遍及世界
名副其实“爱心王后”
戴妃旋风
吹出时装品味
新潮流
周二、周四吃比萨好时机

《鹏城今版》1997年9月2日第3版（已截去四分之一通栏广告）

深圳特区报
鹏城今版
别了，英伦的玫瑰
戴妃丧礼昨在伦敦威斯敏斯特寺举行
亿万观众争睹转播实况
两大传媒巨额收入在手
戴妃人权安在
戴安娜：未能穿越“时空隧道”
“王法”不敌“人情”
泮溪酒家（乔迁）
月饼

《鹏城今版》1997年9月7日头版

只是戴安娜的一些背景资料。我突然想到上网查询，但那时编辑部包括我在内的所有人既无上网资格，更无上网经验。我这样想是自己有个上网账号，万用网公司一个朋友送给我免费体验的（那时上网要付费），从未使用过。经一番折腾，在极慢的网速和很不方便的检索中，终于在国外的网站上找到并成功下载了一些最新英文消息，包括法国内政部长表态及英国女王和查尔斯王子及美国总统克林顿夫妇的哀悼等最新信息，还有车祸现场及一起遇难的“男友”照片，我们兴奋不已，自己迅疾将其翻译成中文，交给编辑处理。我们用了整个头版图文并茂地报道了这一突发新闻，只可惜当日头版广告太多（和广告部商量撤掉一些广告未果），导致标题和图片无法做得更大，甚至有些图片只能留待第二天用。这是我个人的办报历史上第一次真正意义上的“触网”。

第二天对照广州及内地其他报纸，我们的内容之丰富和信息之及时，无人可比。对照香港报纸，也不算逊色。接下来的几天，我们几乎每天用头版加内页整版的篇幅连续报道这则重大而有人情味的国际新闻，其中很多信息都来自网上，包括在葬礼上唱《别了，英伦的玫瑰》的戴妃生前好友、英国著名歌手埃尔顿·约翰（Elton John）的资料和歌词。此曲是根据之前20年为已故影星玛丽莲·梦露创作的《风中之烛》重新填词而成的。当时我忙不过来，英语较好的娱乐版编辑刘青帮我完成了很多下载任务。

过了一段时间，社长吴松营向我求证，说有人反映，我擅自向国际网络上传报社内容。我一听确实很恼火：第一，反映情况的人明显是在刻意说谎，因为我们只是勉强下载内容，还根本无法上传任何内容（我那个账号不允许，技术和能力也都不具备）；第二，究竟是谁在我们忙得四脚朝天时还在背后捅刀子？不过由此也可见，当时的“触网”确实是一件稀罕事，我们的上网在报社内部产生了影响。

大鹏湾畔的“中国首富村”

背景：贫穷大鹏镇　突现富裕村

自1991年来深圳不久，我就感到经济发展的珠三角模式与长三角模式有很大差别。长三角以江苏省江阴县华西村为代表，乡、村两级集体经济十分发达，而个人的富裕程度则远不如珠三角。这样的结果是，集体手上有大把资金，可以规划集体环境，如修路和实施村镇建设等。20世纪80年代，华西村就建起了整齐划一的村民小洋楼和宽阔的马路，这在珠三角是看不到的。20世纪80年代初，我曾参加筹备“亿元乡展览”，去苏南农村进行调查，看了包括沙洲县（现张家港市）在内的很多富裕的乡村，它们都有很好的规划。这个展览于1983年在南京朝天宫展出，展示了江苏7个产值超过1亿元的乡镇的经济建设和文化建设成就，一时轰动全国，各地参观者络绎不绝，馆内门庭若市。当时全国总共有9个产值达1亿元的乡镇，其中7个在江苏（另外2个在福建），且都集中在苏南的苏州和无锡两市，“苏南模式”由此而起。

珠三角模式，根据我自己的观察，重要特点之一是财富主要在个人手上。集体经济的相对落后导致乡村规划和集体建设滞后。很多家庭盖起豪华别墅，看上去富丽堂皇，但村镇总体上看还是杂乱无章，有人戏称“进去是欧洲，出来是非洲”。当时较典型的是宝安县最靠近深圳罗湖区（当时罗湖区是最发达的特区市区）的布吉镇，那里人口稠密，经济繁荣。按理这里紧靠市区，应该建得好看些，但其规划之杂乱、路况之糟糕、交通之拥堵，我看了一次就再也不想去第二次。那里的改造要等很多年后才完成。

有了这样的刻板印象，当听说大鹏镇有个集体很富裕的村时，我就觉得很新鲜。那是1992年7月7日，深圳特区报专刊部组织员工去大鹏湾游泳。不巧那天刮风下雨，无法下水，我们只好折返到小梅沙。这里虽然还在下雨，但风不大，以主任胡向东为首，包括我在内的7名男士下去游了一番。在从大鹏镇刚开始往回的路上，体育组的老编辑严子光说，这里有个村叫作大坑村，因为买股票发了一大笔财，富得流油。说者无心，听者有意。大鹏镇地处东部沿海，是经济较为落后的地区，居然有个富有村落，我很是好奇，忙向他了解情况。他也说不全，但肯定这是事实，而且说媒体从未报道过。

3天后是个周末，也就是那篇义工联文章发表的当天，我即申请了车辆，叫上刚到报社工作、还在校对科见习的高洪一起前往采访。高洪也是中国人民大学新闻学院研究生毕业，算是我的师弟，那时刚到报社不久，还不太适应这里的环境，情绪不太高，我有意拉他出去散散心。那时，去大鹏的路是沿着海边双向两车道的老路，弯弯曲曲，车速上不去，显得很遥远，似乎比到广州还远，开了近3个小时才到达大坑村。

这个村不大，但有4排两层楼的楼房，周边是围墙，地块较为方正。有个颇具宝安特色的牌坊式大门，金黄色的琉璃瓦在阳光下熠熠生辉。我们穿过大门在村里转了一圈，和一些村民交谈了一下，但大多数人似乎怕见生人，不愿多谈。找村领导，书记和村长都不在家。有位女青年倒是落落大方，总算带我们到村委会附近找到一位干部模样的老汉，说他也是领导。我们便上前攀谈起来。他起初不愿谈，说我们这个问题较为敏感，他不是村领导，不便说。我激了他一下，说：“你们是怕露富吗？”他说：“有什么怕的，又不是偷来抢来的。”于是我说服他挑不敏感的内容说，我们就是想了解大坑人是怎样走上集体富裕道路的，同时答应有些数据不透露新闻来源。他这才同意接受采访。

后经他自我介绍，方知他是大坑下村新办的大进投资公司副董事长，名叫徐水满，当时62岁。老徐看上去厚道实在，话匣子打开后便介绍了很多情况。原来，大坑村由大坑上村和大坑下村两个自然村组成，位于大亚湾附近的岭澳。1983年，大亚湾核电站建设征用了这个村的全部土地，同时给了一笔可观的补偿费。这笔费用除了在镇上王母围为每户新建一套两层楼联排住房和必要的生活安置外，还剩130万元。新建的村从此改名为“大坑新村”，村民全部“农转非”变为城镇居民。我们采访时，全村（含上村、下村）仅有39户共130人（男

51人，女79人）。那时一个万元户就是非常稀罕的巨富，130万元就是一笔巨款了。在当时宝安县和大鹏镇领导的干预和建议下，大坑人没有将钱分掉，而是投资了号称“中国第一股”的宝安股票。宝安股票于1991年上市后翻了数十倍，加上分红，这笔钱就成为更大的财富。他们变现约三分之一的股票得到6000万元，一半用来发展集体经济，另一半用于为每户村民建设一套别墅等支出，成为当地人人皆知的富裕村。在我们采访的时候，老徐透露全村现有银行存款3000万元，市值近3亿元的股票1100多万股。以该村的人均财富计，已超过曾分别号称“中国首富”的江苏华西村和天津大邱庄（后两者的人口都在4000以上）。

这个稿件不难写，我很快执笔完稿，刊于下期“社会大观园”版头条。但为了体现版面的多样化，也只能压缩在3000字以内。因答应老徐不透露大坑村的具体位置，文中隐去了大鹏镇的名称。

故事——见报稿：

这里有个“中国首富村”

银行存款3000万元，人均占有净资产近200万元，但他们并未躺在金元宝上坐吃山空……

本报记者　辜晓进　高　洪

（《深圳特区报》1992年7月18日第11版）

车行70多公里，驶过蜿蜒起伏的沿海山路，我们来到位于深圳东侧的宝安县某镇，时间是7月10日。

吸引记者的，不是这里颇负盛名的海鲜和与香港隔海相望的地理位置，而是这里有一个仿佛一夜之间便由穷变富的村落。这个村现在叫“大坑新村”，过去叫“大坑村”。

“馅饼”不完全来自天上

据老资格村民介绍，大坑村由两个自然村——大坑上村和大坑下村组成，各自独立核算。村民世世代代以种田为生，过着自给自足但水准很低的田园生活。1983年，核电站征用了大坑村的全部土地，同时给了一笔数量可观的补偿费。这笔费用除了在镇上为每户建一套新房和用于必要的生活安置外，尚剩130万元。

当时，宝安企业股份有限公司的前身宝安投资公司刚成立。在上级领导的建议下，大坑人没有把这130万任意挥霍，而是全部投资入股宝安公司。此后，宝安投资公司发展迅猛、效益惊人，投资者也水涨船高，年年有红利可得。去年6月，宝安股票获准上市，早期的股东们每股又分得12股，大坑村拥有的股票也猛增至1500多万股。上市后的宝安股，每股交易价由4元多逐渐升至年底的10多元。大坑人陆续抛掉400多万股，收回3000多万元存入银行。剩下的股票按现值算接近3亿元。于是，凭借“天上掉下来”的130万元和自己合理正当的投资行为，大坑村目前人均净资产已近200万元，按人均值与号称“全国首富村”的天津静海县大邱庄和闻名全国的江苏江阴市华西村相比，均有过之无不及，以至人们改称大坑为“中国首富村”。当然，论生产规模、生产水平、个人福利和两个文明建设，大坑是无法与大邱庄、华西村比拟的。

并不痛快的迁徙

大坑是一个小村。据今年3月的统计，两个自然村加在一起，才有39户共130多人。出于历史和地理的原因，村中20世纪40年代、50年代、60年代出生的人大多流居海外，人数有四五百之多，剩下的多半是老人和少年，所以近7年来人口几乎未见增加。

农民恋土地。1985年，漂亮的新居建好了，大坑人却舍不得离开。老人们说：这地方虽然穷，但我们生活了整整14代人啊。这里背靠青山、面朝大海、地养得肥肥，一草一木也难舍！迁进新居、由村民变为居民后，这群农民也很不习惯。过去虽然穷，但地里产的、海里捞的、东西换的，一个月不花一分钱，照样过日子。搬迁后一斤米、一两肉，处处要花钱，而一双干惯农活的手却闲得无处搁。更难受的是，周围一些人视围墙内的大坑人为异族，说他们把附近山上的柴砍光了，把镇上东西买贵了。不过现在情况好了，农民适应了居民生活，墙内外人也能和睦相处了。

“别说我们是第二个科威特”

大坑由村变为居民小组，但村里的最高权力机构实际上仍是“理财小组”。小组成员有4至5个，都是60岁左右的老人。老人理财，颇能体现中国农民省吃俭用的传统。

据下村新办的大进投资公司副董事长徐水满介绍，下村共有64人，1983年买了60万宝安股票，股票抛出前有100多万元存款，每月发给每人60至150元。去

1992年7月18日 星期六 深圳特区报 （第11版）

这里有个"中国首富村"

本报记者

银行存款3000万元，人均占有净资产近200万元，但他们并未躺在金元宝上坐吃山空……

"馅饼"不完全来自天上

井不痛快的迁徙

"别说我们是第二个科威特"

开始创办自己的实业

一心想培养自己的人才

程控电话新业务——三方通话

蛇口人

课堂上的"将军"

第二十八期

社會大觀園

闯三年学得技术

四青年回乡创业

《深圳特区报》1992年7月18日第11版（"社会大观园"专版，已截去底部通栏广告）

年抛出股票收入1700多万元，分配也相应增加：小孩从出生之日起，每月可得200元生活费；上小学后每月250元；中学生每月360元；成年人无工作或丧失劳力的，每月400元。每年另有两次分红，去年底平均每人分红3000元。遇有死亡，一次性给丧葬费2000元。这些费用与村中实有资金比真正是九牛一毛！

走南闯北、见多识广、现年62岁的徐水满先生说："有人说我们是第二个科威特，那是笑话。我们集体有钱，个人并不那么富有。我们分给大家的钱，只够维持与周围其他居民相近的生活水平。钱多了不一定是好事，特别是对青年人。现在听说已有贩毒分子瞄准大坑。我们宣布过，谁若吸一口白粉，就取消其大坑人的一切待遇。我们要鼓励青年人自食其力，待生产发展起来再享福不迟。坐吃山空，再大的家产也是不能长久的。"

我们注意到，董事长的办公室里没有装空调。这个富村至今也未买过一辆小汽车。

开始创办自己的实业

我们走进大坑新村时是下午2点多钟。这是一个用围墙圈起来的大方院。院子正门体现着宝安特色——砌得像个牌楼，在金黄色的琉璃瓦顶盖下，书着"大坑新村"4个金字。进门后穿过一片水泥篮球场，便见4排整齐但稍显陈旧的住宅楼，楼间是绿树成荫的水泥小道。上、下村各占两排楼，当中没有分界。每户人家有上、下两层房和一个院落，居住面积一两百平方米不等。此刻院内很安静，未见有牲畜。虽然居住环境城市化，但与院外某些豪华的农家小楼比，大坑人的住房还差了若干档次。我们去陪同参观的徐小姐家看了看，屋内家用电器一应俱全，且都是进口名牌。但这类"装备"在当今宝安人的家中也都是常见的。下村约20户人家中，只有7户装了电话，装空调的也屈指可数。总而言之，大坑人看上去并不是"富得流油"。

然而，账上的钱是明摆着的，它们究竟用来干什么呢?

由于事先未打招呼，村中"首脑"都外出了，只剩徐水满。他说，大坑过去是搞农业的，搬迁后至今未办过一个企业。现在手里钱多了，已着手办这样几件事：一是创办"大进投资公司"（刚刚批下来），让手中资金发挥更大效益；二是办一个工业区，已买了2万平方米地，并已开始与港商协商，先办一家合资印刷厂；三是上个月上、下村共拿出60万元作为无息贷款支援镇里的扶贫工业区；四是建40栋规格较高的独立住宅楼给村民使用。

一心想培养自己的人才

大坑村一向缺劳力，如今想干一番事业了，更觉得缺人才。村里人非老即少，年轻人最大的25岁。在老人们眼里，这帮后生还很不成熟，需要摔打一段时间才能委以重任。事实上，村里管理经济、对外交往、与外商谈判、管理企业等等都急需人才。

"为什么不去外面聘请人才呢?"大坑人在这个问题上反应微妙。他们说，外面的人才好是好，但自己的人才更好。深圳那么大的公司都能让人携巨款外逃，我们防得住吗?

于是大坑村致力于培养"自己的人才"。他们不满意本镇的教学水平，认为这里的高中生只具备初中水平。去年，下村给几位考入深圳中专的学生每人发1000元奖金，并宣布谁若考上大学奖金将远高于此。下村中学毕业的青年本来不多，除去在核电站和镇上工作的，剩下七八个都被招进大进投资公司。徐水满每天逼他们写1000字文章。老徐说，他们虽中学毕业，但写起文章来有的仍文理不通，字也难看，今后怎么跟人签合同?

看来，大坑要把巨额资金用活，把生产搞起来，人才是个大问题。怎样才能找到一条既快捷又靠得住的用人道路，还要由大坑人自己拿主意。

发展：今日大坑村——变化不大，资产不少

报纸见报后的第二天，我在电梯里碰见王荣山总编辑。他问我，为何不把大坑村的稿子拿到一版来发。我忙说，不知道要闻版会对这稿件感兴趣。见报一周后的7月25日，广告部一位同事告诉我，说昨天来了4个不明身份的人，打听《这里有个“中国首富村”》的作者，说要追究谁同意发表的，被他堵回去了。就在当天下午，我在办公室接到大坑新村接受我采访的大进投资管理公司副董事长徐水满的电话。他在电话中比较着急地说，他因为接受我的采访，现在压力很大。村委会责怪他，说他无权对外发布内部信息。我说，一些数据我没注明被访者信息，和他有关的都是不敏感信息，而且是正面报道，对大坑村的形象有提升作用。他仍表示有点后悔接受我的采访，我也为给他带来的困扰表示歉意。

大坑新村这样的反应是我始料不及的。但不管怎么说，报道已经出去，在外面产生了较大影响，包括广东省委机关报《南方日报》（1992年8月15日）在内的不少内地和香港报纸都转载了。后来大坑那边也没有再纠缠。

1993年1月，宝安县撤县建区，一分为二，成为宝安、龙岗两个区。大坑新村所在的大鹏镇也归属龙岗区。当月，深圳的电话号码也由6位升至7位。当年，大坑新村在南湾建成50多栋独立房屋（因标准较低，严格意义上还不算别墅），分给每户村民。1995年，大坑上村和下村仍是中国宝安集团股份有限公司排名第三、第四的大股东，分别持股（市值）1498.4万元和1263.6万元[1]。随后几年，深圳农村城市化加快推进，直至2003年最后27万农民“洗脚上田”，深圳率先成为全国百分百城市化的大中型城市。大坑新村也早已改名为大坑居委会。2002年，大坑居委会与大鹏居委会合并组成大鹏社区，其仍下辖上村和下村两个居民小组。2008年，大坑仍是宝安股份有限公司排名前十的大股东，仅大坑上村就拥有1067万股“宝安A股票”，股东排名第四。2011 年底，大鹏新区成立，下辖原来的大鹏、葵涌、南澳三镇（办事处）。

2019年2月19日下午，在深圳特区报驻大鹏新区记者站站长张连城的帮助和陪同下，我时隔近27年再次来到大坑村。现在交通便利，高速直达，我自己开车一个多小时就到了。我没想到的是，这么多年过去，大坑人还主要居住在当年那几排两层楼房里，只是部分人家外墙贴了漂亮的瓷砖，有的将二楼向外拓宽了几米，还有户人家在上面加盖了一层。大门还是原样，只不过原来门楣的“大坑新

[1] 据中国宝安集团股份有限公司股份变动公告，1995 年 8 月 25 日。

位于大鹏新区迎宾路85号的大坑村大门（辜晓进 摄）

村”被恢复为“大坑村”。大门前原来的泥土路，变成较为宽阔的双向四车道柏油马路。原来大门进来左侧的篮球场，被改为停车场，说明大坑村拥有私家车的人家增多了。与下村一墙之隔的目测有数千平方米的菜园，仍是当年分给各家的自留地，继续种满了各色蔬菜。上村和下村两个居民小组仍同在一个大院里，各自的股份合作公司仍在间隔约50米的两栋格局和外观完全相同的三层小楼里各自独立经营与核算。

下村当年的“大进投资管理公司”已不复存在，代之以“大坑下村股份合作公司”，仍在当年那栋小楼里办公。较高的楼层和鲜亮的黄色外墙涂料令这座小楼明显突出于周边建筑。股份公司董事长兼法人代表徐伙轩在三楼办公室接受了我的采访，大坑下村居民小组党支部书记钟丽娟和大鹏办事处综合办公室宣传干部胡世民陪同在座。52岁的徐董是本村人，他说下村基本都姓徐，上村则有多个姓。问及当年接受我采访的副董事长徐水满先生，他回答徐老早已定居香港，并于2017年病故。

据徐董介绍，大坑社区因总人口较少，于2002年并入大鹏社区。大坑下村目前有人口约100人共50多户，股民63人（必须是本村早年参与投资的居民）。门口“大坑新村”四字是在1996年被改为“大坑村”的，因为很多人觉得还是用当初在岭澳（核电站所在地）时的老名字好。股份合作公司也是2005年在原大进公司的基础上改造而成的。我当年访问时正在附近建造的每家一栋别墅早已建成，但多数人还是愿意住在这里，所以位于数公里外“莲花村”内的别墅（当时建设的标准较低）大多卖掉或出租。我当年采访前，下村按每平方米500元价值购买建设的2万平方米工业区（现为大鹏工业区A区）已多倍增值，现已列入旧改计划。下村后来还在龙岗爱莲居委会所属地块购买2.2万平方米，建了53栋别墅，建筑面积2.5万平方米，但没分给个人，属集体资产，目前也升值不少。大鹏办事处组建的联合投资公司，下村也投了130多万元。此外，下村还继续持有500万股的宝安股票（据老胡说，我们采访当日股价约4.8元，缩水不少）。上村则在布吉街道的南岭村也投资建了一批楼房。

虽然徐董说他不清楚目前下村的资产究竟有多少，但从他的介绍不难看出，只有约100人的大坑下村，人均集体资产的数额仍然相当庞大，这与外界关于大坑村已经没落的传闻并不相符。但除了房地产，这里似乎也没有像样的工商企业，经济发展模式仍然较为单一。徐董和1994年就来到当地的老胡对大坑村人口发展如此缓慢的解释是，村里人外出香港等地的人较多，而由于迄今没有实体工业，对劳动力的需求也就不旺盛。村里每人每月可享受1000多元的生活补贴。此外，大鹏新区原住民可获得政府每年每人1.2万元的“生态补贴”。当问及股民每年分红多少时，未等徐董回答，在走廊干活的一名老年女职工立即插嘴说“2000多元”。这个数字还不如我当年采访时的 3000元，似乎不太可能，我和老胡等都将信将疑。这个抢着回答的数据，是不是大坑人一贯的保守、不露富的心态使然？

总之，此次重返大坑村，无论是村落外观、产业结构还是人的精神面貌，都未让我感受到想象中的明显变化。缺乏蓬勃旺盛的产业发展，这个村将很难实现外流人口的回补和外来人才的引进，以少量人口靠现有资产度日的格局恐怕在相当长的时间里难以改变。

大坑村居民仍住在当年的旧房子里，这座楼旁的观赏树木则不知何时变成菜地（辜晓进　摄）

大坑下村股份合作公司董事长兼法人代表徐伙轩（辜晓进　摄）

钟丽娟与辜晓进在大坑下村居民小组和股份公司等机构办公楼前合影（胡世民　摄）

采访后合影，左起依次为张连城、徐伙轩、辜晓进、胡世民（钟丽娟　摄）

一部黑色电话机与义工联的诞生

背景：“物欲城市”的奉献精神

我在青年版工作期间与团市委接触较多，后来虽去办“社会大观园”，与那里的朋友仍偶有来往，也随时关注他们的一些活动。1992年5月，我听说他们那里组织了一批深圳义工，24小时为市民提供义务服务，还专门安排了一部热线电话，由各种专业的义工轮流值守，随时解决市民的生活难题。这确实是一件积极而新鲜的事情，因为外界一直觉得深圳是座物欲横流的淘金城市，哪里还有傻瓜整天不去赚钱而无偿为别人服务？当时内地一些民众对蛇口“时间就是金钱，效率就是生命”的牌子也有些误解。

我后来得知这类义工活动已经开展较长时间。1989年团市委组织19名热心人发起，于1990年组建“深圳市义务工作者联合会”（简称“义工联”）并在民政局注册成立，成为中国内地第一个义工法人社团。这样的事情发生在深圳，本身就是很有意义的事件，但团市委比较低调，媒体除了义工联成立等动态消息外，也无深度报道。我觉得这是个有新闻价值的好题材，按现在的说法，也是充满正能量的新闻，遂将其列入报道计划。过去，富有经验的老记者都说，做记者对新闻题材要嘴里含着、手里拿着、眼中看着，这样才能不断出好的新闻。义工联此刻就成为我“手里拿着”的题材。

因经常采编社会新闻，我与报社社会服务部的同事也有来往。有一次我谈起这个话题，社会服务部的记者刘青也有兴趣，于是相约一

1996年8月，深圳一些义工陪同残障人士到小梅沙看海（余海波 摄）

1994年报社部分员工首次讨论下午版事宜，右起分别是刘青、辜晓进、丁为民（拍摄者不详）

起去团市委与几名值班义工交谈，顺便也看一下他们的工作状态。那是1992年5月29日的晚上，我们看了很久，谈了很久。几位来自银行、国企、学校的年轻人活泼热情，他们利用业余时间耐心提供服务的态度给我们留下了深刻印象。后来，我又和不同的义工有所接触，还于6月13日（周六）参加了近百位义工联成员在西丽湖召开的全体人员大会。团市委的副书记和各主要部门负责人都参加了，我和刘青充分利用这次机会，采访了包括团市委干部在内的很多人，收获颇丰。那次会议开得热气腾腾，充满活力。团市委的干部也多才多艺，活泼务实。记得时任团市委办公室主任的张合运，模仿各位领袖口音讲话，惟妙惟肖。而具体负责义工联工作的权益部部长何学文，则总是认真热情而不事张扬。

又经补充采访，我执笔完成了由我和刘青共同采写的3000多字的通讯《飘扬在特区的"义务"旗帜——记深圳市义务工作者联合会》。这显然不是一般的社会新闻，我是冲着深圳特区报头版头条的目标去的。稿件发给要闻部，他们都认为写得好，值班总编决定发一版头条，但告诉我近期版面紧，等头条有位置后再发，别浪费了这篇好稿。最后于7月10日在头条位置套红发表，同时在头版配发了我写的评论员文章《世界需要热心肠》。

既然说到刘青，这里也顺便补充两句。刘青毕业于武汉大学新闻与传播学院，与凤凰卫视名嘴窦文涛同班，据说在校期间就被视为"院花"，是秀外慧中、勤奋好学、有责任感的好记者和好编辑。她后来在鹏城今版也与我共事3年，后升任深圳报业集团驻上海办事处主任。可惜红颜薄命，天妒英才，多年前因病去世，所有同事无不痛心扼腕。

故事——见报稿一：

飘扬在特区的“义务”旗帜

——记深圳市义务社会工作者联合会

本报记者　辜晓进　刘青

（《深圳特区报》1992年7月10日第1版转第2版）

乍听“义工”二字，我们竟联想到昆虫界两个似乎与之毫不相干的名词：工蚁和工蜂。在各自的家族中，它们终日默默劳动，奉献最多而索取最少。“义工”也这样吗?

最近，当我们置身于他们中间，心里确有类似的感觉。这是较为独特的一群，其中有机关干部、教师、律师、工程师、记者、医生、经理、法官、银行职员……正是他们，组成了我国第一个义务社会工作团体——深圳市义务社会工作者联合会。自1990年联合会正式成立以来，这群平均年龄不到26岁的年轻人，已为数千名遇有烦恼的青少年送去了温暖和慰藉，为数百名青年临工争得了应有的权益，向近万名外来青年传授了在特区工作和生活的必要知识，还向政府和舆论界提交了10多份颇有说服力的社会调查报告。

可贵之处在于，这一切都是义务的。

（一）

在红岭路一号团市委三楼一间屋子里，有一部全楼使用频率最高的电话机，号码是267000（原为243039）。“义工联”的全部活动，便始于这部黑色电话机。

深圳是个人口平均年龄不到30岁、外来临工占多数的移民城市。中外文化的交汇、高消费生活的刺激、远离亲友的孤寂、打工生涯的漂泊不定……，这些因素，在人们心理上产生的落差，常常成为一种社会问题显露出来。早在1989年，就有人提议设立一个热线电话和青少年信箱，去解答一些问题，化解一部分矛盾。但团市委负责这方面工作的只有两名专职干部，人手从何而来?

信息刚刚发出，19名基层团干部便自告奋勇走进团市委办公楼，成为首批业余咨询员。1989年9月20日，热线电话正式对外开通，青少年信箱也同时开辟。每周一、三、五下午和晚上，电话机便热闹起来，一个个有时对父母也难以启齿的问题通过电话和信件摆在了志愿者们面前。

事情似乎总也做不完。团市委青少年权益保护部负责人何学文和一些同志提议打出义务社会工作者联合会的旗帜，增加人马、扩大服务。一声召唤，来自各行各业的150多名青年前往“应聘”。经过挑选，52名有大专以上学历和一定社会经验、品行良好的男女加入了这支志愿者队伍。1990年6月16日，“义工联”宣告成立，热线电话由每周3天改为每周5天。义工们按排定的值班表和各自的分工，很快进入角色。

“老板太不像话，我要把他杀了，然后自尽！”接这个电话的是“义工联”首任理事长俞泓。这位深圳市建筑设计二院的工程师，是一个十分忙碌的技术骨干和先进工作者。此刻一听就急了，赶紧好言相劝，并约对方星期天“当面聊聊”。半天的长谈，青工打消了原有的念头，他握着俞泓的手感动地说：“这次交往，终生难忘！”

电话机旁，常有一位带着孩子来值班的义工，名叫朱韶青，市图书馆的助理工程师。这位年轻善良的母亲告诉我们：“我并不都在电话里教别人怎么办，事实上一些人打电话来只是倾吐一下心中的郁闷，你只要真诚地去听，就给了对方很大的安慰，他们总忘不了表示感谢。”

在某外资银行工作的柳女士，常常在加完班后乘坐出租车、提着盒饭赶来值班。工作和生活在沙头角的徐先生每次花去两小时外加3元公共汽车费到这里接电话、写回信……就这样，义工们接听了6000余次电话咨询，回复来信近千封，使一大批青少年恢复了热情、理智和自信。

（二）

今年3月，在市政府的支持下，“义工联”和团市委在体育馆组织了两场“百万星光耀鹏城”大型文艺晚会。演出前，当30多名义工冒着倾盆大雨把票送到八卦岭工业区和华强小区的临工手中时，那些从未到过体育馆的姑娘小伙们感动得不知说什么好。这一临工演、临工看，鼓动社会关心临工的活动，只是“义工联”多种社会活动中的一个事例。

他们最早的一次社会调研就是冲青年临工权益保护问题而来的。几十位义工分赴特区内6个工业区的近百家企业，接待12 000多人次，发出3000份问卷，揭示出一些企业普遍存在的临工超负荷工作、工资偏低、居住拥挤、无暇参加文体活动等问题，写出了《青年临工渴望关心》的调查报告呈交市委、市政府，引起市领导的重视。后来报告中的一些建议得到采纳，有些企业违反劳动条例的做法也受到查处。

此后，“义工联”又相继进行了“房改与青年”“中学生问题大家谈”“蛇口地区警民关系状况”“青少年犯罪问题”等10多项调查和研讨活动。今年4月，义工们还就社会议论颇多的“卖花童”现象作了调查。25岁的赵州芝小姐不仅参加集体探访，还单独5次去“阳光”、国贸、大剧院一带“摸底”，有时为弄清儿童们的住处跟踪到夜里一两点钟。他们掌握的第一手材料和分析意见已在报上刊出。

去年3月，义工们又推出“大家学”服务项目，周末晚上在“大家乐”露天舞台介绍深圳概况、特区用工制度、都市礼仪、恋爱婚姻、寻求法律保护等知识，受到外来青年的欢迎。去年3月16日晚，毕业于北京大学心理学系的“义工联”第二届理事长、市劳动局仲裁办干部曾虹文正在讲“深圳的用工制度和打工指南”，突然停电，台下几百名青年嚷嚷着要求继续讲下去。于是他走下台来站在凳子上，扯高嗓门坚持把课讲完，并回答了大家的提问。这类授课活动后来还应邀到南头、八卦岭、西丽办事处等地进行，均获好评。

两年多来，“义工联”还受理过143宗青少年投诉，除31宗转至有关部门外，其余113宗都通过行政、法律等手段作了妥善处理。

（三）

义工有益于社会，但尚未为所有人理解。在采访中，好几位义工都要求不要透露他们的姓名和单位，因为他们是瞒着同事和朋友来的。有一位女义工的丈夫知道妻子的业余工作后大惑不解：“这么麻烦辛苦的事，别说不给钱，钱给少了都是不能干的呀！”夫妻关系竟因此紧张起来。

采访中，我们翻阅了全部义工登记表中的“个人申请”理由，并趁“义工联”召开全体会议之机与10多人作了个别交谈，对他们参与这一社会工作的动机加深了了解。

外贸集团的叶红梅小姐承担了“义工联”很多组织工作，她对我们说：“我是从一个内部通讯上知道这个组织而申请入会的。刚来不久，就接到一位被骗财骗色、痛不欲生的女孩子的来信，我和何部长约她谈话后，她放弃了自杀的念头，说了一句‘始信人间有真情’。我感到这工作太有意义了，我不愿再离开这个集体。”

市团校青年教师钟首农言语恳切：“我长这么大，受过不少人的帮助，总想到要报答。给别人以帮助，就是最好的报答。”

前面提到的柳女士说：“我虽然很忙，但生活得很好，我应该为这个社会再做点什么。义工联合会是我找到的最佳途径。”

曾起草过不少文件的“义工联”“秀才”、市工商银行职员陈耀文的体会颇有代表性：“为社会服务，自己也有收获。我在这里扩大了视野，增加了对社会的体验，强化了社会责任感，写作水平有了明显提高。”

有的义工过去就曾是被帮助者。去年5月，市财经学校应届毕业生C的钱包被偷，她怒不可遏地拨通了“267000”。接电话的团市委干部邝伟文与她耐心地聊了一阵。姑娘气消了，好奇地问：“你这电话挺管用的，我也想来帮帮别人，行吗？”如今，她已当了一年多称职的义工。

如今，更多的公民向往着“义工联”。今年以来提出口头和书面申请的已超过50人。当过义工，后来赴美留学的廖山漫最近在来信中说：“我虽然暂时离开深圳，但希望你们保留我的义工资格，将来我回到深圳还要继续和大家一起为社会效力！”

写到这里，我们想起连任三届“义工联”理事的市工业学校教师黄丽萍说过的一句话：“这里有一片荡漾着爱意的绿洲。”

愿义工这面旗帜在特区永远飘扬！

故事——见报稿二：

世界需要热心肠

本报评论员

（《深圳特区报》1992年7月10日第1版）

今天发表的深圳市义务社会工作者联合会的报道，向广大读者展示了活跃在我们日常生活中的一个独特的社会群体形象。相信每一位读者读罢此文，都会有这样一种感受：人间的温情就在身边。

深圳是一座年轻的城市。唯其年轻，我们的事业才充满生机和希望；也因其年轻，众多的青少年中反映出来的社会问题，较之其他地区更加复杂多样。生活中的烦恼，工作上的矛盾，渴望安慰，需要疏导。这副重担，单靠有限的几个部门和人手是难以承担的。“义工联”的出现，为我市社会工作开辟了新途径。他们的辛勤工作，化解了许多矛盾，很好地发挥了“社会减压阀”的作用。

“义工”贵在义务。曾经有人断言，当今的社会金钱至上，人与人的关系只能用“钱”字衡量。“义工联”的成员们却以无私的行动做出了另一种回答。他们来自各行各业，完全是利用业余时间为社会服务，默默奉献，不求回报，爱心可鉴。这种崇高的思想境界何其值得礼赞！

世界需要热心肠。在过去的日子里，特区人为华东赈灾捐款，为社会治安基金、残疾人基金捐款，甚至为挽回一个普普通通女学生的生命捐款。那些踊跃和感人的场面至今历历在目。饱含爱心的特区人，时刻准备着向需要者伸出援手。我们希望大家都来理解、关心、支持、参与社会工作，为特区社会主义精神文明建设谱写更加壮美的乐章。

《深圳特区报》1992年7月10日第1版（已截去底部通栏广告）

发展：引发社会关注 队伍迅速壮大

这篇报道连同评论，在社会上产生热烈反响。据义工联统计，在报道发表后的一个多月内，义工联接到近900个电话、近百封来信。其中有154人希望加入这个义务团体，更多的人则表达了对义务工作者的敬意和谢忱。深圳某设计院一位设计师在来信中说："在《深圳特区报》上看到贵会的详细报道后，我心为之一动。我要尽我所能行善举，做一个能自立而又能助人的人。"一位医生也在来信中表示："要用自己毕生所学，在工余时间为深圳人民做义务工作。"

昆明春城晚报的两位记者看了报道后专程赶来深圳采访这一新鲜事。文章见报的当天下午，河南商丘来深圳出差的一位厂党委书记赶到团市委，激动地说："我没想到深圳会有这样的事。我回去要向职工们宣传。"中国社会科学院陈一筠女士闻讯后热情牵线，将深圳义工联介绍给了国际青年志愿者同盟，并着手联系深圳派代表参加该同盟于当年9月在阿根廷召开的年会事宜。一位设计过多项著名广告的青年人主动表示要为义工联免费设计会徽、工作证、办公用纸和卡片。一家企业愿意提供一笔经费，让义工们到广州的灵智学校和《南方周末》的热线电话参观学习。

深圳市委副书记厉有为在看到报道后做了批示，对义工联的活动给予充分肯定，要求好好总结，把它作为共青团工作的一个方向；并以此为起点，把特区青年思想教育活动有效地开展起来。后来也有更多内地城市来深圳学习取经。受此鼓舞，义工们也以更高的热情开展各项义务工作。《深圳特区报》当年8月30日在头版刊登了我写的消息《"义务旗帜"备受瞩目 本报义工联事迹报道引起社会热烈反响》。第二年3月9日，我在《深圳特区报》第2版头条位置以《特区青年心系何物 "义工联"热线电话道出心声》为题，报道了热线电话进行的一项关于深圳特区部分青少年最关心和最烦恼的问题的调查结果，披露最关心的问题从重到轻排序是情感、人际关系、工作、人生意义、日常生活、学习。

据义工联官方网站介绍，到1993年底，义工联的注册会员已猛增至400多人。1999年注册义工达3万人，义工联"已发展壮大为社会各阶层积极参与、拥有相当服务力量、服务社会各个领域的社会群众性团体"[1]。2005年，更出台中国内地第一部规范义工工作的地方性法规《深圳市义工服务条例》。到2008年底，全市已有义工基层组织1525个，义工18万名，形成市、区两级义工联，街

[1] 中国自愿服务历程[EB/OL]. [2017-02-17]. http://www.jswmw.com.cn/portal.php?mod=view&aid=11517.

道义工服务中心，社区义工服务站等多层次的义务服务体系[1]。近年来，义工联还在全市开展“五星级志愿者”的年度认证活动，凡正式注册满两年、参加志愿服务达1500个小时的义工，皆可获此称号。这有利于义工活动的可持续化和高质量服务。

有趣的是，我们在报道中提到的两位义工（也是采访对象）朱韶青（市图书馆助理工程师）和叶红梅（市外贸集团干部），因良好的文字功底和人文情怀，后来都被调入深圳特区报社成为记者，并继续坚持她们的义务服务工作。其中，在社会服务部工作的朱韶青20年前还曾和我一起写过关于五大地方党报两会报道比较研究的论文（发表于《当代传播》杂志）；叶红梅曾和我在鹏城今版共事3年，现担任深圳特区报文艺部副主任。

[1] 深圳市义工联合会简介 [EB/OL].http://www.sva.org.cn/default.aspx?_c=Article&_a=&ArticleID=1.

与陈大姐聊天：
"活雷锋"也有困惑

背景：陈观玉不为人知的一面

陈观玉大姐是深圳特区的老模范，从年轻时就是学雷锋的标兵，在深圳几乎家喻户晓。我1992年见到她之前，她已拥有深圳和全国"三八"红旗手、特区建设先进工作者、社会主义精神文明标兵等一大堆光荣称号。陈观玉也因此成为要闻版记者追逐的对象，报上常见她的名字。直到1995年，深圳的媒体还再次掀起学习陈观玉的热潮。《深圳特区报》一篇题为《奉献爱心的陈观玉》的长篇通讯还受到时任市委书记厉有为的批示表扬，深圳特区报的记者还分赴内地采访那些受过陈观玉帮助的人。

陈观玉当时一家住在沙头角中英街中方一侧的沙头角村，一向乐于助人。1987年，她响应政府号召，把自己的存款和香港亲戚资助她治病的钱全部转入信用社，共兑换成6万股发展银行的股票。1990年，她将股票兑现，得到45万元巨款，这为她帮助别人提供了雄厚的物质基础。她当晚便和家人开家庭会议，将其中的20多万元分为多个份额，资助那些有需要的单位和贫困、残疾个人。其中给了妇幼中心5万元、沙头角镇小学1万元、沙头角幼儿园3000元，其余按1000元、2000元、3000元一份不等，塞进数十个信封，写下她所知道的困难人家、残疾人、山区失学儿童等，让人汇出，全都未留下姓名。但人们后来还是从各种渠道知道了她做的善事，特别是1992年6月28日

1997年7月1日，沙头角居民在中英街上载歌载舞庆祝香港回归（刘廷芳　摄）

《人民日报》以《富起来的共产党员》为题报道她后，其乐善好施的事迹已传遍全国。

有一次，中国社会报驻深圳记者站的记者黎怡岑找到我，说她也想采访陈观玉，希望我陪她去一趟。我正好也想去见见这位传奇人物，便一同联系前往采访。我们是1992年9月23日前往她家的。陈大姐很客气，热情地招呼我们坐下。她家是上、下共三层楼，和其他建筑连为一栋，但进去看并不宽敞，狭小的客厅里光线较暗，正面墙上挂着陈观玉自己画的雷锋画像，有点版画味道。因为陈观玉的事迹深圳特区报都报道过多次了，我无意再凑热闹，起初并无报道打算。我在小黎采访的间隙，和她拉着家常，想尽量感受她作为普通人的一面。那一年，她53岁。她告诉我们，她妈妈和两个妹妹、一兄一弟都在香港，先生在沙头角镇小学工作，儿子在沙头角商场工作，都是工薪阶层。

谈到助人为乐的话题时，陈大姐透露她现在也有点应付不过来，因为全国各地找她寻求帮助的人太多了。说着，她拿来一大纸箱信件给我们看，说有的人自己年轻力壮好好的，不想通过劳动改变生活，却三番四次地来信甚至上门要求资助。有的给了钱又来要。她说着说着就有点生气了，说她非常乐意帮助那些真正需要帮助的人，但对能够自食其力又不愿劳动挣钱的人真的不想帮，因为有更多人需要帮助。更让她生气的是，有人甚至说要把自己年幼的女儿送给她，托她到香港找个好人家，想以此换取一些资助。我边聊边翻看那些来信、特快专递和电报，看着心里也确实挺窝火的。

最匪夷所思的是一位地址为黑龙江某县级市某乡的农民，在《人民日报》见报后第三天的6月30日就给大姐写来4页纸的“长信”，随后又于7月8日发来特快专递，里面附了7月3日因不知具体地址而未发出的电报，简直十万火急（发信地址都写“深圳市沙头角镇委组织部”）。写信者字迹清秀，我们报社一些记者的字都不如他写得好。他如此急迫地来信所为何事呢？原来这个32岁的年轻人听说在“深圳淡水”（应为惠州）和“澳头”拉运土方和填海项目最赚钱，如果能买翻斗车营运就“最挣钱了”，为此曾专程来深圳“考察”。但后来与人合伙买翻斗车失败，自己还贴进去5000多元的差旅费，“苦恼死了”，妻子还“指责不休”。信的首页顶端写着“陈姐千万给我回个电报啊，救救我吧”。在正文中，他反复说“大姐救救我吧”“帮我从绝路中拔出来”“我决心在南方爬起来”等，并在下面画了线，希望引起特别注意。在7月8日特快专递的2页纸来信中，除了重复上述重点内容外，就说他“天天盼南方来电来函”，要大姐“千万在收信后到邮局给我回个电报”。信中附的7月3日未发出的电报也是类似意思：“请陈姐千万回个电报，因为我将根据陈姐的帮忙，决定今后的安排……”那段时间，陈大姐女儿早产住院，陈大姐自己也身体不好，常去香港看病，有点自顾不暇，但还是给他回信了。陈大姐的回信尚在路上，这位正在谋求花9000元为一家三口办理“农转非”的东北农民，已不远数千里来到沙头角镇委辗转找到陈观玉家。善良的陈大姐带病从香港赶回见了他，还带很多礼品给他，又接济他2600元以帮助他完成“农转非”，还录了一段劝他妻子与他重归于好的录音带托他带给妻子。8月21日，他寄来邮政快件，信中除了表达感激和“洒向人间都是爱”等赞美语外，又询问从黑河走私俄罗斯“名贵长毛狗”拿到深圳或香港卖的可能性。阅后真是无语！

其他来信也五花八门，除了见报文章中提到的连续来信4封想拿自己独生女儿“转让”并附上女儿照片的一个福建人外，还有安徽砀山县一农民“开门见

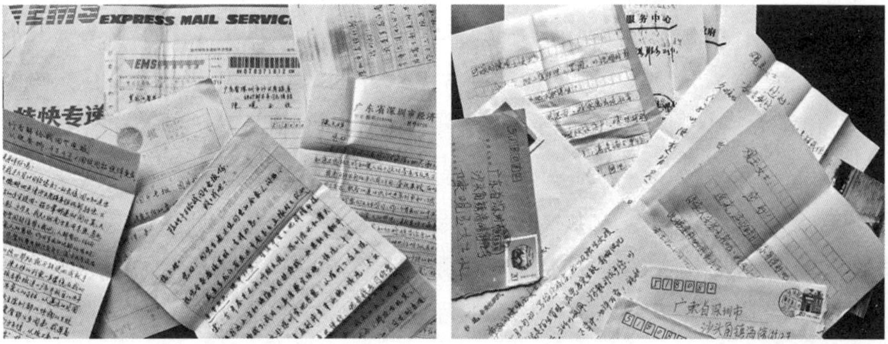

黑龙江某乡农民（左）和福建某职工1992年给陈观玉的信函（辜晓进　摄）

山”希望陈大姐投资“10万8万，少则3万5万”办个罐头厂，湖南某县林业局职工“自费搞了一项科研，且向国家申请了专利”要求帮助联系厂家投资等。可以想象，陈大姐面对这些来信该怎样纠结？何况还有沙头角镇内一些“熟人”的借钱不还。

虽然陈大姐一再说，人家总是真正有了难处才向你开口，但我仍觉得要在报纸上反映一下，以求社会理性对待活雷锋，并征得了她的同意，答应不披露来信者的个人信息。先进模范也是有血有肉的普通人，新闻报道不能总是传播他们“高大上”的一面，还应考虑片面报道给他们带来的各种影响。出于这个考虑，我决定写一篇不同于此前任何报道的稿件，并深信这样的稿件会起到一定的平衡作用，进而产生积极而正面的效果。

故事——见报稿：

一位“活雷锋”的奉献与困惑

本报记者　辜晓进　黎怡岑

（《深圳特区报》1992年10月10日第11版）

陈观玉，特区人的骄傲。从20世纪60年代至今，这位女共产党员长期以雷锋精神勉励自己，助人为乐，默默地奉献，在其所住的沙头角镇有口皆碑，先后被评为市和全国的“三八”红旗手，优秀共产党员，特区建设先进工作者，社会主义精神文明标兵，等等。如今陈观玉遇到的难题是，面对越来越多的求助者，她实在应付不过来。

陈观玉做的好事，有很多几乎让人一时难以理解：

——困难时期，她一直义务照料着沙头角镇内9名五保户，临过年时把家中鸡杀了炖好，用9个碗分送给五保户，自己两个孩子见只能喝点汤，馋得直哭。

——一名打工仔家境贫穷，老母瘫在床上8年。陈观玉了解情况后，于1990年7月让打工仔领路，冒着酷暑辗转数百里路赶到博罗县山区看望。她不顾晕车带来的痛苦，为老人擦身、洗头、剪发，临走还留下7000元给老人作养老费。

——去年大年初一，她在女儿的陪同下，乘长途大巴奔赴阳江县看望一名她长期帮助过的残疾青年。当她把一架收录机和一大包食品送到这卧床12年的青年人手中时，他激动得直流眼泪不说话。青年人谢绝了陈观玉留下的2000元，但不久陈观玉就用这钱买了一辆轮椅托人送给他。

——1987年深圳发行股票，不少沙头角人拒绝认购这不能还本的新玩意儿。

陈观玉也不知股票为何物，但她依稀觉得是国家建设需要资金，自己应该尽一份力。于是，她把在英国的妹妹给她治病的一笔钱交给了上门推销股票的工作人员。1990年5月，在当地几位干部的劝说下，她才去领回抛掉股票后应得的大笔资金。在全家人的支持下，她把其中的20万元捐献给沙头角镇的学校、医院、妇幼中心、部队等单位和一些困难户。余下的，她也拿出大部分陆续资助了来自各地的素不相识的求助者。

陈观玉几十年如一日克己奉公助人的事迹早已被深圳市、广东省以及中央的新闻媒介报道出去，珠江电影制片厂也来拍摄过她的纪录片。她本人收到读者、听众、观众难以计数的来信。但当我们怀着敬佩的心情翻阅这一摞摞信件时却发现，随着岁月的流逝，信件内容也在发生着很大的变化。

20世纪70年代至80年代初，虽也有不少来信诉说困难，但更多的却是表达写信人的崇敬心情和向陈观玉学习之意，有的还寄来中草药给她治病。对那些有困难的写信者，她除了从微薄的工资收入中挤出十元、数十元寄去或送些衣物之外，一般也只能从精神上给对方安慰和克服困难的勇气。但80年代中期后，特别是她买股票致富后，写信向她要钱"借钱"、邀她投资或解决这样那样困难的人明显增多。今年6月28日《人民日报》以《富起来的共产党员》为题报道她的事迹后，她收到的几十封来信几乎清一色是此类"求助"信。

求助信约有半数来自广东省一些贫困地区，其余则来自全国各地。值得注意的是，信中所述"困难"，绝大多数并非温饱问题，而是找工作、做生意、买户口、缺钱办厂、苦于富不起来等等。

湖南某县一读者来信说，他搞了一项发明，申请了专利，投资前景美妙，想办厂生产但缺少资金，"于是我想到了您。您是一位老党员，是位专为人民做好事的前辈，我诚请您帮助我这个暂处困境的晚辈……"。

安徽一位农民来信"开门见山"地说，为"使农民、老少爷们富起来"，想让陈投资"10万8万，少则3万5万"办个水果罐头厂。

要论执着。还数东北一位农民。在《人民日报》见报的第三天，他即给陈观玉写去长信，说他南下做生意亏损5000元，虽尚剩6000元，但妻子吵闹，家中不和，他要"在南方爬起来"。信中充满甜言哀语，诸如"您心眼好""人民日报都报道您，您一定是个热心人""黑土地上的青年人将永远记着您""敬请大姐帮我从绝路中拔出来""千万给我回个电报啊，救救我吧"。几天后，他又寄一快件，称"××市为向社会筹集资金"，公开办户口，农转非每人3000元，他已将全家3口人申报，正处于做生意和办户口两难之中，务请陈速回电或寄特快专递。

就在陈观玉的回信尚在途中时，这位写一手好字、颇善辞令的东北汉竟已不远数千里来到沙头角，经向有关部门打听而找到陈观玉。陈热情接待了他，劝他回去先把家安排好，并买了礼品，录下劝其夫妻和好的音带让他带给妻子，又设法接济了他2600元。客人见陈家生活俭朴，陈自己体弱多病，母亲刚去世，女儿早产还在医院，大概受到感动，写下一纸借条，回去后又写来热情洋溢、千恩万谢的信。

至于来信要求帮助找工作的人就更多了。写信者有农民、待业青年、复退军人，还有教师和即将释放的劳改犯。信中言之切切，期望殷殷，常令陈观玉欲助无力，欲拒不忍。

今年已53岁的陈观玉，长期与疾病做斗争，至今每天也只能睡两三个小时，但对数以千计的来信基本上有信必复，对那些她认为确有困难的写信人也尽量给予帮助，少则数十元，多则上万元不等，以至剩下的钱是否够治她那满身疾病都

1992年10月10日 星期六　　深圳特区报

一位“活雷锋”的奉献与困惑

辜晓进　黎怡岑

陈观玉，特区人的骄傲。从60年代至今，这位女共产党员长期以雷锋精神勉励自己，助人为乐，默默地奉献，在其所住的沙头角镇有口皆碑，先后被评为市和全国的“三八”红旗手，优秀共产党员，特区建设先进工作者，社会主义精神文明标兵，等等。如今陈观玉遇到的难题是，面对越来越多的求助者，她实在应付不过来。

陈观玉做的好事，有很多几乎让人一时难以理解：

——困难时期，她一直义务照料着沙头角镇内9位五保户，临过年时把家中鸡杀了炖好，用9个碗分送给五保户，自己两个孩子见只能喝点汤，馋得直哭。

——一位打工仔家境贫穷，老母瘫在床上8年。陈观玉了解情况后，于1990年7月让打工仔领路，冒着酷暑辗转数百里路赶到博罗县山区看望。她不顾晕车带来的痛苦，为老人擦身、洗头、剪发，临走还留下7000元给老人作养老费。

——去年大年初一，她在女儿的陪同下，乘长途大巴奔赴阳江县看望一位她长期帮助过的残疾青年。当她把一架收录机和一大包食品送到这卧床12年的青年人手中时，他激动得直流眼泪不说话。青年人谢绝了陈观玉留下的2000元，但不久陈观玉就用这钱买了一辆轮椅托人送给他。

——1987年深圳发行股票，不少沙头角人拒绝认购这不能还本的新玩艺儿。陈观玉也不知股票为何物，但她依稀觉得是国家建设需要资金，自己应该尽一份力。于是，她把在英国的妹妹给她治病的一笔钱交给了上门推销股票的工作人员。1990年5月，在当地几位干部的劝说下，她才去领回抛掉股票后应得的大笔资金。在全家人的支持下，她把其中的20万元捐献给沙头角镇的学校、医院、妇幼中心、部队等单位和一些困难户。余下的，她也拿出大部分陆续资助了来自各地的素不相识的求助者。

陈观玉几十年如一日克己奉公助人的事迹早已被深圳市、广东省以及中央的新闻媒介报道出去，珠江电影制片厂也来拍摄过她的纪录片。她本人收到读者、听众、观众难以计数的来信。但当我们怀着敬佩的心情翻阅这一摞摞信件时却发现，随着岁月的流逝，信件内容也在发生着很大的变化。

70年代至80年代初，虽也有不少来信诉说困难，但更多的却是表达写信人崇敬和向陈观玉学习之意，有的还寄来中草药给她治病，对那些有困难的写信者，她除了从微薄的工资收入中挤出10元、数十元寄去或送些衣物之外，一般也只能从精神上给对方安慰和克服困难的勇气。但80年代中期后，特别是她买股票致富后，写信向她要钱“借钱”、邀她投资或解决这样那样困难的人明显增多。今年6月28日《人民日报》以《富起来的共产党员》为题报道她的事迹后，她收到的几十封来信几乎清一色是“求助”信。

求助信约有半数来自广东省一些贫困地区，其余则来自全国各地。值得注意的是，信中所述“困难”，绝大多数并非温饱问题，而是找工作、做生意、买户口、缺钱办厂、苦于富不起来等等。

湖南某县一读者来信说，他搞了一项发明，申请了专利，投资前景美妙，想办厂生产但缺少资金，“于是我想到了您。您是一位老党员，是位专为人民做好事的前辈，我诚请您帮助我这个暂处困境的晚辈……”。

安徽一位农民来信“开门见山”地说，为“使农民、老少爷们富起来”，想让陈投资“10万8万，少则3万5万”办个水果罐头厂。

要论执着，还数东北一位农民。在《人民日报》见报的第三天，他即给陈观玉写去长信，说他南下做生意亏损5000元，虽尚剩6000元，但妻子吵闹，家中不和，他要“在南方爬起来”。信中充满甜言哀语，诸如“您心眼好”，“人民日报都报道您，您一定是个热心人”，“黑土地上的青年人将永远记着您”，“敬请大姐帮我从绝路中拔出来”，“千万给我回个电报啊，救救我吧。”几天后，他又寄一快件，称“XX市为向社会筹集资金”，公开办户口，农转非每人3000元，他已将全家3口人申报，正处于做生意和办户口两难之中，务请陈速回电或寄特快专递。

就在陈观玉的回信尚在途中时，这位写一手好字、颇善词令的东北汉竟已不远千里来到沙头角，经向有关部门打听而找到陈观玉。陈热情接待了他，劝他回去先把家安排好，并买了礼品，录下劝其夫妻和好的音带让他带给妻子，又设法接济了他2600元。客人见陈家生活俭朴，陈自己体弱多病，母亲刚去逝，女儿早产还在医院，大概受到感动，写下一纸借条，回去后又写来热情洋溢、千恩万谢的信。

至于来信要求帮助找工作的人就更多了。写信者有农民、待业青年、复退军人，还有教师和即将释放的劳改犯。信中言之切切，期望殷殷，常令陈观玉欲助无力，欲拒不忍。

今年已53岁的陈观玉，长期与疾病作斗争，至今每天也只能睡二三小时，但对数以千计的来信基本上有信必复，对那些她认为确有困难的写信人也尽量给予帮助，少则数十元，多则上万元不等，以至剩下的钱是否够治她那满身疾病都难说。当我们问及对众多来信的看法时，她总说，人家总是万不得已才开口的，不要怪他们。她不相信世界上有人会来骗她。

然而，当接到福建邵武市一位中年男人的来信时，她终于愤怒了。这位自称每月拿“可怜巴巴”180元薪水、当过乡村教师和村干部的人在几封信中说，在妻子与人私奔后，他不甘“贫穷”，卖掉电视机、缝纫机、单车等物件辞职去海南“捞世界”，碰壁而归。如今希望陈观玉将其6岁女儿“转让”给香港人作养女，以便他“在外挣些钱，重建家庭”。随信还附上他女儿的信，说她爸爸如何穷、如何夸“陈阿婆”“好，她如何会写字、讲故事、下棋云云，足以令人垂泪。这种把行将被自己抛弃、不谙世事的孩子也用作求助资本的卑鄙做法居然也要陈观玉参与，怎不让人生气？

令人欣慰的是，在沙头角镇，陈观玉的行为受到普遍理解和赞赏。过去说她傻的人，现在都非常敬重她。一些受过她帮助的人也主动去帮助她和别人。听说她家要盖房，解放军赶来义务劳动，建筑队主动包工包料为她出力……一些领导和群众也常上门看望她。陈观玉对此很感激。但也有极少数人昧着良心占她的便宜。一位家居深圳、有一栋4层小楼且有两层用来出租的老熟人，以急需资金“周转”为名，借走她1．5万元现金，时隔两年仍拒绝归还。还有一些借几百、几千元以解决“暂时困难”的人也似患了健忘症。

我们欲为这位曾经有一大笔钱而如今却并不比周围群众富裕的退休老人抱不平，她却依然微笑着说：“不要写他们吧，我是共产党员，不该和他们计较……”

陈观玉为瘫痪的阿婆理发。

《深圳特区报》1992年10月10日第11版（“社会大观园”专版，局部）

难说。当我们问及对众多来信的看法时，她总说，人家总是万不得已才开口的，不要怪他们。她不相信世界上有人会来骗她。

然而，当接到福建邵武市一个中年男人的来信时，她终于愤怒了。这个自称每月拿"可怜巴巴"180元薪水、当过乡村教师和村干部的人在最近一个多月内连续来信4封。信云：在妻子与人私奔后，他不甘"贫穷"，卖掉电视机、缝纫机、单车等物件辞职去海南"捞世界"，碰壁而归。如今希望陈观玉将其6岁女儿"转让"给香港人作养女，以便他"在外挣些钱，重建家庭"。随信还附上他女儿的信和照片，女儿在信中说她爸爸如何穷、如何夸"陈阿婆"好，她如何会写字、讲故事、下棋云云，足以令人垂泪。这种把行将被自己抛弃、不谙世事的孩子也用作求助资本的卑鄙做法居然也要陈观玉参与，怎不让人生气？

令人欣慰的是，在沙头角镇，陈观玉的行为受到普遍理解和赞赏。过去说她傻的人，现在都非常敬重她。一些受过她帮助的人也主动去帮助她和别人。听说她家要盖房，解放军赶来义务劳动，建筑队主动包工包料为她出力……一些领导和群众也常上门看望她。陈观玉对此很感激。但也有极少数人昧着良心占她的便宜。一位家居深圳、有一栋4层小楼且有两层用来出租的老熟人，以急需资金"周转"为名，借走她1.5万元现金，时隔两年仍拒绝归还。还有一些借几百元、几千元以解决"暂时困难"的人也似患了健忘症。

我们欲为这位曾经有一大笔钱而如今却并不比周围群众富裕的退休老人抱不平，她却依然微笑着说："不要写他们吧，我是共产党员，不该和他们计较……"

发展：坚守在义工第一线的八旬老人

那次采访后，还顺便去沙头角居委会采访了主任李进和支部书记张天来，了解到陈观玉居住的沙头角村过去贫穷落后以致大多数人都逃往了香港，改革开放以后通过小额贸易和办厂才富裕起来。1991年，全村工农业总产值已经从特区建立前的9万元猛增至1671万元，几乎每家都建起了小洋楼。我将这变迁过程写了篇小通讯《沙头角村：人均住房九十平方米》，算是采访陈观玉的一个副产品。

但从那之后，因自己工作变动和中英街的进出不易，特别是1995年各大媒体那拨对陈观玉的报道高潮中我不想去凑热闹，所以一直再未见过陈大姐。此次写书时一算时间，陈大姐今年（2019年）应是80岁了，便决定去看望她老人家。经深圳特区报驻盐田区记者站站长第五燕燕牵线，我和陈大姐的儿子李大成取得联系，终于在2019年3月15日下午，手捧鲜花与阔别27年的"活雷锋"再次见面。

那天下午3点半到达沙头角中英街出入境的自助办证大厅门口时，陈观玉正和另两位义工在旁边的中英街“雷锋爱心义工之家”值班，热情解答过往游客和办证人员的问询。穿着义工红马甲的她，还是当年的发型，看上去面色红润，比我想象的年轻许多，言语也一如当年般热情。4点半，当大批跨境学童开始入境回到深圳时，她又赶紧加入“护学”的义工队伍，一字排开，接力棒式地帮助和看护着这些少人陪伴的孩子们，从入境出关走到200米开外等候着的家长那里。近年深圳跨境学童数量持续增长，每天在罗湖、皇岗、福田、深圳湾、文锦渡、沙头角等口岸出入的学童已有3万余人。这些孩子的进出香港，一直牵动着数万家长的心绪。

没想到，年届八旬的陈观玉，仍然坚守在义工服务第一线。大成帮我办了临时通行证后，我和他及陈观玉、义工王四元女士一起进入中英街里的陈观玉家，继续攀谈。她还住在我当年采访时的旧房子，只不过外墙重新装潢和屋内墙壁贴了瓷砖而看上去比当年亮堂许多。屋内她当年画的雷锋画像仍然处于主要位置，只是增加了更多的画像、字画和照片，贴满三面墙，都和雷锋和做好事有关。其中一幅字是雷锋生前战友冷宽将军所书：山高水长（冷宽于海军政治部副主任位置退休）。大成说：“我母亲这样一直做好事也不是无缘无故的。早在我出生之前，她就得了癫痫病，是解放军救了她，所以她迄今感恩部队，感恩社会。”

80岁的陈观玉在“雷锋爱心义工之家”（辜晓进 摄）

陈观玉等义工在为跨境学童“护学”中（辜晓进 摄）

陈观玉在家中向我赠送她的义工手绘本（李大成 摄）

从谈话中得知，陈大姐这么多年来仍然坚持行善助人。当年卖股票的40多万元早已花完，但她在中英街外一处宅基地上还有一座三层楼房子，长年出租，成为她行善的主要资金来源，迄今总共资助出去200多万元。如今在陈大姐的榜样作用下，沙头角集聚了一个很大的义工群体。2015年，她因肠穿孔手术感染，先后在盐田区人民医院和深圳第三人民医院住院，因久治不愈而怀疑恶性肿瘤住进了癌症病房。所幸后来总算渐渐痊愈。2017年，刚恢复过来的她，自掏腰包发起成立了“深圳市观玉雷锋志愿服务协会”和我当天看到的“义工之家”，同年10月在深圳市义工联注册了“雷锋义工队”。目前协会发展到700多人，下面建有两个微信群：一个是用于分工派活的“工作群”，另一个是协会交流群。

我随口引述当年毛泽东主席为雷锋题词后的一段语录，“一个人做一件好事并不难，难的是一辈子只做好事，不做坏事”，由衷称赞陈大姐大半辈子坚持做好事之难能可贵。谁知她却笑着说，自己也做过坏事。我忙问什么坏事。原来，她和丈夫一直想积蓄一笔钱去建一所希望小学，还想建一间“好人博物馆”，却因“千金散尽”而总是难以如愿。2006年，来了一个人，说可以帮她了却心愿，即用一笔钱去投资，可以赚数倍，以创造条件做更多好事。结果那人拿了她40万元便消失了，后她按名片上的单位、地址、电话联系，均查无此人。“我把那么多本来可以助人的钱给了坏人，不是干了坏事吗？”陈观玉沮丧地说。

我问起她先生的情况。她说，先生李桂胜已于2013年因中风去世，享年83岁。陈大姐说她当时悲痛得恨不得也去死，因为这么多年来，丈夫对她所做的一切都默默支持，是这个世界上最理解她的人。丈夫一直在沙头角镇的一所学校当老师，陈观玉当年是他的学生。“我身体不好，长得也不漂亮，还到处去帮别人而较少顾家。所以曾经怕他不要我了，谁知他一直不离不弃。”她说。丈夫始终是她做好事的最大支持者，退休后每天帮助陈观玉处理大量来信，还自己拿出钱去资助困难者。我问大成：“难道你妈妈这么大把花钱帮助陌生人，你们就一点意见也没有吗？”大成回答：“我们家一直是这个传统，从我出生开始就这样，所以也没觉得太反常。”事实上，大成现在也利用周末做义工，和母亲在同一个协会里。陈大姐则反复强调，离开丈夫和家人的支持，她什么也做不成。

说到这里，我突然觉得，这么多年来的媒体报道里，是不是有一个可怕的疏漏？人们只知陈观玉而不知李桂胜，而李桂胜及一双儿女为社会做出的巨大牺牲，同样难以想象啊。李桂胜生前应得到更多的社会尊敬才是。我向大姐母子坦承，如果我家里有大姐这样的人，我是很难这样长期支持下去的。陪同着陈大姐的义工王四元也承认自己做不到。可见陈观玉的奉献绝不是孤立事件，而是一个工薪家庭长期以来的整体牺牲，是她家中每个成员义无反顾的坚持不懈，是助人行善如基因般在这家的伟大传承！

陈大姐现在除了因病不能外出，其余几乎每天都去义工站做义工。义工协会的工作量很大，大家轮流值班，仅中英街口岸平时每天要20多人，周末因上万游客的出入而要增加几倍人手。他们还去博物馆等公共场所做义工。而大姐的身体和精神状况，除了右腿有些不便而需要拐棍外，总体上比我想象的好多了。被问及原因，她说：“每天和这么多的奉献者在一起，高高兴兴做好事，满满正能量，心情好，所以身体好。”

上车后发现兜里没零钱：体验无人售票车

背景：深圳率先实现公交车无人售票

20世纪90年代的深圳，“勇于敢为”，处处争先，公交车无人售票是又一例证。那个年代，深圳还没有轨道交通，私家车更未普及，人们出行主要依靠公共汽车和自行车，记者在市区内的采访也如此。20世纪90年代初的深圳新闻界，只有深圳法制报的记者多数配备了摩托车。而深圳的公交车和内地一样，每辆车都配备了售票员。那时深圳的公交车大多数是老式的三门车，每辆车需配2名售票员，如果加上夜班，至少配2名司机和4名售票员。即便如此，高峰期售票员还是忙不过来。加上深圳人力成本高，公交车的长期亏损成为市财政的沉重负担，于是有人提议尝试无人售票的改革。

这个提议起初遭到反对，反对者主要担心市民素质较低和大量流动人口不好管理，怕出现大量漏票和秩序混乱。这个担心并非杞人忧天，国内北方有个别城市曾经试点而失败。广州酝酿已久，从1992年8月开始，选择“服务质量好、投诉率低”的第13路公交车试点“前门上、后门下”，所谓“分步走”，却一直未敢贸然施行无人售票。很多年前香港实施无人售票前，也先按“前门上、后门下”的要求对市民培养了一阵才实行。深圳也在一年多前开始酝酿无人售票，最终市里的决策者决定立即上马一试，且一步到位。

公交车司机们为此接受了短期培训，包括如何操作收费钱柜，如何教育乘客养成“前门上、后门下”的习惯，以及必须等乘客缴费上完后才能启动车辆等。司机还多了个任务，要把过去由售票员担任的报站任务也承担起来（那时还没有开通电子语音报站服务），一些司机还为此增加普通话培训项目。与此同时，市内媒体也开足马力宣传，力争让更多市民有心理准备。

1992年11月23日，深圳终于成为内地第一个公共汽车无人售票的城市，先在10路和203路两个路线较长的重点线路试点，其中10路车从上海宾馆站一直开到沙头角，是当时深圳最长的线路。当日，在10路和203路公交车总站举行剪彩仪式后，全市两条线路的70辆配有自动钱柜和取票盒的新车全部出动。我在后来的采访中得知，首日全天开行了487趟，大大超过计划的350趟。

此事是深圳的重要新闻，全城媒体都出动报道，特区报要闻部记者自不例外，本与我无关。虽有兴趣，我也打算等这阵热潮过后再去体验。不料23日当晚工人日报的编辑曹鹏博士突然打来电话，希望我写写这件事。曹鹏博学多才，是我在中国人民大学新闻学院读研究生时的同班同屋同学，对新闻学的研究一直未断，和我常有联系。第二天见报上体验式报道不多，我便决定自己将两路公交车都坐一下，沿途观察采访。

我除了一路体验，还先后采访了公交车公司和车队的经理、两趟车的司机、多名车上乘客、若干“下岗”女售票员等。我给曹鹏的稿件写了1800字，限于篇幅，还有很多采访内容没用上或被报纸删除了。例如车队的卢经理说，钱柜是公司自己设计的，虽然设计可装1000张5角钱纸币，但用到两三百张就“飞起来”，尚需改进。运行一天下来，乘客有多给的，也有少给的，有人只给了分币，怎么也凑不齐整数，但总体比平时收入略多。公交车公司的吴经理说，70辆新车投入2700万元，其中市政府投入500万元，其余为公司自己筹集。第二年会再增加两三条线路，争取6—8年内全部实现无人售票。

1992年11月23日，深圳部分线路开始实施无人售票（刘廷芳 摄）

谈到问题，两位经理都反映市民习惯和缺零钱是主要问题，特别是高峰期，排队和找钱的乘客，会在驾驶员附近形成拥堵。这些内容都没有出现在见报稿上。

我第二天便将稿件连同向摄影记者许光明要的图片，一起快递给曹鹏。稿件到12月6日才在《工人日报》头版刊出，围框套红未转版，处理得较为突出。我自己是做编辑的，知道头版总是拥挤，常常需要等待。

故事——见报稿：

“无人售票车”驶入深圳人的生活

本报记者　辜晓进

（《工人日报》1992年12月6日第1版）

深圳处于中国的风口浪尖，新生事物层出不穷，大陆第一批无人售票公共汽车也诞生在这里。在此之前，不少人担心，在车少人多、售票员扯破嗓子还有人变着法子逃票的中国，这样的事行得行不得？

据说东北某市曾试行过，但宣告失败。香港20世纪60年代曾先试验一星期“前门上后门下”，才小心翼翼地实施无人售票。广州的公汽改革则计划分两步走，目前正致力于培养市民前门上后门下的习惯。深圳此番却是一步到位，70辆崭新的“黄海”牌大客车呼啦啦一下子都撒在了马路上。

我急着想试试这新事物，又怯于11月23日通车第一天剪彩拍电视那份热闹，便改在24日去受用了一番。

当日上午10点，由黄贝岭开来的10路车停在我等候的红荔路车站，我便从前门跨入这辆编号为684、车身印有无人售票车标记和“自备零钞”“上车投币5角”“月卡不通用”等字样的新车，将早已捏在手中的3个两角钱塞进司机旁一只写着“票价5角，不找零”的特别的铁柜里，顺手从上面的有机玻璃盒里取出一张5角车票，赶紧往车厢里面走。

此刻是一日中之“淡时”，约20名乘客安然坐在两侧各一排乳白色座椅上。也许是一个月来新闻媒介大肆宣传的缘故，看他们神情，倒像是无人售票已在深圳实施多年似的，就我傻乎乎东张西望。

过了两站，一位着棕色风衣、拎黄色坤包的小姐上得车来，直往里走。快到后门口她才突然意识到所乘车辆的特殊性，忙又折回车头，将钱丢进亮闪闪的铁柜。

据了解，这铁柜比香港只装硬币的钱袋大，是深圳人的又一创新。它既可放硬币，又可装纸币（设计能容纳5角纸币1000张）。乘客放入纸币后，司机一踩气泵，就将上面的钱吹进柜内。

在华强中学站，一年逾六旬的老大爷从后门探进头来，司机正要用话筒阻拦（应从前门上），老人已颤巍巍上了车。司机只得请他赶紧坐好。这是我见到的第一个“犯规”者。

车到红荔西终点站时，几位女服务员正坐在站台为乘客换零钱。她们都是原10路车的售票员。问及今后去向，她们说将随原有的旧车辆去开辟新线路。

□都市风景线

“无人售票车”

驶入深圳人的生活

□秦晓进

深圳是中国的风口浪尖，新事物层出不穷，大陆第一批无人售票公共汽车也诞生在这里。在此之前，不少人担心，在车少人多、售票员扯破嗓子还有人变着法子逃票的中国，这样的事行得行不得。

据说东北某市曾试行过，但宣告失败，香港60年代曾先试验一星期“前门上后门下”，才小心翼翼地实施无人售票。广州的公汽改革计划分两步走，目前正致力于培养市民前门上后门下的习惯。深圳此番却是一步到位，70辆崭新的黄海牌大客车呼拉拉一下子都撒在马路上。

我急着想试试这新玩艺儿，又怯于11月23日通车第一天剪彩拍电视那份热闹，便改在24日去受用了一番。

上午10时许，由黄贝岭开来的10路车停在我面前。我从前门跨入这辆编号为684、车身印有无人售票车标记和“自备零钞”字样的新车，将早已捏在手中的3个两角钱扔进司机旁一只特别的铁柜里（票价5角，不找零），顺手从上面的有机玻璃盒里取出一张车票，赶紧向里走。

此刻是一日中之“淡时”，约20位乘客安然坐在两侧各一排乳白色座椅上。也许是一个月来新闻媒介大肆宣传的缘故，看他们神情，倒像是无人售票已在深圳实施多年似的，就我傻呼呼东张西望。

过了两站，一位着棕色风衣、拎黄色坤包的小姐上得车来，直往里走，快到后门口才突然意识到所乘车辆的特殊性，忙折回车头，将钱丢进亮闪闪的铁柜。

据了解，这钱柜比香港只装硬币的钱袋大，是深圳人的创造。它既可放硬币又可装纸币（设计可容5角纸币1000张），乘客放入纸币后，司机一踩气泵，就将上面的钱吹进柜内。

在华强中学站，一年逾六旬的老大爷从后门探进头来，司机正要用话筒阻拦（应从前门上），老人已颤巍巍上了车。司机请他赶紧坐好。这是我见到的第一位“犯规”者。

车到红荔西终点站，几位女服务员正坐在那里为乘客换零钱。她们都是原10路车的售票员。问及今后去向，她们说将随原有的车辆去开辟新线。

“六年后若深圳全部实行无人售票怎么办？”我又追了一句。“将来公司要增加稽查员，还要开办新的服务业务，人不嫌多，我们不会失业的。”一小姐说完，她们都“咯咯”笑起来。

下午16时多，趁下班高峰期，我又在报社站钻进水库开往福田南的203路专线车。这时车内拥挤，“无人售票”正经受考验。

这路车两侧是双排座，中间过道狭小些，部分乘客还没有往后走的习惯，上车人便难以迅速朝里流动，司机只好用话筒动员大家往里走。有几位男子像是外地来出差的，上车后径直往后走，司机提醒他们买票。一人说“后面有人付，共8人。”我仔细看去，果然有一人将4张1元钞放进钱柜。

这辆车编号667，司机姓潘。我见他面前有一张纸，上面写着操作程序。每到一站，他不仅要额外完成6个动作（手揿报站器，先开关后门，再开关前门，脚踩“吹钱泵”），还要留意是否有人漏票，并说些注意事项。显然，实行无人售票后，司机的工作量和责任大大加重了。

探听他的工资情况，他笑言“还没定”。据了解，司机报酬增1/3，这幅度不算大。

车到上海宾馆，又涌入一群乘客。有几人上车后才急忙在口袋里四处摸钱。一位小伙子放入一元钱后又试图从柜中取回找赎，司机示意不可，他不好意思地笑笑。潘师傅告诉我，人们还没像香港人那样养成先拿零钱再上车的习惯。昨天有一人上车后始觉袋中无零钱，竟将一张10元大票放入柜中，还解嘲说：“第一回坐这车，讨个吉利吧。”

在“无人售票车”通车前，公汽公司曾把“漏票一次，罚票款100倍”等规定公之于众。通车后，我未听有人强调这条规定，却也未见有人逃票。据了解，通车第一天并未发生“漏一罚百”的事，两个线路的车票款均高于有人售票时的数额。我还注意到，投币者中很少有人去取铁柜上的票。

一位珠海来的青年说这方法太好了，不仅节省了人力，还有利于培养文明意识。“起码不会发生乘客与售票员吵架的事吧。”他笑着补充一句。

相信很多深圳人也会有这感觉。

《工人日报》1992年12月6日第1版（局部）

随原有的旧车辆去开辟新线路。“六年后若深圳全部实行无人售票怎么办？”我又追了一句。“将来公司要增加稽查员，还要开办新的服务业务，人不嫌多，我们不会失业的。”其中一小姐说完，她们都“咯咯”笑起来。

下午4点多，趁下班高峰期，我又在“报社”站钻进从水库开往福田南的203路“专线车”。这时车内拥挤，“无人售票”正经受考验。

这路车两侧是双排座，中间过道狭小些，部分乘客还没有往后面走的习惯，上车人便难以迅速朝里面流动，司机只好用话筒动员大家往里走。有几名男子像是外地来出差的，上车后并未投钱便径直往车后走。司机提醒他们买票，一人回答说“后面有人付，共8人”。我仔细看去，果然最后一人将4张1元的钞票放进了钱柜。

这辆车编号667，司机姓潘。我见他面前有一张纸，上面写着操作流程。每到一站，他不仅要完成额外六个动作（手揿报站器，先开、关后门，再开、关前门，脚踩“吹钱泵”），还要留意是否有人漏票，并说些注意事项。显然，实行无人售票后，司机的工作量和责任大大加重了。

我小心向他探听工资情况，会不会增加。他笑着说“还没定”。后来采访公交车公司的卢经理，了解到此次改无人售票后，司机的报酬将增加约三分之一。这个幅度不算大。

车到“上海宾馆”站，又涌入一群乘客。有几人上车后才急忙在口袋里摸钱。一个小伙子放入1元钱后又试图从柜中取回找赎，司机示意不可，他不好意思地笑笑。潘师傅告诉我，深圳人还没有像香港人那样养成先拿零钱再上车的习惯。昨天有一人上车后始觉袋中无零钱，竟将一张10元大票放入柜中，还解嘲说：“第一回坐这车，算讨个吉利吧。”

在“无人售票车”通车前，公交车公司曾把“漏票一次，罚款100倍”等规定公之于众。通车后，我未听到有人强调这一规定，也未见有人逃票。据了解，通车第一天，并未发生“漏一罚百”的事例，10路、203路两个线路的车票款均高于有人售票时的平均数额。我还注意到，投币投钞者很少有人去取铁柜上有机玻璃盒内的车票。

一位珠海来的青年接受我采访时说，这方法太好了，不仅节省了人力，还有利于培养文明意识。“起码不会发生乘客与售票员吵架的事吧？”他笑着又补充一句。

相信很多深圳人会有这感觉。

发展：无人售票　普及全国

深圳的成功，给国内很多城市以信心。1993年8月8日，广州的202路公交车专线试行无人售票。同年12月20日，杭州的第16路公交车实现无人售票。1994年（具体月、日不详），宁波15路公交车成为全市开通的第一条无人售票车，当地报道称其为全国第四家开通无人售票的公交车公司。同年8月1日，北京114路等7条线路实行无人售票，是当时首次推行无人售票涉及线路最多的城市。同一天，大连的23路公交车开启无人售票，成为东北第一条无人售票公交车线路。同年10月20日，上海127路公交车加入无人售票之旅……

在深圳“吃螃蟹”成功后的若干年内，全国很多大中城市纷纷效仿，“无人售票公交车”的概念一时传遍全国。随后几年，深圳无人售票路线大量增加，1000多名女售票员改行从事其他工作，其中一批被鼓励学开车。1997年，3条公交车线路清一色女司机，被命名为“三八线路”，其中的10路公交车还被授予“全国三八红旗集体”光荣称号。但无人售票普及后，随之遭受假币、游戏币困扰。有报道称，公交车结算中心最多时一个月就清点出10万元假币。这也是全国各地都出现的共性现象。

1996年11月，深圳再有创新，在全国率先启用非接触式IC卡电子钱包刷卡收费管理系统，一举解决假币流行和零钱少、兑换难等问题。这套系统于1998年通过了国家建设部的科技成果鉴定，被认为是全国首创。这种IC卡后来发展成为“深圳通”、手机支付等多种无币支付形式。2018年9月，深圳的1000多条公交车线路、近18,000辆公交车，已全部接受各类银行IC卡刷卡乘车和包括手表、手环等在内的可穿戴设备的购票乘车。

深南路大砍树：紫荆换芒果的秘密

背景：一连数日　标志性树种大批被砍

早年来深圳的人，一定还记得深南中路双向快车道中间的隔离带上，种着一排看似椰子树的假槟榔树。早期涉及深圳的电影或电视报道，都会出现这排颇具亚热带风光特色的景致，其象征意义有点像现在设置有邓小平大幅画像的深南路/红岭路交叉路口。但就是这样一排早已融入人们记忆的摇曳生姿的假槟榔树，却在1996年8月某日，一夜之间被砍掉了。这一变故，让我这每天走出报社便看到它们的记者觉得诧异。

不仅如此，那些天我注意到，深圳特区内东西走向的最繁华两条道路——深南路和红荔路——两侧人行道上的紫荆树也正在被大面积地砍伐，且经夏日暴晒，被砍倒的树枝叶已经枯黄，这更令我震惊。紫荆树的学名是“红花羊蹄甲”，别称“红花紫荆”，花期长，树冠大，不落叶，适应亚热带气候，是深圳建市初期精心选择的行道景观树种。我1991年来深圳时，这些树已长成两层楼高的大树，婀娜多姿，花开满树，略有清香，很受市民喜爱。后来，香港特区确定的市花和区旗图案，都是紫荆花。这样的树，竟然也要被砍伐，确实难以理解。

那时没有互联网，市民虽议论纷纷，却无法形成舆论。前些年，南京因修路而砍了一些法国梧桐，就经网上传播形成舆情热点。如果砍假槟榔和紫荆树的行为放在现在，必然也会成为舆论焦点。我当时一连看了几天的新闻版和深圳电视新闻，对此都无反应，我便决定自己去查个究竟。

1996年8月21日，我去市城管局，采访了姓梁的副局长和园林处负责人等工作人员。了解到的实情是，深圳正进行建市以来规模最大的绿化更新改造。但我感到奇怪的是，这本是一件好事，但为何这么大的动作，不在媒体发个告示或开个新闻发布会让媒体报道一下呢？他们说想低调进行，但也承认作为城市的公共服务部门，这样做弄得市民疑虑重重，并不太妥，所以对我的采访表示欢迎。采访中，我得知绿化行动是经专家提议和市委、市政府慎重讨论后做的决定，而且从去年就悄悄开始了。

采访结束后，我又去他们提到的一些已经更新的道路察看，对他们的行为有了更深的理解，遂决定完全正面地报道一下这一事关深圳未来城市景观的大动作。但这一题材并不符合鹏城今版的编辑方针，我便将近2000字的通讯发给了总编室，并以“古辛”的笔名配写了一篇短评《切莫小看植树种草》。主任和编辑们觉得题材和写法都很好，将通讯和短评于8月26日刊发在《深圳特区报》一版头条、二条的显要位置。一版夜班编辑林俊彬看到白班留下的小样后大笔一挥，将通讯的主标题改为较为文艺的“半虚题”《泼绿缀红绘芳园》。

故事——见报稿一：

泼绿缀红绘芳园

——深圳全面改造市区街道绿化纪实

本报记者　辜晓进

（《深圳特区报》1996年8月26日第1版转第2版）

深圳特区内的大规模绿化升级，始于去年，未事声张，只有行动。很多人是从今年深南路上大量挖树栽树的不寻常举动，才悄然感觉出这次美化城市的力度。

不过，南天大厦、长城大厦的居民只消探首东望，就会发现上步路的这一段已面貌一新：茸茸绿茵覆盖了街道两侧的大片土地；整修一新的宽阔路面，被路边多层次的绿树映衬得分外漂亮；白玉兰树下的人行道，披上了由新型广场地砖“编织”而成的粉红色“衣衫”……

除高速公路和快速干道外，绿化行动在市区几乎所有已建成的主道路上展开：上步路、建设路、和平路、笋岗路（一段）、红岭路、红荔路、深南路（一段）、华富路、文锦路。成长中的特区，像一位步入花季的美丽姑娘，正准备盛妆出行。

旧路先行 不裸黄土

去年先行作绿化改造的6条道路，都是建成10年以上的高使用率路。它们的全部或某一路段已初步改造完毕，变化喜人。

据8月23日市城管办的同志介绍，变化最大的是沿这几条道路增加了大片草坪，去年恢复两侧绿地面积2万多平方米。除前面提到的上步路，仅笋岗路靠体育馆一侧，就有8000多平方米曾被占用的地面披上绿装。建设路与和平路两侧，过去鲜见绿草，这回也一律种上了高标准的台湾草，现正加紧建设路边自动喷灌系统，以确保绿草正常生长。

建市初期在一些道路的乔木树下种植的大量九里香、米兰等灌木，因地窄、乔木遮阳、空气污染等原因，在公路边上不易长好，一些树丛枯死或萎缩后，多处地段黄土朝天，成了干燥气候下尘土飞扬的重要源头。改造中，把这类灌木全部移迁，铺以地砖，既不裸黄土，又不影响绿化面积，更使城市街道显得通透亮敞。

目前，去年动工的上步、建设、和平、红岭南，以及红荔、笋岗路的改造地段，均基本不见黄土。

紫荆槟榔 无奈让贤

红花紫荆，是一种较常见的亚热带观赏树种。其最大特点是花期长，一年有五六个月的花期，加上树叶终年翠绿，便在建市初期按“先绿化后美化”的设想，被种在了深圳当时的最大道路——深南中路和深南东路上。但据城管办园林处负责人介绍，这树有个致命弱点：难抗台风，且枝干弯曲、不易修整成形。深圳每年被台风刮倒的行道树多达上千棵，其中百分之九十是红花紫荆。经十多年风雨，深南路上的紫荆不断补植，已是“四代同堂”、大小不一，并仍难免东倒西歪，既影响安全，又有碍观瞻，实践证明紫荆不适合作为深圳这样多台风城市的行道树。

假槟榔，曾经是深圳的象征。这种类同椰子树的细高乔木，挺立于深南路机动车道的中央，摇曳生姿，颇具亚热带风采，曾出现在几乎所有早期有关深圳的影视片中。但受路中央土壤条件限制和逐年加剧的汽车尾气熏染，这些树近年来不见长大只见缩小，有的甚至枯死。显然，它们也面临“让贤”的命运。

经市内外专家反复论证并经市领导拍板，深南中路和深南东路（上海宾馆至沿河路口）的大面积换树行动便在今年实施了。

五路并进　今年任重

新登场的是芒果树和扁桃树。据介绍，这两种树属同科，外形相似，其特点是抗风暴能力强，无明显病虫害，冠幅漂亮，树干通直，每年抽出的新枝叶呈淡红或紫红色，形如开花。据称，这种芒果树结出的小果在夜间经灯光照射，会呈现异样光彩，“十分好看”。目前，深南路1400多棵红花紫荆已全部换成该树种，紫荆则移至非道路绿化带。

至于深南路中间绿带的假槟榔和九里香、勒杜鹃、米兰等树，则全部改种福建茶、花叶假连乔、黄叶，并将这些灌木修剪成矮绿篱。那些高大的假槟榔全部移到深南大道两侧的边缘，作为这条美丽道路的旁衬。

据悉，深南路这样大刀阔斧的改造，只是今年市区绿化建设的一小部分。今年同时进行的还有华富路、红荔西路（莲花二村至香梅路）、红岭北路、文锦路，以及一些立交桥的垂直绿化。上半年已在洪湖、雅园、皇岗和福田等立交桥种植爬墙虎、薜荔苗2万多株。城管办一位负责人对记者说，由于工程量大和新路两侧临时建筑占地等原因，今年的任务很重，能否完成5条路的改造还很难说。

21世纪末　绿满特区

记者问及深圳的近期（3至5年）绿化计划，城管办这位负责人说：一是逐步把原有低档次绿化带改造完毕；二是把笔架山公园、莲花山公园、大头岭公园（竹园宾馆后）、马峦山郊野公园建成，并完成梧桐山风景区的基础建设；三是继续扩大绿地面积和推广垂直绿化，全面解决特区内黄土裸露问题；四是提倡义务植树和家庭养花，美化各类小环境。

这个计划是诱人的。“但这一前景的最终实现，还需要广大市民的共同维护和配合。”城管办的同志强调说。当谈到一些读者关心的彩田北、红岭北等路段正在移树的情况时，他们解释说：“那是扩建马路的需要，与这次绿化行动无涉。”

故事——见报稿二：

切莫小看植树种草

本报记者　古　辛

（《深圳特区报》1996年8月26日第1版）

像是要印证深圳的街道绿化大行动，最近传媒披露了新加坡吸引投资者的一个“秘密武器”：植树种草。据报道，早在20世纪60年代，前总理李光耀根据当时新加坡的贫困状况，就倡导把这多沼泽、多蚊虫的岛国改造成干净整洁、绿树成荫之国的运动，以吸引投资者。结果到去年底，外商在新加坡的直接投资累计已近540亿美元。

深圳特區報
Shenzhen Special Zone Daily　深圳特区报社出版　统一刊号：CN44—0027
1996年8月26　星期一
深圳华信国企实业发展公司
乔迁志喜
泼绿缀红绘芳园
——深圳全面改造市区街道绿化纪实
旧路先改　不拂黄土
紫荆槟榔　无奈让贤
五路并进　今年任重
人民警察的神圣天职
——记漳州110报警服务台
切莫小看植树种草
建区6年　投资6亿
南山加速教育现代化进程
传达乡情　了解侨声　加强联系
深圳市赴欧访问团返深

《深圳特区报》1996年8月26日第1版（局部）

“室雅何须大”，这句话用来形容弹丸之地的新加坡是很确切的。其实，中国人大多懂得，即便是陋室旧屋，只要把它装点得整洁、美丽，同样会给客人留下良好的印象。新加坡当时在一“钱”无二用的情况下，把有限的资金不是用来改造那些“破败的锌板小屋”，而是先花在城市绿化上，取得的效益是惊人的，深远的。由此可见，深圳大搞绿化改造，绝不是什么“花架子”，其功效切莫小看了。

耐人寻味的是，新加坡“秘密武器”的作用不仅在表面，它还微妙地反映出新加坡人的精神状态和工作状态。他们认为，园圃修剪需要每天付出劳动，如果你能做好，那就说明你能胜任那种系统化且有严格时间要求的工作。当游客们看到街头那些雅致的小花园时，就会知道这里每一处细节不仅都是经过精心考虑的，也是落到实处的。简言之，这里体现了工作效率和人的精神面貌。

对于今天既不“破”也不“陋”的深圳来说，城市绿化犹如锦上添花。但这花能否添好，仍有赖于主管部门的精当规划、园林工人创造性的高效率劳动和广大市民随时随地的积极维护。这三者的结合，才能营造真正良好的投资环境，才能建成名副其实的花园城市。

发展：深圳建成区绿化覆盖率近五成

数年后，深南路、红荔路、笋岗路等主干道旁的芒果树果然如园林处负责人所介绍的那样，树干笔直，树冠饱满匀称，无明显病虫害，遇台风很少倒伏或歪斜。每年发出的新叶呈红、黄、紫等颜色而变幻不定，确实好看。三四月开花季节，芒果花虽不太艳丽，但花头很多，看上去倒也一树春风，生机满枝。但有一条他说得不太对，即结果问题。当初他回答我对关于路边种果树会不会产生问题的疑问时说，这种芒果树只结小果，不会长出可以吃的芒果，性质和假槟榔树类似。而事实是，这些芒果也会长大，而且结果颇多，似乎也可食用。

于是，这路边的累累果实便带来一些问题。首先是果实诱人，引发违规采摘，深圳已发生多起因采摘路边芒果而摔伤的事故。于是媒体宣传报道说，这种“绿化芒”没有多少食用价值，而且因被汽车尾气、绿化消杀等污染，吃了对人体反而有害。但这种劝诫似乎作用不大，前些年仍见有人爬树摘果。最近几年，摘果技术升级了，我亲眼见有人拿着很长的竹竿，上面有个小套子，可以轻松摘果，无须爬树。其次是落果砸人，引起投诉。果实长大成熟便会脱落，这种芒果虽然不大，但有如高空抛物，砸到头上也不舒服。还有人投诉砸到汽车的。

于是有人呼吁给芒果树“节育”或“绝育”，就像南京人总是嚷嚷着要给法国梧桐绝育一样。深圳城管办绿化处还真听取群众建议，连续几年对一些路段的芒果树进行了“节育喷洒”。但这也只能在一定程度上减少挂果，并不能根绝，据说主要怕药打太多影响树木生长。后来又采取集中采摘、统一销毁的办法，但因动用的人力太多，未能坚持。近年我看路边芒果树的结果数量似乎少了许多，不知是否采取了其他措施。但我觉得累累果实也挺好看的，外地人来深圳，惊叹深圳不仅是花园城市，还是果园城市，而且迄今也没见到有落果把人砸伤的报道。只要教育民众不去采摘，这样保持下去也没什么不好。

不过我注意到，深圳从20世纪90年代末开始，道路两侧新种的景观树已逐步弃用芒果树，而改为一种叫作“细叶榄仁”的高大树种。最突出的是深南大道从上海宾馆向南山区延伸的路段，基本都种植了这种新树。此树原产于非洲热带地区，树干笔直而有韧性，能抗极强台风。2018年9月，深圳遭遇三十年未遇的强台风“山竹”，全市数十万棵树木倒伏，造成前所未有的灾害，细叶榄仁却基本安然无恙。更重要的是，这种树层次分明，外观秀美，虽冬季落叶，但落叶后迅速复绿，以至很多新建设的住宅小区都拿它作景观树种。

总之，深圳的绿化水平不断提高，绿化率持续扩大。2017年国际

深圳路边的芒果树和爬树摘果者（来源：*Shenzhen Daily* 2011年6月22日）

植物学大会在深圳召开前，深圳发布信息称：截至2016年，深圳建成区绿化覆盖率为45.08%，人均公园绿地为16.04平方米，全市建成绿道2400公里，登记在册古树名木1600棵，计划2020年全市公园总数超过1000个，公园和自然保护区面积在600平方公里以上[1]。事实上，这个“千园之城”的计划已经提前实现：截至2019年9月，全市已建成各类公园1090个，公园总面积39 319.4公顷，公园绿地500米服务半径覆盖率达到90.87%[2]。要知道，深圳总共面积才2000多平方公里，而且寸土寸金，可用土地已不多。

2006年6月，深圳银湖路边一个妇女爬树摘了一堆芒果（薛云麾　摄）

[1]　深圳公园总数已达921个，建成区绿化覆盖率45.08% [EB/OL]. [2017-06-20]. https://sz.house.qq.com/a/20170620/007125.htm.

[2]　王丰. 深圳建成各类公园1090个，提前实现“千园之城”目标 [EB/OL]. [2019-09-23]. http://www.xinhuanet.com/2019-09/23/c_1125028987.htm.

第二编

发 展

深圳 1994：大工业崛起的年代

背景：科技领路　深圳工业渐入佳境

1990 年，深圳桑达电子集团生产线上，工人们正在组装当时最畅销的双卡收录机（余海波　摄）

改革开放前，深圳所在的原惠阳地区宝安县，无真正意义上的工业可言。改革开放初期，深圳与港商签约合办的第一批29个来料加工厂，才是深圳工业的起点。20世纪80年代中后期，内地来深圳合办企业明显多起来，也提高了深圳工业的档次。我所知道来自我家乡南京的技术力量就有“蛇口紫金电脑”（南京有线电厂）、“京华电子”（南京无线电厂，当时是全国最大的录音机芯生产企业）等。但那时深圳的工业仍很薄弱，原因之一是深圳一切都要靠自己，中央只给政策不给钱。一直到今天，国家也从未向深圳下达过“大钢铁”“大化工”“大汽车”“大机械”之类重点规划产业项目。

深圳早期的工业状况从被称为深市“老五股”的首批上市公司也能看出端倪。这五家公司分别为深发展、深万科、深金田、深安达、深原野。其中深发展是金融企业，深万科和深金田都是房地产企业，深安达是物流企业，只有深原野是纺织企业。这唯一的工业股，却于1992年因欺诈行为而成为新中国股市第一家被长期停牌的公司。该公司于1993年在深圳市政府主导下重组，后更名“世纪星源”，也变身为房地产公司。相比于深市“老五股”无缘工业，上海首批上市的“老八股”中，有7家属于工业企业。

早期来深圳的人会发现，这里的第三产业远比第二产业兴旺，例如遍地餐饮业，“银行多过米铺”。那时深圳为吸引外资，想将城市建成香港的度假休闲胜地，所以建了西丽湖度假村，建了香蜜湖的“中国城”（“城”内有世界最高的水上过山车），1989年开园的华侨城旗下的“锦绣中华”则开了中国大型主题公园之先河。而我们现在所熟悉的华为、中兴通讯、腾讯等大型工业企业，都是到20世纪90年代才开始崭露头角或开始创办的。也正是90年代头几年，后来风靡全国的VCD视频光盘等新一代音像产品也在深圳率先露面。此后直到20世纪90年代末，深圳包括硬盘、软盘、彩电、程控交换机、集装箱、钟表、首饰等在内的很多产品的产量都跃居全国第一。记得那时国家将每年一度的全国钟表展放到深圳时，内地多个城市不服气：上海、天津生产手表时，深圳在哪里？但铁的事实是，深圳生产的钟表（含机芯）已占全球四分之一的产量，而且由于紧靠国际前沿，飞亚达、天王、依波等手表品牌无论外观设计还是机芯性能，都走在全国的前列。90年代中期，深南玻、深中华、深康佳、深华发、深科技、飞亚达等一批工业已成为上市公司中的明星。

所以，90年代初的工业发展，特别是在高科技导向下的工业转型，决定了今天深圳工业企业的整体实力和地位。

1994年12月上旬某日，分管国内部的副总编薛以凤突然找到我，说要给我一个任务，写一篇关于深圳工业发展情况的年终专稿。老薛20世纪80年代来自新华日报，长期上夜班，业务娴熟，忠厚低调。他夫人张德纯是我在专刊部时的顶头上司，对我都关爱有加。但他并不分管本地报道，主要负责全国新闻，包括驻各地的记者站。他解释说，最近在内地开会，各地媒体都很关心深圳的经济特别是工业发展情况，他答应组织出一篇报道。事实上我也挺乐意写一篇这样的稿件，所以满口答应。后来，我想到要闻部长期跑工业的记者主要是刘澍泉，无论是为了采访方便还是对他的尊重，都应当邀他合作。刘澎泉也欣然应允，于是我们分头采访，最后由我执笔完成。

故事——见报稿：

崛起的现代企业群落

——1994年深圳工业发展扫描

本报记者　辜晓进　刘澍泉

（《深圳特区报》1994年12月31日第1版（转第2版）

进入12月，深圳经济界传出一个个让人高兴的消息。先是统计部门公布全市今年头11个月的工业总产值比去年同期增长32.1%，外贸出口比去年增长27.8%——后者连续两年居全国城市之首；继而市税务局又通过传媒宣告：深圳今年头10个月的工商税收比去年同期增长七成（其中，中央级工商税收比去年同期增长77.72%，地方级税收增长64.87%），已超额完成国家下达的全年度计划。

值得注意的是，在工业领域，一向不为外界所重视的深圳重工业产值比去年增长了42.3%；而在全国一些大中型企业举步维艰的同时，仅占全市工业企业总数1.26%的深圳大中型企业，其总产值和总利税却占去了全市同类工业指标的近一半。

种种数据表明：深圳今年经济的好形势，在很大程度上取决于工业生产的好局面。有关人士认为，1994年，是深圳工业出现可喜转折并产生质变的一年，而这一变化突出表现为深圳工业正在产品更新、技术进步、质量管理方面加速向国际先进水平靠拢。

上篇：现代追“新”族——抢先开发产品已成潮流

12月13日，位于八卦岭的深圳远望城多媒体电脑有限公司，科研人员正向记者演示一种被称作“VIDEO—CD回放卡”的新产品。简单些说，这项技术使人们可以利用带激光驱动器的普通家用电脑看电影。你只要有电脑，无须买镭射影碟机，也无须买价格昂贵的镭射大碟，只消买100多元一张（普及后价格还会大幅降低）的小光盘（形同激光唱片），就可以在电脑显示器或与电脑接驳的大彩电上看任何活动的图像。

据介绍，这项大量处理压缩信息的技术国际上今年初才进入市场，“远望城”自己研制的产品与之相隔不到一年。

根据市场现实和潜在的需要加速开发具有国际先进水平的新产品，恰是今年深圳工业界显著的特征。“远望城”，这家于去年6月才建立并已成为目前国内规模最大多媒体开发基地的企业，一年多来已开发出十几种达到世界90年代初期先进水平的多媒体电脑产品。以多媒体为代表的深圳电脑软件产品产量已居全国首位。

而产品变化之快早已名声在外的深圳中华自行车集团股份有限公司，今年的新产品开发更让人眼花缭乱：头11个月，这家公司已设计并生产出1000多种新款自行车，平均每天开发3个新品种，公司今年出口自行车的数量居世界同行之首。

消费者对深圳家电生产企业的变化可能感受最深。以彩电为例，深圳几家彩电生产企业今年迭出高招，使深圳彩电生产水平直逼世界尖端。

康佳电子集团今年拿出相当于利润总额六分之一的资金，以70多人的专业技术队伍，不间断地开发新产品，全年开发的新产品达120种，其中仅21—29英寸带重低音的第三代“彩霸”等新型彩电的产量就超过120万台，其中出口50万台，出口额居全国第一。华强三洋电子有限公司继去年向日本返销29英寸准高清晰度彩电后，今年10月又生产出25英寸准高清晰度彩电，首批3000台已投放市场。以“快乐”牌彩电闻名深圳的华发电子有限公司今年也开发出带4个画面的“画中画”彩电和带录像机的“二合一”彩电。在深圳的彩电合资企业中，今年已有外商一改向国内提供样机的做法而反过来向深圳厂家买设计。这样的形势，自然令越来越多的消费者冷落进口彩电。

产品的先进性，为深圳的工业企业占领市场和规模发展创造了有利的条件。在深圳实力雄厚的“玻璃企业”板块中，几乎世界每一新型汽车问世都很快研制出相应汽车玻璃的信义汽车玻璃有限公司，今年已形成140多万平方米专用玻璃的生产能力，累计生产出600多种、3000多个规格的汽车玻璃，产品在香港市场的占有率达60%。以“华为”“中兴新”等企业为龙头的深圳程控交

年终专稿

崛起的现代企业群落

——1994年深圳工业发展扫描

●本报记者 [illegible]

进入12月，深圳经济界传出一个个让人高兴的消息。先是统计部门公布全市今年头11个月的工业总产值比去年同期增32．1%，外贸出口比去年增27．8%——后者连续两年居全国城市之首；继而市税务局又通过传媒宣告：深圳今年头10个月的工商税收比去年同期增七成（其中中央级工商税收比去年同期增长77．72%，地方级税收增64．87%），已超额完成国家下达的全年度计划。

值得注意的是，在工业领域，一向不为外界重视的深圳重工业产值比去年增长了42．3%；而在全国一些大中型企业举步维艰的同时，仅占全市工业企业总数1．26%的深圳大中型企业，其总产值和总利税却占去了全市同类工业指标的近一半。

种种数据表明：深圳今年经济的好形势，在很大程度上取决于工业生产的好局面。有关人士认为，1994年，是深圳工业出现可喜转折并产生质变的一年，而这一变化突出表现为深圳工业正在产品更新、技术进步、质量管理方面加速向国际先进水平靠拢。

上篇：现代追“新”族——抢先开发产品已成潮流

12月13日，位于八卦岭的深圳远望城多媒体电脑有限公司。

科研人员正向记者演示一种被称作“VIDEO—CD回放卡”的新产品。简单些说，这项技术使人们可以利用带激光驱动器的普通家用电脑看电影。你只要有电脑，无需买“镭射影碟机”，也无需买价格昂贵的“镭射大碟”，只消买100多元一张（普及后价格还会大幅降低）的小光盘（形同激光唱片），就可以在电脑显示器或与电脑接驳的大彩电上看任何活动的图像。

据介绍，这项大量处理压缩信息的技术国际上今年初才进入市场，“远望城”自己研制的产品与之相隔不到一年。

根据市场现实和潜在的需要加速开发具有国际先进水平的新产品，恰是今年深圳工业界显著的特征。“远望城”，这家于去年6月才建立并已成为目前国内规模最大多媒体开发基地的企业，一年多来已开发出十几种达到世界90年代初期先进水平的多媒体电脑产品。以多媒体为代表的深圳电脑软件产品产量已居全国首位。

而产品变化之快早已名声在外的深圳中华自行车集团股份有限公司，今年的新产品开发更让人眼花缭乱：头11个月，这家公司已设计并生产出1000多种新款自行车，平均每天开发3个新品种，公司今年出口自行车的数量居世界同行之首。

消费者对深圳家电生产企业的变化可能感受最深。以彩电为例，深圳几家彩电生产企业今年迭出高招，使深圳彩电生产水平直逼世界尖端。（下转第二版）

《深圳特区报》1994年12月31日第1版

崛起的现代企业群落

（紧接第一版）康佳电子集团今年拿出相当于利润总额六分之一的资金，以70多人的专业技术队伍，不间断地开发新产品，全年开发的新产品达120种，其中仅21至29英寸带重低音的第三代“彩霸”等新型彩电的产量就超过120万台，其中出口50万台，出口额居全国第一。华强三洋电子有限公司继去年向日本返销29英寸准高清晰度彩电后，今年10月份又生产出25英寸准高清晰度彩电，首批3000台已投放市场。以“快乐”牌彩电闻名深圳的华发电子有限公司今年也开发出带4个画面的“画中画”彩电和带录像机的“二合一”彩电。在深圳的彩电合资企业中，今年已有外商一改向国内提供样机的做法而反过来向深圳厂家买设计。这样的形势，自然令越来越多的消费者冷落进口彩电。

产品的先进性，为深圳的工业企业占领市场和规模发展创造了有利的条件。在深圳实力雄厚的“玻璃企业”板块中，几乎世界每一新型汽车问世都很快研制出相应汽车玻璃的信义汽车玻璃有限公司，今年已形成140多万平方米专用玻璃的生产能力，累计生产出600多种、3000多个规格的汽车玻璃，产品在香港市场的占有率达60％。以“华为”、“中兴新”等企业为龙头的深圳程控交换机的开发能力和生产规模已称雄全国。其他诸如音响、软磁盘、液晶显示器等产量均居全国首位。

下篇：ISO9000—与国际接轨的质量炼狱

曾几何时，“ISO9000”对深圳的企业家来说，还是一个完全陌生的符号。1992年底，当深圳索泰克公司常务副总经理王兴俊向记者谈起公司作为深圳首批认证试点企业正进行的一整套内部管理改革的情况时，深圳乃至全国仅有一家企业获得这一国际质量认证。而到今年12月记者发稿时，深圳以这套足以让客户放心的质量管理系统领到进军国际市场通行证的企业已达40多家，占了全国半壁江山，其中大多数是今年内获得的。

ISO9000，是国际标准化组织（简称ISO）于1987年发布的一种可操作性很强的《质量管理与质量保证系列标准》的代号。它包括了设计、生产、安装和服务等各方面的质量保证模式。由于在当今纷繁复杂的各国经贸活动中需方对供方能否保持稳定的质量水平常不放心，ISO9000作为最佳的质量监控方式便很快风行全球。欧共体早就宣布，1992年以后，只有取得ISO9000证书的厂商才能与欧共体统一市场做生意。紧接着，北美自由贸易区宣布了类似的规定。如今世界已有50多个国家的约6万多企业获得认证。我国也正以等同于ISO9000的GB／T19000国家标准逐步取代过去推行的“全面质量管理”（TQC）。

正是在这样的逼人形势下，深圳的企业行动了。3年前，深圳南星玻璃加工有限公司面对世界安全玻璃主要市场澳大利亚的新规定，在国内率先按ISO9000的模式重整质量管理体系，苦练10个月后获得有关认证机构的许可证，产品畅行澳大利亚。今年以来，深圳一批积极参与认证工作的企业均尝到了新型质量管理的甜头，其中包括康佳电子、中华自行车、索泰克电子、华强三洋、赛格日立、南海油脂等著名生产企业。

在这些企业中，质量管理已不再只是对最终产品的检验把关，而是对原料采购到产品出厂整个过程都作有效控制。在采访中，记者遇到正经受认证审核的深圳莱宝公司一位工程师。她告诉记者：公司生产的导电玻璃全部外销，质量既关系到声誉又关系到效益。去年10月公司开工时要求良品率达90％，大家认为做不到，后来严格按ISO9000模式操作，虽然觉得有点繁琐别扭，但良品率竟一直保持在95％以上的水平，今年已创汇300万美元。

在推行ISO9000的中外企业中盛传着一句朴素而至关重要的名言，即在质量管理上“该说到的要说到，说到的一定要做到”。这对那些习惯于把质量管理写在纸上、挂在墙上而执行中却没有纪录检查的企业是严重的挑战，因为ISO9000对生产的每个环节和各岗位人员的职责都有详细的指标并要求每日对执行情况作纪录，否则就通不过认证或在认证机构日后的检查中被取消资格。于是有人誉此为深圳企业内部管理上的一次革命。

深圳已有40多家企业经受了挑战，另有数百家企业正主动把这“枷锁”往自己脖子上套。今年，深圳还在国内率先于建筑业（含建筑材料、建筑施工、建筑安装）和服务业推行ISO9000。有关文件已规定，从明年起，政府的物资采购部门、国家和省重点工程，应优先向取得这一质量认证的企业采购或招标。

事实明白无误地告诉人们：1994年，是深圳企业界按新型国际标准改革质量管理获明显进展的一年。照此发展下去，中国的质量老大难问题，将有可能在这个机制上获得根本解决。

《深圳特区报》1994年12月31日第2版

换机的开发能力和生产规模已称雄全国。其他诸如音响、软磁盘、液晶显示器等产量均居全国首位。

下篇：ISO9000——与国际接轨的质量炼狱

曾几何时，“ISO9000”对深圳的企业家来说，还是一个完全陌生的符号。1992年底，当深圳索泰克公司常务副总经理王兴俊向记者谈起公司作为深圳首批认证试点企业正进行的一整套内部管理改革的情况时，深圳乃至全国仅有一家企业获得这一国际质量认证。而到今年12月记者发稿时，深圳以这套足以让客户放心的质量管理系统领到进军国际市场通行证的企业已有40多家，占了全国半壁江山，其中大多数是今年内获得的。

ISO9000，是国际标准化组织（简称ISO）于1987年发布的一种操作性很强的《质量管理与质量保证系列标准》的代号。它包括设计、生产、安装和服务等各方面的质量保证模式。由于在当今纷繁复杂的各国经贸活动中，需方对供方能否保持稳定的质量水平常不放心，ISO9000作为最佳的质量监控方式便很快风行全球。欧洲共同体早就宣布，1992年以后，只有取得ISO9000证书的厂商才能与欧洲共同体统一市场做生意。紧接着，北美自由贸易区宣布了类似的规定。如今世界已有50多个国家的约6万多企业获得认证。我国也正以等同于ISO9000的GB/T19000国家标准逐步取代过去推行的“全面质量管理”（TQC）。

正是在这样的逼人形势下，深圳的企业行动了。3年前，深圳南星玻璃加工有限公司面对世界安全玻璃主要市场澳大利亚的新规定，在国内率先按ISO9000的模式重整质量管理体系，苦练10个月后获得有关认证机构的许可证，产品畅行澳大利亚。今年以来，深圳一批积极参与认证工作的企业均尝到了新型质量管理的甜头，其中包括康佳电子、中华自行车、索泰克电子、华强三洋、赛格日立、南海油脂等著名生产企业。

在这些企业中，质量管理已不再只是对最终产品的检验把关，而是对从原料采购到产品出厂整个过程都做有效控制。在采访中，记者遇到正经受认证审核的深圳莱宝公司一位工程师。她告诉记者：公司生产的导电玻璃全部外销，质量既关系到声誉又关系到效益。去年10月公司开工时要求良品率达90%，大家认为做不到，后来严格按ISO9000模式操作，虽然觉得有点烦琐别扭，但良品率竟一直保持在95%以上的水平，今年已创汇300万美元。

在推行ISO9000的中外企业中，盛传着一句朴素而至关重要的名言，即在质量管理上“该说到的要说到，说到的一定要做到”。这对那些习惯于把质量管理写在纸上、挂在墙上而执行中却没有纪录检查的企业是严重的挑战，因为ISO9000对生产的每个环节和各岗位人员的职责都有详细的指标并要求每日对执行情况做纪录，否则就通不过认证或在认证机构日后的检查中被取消资格。于是，有人誉此为深圳企业内部管理上的一次革命。

深圳已有40多家企业经受了挑战，另有数百家企业正主动把这“枷锁”往自己脖子上套。今年，深圳还在国内率先于建筑业（含建筑材料、建筑施工、建筑安装）和服务业推行ISO9000。有关文件已规定，从明年起，政府的物资采购部门、国家和省重点工程，应优先向取得这一质量认证的企业采购或招标。

事实明白无误地告诉人们：1994年，是深圳企业界按新型国际标准改革质量管理获明显进展的一年，照此发展下去，中国的质量老大难问题，将有可能在这个机制上获得根本解决。

发展：内地报纸转载　深圳科技崛起

稿件见报后的不到一个月内，内地包括《青岛日报》（1995年1月12日）、《解放日报》（1995年1月24日）、《温州日报》（1995年1月29日）等在内的沿海10多个经济发达城市的党报都转载了《深圳特区报》的文章。其他城市的情况未搜集。

而随后多年，深圳在时任市委书记厉有为及其继任者张高丽的大力推动下，

2020 年 1 月 22 日，笔者第二次去年逾 80 岁的厉有为老书记家拜访时，获赠他写的《深圳赋》（黄志鸿 摄）

以强大的政策力度加快了高新技术产业的发展速度。那些年由于政策向高科技企业倾斜，深圳早期很多“三来一补”企业和传统小企业感受到压力，纷纷向东莞、惠州等周边城市转移。这一度引起深圳市、区一些领导的恐慌，因为深圳的地区生产总值和财税收入似乎都受到了一些影响。这些担忧也是有道理的，很多离开的企业有着稳定的收入和良好的现金流，而很多高科技企业还在草创阶段，不仅在创收纳税方面动静不大，很多还需要贷款支持，甚至需要政府出面做银行工作。很多年后的2019年9月，我和朋友有一次去原市委书记厉有为家中拜访，聊起他当年对华为的支持时，老书记还回忆当时如何做通建设银行深圳分行领导的工作，给予华为关键的贷款支持。当时在实施时还用了一套“曲线救国”的策略，以规避一些政策规定。他说，当时在推动产业转型时，压力其实是很大的。

华为、中兴通讯的崛起都受益于这样的政策环境。深圳高科技企业的聚集效应也引起跨国公司的注意。记得我采访过的金蝶公司，虽然其软件与北京用友并列为中国最大的两个财务管理软件，但因在固定资产和现金流等方面的表现而一直难以获得银行贷款。1998年，美国国际数据集团（IDG）一次性给金蝶公司2000万元人民币的风险投资，解了总经理徐少春的燃眉之急。同年，日本爱普

1992年8月8日，在深圳会堂高规格举办的深圳市首届高新科技成果拍卖会，为后来的“高交会”积累了经验（刘廷芳 摄）

生将全球最大的打印机生产线放到了深圳。负责选址的爱普生香港公司木村社长在回答我和记者王敏关于为何将最大生产企业放在深圳而不是中国其他地方的问题时，提到其中一个原因，就是深圳已经具备半小时半径内获得全部半导体元器件的配套能力。

10年后，汪洋从重庆调任广东省委书记，在全省一些城市大力倡导“腾笼换鸟”，旨在用先进的企业替代落后的产能。在这方面，深圳先行15年，格局已然大不同。现在深圳相比于内地大多数城市，高科技产业如此发达，经济结构如此健康，应当主要归功于20世纪90年代产业战略的正确选择。

百姓互联网：张树新营造的网络社会

背景：北京惊现“尝蟹”者　网络初入百姓家

1996年，互联网已在国内发端（中国于1994年成为全球第77个拥有全功能互联网的国家，邮电部于1995年5月向国内开放互联网服务），极个别报纸甚至有了自己的“电子报”（深圳特区报的电子版到1998年4月1日才借助中央外宣办的外宣平台成功上网），但中国绝大多数老百姓仍与互联网无缘。这时，我听说北京已经有了一个“瀛海威时空”（“瀛海威”是信息高速公路“Information Highway”的音译），被称为“中国第一个百姓互联网”，它引起了我的兴趣。

1996年12月中旬，我利用去北京出差的机会，造访瀛海威公司，与公司创始人、总裁张树新女士，总工程师姜作贤，技术总监张朴，市场总监刘杰，公关总监夏鸿等公司几乎所有高管进行了访谈，还参加了12月14日公司组织的“记者沙龙首次座谈会”。访谈中我得知，才女张树新1985年毕业于中国科技大学化学系，曾在中科院办的中国科学报做过几年记者，后在中科院高技术企业局工作，1995年和姜作贤共同创办瀛海威科技有限公司。同年9月30日，“瀛海威时空”开通运营。

在中关村白颐路一头的转弯处，公司立了块后来被称作中国互联网产业第一个广告牌的标识牌“中国人离信息高速公路有多远——向北1500米”。标牌指向的1500米位置，就是瀛海威科教馆。我们的访谈和沙龙地点就在这里。而我在来到此地之前，对互联网没有任何感性认识，是这次访问才让我眼界大开的。“瀛海威时空”就是搭载在互联网上的一个面向北京用户的分网，里面有很多用户，用户所能做的事情，除了没有检索功能外，其实和我们今天能在互联网上做的事情差不多。这在当时就很吓人了。用户们在网络这样一个虚拟世界里，可以多方交谈，可以购物（用“信用点”作为交易筹码，可在瀛海威的门市部里兑现），可以读书，可以网恋，可以玩游戏，可以把礼品送到家，可以建自己的数据库，可以提供各种援助等，这都是我这样还停留在手机短信、E-mail体验中的人没想到过的。而我见到的那些用户，都是年轻的知识分子，虽然上网要缴费，但他们很享受在网上的幸福生活，这大大感染了我。人们因此把“瀛海威时空”称为“中国第一个百姓互联网”。

我到访时的瀛海威，刚刚在两个月前获得中兴发的2000万元投资，老总们雄心勃勃，员工们干劲冲天，公司前景一片光明。但因为一切都是在“吃螃蟹”，他们其实也困难重重。第一，这个网络自开通以来一直是孤立的，只限于北京，和瀛海威在外地城市开通的网络互不相连。好在张总和我谈话时的第一句话就是告诉我一个好消息：再过10多天，也就是12月26日，就要在北京、上海、哈尔滨、广州、西安、深圳、沈阳、成都共8个城市开通中文互联的网络，1997年底将扩大到24个城市。第二，当时注册用户IP手续烦琐，要向公安部门备案，而且上网费用很高。第三，民众对网络普遍缺乏认识，在推广营销上很费力，所以张树新说她是中国最早的网络启蒙者。第四，各种政策和关卡掣肘，每前进一步都要冲破一些障碍。第五，尚未形成盈利模式，一切还在烧钱阶段。

对这一切，张树新都认为可以克服。当年33岁的这位热情而略显强势的女人很有号召力和亲和力，其早在学生时代就当过中国科技大学的学生会主席和诗社社长。她告诉我，1997年底要达到8万至10万用户（我访问的时候只有6000用户），1998年底前要实现72个城市互联，并成为中国第一个信息上市公司，届时启动“亚太瀛海威”计划。但她看似随意的一句话也让我心头一惊。她说：“我们这样做，是在给后人探路，也很可能会成为牺牲者。”不料一语成谶，在早期开放程度很低的政策环境下，在一些政府官员因对这新事物缺乏认识而有意无意设置的办事障碍面前，她已经感受到举步维艰的压力。现在回过头来看，张树新确实是先知先觉而走得过早了。那时中国四大门户网站还没个影子，那些创始人还默默无闻，其中网易创始人丁磊的个人BBS当时还挂在瀛海威的网站上。

总工程师姜作贤的谈话聚焦于相对具体的话题。他希望尽量简化上网过程，“让未接触过网络的人10分钟内学会使用”。他要打造“瀛海威时空”网络的教育空间、娱乐空间、商业空间。市场总监刘杰则告诉我，到1996年底，国际互联网的用户会突破6000万，20世纪末将达到3亿，年增长50%以上。而中国的PC市场1995年是110万台，今年（1996年）预计170万—200万台。他对瀛海威的未来充满信心。

回到深圳后，我立即以兴奋的心情写了一篇通讯。因为是要发在《鹏城今版》上（那时《鹏城今版》每个版都强调可读性），所以我的大部分关于公司情况的访谈资料都没用上，主要的篇幅都用来讲那些我认为特别新鲜的网络故事了。同时，我还配了一篇“早行人语”（《鹏城今版》头版的评论专栏）《拥抱新时代》）

故事——见报稿：

形形色色网中人

——中国百姓互联网拾趣

本报记者　辜晓进

（《深圳特区报》1996年12月24日《鹏城今版》第1版）

北京有个“瀛海威时空”，在当地知名度很高。“瀛海威”取名英文“信息高速公路”（Information Highway），加“时空”二字，就是被当地传媒称为“中国第一”的全中文信息、全中文界面、面向普通群众的“百姓互联网”，目前在北京有6000多用户。

本月中旬的一个周末，记者赴京开会，匆忙间竟有机会接触到这个“网”上的一群“发烧”级玩家。他们眉飞色舞、兴高采烈的神态吸引了我，他们多姿多彩、新鲜有趣的故事感染了我。在中国电脑互联网的应用过程中，他们是先行者。但走近一看，先行者们也都是与你我无甚区别的平头老百姓。

老百姓演绎高科技的故事，最好看。限于篇幅，这里略去他们在网上查阅北京图书馆书目、预定音乐会票、利用互联网时的感受，只说故事。

网上“雷锋”

我们的晚饭吃了一半，王念庆才来。解释原因，他说是刚刚在中关村参加另一个网友聚会，网友们对某报称其为“网虫”有意见，吵吵嚷嚷的，他再三调停，所以来迟。原来，曾经电脑发烧，继而网络发烧的王，如今已是瀛海威北京分公司的总经理，要管事儿了。

其实，“网虫”也是这些网友们自封的，意指整天钻在网里不肯出来的网络发烧友，只不过自封可以，别人这么叫就不行。特别是报上郑重其事称其为“虫”，他们的自尊心有点受不了。网友们多数并不相识，但一到网上就亲密无间、随意交谈，难得凑在一起也就是熟人了。

王念庆最津津乐道的，就是网友之间的互助精神。他正为如何成全一位残疾人的义举而伤神。那是个18岁青年，不慎摔断一条腿，妈妈怕他寂寞，给买了台电脑，在“时空”入了户。他的身份一暴露，立刻就有网友伸手帮忙，最后有一家企业聘他作资料翻译，工资以“信用点”形式在网上支付（信用点是“瀛海威时空”的一种结算单位，每个点值5分钱，可在网上消费一分钟，也可到门市部兑现）。

最近，这位始终不透露真实姓名的青年见网上常有学生索要信用点，就决定捐出5万个信用点，帮助无收入者利用网内资料。王念庆说，如何处理这样的捐助，在技术上还须动些脑筋。

接着这个话题，某公司总监助理江雪海说了自己的经历：今年9月的一天，他为第二天上午交一份关于夏令营的调查报告给报社，一直折腾到夜里3时，因打字慢，眼看赶不出来了，着急中便到网上求打字快者帮忙。一分钟后，一个电子邮件传来，说愿意支援。问地址，对方在通县，太远。很快又有了第二个志愿者，就住北大校园，离江的住处很近，江大喜，遂约在320汽车总站碰头。在这位陌生朋友的配合下，全部材料于早晨7时整理完毕，按时传给了报社。

网上恋情

经多次询问，记者了解到这6000多网员的一些基本情况。例如，二三十岁的年轻人占了绝大多数，使用最密集的时间在晚上9时至凌晨4时，男女性别比为16至18比1。也就是说，每天晚上都有一大批男性占压倒多数的年轻人泡在网上查资料、讨论问题、对话或合作玩游戏。

年轻人深夜在网上对话，免不了涉及情感世界。江雪海向我讲述了一个爱情故事。他的一位26岁的朋友是个工作狂，一直未遇称心女友，有一次在网上化名“竹马”发出征婚信息，不久就获得一位叫“青梅”的姑娘的回应。两人从此频频呼叫，时时对话，竟相互心仪。数月后两人约会，“竹马”早早赶到，却怎么也等不来“青梅”，约会地点只有同公司的李小姐在，且似乎也在等人。一个小时过后，两人猛然醒悟，方知“青梅”“竹马”原是熟人。两人平时就互有好感，只是未有勇气交谈，结果让互联网当了月老。如今两人正忙着筹办婚事，并打算在网上举办一个在线婚礼呢。

有趣的是，与现实社会一样，男女比例严重失调的后果也会导致女性受宠。女网员一出现，好听的话便向她拥去，甚至有送信用点献殷勤的。于是就有人冒充女性在网上登录，以至弄出天大的误会。有个23岁的小伙子，一次在网上不小心呼出一个“姑娘”，聊起来还特投缘，几天下来便有相见恨晚的意思，花了几千个信用点也在所不惜。后来一见面，对方是个老头。对方乐极，小伙气极。

网上作家

吴岩是国内较早用电脑写作的科幻作家，但后来觉得电脑打字扰乱了“小说思维”，以至愤而在报上发表题为《电脑创作：痛苦与忧伤》的文章，几与电脑“拜拜”。“时空”的出现，使他重新对电脑产生了兴趣。他应邀加盟网上的“瀛海威2000家长学校”，还创办了《科幻与奇谈》的网络专栏。每到一天工作结束，他都会进入网络世界搜寻信息和回答网员的提问。

吴岩对网络并不陌生，早在国外讲学期间，就曾体会到互联网对作家的用处，他还通过互联网与美国、加拿大、日本和荷兰的作家们交换过意见。这次他在国内又重新体验到电脑互联网的使用价值。今年9月，他的长篇科幻新作《生死第六天》送交出版社，里面就有对“网上旅行”的逼真描写。

交谈中发现，网友中像吴岩这样的作家毕竟极少，更多的是一些真正的“网络作家”，他们受主客观条件限制，并不在报刊上发表作品，却在网上频频“发稿”，有的文章还挺漂亮。35岁的安先生经营一家书店，曾给报刊投稿而未中，便在网上写小说散文。没想到他作品一上网，就有许多网友给提意见甚至帮他写。这激发了他的创作热情，至今已写了10多万字。他最近在接受一名记者采访时说：“也许有朝一日我会把它们编成书出版呢。”

网上“交易”

徐晨和我见面时，瀛海威的总经理张树新女士指着他说：“瞧，这就是网络发烧友的标准形象。”这个20出头、戴眼镜、瘦削高挑、相貌端正的青年人，虽话语不多、性格内向，在网上却谈吐犀利、恣肆潇洒。他是百姓互联网的首批个人用户之一，现在也投奔了张树新麾下。他最喜欢的网络特性，是人际交流的便捷，大家在这个社会里的交往没有什么障碍，很轻松。交流的方便，就促成了网上的一桩桩生意。

有个以“Fidelio”名字登录的小公司老板，事业初创，要印一批信封却不熟悉印刷业务，便在网上发了一条布告：“各位网友，本人急需印刷一批信封，哪位有意承揽此业务，请直接与我联系。”反应极快，当天就有4个电子邮件传入他的信箱，愿接业务。他立即回函约4名竞争者于第二天晚上到网上“咖啡屋”谈判。结果Fidelio很快从4人中选出最满意的竞争者，并把信封的规格要求告诉对方，同时用信用点付了定金。第三天他刚进办公室，秘书就告诉他，有个小伙子已把印好的信封送来了。

有时，也会出现恶作剧式的交易。一个深夜，徐晨收到某网员留言，说要教他如何在网上偷信用点，只要徐晨给100个点，就立刻传授秘诀。徐以为对方是个电脑天才，担心网上真有漏洞，便传去100个信用点，欲看究竟。谁知对方接到信用点后向他“耳语”：“我这不是偷了100个信用点吗？”徐大怒，在网上“起诉”对方，很快就有人声援他，但更多的人却批评他“太天真”。最后，那个网上“骗子”加倍退还了信用点，原来对方是开了个大玩笑。

网上玫瑰

北京的网友们向我讲述了一个动人的悲剧。去年底，网上的《情感小屋》栏目主持人小雪小姐有一天向网友们发了一封电子邮件，说：“我是ROSE，你们的朋友，我感到欣慰的是有那么多朋友信任我。我由于自身的原因也许见不到各位了。但我会像一支真正的玫瑰花，永远陪伴着你们，在你们苦恼的时候，我会给你们带来欢乐。这就是我，一支即将凋谢的玫瑰花……”原来这是位不幸的姑娘。三年前，她因煤气中毒而瘫痪，是她的男朋友陪伴她，帮助她通过电脑进入了“瀛海威时空”，并让她成了一个栏目的主持人。更不幸的是，她最近又得了脑癌，需作化疗，所以被迫中断主持。众网友这才知道，经常在网上和他们谈心的那位机智活泼的主持人，竟是位坚强而有着悲惨遭遇的姑娘，平时嘻嘻哈哈的网友们心情沉重起来。他们在网上焦虑地呼叫，争着要为小雪做些什么。

当瀛海威的总经理含着热泪招呼工作人员帮大家联系上小雪时，她已经被送到隔离病房抢救，其男友正准备在她生命最后一刻为她穿上婚纱。今年1月2日，小雪在过完25岁生日后平静地离去。“时空”为之沉寂三天。网友们回味着这位玫瑰小姐在网上说的最后的话：“当新年来临的时候，送给你们一支玫瑰花，它会给你们带去温馨和希望……”

发展：瀛海威消失 门户网崛起

作为中国网络启蒙者的瀛海威，最终因未能走出早期创业的泥淖而错失网络发展的康庄大道。

1996年上述文章发表之后，瀛海威全力以赴地“结网”——把“百姓互联网”铺向全国。利用到手的8000万元投资，公司以重金租用了两条通信线路作为自己的建网基础：卫星线路（VIST）和国家数据专线（DDN）。1997年初，张树新曾告诉我将于1996年10月底开通的上海、广州、深圳等8个城市及全国大网，在推迟数月后终于开通。当时投入很大，除了通信线路费用，每个城市节点的开办费用都超过200万元。如果按原计划1997年底开通24个城市，投资更大。这时，中国电信开启互联网接入市场，以国家队的强大实力成为瀛海威的最大竞争对手。瀛海威最终屈服，转而与之合作，之前的线路投资打了水漂，出现巨额亏损。

深圳特區報
鹏城今版
龙园山庄
跳进龙门·入龙园
形形色色网中人
——中国百姓互联网拾趣
商品热销 不容有假
八方传真

《深圳特区报》1996年12月24日《鹏城今版》第1版

1997年，瀛海威还在内容上做了一些创新，最有名的就是启动以“网上延安”为开头的“网上”系列。张树新接受了这个创意，认为既有社会意义又有商业价值。“网上延安”就是把延安的历史、人物故事、现实发展等放在网上，总共建了200个网页，上线图片500多幅、文字10万多字。结果耗时耗资建成的这个网站却不太受欢迎，点击率很低，社会价值和商业价值都未得到体现。1998年6月，严重亏损和前景不明朗，导致瀛海威的大股东兴发集团与张树新产生剧烈矛盾，张最终辞职。2001年，瀛海威彻底出局。

多年后，张树新在接受《博客中国》采访时说：“我们本来是要卖面包的，后来我们要从种麦子做起。而卖面包的利润却无法负担种麦子的成本。”[1]这形象地表达了早期互联网创业的艰难，但她在战略决策上的失误也是瀛海威失败的重要原因。就在该公司2001年淡出人们视线的同时，新浪、搜狐、网易已经大幅占领市场，并先后在美国纳斯达克上市。

早在我那篇文章发表一年多后的1998年，远离北京的深圳人也开始热衷上网。我在1998年10月2日《深圳特区报》头版的《国庆献礼》专栏发了一篇通讯《深圳人大步跨入网络世界》。文中说：

> 深圳人正以前所未有的热情跨入网络世界：于去年8月开通的“网上医院”迄今已有近2000人次造访；于本月20日开始举行的“首届中国象棋网上公开赛”，共有1100名中外选手欲与看不见的对手一决雌雄；而当记者9月25日试着登录深圳天虹商场网址时，该网页明确显示我是第15,190位从网上“进入”商场的客户。至于网上炒股、网上查询资料等早已成为许多深圳人之日常时尚。据悉仅一个深圳万用网，目前就有27,000深圳客户，每天大约有11,000人次上网。截至今年9月，深圳的电脑网络已部分覆盖了金融、证券、税收、公安、交通、人事、商业、农贸、海关、城管、规划、口岸、新闻、教育、医疗等近20个领域。

[1] 博客天下.张树新：瀛海威当年失败，是因为“它太早了”[EB/OL]. [2014-04-21]. https://www.tmtpost.com/106164.html.

突兀："抢注"事件后的商标意识觉醒

背景：企业初始商标价值　大批商标仍缺保护

新中国虽然早在1950年就颁布了《商标注册暂行条例》，1963年国务院又公布了《商标管理条例》，但由于长期形成的轻商观念和计划经济体制下品牌和竞争意识的淡漠，社会普遍缺乏商标意识。十年"文革"，使《商标管理条例》名存实亡，很多人不知商标为何物。

直到1979年，国家工商总局才着手重建商标的统一注册制度，并恢复《商标公告》的出版。经过1980年对现有商标进行清理等一系列基础工作，1982年的第五届全国人大常委会第24次会议，才正式通过《中华人民共和国商标法》（简称《商标法》）（1983年3月1日起施行）。1990年5月开始，试点建立商标事务所，推行商标代理制度。1994年，工商总局颁布《商标代理组织管理暂行办法》。至此，中国的商标工作进入正规化、常规化阶段，并随着此后一系列政策法规的出台，渐渐成熟起来。到1998年，全国的注册商标已有86万多件，是《商标法》颁布之前的1982年8万多件的10倍多。

但86万件注册商标在我国庞大的商品种类中仍只是极少数。1998年，在商标意识觉醒较早的上海市，30万家企业中，有注册商标的企业占比不到一成，遑论其他省市。很多有着悠久历史或名气较大的商品，如"长虹""熊猫"以及深圳的"特发""佳宁娜""宝恒"等，都未注册或完整注册商标。这不仅让大量商标处于无保护状态，也给注重商标制度的外贸出口带来困难。深圳当时已连续6年位居全国大中城市外贸出口第一名，外贸企业对商标的重要性更有切肤之感。这一现状也给商标抢注行为带来可乘之机，于是就发生了1998年"中外贸"的商标大抢注事件，震动业界。

我和记者朱良骏闻讯后立即对此事件进行采访，并于当年4月14日下午独家采访到此次事件的始作俑者、中国（深圳）对外贸易中心有限公司（简称"中外贸"）的总经理吴英瑜。这是一家规模较大的国有外贸公司，成立于1984年，1997年出口5000万美元，进口2000万美元。吴总有备而来，思路清晰，很有条理，详细谈了公司此举的动机、理由和目标，并回应了外界对此事件的关切。我们当晚写出消息，刊发于次日《深圳特区报》头版。受限于消息篇幅，也考虑到"中外贸"毕竟是过错方，所以消息中将吴英瑜的观点压缩至不到200字。其实，吴英瑜的举动也并非全无道理，而且客观上大大强化了中国企业的商标意识。这里不妨将当年我的采访笔记中有关他的一些观点补记如下。

吴英瑜：先谈谈我们注册商标的动机和原因：

一是部分出口商品因没有商标而无法出口或要向他人支付额外费用，特别是所有食品和罐头商品，如无商标一概不能出口。而我们是做出口贸易的，食品、罐头占我们出口量的30%。芦笋、清水马蹄、冬笋罐头、芦柑、香梨等因无商标海关都不让出口，我们每年这几个商品的出口额为600万美元，每年要向有关商标持有人（其中水果的商标持有者都是外国人）交1.5%约9万美元的商标使用费。这样做还常常给出口业务带来很大麻烦，如商标持有人在上海，我们就要派人去上海索取证明并交费。

二是外经贸部1995年要求全国外经贸企业实施商标战略，1996年又在长春召开全国外经贸系统商标工作会议（深圳市贸发局也有处长参加）。会议提出三条要求：①未注册商标的尽快注册；②没有商标的大宗商品尽快创立商标；③要善于利用商标引进外资。

三是我们正在申办深圳市进出口交易中心，想办成第二个广交会，将全国1000家企业365天开放，"将深圳建成全国优秀产品的集散地"（深圳市市长李子彬语），就像李岚清副总理1995年提出的那样，实现外贸企业逐渐向外贸代理制转变。这一计划已被商贸控股（深圳当时三大控股公司之一）立项，分管外贸的副市长郑通扬已有批示。

我们打算注册500个商标，但并非为了一己私利，而是给全国1000个会员使用。会员出商品，我们出商标，共同推动外贸出口。所以，我们从1995年10月起，就开始有选择地注册商标，就是为了给这个计划做商标储备，因为从申请到拿到证书，通常要一年半左右。所以，我们的目的只是自用，用于企业未来发展。如我们注册的“九月九”已成为我们的食品罐头出口名牌，从去年初到现在已出口300万美元以上。“红梅”地毯过去一直有偿使用别人的商标，注册后已出口100万美元。进口方面，台湾产的“彩衣指甲油”由我们做大陆总代理，其商标是英文名，我们就注册了“重生鸟”，也是防止台湾方面变卦。现在他们果然变卦了，通过各种渠道进入大陆，但由于我们注册商标在先，别人就不敢公开销售。

关于外界传言和评论，我也谈谈自己的看法。第一，我不同意“恶意抢注”一说。国家商标总局董保林处长在接受央视采访时说，注册是合法的，但又指违背商业道德，称我们的行为是“恶意抢注”。我认为，既然合法，就不存在商业道德问题。商业道德的基础是法律，不能离开法律空谈道德，法律上并无“恶意抢注”这一字眼。第二，是关于我们注册商标侵犯了他人劳动的观点。我认为劳动的方式有直接和间接之分，劳动成果如果没有专用权，就不受法律保护。第三，有人认为上市公司的企业商号就是“驰名商标”或“公众熟知商标”，这不符合法律规定。法律关于商标有严格的规定，如资格的认定、法定认定程序、有法定认证机关审核、有法定的认定结果公告等。第四，有人认为投入大量资金做广告的企业商号或商标，就可以获得法律的特别保护，我觉得也有悖法律。第五，有人指责我们钻了法律的空子，遂以违背商业道德为理由以行政手段裁定异议，我觉得这也不符合依法治国之道。即便法律因不完善而需要修改，那也是修改后的事。第六，有人说我们注册商标是不正当竞争，我认为这是适用法律的错误，不正当竞争不属于《商标法》管辖范畴（我现在正在读厦门大学的法律研究生）。商标在没有专用人之前都属于公众资产，任何人都无权垄断，任何人都有权依法注册。例如，商标有42个类别，你只注册了一个类别，就想垄断全部42个类别而不准他人使用，这是不公平的。

关于“重名”问题，现在有600多个“熊猫”、300多个“长虹”作为商号的公司，很难说谁重谁的名！我们另类注册的商标，只是注册了同名企业不需要的类别而恰恰我们需要。境外机构对中国虎视眈眈，我们不注册，国外企业也会注册。如“莱英达”就被香港企业注册了（“莱英达”是当时深圳著名集团公司——笔者注）。我们主要集中在产品类，而涉及的48个上市公司的同名商标都是服务类。既然这些公司不需要这类商标，为何我们不能用？我们用这些商标，也是为了便于记忆。

吴英瑜上述谈话既讲了事件的缘由和他们的苦衷，也有狡辩的成分，深圳法律界多位律师也认为其行为合法。只可惜当时深圳因此事成为全国的焦点，深圳特区报作为当地党报只能对此敏感事件保持克制，未能就此事做一篇深入采访当事各方的深度报道。不过，我们也很重视舆论引导，吴总在和我多次交谈之后，经深圳市有关部门做工作，于4月19日向涉案的48家上市公司发出合作倡议函，表达"友好协商"的意愿，以促事情圆满解决。我和朱良骏又出面组织了由深圳特区报和深圳市工商局联合举办的商标座谈会（4月23日），特发（当时深圳最大的国有企业）、康佳、华为、宝恒、飞亚达、莱英达、赛格、益力、怡宝等23家著名企业的40多位代表出席，国家商标局、省市工商局、深圳特区报社的有关负责人以及法律界、商标代理界也有代表出席。华为、益力、飞亚达、赛格等企业代表都认为"中外贸"的行为是合法的，为企业上了一课。而莱英达、宝恒等认为"中外贸"属不正当竞争。与会者大多赞成这是一次重要而及时的座谈会，且此事发生在深圳，也表明深圳在商标意识和企业改革方面走在全国前面。国家商标局副局长黎晓宽直指这次事件"是一件很好的事"。

我们的相关报道实际上形成了一个小系列，也表明了深圳官方和企业的态度，在全国产生了较大的影响。

故事——见报稿一：

注册一百四十二件商标　涉及四十八家上市公司

"中外贸"抢注商标引起轩然大波

众多企业表示疑虑　法律界人士称此事合法

本报记者　辜晓进　朱良骏

（《深圳特区报》1998年4月15日第1版）

中国（深圳）对外贸易中心有限公司（简称"中外贸"）大量注册商标并涉及数十家上市公司名称的事件引起主管部门及法律界人士广泛关注。截至昨日，该公司已接到国家商标局转来的17家公司的商标异议书和3家公司的商标争议书。

"中外贸"自1995年10月起，分四批以每件2000多元的费用向国家商标局申请注册120个、239件商标，至今已获批准证书的有85个、142件。其中有48个共60多件商标与长虹、宝恒等上市公司的简称同名，其他也多与已有一定知名度的品牌如熊猫、特发、佳宁娜等同名。此举引起众多企业的不解、疑虑甚至愤怒。今年3月25日，彩电业龙头老大“四川长虹”首先对“中外贸”注册“长虹”商标一事提出争议，认为“中外贸”以不正当手段取得注册，要求国家工商局予以裁定。而深圳市钧濠房地产开发有限公司则不得不以协议方式，用3万元人民币从“中外贸”手中“买”回“钧濠”商标。

“中外贸”是一家规模较大的国有外贸企业，去年出口总额达5000万美元。总经理吴英瑜昨天接受记者采访时表示，此举是为了解决长期无商标而不得不付费向国内外企业借商标出口的困难，也是响应外经贸部实施商标战略的号召，同时他们正在申建的深圳出口商品交易会需要大约500个商标。他说，他们去年初获准使用的“九月九”“红梅”等商标迄今已成为出口名牌，创外汇近500万美元。当被问及是否有意与知名公司同名时，吴英瑜称这些公司的某些商标类别并未受法律保护，何不为我所用。

此事已引起国家商标总局的高度重视，但也有官员表示，“中外贸”获得商标专用权虽然合法，却有悖商业道德，属“恶意抢注”。对此，我市法律界多位律师持保留态度，认为既然是合法的，就必须受到保护，法律上没有“恶意抢注”字眼，即便法律有漏洞，在修改之前也必须坚决执行。

『中外贸』抢注商标引起轩然大波

注册一百四十二件商标 涉及四十八家上市公司

众多企业表示疑虑 法律界人士称此事合法

【本报讯】（记者辜晓进 朱良骏）中国（深圳）对外贸易中心有限公司（简称“中外贸”）大量注册商标并涉及数十家上市公司名称的事件引起主管部门及法律界人士广泛关注。截至昨日，该公司已接到国家商标局转来的17家公司的商标异议书和3家公司的商标争议书。

中外贸自1995年10月起，分四批以每件2000多元的费用向国家商标局申请注册120个、239件商标，至今已获批准证书的有85个、142件。其中有48个共60多件商标与长虹、宝恒等上市公司的简称同名，其他也多与已有一定知名度的品牌如熊猫、特发、佳宁娜等同名。此举引起众多企业的不解、疑虑甚至愤怒。今年3月25日，彩电业龙头老大“四川长虹”首先对中外贸注册“长虹”商标一事提出争议，认为中外贸以不正当手段取得注册，要求国家工商局予以裁定。而深圳市钧濠房地产开发有限公司则不得不以协议方式，用三万元人民币从中外贸手中“买”过来“钧濠”商标。

中外贸是一家规模较大的国有外贸企业，去年出口总额达5000万美元。总经理吴英瑜昨天接受记者采访时表示，此举，是为了解决长期无商标而不得不付费向国内外企业借商标出口的困难，也是响应外经贸部实施商标战略的号召，同时他们正在申建的深圳出口商品交易会需要大约500个商标。他说，他们去年初获准使用的“九月九”、“红梅”等商标迄今已成为出口名牌，创外汇近500万美元。当问及是否有意与知名公司同名时，吴英瑜称这些公司的某些商标类别并未授法律保护，何不为我所用。

此事已引起国家商标总局的高度重视，但也有官员表示，中外贸获得商标专用权虽然合法，却有悖商业道德，属“恶意抢注”。对此，我市法律界多位律师持保留态度，认为既然是合法的，就必须受到保护，法律上没有“恶意抢注”字眼，即便法律有漏洞，在修改之前也必须坚决执行。

《深圳特区报》1998年4月15日第1版（局部）

故事——见报稿二：

只因为吃尽苦头　才有此借箸为谋

“中外贸”致函48家上市公司倡议合作

称对个别商标争议可协商解决

本报记者　辜晓进

（《深圳特区报》1998年4月22日第2版）

“中外贸”向全国48家上市公司发出倡议书后，至昨日已有6家公司来函或来电表示愿意合作。这是有关本次商标事件的最新进展。

在19日发出的这份倡议书中，"中外贸"呼吁各大上市公司重视商标在企业发展中的地位和作用，将商标作为企业的无形资产加以保护，并根据自身长远发展的需要及时注册其他类别的同名商标。倡议书还特别提出，如果有关上市公司确实需要已被注册在先的同名商标，"中外贸"愿与之"友好协商"，以期"圆满解决"。

"中外贸"总经理吴英瑜昨天在接受记者电话采访时强调，他们选择易记、好听的名词来较大数量地注册商标，其目的完全为了自用，若一定要转让，也是为了顾全大局。他说，过去公司吃够了没有商标的苦头。例如，罐头、水果的出口占公司总出口量约三成，但这些产品基本上都无商标，到了海关就被卡住，只好向有关商标持有人按1.5%的比例付费借用，仅芦笋、清水马蹄等几个产品，每年就花费50万元人民币，而且在借用商标时麻烦多多。这在外贸企业是很普遍的事。所以外经贸部要求无商标的大宗商品尽快创立商标。公司注册的"九月九"（食品罐头）、"红梅"（地毯）、"重生鸟"（台湾指甲油）均已成为进出口的名牌，有效地保护了企业的利益。

据悉，国家商标局已着手解决此次商标事件中的一些争议问题。

故事——见报稿三：

参与本报与工商局联合召开的座谈会人士普遍认为

"中外贸"商标事件利大于弊

本报记者 辜晓进 朱良骏 通讯员 冯念文

（《深圳特区报》1998年4月24日第1版）

"中外贸"大量注册商标的事件经本报披露后，引起企业界、法律界和政府主管部门广泛关注。数十家知名企业的代表昨天参加了本报与市工商局联合召开的座谈会，就此事发生的社会影响展开讨论。

由市工商局与本报联合召开的这次座谈会，共有特发、康佳、华为、宝恒、飞亚达、莱英达、益力、怡宝等23家企业的40多位代表参加。国家和省商标主管机关的负责人出席了会议。

与会者普遍认为，此次商标事件"利大于弊、必将产生积极影响"。绝大多数企业人士认为，此事给企业敲响了警钟，企业应该从事件中吸取教训，在市场经济条件下积极依靠法律保护自己的合法权益。也有代表对"中外贸"另类注册同名商标行为的合法性表示怀疑。

国家商标局副局长黎晓宽在会上说，我国《商标法》注册的原则是申请在先和诚实使用。只使用而不注册，不受法律保护。企业应认真学习《商标法》，争创驰名商标，主动扩大保护范围。他认为这次事件“是一件很好的事”，不少企业的商标意识很薄弱，可以借此唤醒。

深圳市工商局副局长彭曙曦表示，过去动员企业强化商标意识，效果都不理想。出了这件事，一些企业才有切肤之痛。这对强化商标意识、促进“三个一批”战略的实施有很大意义。

本报副总编丘盘连在会上说，《深圳特区报》的报道，目的在于引起社会对商标法的关注。报纸将继续公正、客观地报道好此事，通过宣传达到预期目的。

发展：商标注册量大幅增长　跃居世界第一

事后证明，发生在深圳而涉及全国多家知名企业的这起商标抢注案，确实给全国企业上了一课，起到了很好的警示作用。在此之前，美国人抢注青岛啤酒，日本人抢注同仁堂药膳，都没引起国人的重视。直到此刻，人们才突然发现，商标保护离自己的企业是如此之近，不少企业的商号被别人注册了商标而全然不知。如1984年创办的高科技民营企业北京四通公司，名气很大，也在品牌上投入了不少宣传推广费用，却直到“中外贸”事件发生，才发现“四通”早已被一家搬家公司注册。对方未必出于恶意，只是觉得这个名称很合适，又无法律保护，便申请注册了。

1998年7月号的新华社《瞭望》新闻周刊也详细报道了这起事件，其中引述了深圳特区报的部分内容。各地媒体也纷纷加入报道，使该事件成为当年经济界的一个重要现象。其直接的后果，便是企业纷纷拿起法律武器，出现商标注册潮。

据国家知识产权局网站发布的历年“知识产权白皮书”，1998年商标局受理商标申请的数量同比增加8928件；1999年同比增加13,032件，2000年增加52,362件。截至当年底，全国有效注册商标达1,249,803件。到2002年，中国商标的申请注册量已跃居世界第一位。新华社2018年7月10日发表的消息称，截至2018年6月底，我国有效注册商标量已达1680.7万件，继续保持世界第一。当年仅上半年的注册申请量就达358.6万件，同比增长57.5%。

从普遍不重视商标注册，到连续16年世界第一，弹指一挥间。“中外贸”事件则是这一进程中的一个有趣节点，值得历史记忆。

冬瓜岭，远去的都市驿站

背景：深圳最大安置区的拆迁争议

彩田村，占地面积10万多平方米，住宅建筑面积19.7万平方米，住房2026套，2002年建成时是深圳最大的福利房住宅区。其位置优越，交通便利，靠近莲花山，是继梅林一村之后又一个高标准的“豪华”福利房小区。不过，这里的住户恐怕很多人并不知道，当年这里曾经是深圳最大的安置区，而围绕这片区域的拆迁有过很大争议。政府因此成为被告，相关官司一直打到2005年。

我刚到深圳那几年，就知道有个莲花山安置区，位于现在莲花山东侧包括关山月美术馆在内的一大片区域，建有很多简易房。深圳特区报后来的很多同事都曾在那里住过，包括现在深圳报业集团及旗下一些报社的领导。比莲花山安置区稍晚建成的，就是位于现在彩田村的冬瓜岭安置区。深圳商报和深圳晚报不少员工就曾住在那儿。比这两个安置区更早建成的，是1991年投入使用的深圳第一个安置区——位于笔架山麓的黄木岗安置区。这三大安置区在深圳20世纪90年代的发展中，发挥了巨大的作用，容纳了大量新调入的居民和外来务工者，是很多外地人来到深圳的第一个驿站。

冬瓜岭安置区是经国土部门批准建设的过渡性廉租社区，于1995年初完全建成，规模超过此前的黄木岗安置区和莲花山安置区。在完全建成前，已有很多人入住里面一些早期未经审批的农民房和简易

1997年的冬瓜岭安置区大门

房。这两个安置区我都去过，感觉上冬瓜岭的条件不如莲花山。记得有一次我去沙头角采访，结束后天色已晚，深圳商报的一位女记者搭我们的车回市区，因为下雨，我请司机送她回宿舍。到了冬瓜岭路口，她不让往里送，说道路泥泞，车不好开。我们看着她深一脚浅一脚地趟着泥水消失在黑暗中，这个安置区便给我留下不太好的印象。但很多媒体（包括一些央媒和省媒）还是纷纷报道，说冬瓜岭成功解决了大量低收入人群的住房问题，还有媒体提出了“冬瓜岭模式”。

早在1995年，深圳市政府有关部门已将冬瓜岭作为新的福利房用地，并开始实施拆迁工作，后因合同合规及业主强烈反对等因素而搁浅。1998年4月底，深圳新任市委书记张高丽率队赴上海、大连、厦门三市考察后，提出要借鉴三市经验，绿化、美化、净化深圳的城市基础建设，让深圳“天更蓝，水更清，地更绿”。5月27日，深圳市政府颁发《关于进一步清理和拆除各类违法违章建筑的实施方案》的101号文件。6月4日，《深圳特区报》头版刊发市政府关于此方案的“通知”，文中点出冬瓜岭安置区在清理之列。

但当时阻力很大。冬瓜岭安置区的阻力主要来自安置区的一批较大业主，其中最大的是兴亚大实业有限公司。我作为深圳特区报的经济部主任，知道市里决心很大，而此地情况复杂，曾亲自去做过调研，采访了多个政府部门、代表性业主和一些住户，还拿到了相关协议的文本，查阅了市有关领导的各次批示。有一次我和深圳商报的经济部主任姜东南一起前往采访，有人提醒我们这里面有黑势力介入，叫我们与人接触时格外小心，所以我们连摄影记者都没带。我

1994年冬瓜岭安置区内的菜市场（岑志利　摄）

1994年冬瓜岭安置区内的街道（余海波　摄）

了解到，兴亚大实为北京企业，并非第一手业主。原来的业主是深圳汇商化工实业有限公司，其于1992年与梅林街道办事处经济办公室签订了“冬瓜岭临时安置区土地租赁合同书”。汇商公司因资金不到位而迟迟未动工，北京兴亚大公司便于1993年底接受该项目，并获得梅林经济办的批准。兴亚大随即成立了子公司“深圳兴亚大实业发展有限公司”。1994年底，占地1万多平方米的“亚大宿舍”建成并投入使用，成为冬瓜岭最大的建筑群。

但无论如何，整个冬瓜岭都是过渡性临时建筑，与深圳早期很多建筑一样有着“合理不合法”或“合法不合理”之类的纠结，加上市、区两级国土部门在管理方面的一些不合规问题，导致冬瓜岭诸多业主反弹很大，也引发北京、广州、香港等地媒体的报道（有些不实报道不排除是一些业主“公关”的结果）。深圳的一个安置区拆迁，竟成为全国舆论焦点，似乎有点不可思议。但即便签署合同的用地，1995年有争议，到1998年也完全到期。政府还在梅林一村附近划了一块20万平方米的用地，用以建设新的安置区，以接纳冬瓜岭安置区等地的一些转移住户。可惜因种种缘由，直到冬瓜岭安置区全部拆掉，这个新安置区也未建成，倒是梅林一村这样的福利房小区拔地而起。

我写了一篇3000多字的调查报道，刊发在《深圳特区报》1998年7月20日头版（转二版）。报道在第一个小标题之前特别提到我的调查结论：“拆迁属势在必行，善后须缜密考虑。”文中还指出，“有关部门在办理具体手续时也有不严谨处，这是出现扯皮的历史背景”。我同时写了一篇内参，将这片区域的历史由来和产权复杂性做了详细报告。随后又应《深圳风采周刊》约稿，我以笔名“乡人”写了一篇近6000字的特稿，刊于7月末那期。

但有关部门在善后方面做得不够好，包括那20万平方米的新安置区根本没建成。一些业主不断投诉，甚至还有人去北京上访。时任省委书记李长春曾批示要求解决问题。后来有业主组织写手，揪住深圳一些媒体的报道瑕疵，批评媒体主观片面，甚至指责政府“发动舆论攻势”（但只字未提我写的报道。这也多少表明我的稿件在客观性方面是经得起挑剔的）。

1998年底，深圳市建设、住宅、环保、水务等部门与中央驻深有关新闻单位共同评选的“深圳市十大建设新闻”，刊登在深圳主流媒体和《深圳年鉴》。结果冬瓜岭安置区拆迁事件入选当年“十大建设新闻”之首，甚至超越“深圳中心区六大工程开工”这样的重大新闻。当年，被称为“福田中心区”或“深圳中心区”的4平方公里黄金宝地还是一片空白。这块地段大部分于20世纪80年代初被以胡应湘、李嘉诚为首的香港几大地产商低价买下，但因为当时周边较为荒凉，各地产商一直捂地观望，按兵不动。有的因看不到近期前景而干脆将土地转让或让深圳市政府收回，被收回部分就包括最早下手的香港合和集团老板胡应湘的地。

深圳市政府为打消观望者的疑虑，促进业已规划好的中心区尽快发展，于1998年12月28日集中开工六大政府项目，分别是市民中心、水晶岛地铁站（后更名为“市民中心站”）、少年宫、中心书城、音乐厅、图书馆。这在当时是一件大事。我当时根据市委宣传部和分管副市长的意见和陈锡添副总编的要求，做了一个较大规模的报道计划。当时深圳还没通地铁，地铁站首先选择在这里开工，令很多人看到未来的繁荣景象。果然，第二年，李嘉诚旗下和记黄埔的黄埔雅苑就开工建设了。李嘉诚一动，其他地产商也都按捺不住，纷纷开工建设。所以，中心区的高楼，仿佛是一瞬间建起来的。

如此重大的新闻，竟在当年“十大建设新闻”中排在“冬瓜岭拆迁”之后，可见冬瓜岭事件分量之重。

故事——见报稿一：

这片过期建筑何以动它不得？

——关于冬瓜岭安置区拆迁问题的调查

本报记者　辜晓进

（《深圳特区报》1998年7月20日第1版（转第2版））

冬瓜岭安置区，位于深圳市福田区彩田路以西、莲花路以北、北环路以南的围合处，属市区中心地带，占地面积10.5万平方米。区内现有各类临时建筑117栋、店铺酒馆160多家，人员居住密集。根据有关土地临时使用证，这片临时用地到1995年5月31日已全部期满，而深圳市政府根据城市发展建设和总体规划的需要，也早在1995年10月就将冬瓜岭划给了市住宅局用于建设住宅小区，并已做出规划。

然而，有关部门1995年底至1996年初在通知业主后的两次拆除行动却因各种阻力而搁浅。今年6月4日，报纸登出市政府《关于进一步清理和拆除各类违法违章建筑的实施方案》的通知，要求将包括冬瓜岭安置区在内的临时建筑于7月10日前清理和拆除完毕。此“最后通牒”发出，再次引发争议。如今已过最后期限，冬瓜岭上非但无任何拆迁动静，至记者发稿时，各业主还在继续向外出租房屋。同时，内地甚至境外传媒再次陆续出现涉及冬瓜岭安置区的报道。

究竟阻力在哪里？困难在哪里？这片建筑到底该不该拆？记者近日就这些问题走访了政府有关管理部门、执法部门、主要投资企业共15个单位的负责人或当事人，并实地察看了安置区内的居住情况，得出的结论是：拆迁属势在必行，善后须缜密考虑。

使用期已过　拆迁行为合法

据调查，冬瓜岭的“土地临时使用证”，由原福田区（含原上步区）国土局于1992年至1993年间签发，“使用者”分别为梅林办事处、福田区城管办、顺地实业公司、福田环境装饰工程公司、园岭办事处等单位，实际的建设和经营管理者则主要是兴亚大、顺地、龙飞、建设基础、金柏恒等几家企业。“使用证”的有效截止期，早至1994年3月30日，迟至1995年5月31日，且均已注明“如城市建设需要须无偿拆除”字样。对这些契约，土地使用者或投资者至今认可无异议。查《中华人民共和国土地管理法》和《中华人民共和国城市规划法》有关条款，也有明文规定：临时建筑“必须在批准的使用期限内拆除”。

可见，政府收回这片土地并要求业主按期拆除土地上的临时建筑，有着充分的法理依据。福田区城管办等原土地使用单位的负责人在接受记者采访时也表示，这块地早该收回。

但有关部门在办理具体手续时也有不严谨处，这是出现扯皮的历史背景。如关于1995年5月底最后到期的概念（这是当时决定拆迁的重要依据），兴亚大公司的总经理就持不同意见。他向记者出示了公司1994年11月30日与梅林办事处经济办公室签订的“临时土地租用合同”，其中第八条称：“租用期限从1994年11

月1日起至1997年10月30日止，到期双方可协商延期，租金另定。”显然，梅林经济办在原“使用证”规定期限之外与租用者签订上述合同，属越权行为，但签约的另一方当时却以为是有效的。记者又看到深圳市规划国土局福田分局于1995年1月28日与梅林办事处签署的“深圳经济特区临时用地合同书”，文中有“使用年限壹年，从1995年2月1日起，至1996年2月1日止”字样，这也与“土地临时使用证”规定的期限相左。

但不管怎么说，时值1998年7月，无论按哪个协议，冬瓜岭均已超过规定使用期限是确凿无疑的。政府决定收回并拆除其临时建筑，完全是正当行使自己的权力，也符合市委二届八次全会提出的美化市容市貌、两年内使城市环境有更大变化的要求。

新老安置区可助人员分流

冬瓜岭安置区的居住人口，据派出所的统计为8800余人，实际可能不止，但也不像某些业主和传媒所说的那样有“近四万人”。冬瓜岭安置区由于地处市区中心地带、周围道路畅通、交通方便，房屋出租率一直较高，不少知名企事业单位都有员工入住这里。据向业主统计，这里可供出租的住房有约6050间，出租率在95%以上。记者在顺地公司的“花园公寓”看到，许多20多平方米的公寓都住了五六个人。由于人口流动大，难以统计全等原因，实际居住人口应远大于8800人（如有关报告称开发科技公司在此住350人，但经记者向该公司核实，实住700多人）。一位不愿透露姓名的知情者告诉记者，这里住了约15,000人。此数似更贴近实际。

安置区拆迁后，人往哪里流？这一点，决策者们早已考虑在先。记者从各种批示上看到，无论是市主要领导还是主管副市长，在涉及冬瓜岭拆迁一事时，都要求妥善解决好人员的安置问题，并早在1995年就提出“先安置，后拆迁”。据了解，目前南山区已在同乐村建成可容纳6000人的新安置区；同在福田区的黄木岗、莲花山两个老安置区也有部分空置房屋可资利用；加上经济特区内大量村民空置私房，消化冬瓜岭住户应不成问题。更重要的是，早在1996年梅林一村住宅小区开工之时，市政府就已紧挨该小区划出20万平方米土地建可容纳3万人的永久性安置区，定于今年7月前交付使用。只可惜几家发展商因分外要求未能满足而迟迟不动工，迄今只平了地。行家们说，只要立刻动工，今年内仍可建成。

调查表明，拆除冬瓜岭逾期临时建筑，住户可就近就便分流，断不会造成大量人员“无家可归”的后果。

已使用5年 业主应有获利

关于冬瓜岭安置区投资者的回报，也是议论较多的话题。据市规划国土局福田分局调查测算，该安置区扣除未经批准乱搭建的铁皮房屋，实有98栋房屋，建筑面积为12.43万平方米，总投资约7500万元。1995年前按每月每平方米20元计，1995年以后按每月每平方米30元计，累计租金应超过1.4亿元。冬瓜岭安置区业主们的投资应早已收回并获利不菲。

这片过期建筑何以动它不得？
——关于冬瓜岭安置区拆迁问题的调查
本报记者 辜晓进

冬瓜岭安置区，位于深圳市福田区彩田路以西、莲花路以北、北环路以南的围合处，属市区中心地带，占地面积10．5万平方米。区内现有各类临时建筑117栋、店铺酒馆160多家，人员居住密集。根据有关土地临时使用证，这片临时用地到1995年5月31日已全部期满，而深圳市政府根据城市发展建设和总体规划的需要，也早在1995年10月就将冬瓜岭划给了市住宅局用于建设住宅小区，并已做出规划。

然而，有关部门1995年底至1996年初在通知业主后的两次拆除行动却因各种阻力而搁浅。今年6月4日，报纸登出市政府《关于进一步清理和拆除各类违法违章建筑的实施方案》的通知，要求将包括冬瓜岭安置区在内的临时建筑于7月10日前清理和拆除完毕。此“最后通牒”发出，再次引发争议。如今已过最后期限，冬瓜岭上非但无任何拆迁动静，至记者发稿时，各业主还在继续向外出租房屋。同时，内地甚至境外传媒再次陆续出现涉及冬瓜岭安置区的报道。

究竟阻力在哪里？困难在哪里？这片建筑到底该不该拆？记者近日就此问题走访了政府有关管理部门、执法部门、主要投资企业共15个单位的负责人或当事人，并实地察看了安置区内的居住情况，得出的结论是：拆迁属势在必行，善后须缜密考虑。

使用期已过 拆迁行为合法

据调查，冬瓜岭的“土地临时使用证”，由原福田区（含原上步区）国土局于1992年至1993年间签发，“使用者”分别为梅林办事处、福田区城管办、顺地实业公司、福田环境装饰工程公司、园岭办事处等单位，实际的建设和经营管理者则主要是兴亚大、顺地、龙飞、建设基础、金柏恒等几家企业。“使用证”的有效截止期，早至1994年3月30日，迟至1995年5月31日，且均已注明“如城市建设需要须无偿拆除”字样。对这些契约，土地使用者或投资者至今认可无异议。查《中华人民共和国土地管理法》和《中华人民共和国城市规划法》有关条款，也有明文规定：临时建筑“必须在批准的使用期限内拆除”。

可见，政府收回这片土地并要求业主按期拆除土地上的临时建筑，有着充分的法律依据。福田区城管办等原土地使用单位的负责人在接受记者采访时也表示，这块地早该收回。

（下转第二版）

委全会精神

贯彻落实市委全会精神 把深圳建设推向新世纪

《深圳特区报》1998年7月20日第1版

记者注意到，在投资者1995年底给有关方面的投诉信上，多次提到当时如拆除冬瓜岭建筑，投资将无法收回，欠银行的大量贷款也难以归还。这次调查时，业主们尽管仍坚持用“总投资额近2亿元”这个概念，但他们已不再提投资未收回。记者曾问及两年临时用地建安置区能否赚钱，几家企业都说必赔不赚，原因是从批准用地到平整土地、规划设计、建房、通水电一切顺利也要8个月，只剩1年多出租时间是收不回成本的。“那为什么还要建呢？”回答是：临时用地建安置区属新鲜事物，其他安置区已有5年使用先例，相信政府会允许延期。有业内人士认为，三四层楼的临时公寓靠租金一两年收回投资或有困难，但5年是必可盈利的。据悉，1995年底的拆迁工作之所以暂停，也有政府对业主投资回报的考虑。时至今日，投资回报问题应不再成为影响冬瓜岭拆迁的障碍。

倡多方合作 早日完成拆迁

（上接第一版）

这片过期建筑何以动它不得？

新老安置区 可助人员分流

已使用5年 业主应有获利

倡多方合作 早日完成拆迁

《深圳特区报》1998年7月20日第2版

冬瓜岭作为经济特区内三大安置区之一，在以廉价出租屋解决外来劳务工和部分暂无力购房的户籍人口的临时居住问题方面发挥过重要的积极作用。今后深圳大量外来暂住人口还将部分依靠各类安置区获得临时住房。但这一切都要服从城市规划的大局。冬瓜岭安置区本是政府预留用地，在市政建设飞速发展、福田中心区规划已毕、动工在即的今天，将靠近中心区的这块用地收回统一建设，而在稍远离中心区的地方另辟新安置区，既是正常的，也是必要的。

据调查，冬瓜岭地的限期收回，虽是为了规划中的住宅小区建设，也有安置区内环境与周围不协调和存有诸多隐患等原因。有关部门在情况报告中反映：冬瓜岭安置区是在没有统一规划的前提下建起来的，布局较乱，道路狭窄，断头路多，缺配套设施，乱搭建的商铺多，环境卫生差，安全隐患和社会治安问题严重，与其南面的莲花山公园、东面的冬瓜岭荔枝园及彩田工业区、西面的莲花北居住区形成了鲜明的对照，严重影响了市容市貌。

综上所述，冬瓜岭拆迁乃大势所趋。但因事涉较多居住人口的迁移，特别是一些对深圳经济建设有重要作用的企事业单位员工的迁移，加上这块地在办理过程中较为复杂的历史背景和某些利益因素，有关部门似应抓紧做更为细致的工作；投资企业和居住者更应顾全大局，持积极合作态度，认真执行政府的号令，为深圳城市的发展做出新的贡献。

故事——见刊稿二：

深圳冬瓜岭，即将逝去的都市驿站

——一个关于过期安置区该不该拆的话题

本报记者　乡　人

（《深圳风采周刊》1998年7月30日）

7月23日中午，女工郑银夜正坐在自己狭窄却不乏温馨的家里，筹划着下一个家往哪里安。屋内被一张双人席梦思床、一张双层单人床和一张小桌子几乎挤满了，桌上放着一台“486”电脑——那是她丈夫的工作用具。

小郑是开发科技公司的老职工了，从1987年干到现在。1994年8月，她搬出公司集体宿舍，和新婚丈夫住进了冬瓜岭安置区的龙飞公寓。他们挤在这27平方米的一居室（带卫生间）简陋公寓里，一住就是4年，其间还添了个活泼可爱的儿子，一家三口倒也暖融融的。现在他们不得不考虑再次搬家的问题。因为小郑已从报上得知，她所住的安置区是临时建筑，已到了要拆的日子。但她和许多邻居们仍有些困惑：这一大片热热闹闹的房子，怎么说拆就拆？

过期建筑，一切难以挽回

深圳经济特区内共有黄木岗、莲花山、冬瓜岭三大安置区，里面居住着大量外来打工者和周转居住的工薪职工。深圳这个年轻城市的飞速发展，离不开这些打工者和工薪阶层的艰苦劳动。而为他们提供廉价租屋的三大安置区，在日新月异的特区建设历程中的积极作用也是商品房、福利房、微利房等住宅所不可替代的。打工者自不必说，许多后来已购有自家住房的党政事业单位职工也都曾在安置区居住过，至今仍有包括小郑一家在内的数以万计的户籍人口住在这些安置区。不少租户把安置区亲切地称为自己来特区的第一驿站。

然而，这些安置区毕竟属于临时建筑，各有其规定的使用期限。因城市规划和建设的需要，使用期限已过的冬瓜岭安置区首当其冲，被列为限期全部拆除的地段；莲花山安置区已被拆了一部分；黄木岗安置区因地处规划中的绿化带而暂得以延期。

冬瓜岭安置区，位于深圳市福田区彩田路以西、莲花路以北、北环路以南的围合处，属市区中心地带，占地面积10.5万平方米。据统计，区内现有各类临时建筑117栋、店铺酒馆160多家，总建筑面积约16万平方米，人员居住密集。这片建筑面临拆迁命运的根据，是有关土地临时使用证上面明文写着这片临时用地最迟到1995年5月31日已全部期满。而深圳市政府也是依据这个使用期限而早在1995年10月就将冬瓜岭划给了市住宅局用于建设住宅小区，后者随即做出规划。这个规划后因拆迁暂停而实际被作废了，直到今年6月，市政府才再次明令限期拆除冬瓜岭安置区。

据调查，冬瓜岭的“土地临时使用证”，由原福田区（含原上步区）国土局于1992年至1993年间签发，“使用者”分别为梅林办事处、福田区城管办、顺地实业公司、福田环境装饰工程公司、园岭办事处、福田区房地产登记办等单位，实际的建设和经营管理者主要是兴亚大、顺地、龙飞、建设基础、金柏恒等几家企业。“使用证”的有效截止期，早至1994年3月30日，迟至1995年5月31日，且均已注明“如城市建设需要须无偿拆除”字样。查《中华人民共和国土地管理法》和《中华人民共和国城市规划法》的有关条款，也有明文规定：临时建筑“必须在批准的使用期限内拆除”。

可见，市政府今年发出《关于进一步清理和拆除各类违法违章建筑的实施方案》（深府101号文，见6月4日《深圳特区报》）的通知，要求将包括冬瓜岭安置区在内的临时建筑于7月10日前清理和拆除完毕，是有法理依据的。福田区城管办等原土地使用单位的负责人在接受笔者采访时也表示这块地早该收回。

错综复杂，纠缠事出有因

虽有政府明令，但有关部门1995年底至1996年初在通知业主后的那次拆除行动却因各种阻力而搁浅。今年6月4日，报纸虽登出市政府的“最后通牒”，但仍未取得预期效果。截至7月25日笔者发稿，已超过“最后期限”15天的冬瓜岭安置区，非但无任何拆迁动静，各业主还在继续向外出租房屋，各店铺酒楼营业如常。同时，北京、广州及香港一些传媒不约而同地刊发新闻或文章，明里暗里批评冬瓜岭的拆迁举动。

冬瓜岭的拆迁阻力究竟在哪里？这片建筑到底该不该拆？不仅租户困惑，许多局外人也不太清楚。笔者最近就这些问题分别走访了市规划国土局、市住宅局、市国土局福田分局、市信访办、景田派出所、福田区城管办等部门以及兴亚大、顺地（及所属“花园公寓”）、建设基础、龙飞（及所属“龙飞公寓”）等主要经营企业，还电话采访了开发科技、希捷、平安保险等主要租户，并实地察看了安置区内的居住情况。调查发现，自1995年至今关于冬瓜岭拆迁的纠缠纷争，既有业主对自己利益的考虑，也有特殊的历史原因。

首先是关于1995年5月31日为最后使用期的说法不准确。

在市规划国土局及其福田分局和市信访办给市领导的有关报告中，都明确说冬瓜岭安置区最后批出的土地使用期限为1995年5月31日。笔者在调查中却发现，一些与政府部门签署的协议改变了“使用证”的最后期限。以梅林办事处获得的17,000平方米用地为例，尽管“土地临时使用证”规定1995年5月31日到期，投资商兴亚大公司却曾于1994年11月30日与梅林办事处经济办公室签订《临时土地租用合同》，其中第八条称：“租用期限从一九九四年十一月一日起至一九九七年十月三十日止，到期双方可协商延期，租金另定。”现在看来，梅林经济办在原“使用证”规定期限之外与租用者签订上述合同，属越权行为，但当时签约的另一方却以为是有效的。笔者又看到深圳市规划国土局福田分局于1995年1月28日与梅林办事处签署的《深圳经济特区临时用地合同书》，文中有“使用年限壹年，从一九九五年二月一日起，至一九九六年二月一日止”字样。这一合同也与“土地临时使用证”规定的期限相左，但却应视为有效。笔者还看到由深圳市规划国土局华富派出所与顺地、建设基础等公司签订的“临时用地付款协议书”。协议书签字时间分别为1995年7月1日和13日，文中规定相关企业自协议书签订10日内至1995年11月30日分三期将临时土地使用费付清，并称：“经福田国土分局决定，同意乙方（指相关企业）继续使用；乙方付清临时土地使用费后，甲方负责办理《临时土地使用证》。”这个协议也说明冬瓜岭的土地至少可使用至1995年11月30日。可是，就在这份协议签订后一个月，有关部门却又将冬瓜岭安置区划给了市住宅局作福利房用地，不久便出现1995年那次拆迁纠纷。

其次是关于“违章”的判断前后有出入。有关部门在今年给市领导的报告中说，当初的福田区（含上步区）国土局无权审批临时用地，发使用证属越权行为，因而判断冬瓜岭安置区建筑一开始就是违章建筑。但查市国土局1989年59号文《关于同意成立上步管理区国土局的批复》，文中关于上步管理区国土局的“职能任务”就包括“办理临时用地的审批”“负责临时用地的土地使用费的征收”。这份文件表明，原福田区（含上步区）国土局已被授权审批临时用地，并非越权，当初“违章”之说是难以成立的。甚至直到1996年2月底以前，由于签订了一些具有法律效应的补充协议，这片临时用地连同上面的报批建筑，也不能说是违章。

再次是与使用期有关的土地租金问题。有关部门在报告中和接受笔者采访时，都说1995年期满之后各业主未再交纳任何土地使用费。但经询问顺地、兴亚大、建设基础、龙飞等公司，都说到去年还在交纳租金，并向记者出示了有关发票，上面盖有市规划国土局福田分局财务章。

如此看来，1995年底那次拆迁决定是有些牵强的，业主们不太服气，因而产生抵触情绪，给拆迁工作带来了较大阻力。但不管怎么说，时值1998年7月，冬瓜岭已超过规定使用期限是确凿无疑的。

利益问题，拆迁阻力所在

关于冬瓜岭安置区投资者的回报，也是议论较多的话题。

市规划国土局福田分局有个测算，称该安置区“扣除未经批准乱搭建的铁皮房屋，实有98栋房屋，建筑面积为12.43万平方米，总投资约7500万元。据对出租屋租金的调查，1992年至1995年按20元/平方米计（指月租，下同），1996年至1998年6月按30元/平方米计，累计租金收入达14,210万元，即盈利6700多万元”。这个测算中的总投资额“7500万元”与有关企业所称的“近2亿元”相去甚远，也许福田分局的数字更接近实际吧。但“6700多万元”的盈利似还缺乏依据，因为这个数字是按总面积乘以租金计算的，并未扣除空置房屋、经营成本、贷款付息，更未扣除数以百万计的土地使用费等其他支出，且大多数房屋在1992年至1994年还处于报批和建设阶段，并未对外出租。用这样的方法计算盈利，然后认定企业已赚了大钱，似难服人。但若说冬瓜岭安置区业主们的投资至今未收回，也不符合事实。种种状况表明，他们不仅收回了投资，而且已经开始盈利。

事实上，冬瓜岭安置区在收回投资后，目前正处于“净赚钱”的丰收季节，加上周边交通及环境的大大改善令冬瓜岭房屋出租业的生意十分兴隆，效益可谓一天好于一天。让投资者在这最能赚钱的时候撤手撤出，他们心有不甘，这才是问题的症结所在。笔者注意到，在投资者1995年底给有关方面的投诉信上，多次提到当时拆除冬瓜岭建筑投资将无法收回，欠银行的大量贷款也难以归还，以此作为要求冬瓜岭安置区延期使用的一个理由。这次调查时，他们已不再提投资未收回。笔者调查后判断，投资者真正开始赚钱，也只是近两年的事。

冬瓜岭安置区的临时房屋，最早建成出租的只有一家公司——龙飞公司，是1993年；最迟建成出租的是顺地、建设基础、兴亚大等公司，是1994年第四季度。笔者曾问及批地两年建安置区能否赚钱，几家企业都说必赔不赚，原因是从报建到平整土地、规划设计、建房、通水电，一切顺利也要8个月（原冬瓜岭有水塘和山丘），只剩1年多时间靠收租金是收不回成本的。“那为什么还要建呢？”回答是：临时用地建安置区属新鲜事物，其他安置区已有5年使用先例，相信政府会允许延期。有业内人士认为，三四层楼的临时公寓靠租金一两年收回投资是有困难的，但5年必可盈利。据悉，1995年底的拆迁工作之所以暂停，也有政府对业主投资回报的考虑。时至今日，投资回报问题应不再成为影响冬瓜岭拆迁的障碍。

一些投资者在与笔者交谈时承认：时下经济不景气，他们都是有相当数量员工的企业，现在把这片建筑全废了，要他们重起炉灶开辟新项目，心里没把握。所以他们希望能延期拆除，给更多缓冲时间。然而，城市规划和建设是大局，投资者局部的利益只能服从这个大局。有知情者称，如果允许富有建设和管理安置区经验的冬瓜岭业主参与梅林安置区建设竞投，利益方面的阻力会减少许多（据悉，梅林安置区的建设未经公开招标，但目前已有6家企业进场运作却又按兵不动，造成工期拖延）。

顾全大局，择新地而栖身

郑银夜如今对搬家的事已有所考虑。到特区十多年来，她搬了四次家（其中一次是从冬瓜岭安置区搬出去后又搬回来的），现在想找一个固定的栖身之地了。她和丈夫、孩子都有深圳特区户口，自听说冬瓜岭维持不下去，就开始打听微利房的信息。原打算买梅林一村的微利房，后得知那房今明两年都不能交付使用，远水解不了近渴。现在看中的是位于西丽的龙辉花园，尽管远了些，但明年初就可搬进去。更多的住户不像郑银夜那样有条件买微利房，他们只想寻找下一个类似冬瓜岭那样的廉价“驿站”。

冬瓜岭安置区到底住有多少人？这也是个极难回答的问题。据景田派出所的统计，这里共住8800余人，其中希捷公司850人，市地质局400人，平安保险公司400人，新世纪酒店450人，开发科技350人，帝豪酒店185人，人保公司100人，等等。实际人数远不止这些，但也不像一些业主和外地传媒所说的那样有“近四万人”（香港某传媒最近甚至称有10万多人，尤显荒唐）。

这个安置区由于位于市区中心地带、周围道路宽畅、公共交通方便，房屋的出租率一直较高，几家业主均称出租率达95%。据调查，该安置区可供出租的住房大约有6050间，由于低收入者多，多人合住一间房的情况相当普遍。笔者在顺地公司的“花园公寓”看到，许多20多平方米的公寓都住了五六个人。由于这里人口流动性大，加上一些单位为少缴联防治安管理费而在登记人数时打了折扣（此费按人头缴），还有不少单位的集体户籍人口根本未在派出所登记，给派出所统计人口带来困难，造成统计数低于实际数。例如，据向开发科技公司了解，他们实际住700多人，而不是派出所统计的350人。据向派出所分片民警了解，冬瓜岭实际居住人口应大于8800人，在10,000人以上。安置区几家主要业主提供的

深圳冬瓜岭，

即将逝去的都市驿站

——一个关于过期安置区该不该拆的话题

□本刊记者　乡　人

7月23日中午，女工郑银夜正坐在自己狭窄却不乏温馨的家里，筹划着下一个家该往哪里安。房内摘一张双人席梦思床、一张双层单人床和一张小桌子几乎挤满了，桌上放着一台“486”电脑——那是她丈夫的工作用具。

小郑是开发科技公司的老职工了，从1987年干到现在。1994年8月，她搬出公司集体宿舍，和新婚丈夫住进了冬瓜岭安置区的龙飞公寓，他们挤在这27平方米的一居室（带卫生间）简陋公寓里，一住就是4年，其间还添了个活泼可爱的儿子，一家三口倒也暖融融的。现在他们不得不考虑再次搬家的问题，因为小郑已从报上得知，她所住的安置区是临时建筑，已到了要拆的日子。但她和许多邻居们仍有些困惑：这一大片热热闹闹的房子，怎么说拆就要拆？

过期建筑，一切难以挽留

深圳经济特区内共有黄木岗、莲花山、冬瓜岭三大安置区，里面居住着大量外来打工者和周转居住的工薪职工。深圳这个年轻城市的飞速发展，离不开这些打工者和工薪阶层的艰苦劳动，而为他们提供廉价租屋的三大安置区，在日新月异的特区建设历程中的积极作用也是商品房、福利房、微利房等住宅所不可替代的。打工者自不必说，许多后来已购有自家住房的党政事业单位职工也都曾在安置区居住过，至今仍有包括小郑一家在内的数以千计的户籍人口住在这些安置区。不少租户把安置区亲切地称为自己来特区的第一驿站。

然而，这些安置区毕竟属于临时建筑，各有其规定的使用期限。因城市规划和建设的需要，使用期限已过的冬瓜岭安置区首当其冲，被列为限期全部拆除的地段；莲花山安置区已被拆了一部分；黄木岗安置区因地处规划中的绿化带而暂得以延期。

冬瓜岭安置区，位于深圳市福田区彩田路以西、莲花路以北、北环路以南的围合处，属市区中心地带，占地面积10.5万平方米。据统计，区内现有各类临时建筑117栋，店铺酒馆160多家，总建筑面积约16万平方米，人员居住密集。

冬瓜岭安置区全景

10 深圳风采周刊

《深圳风采周刊》1998年7月30日第58—62页

数字则为“两万多人”。若把一些闲杂、“三无”人员算进去，这个数字也有一定的可信度。

安置区拆迁后，这么多租户去哪里找房子住？这一点，深圳市的领导及有关部门已考虑在先。笔者从各种批示上看到，无论是市主要领导还是主管副市长，在涉及冬瓜岭拆迁一事时，都要求妥善解决好人员的安置问题，并早在1995年就提出“先安置，后拆迁”。据了解，目前南山区已在同乐村建成有37栋房屋、可容纳6000人的新安置区；距冬瓜岭不远的黄木岗、莲花山两个老安置区也有部分空置房屋可资利用；加上特区内大量的村民空置私房，消化冬瓜岭住户应不成问题。但农民房分散而不便管理，希捷、开发科技、平安保险这样的公司均不愿考虑，而同乐村那样的偏僻地方又缺乏黄木岗、冬瓜岭、莲花山三大老安置区所具有的便利，似也不甚理想。

据调查，早在1996年梅林一村住宅小区开工之时，市政府就已紧挨该小区划出20万平方米地建可容纳3万人的永久性安置区。相对同乐村而言，梅林较易让人接受。只可惜，原定今年7月前交付使用的这一永久性安置区，竟因投资者某些分外要求未能满足而迟迟不动工，迄今只平了地，影响了疏散冬瓜岭安置区住户的计划。梅林新安置区的建成，对消化冬瓜岭原租户最为有利。有行家说，只要抓紧时间立刻动工，今年内仍可建成。

可见，冬瓜岭拆迁，并不意味着深圳特区将不允许安置区存在。相反，政府正着眼于将来，把安置区的建设纳入更科学的城市规划之中。深圳百万打工者和暂时无力购房的居民，仍可继续把安置区作为自己在特区生活的一个临时驿站。

文章写到这里，似应做个结论：冬瓜岭作为特区内三大安置区之一，在以廉价出租屋解决外来劳务工和部分暂无力购房的户籍人口的临时居住问题方面发挥过重要的积极作用。这一点，将永远保留在冬瓜岭居住者和特区广大市民的记忆中。如今此地面临拆迁命运，是飞速发展的特区建设的需要，是规划已毕、动工在即的福田中心区建设的需要，也是早在1995年就列入计划的住宅小区建设的需要。大势所趋，不可阻挡。只是由于涉及较多居住人口的迁移，特别是一些对特区经济建设有重要作用的企事业单位员工的迁移，加上这块地在办理过程中较为复杂的历史背景，有关部门应抓紧做更为细致的工作，争取达到好的效果，产生好的影响。

发展：彩田村如期建成　法律诉讼继续演进

上述稿件发表后，由于矛盾仍未解决，政府和冬瓜岭业主们一直僵持着，拆

1998年9月4日，冬瓜岭安置区开始拆除，竖有“冬瓜岭安置区”牌匾的安置区大门轰然倒塌（李振歧　摄）

迁行动暂未付诸实施。当年8月6日，深圳特区报、深圳商报、深圳法制报及深圳电视台、深圳广播电台等主流媒体，均在显著版位或重要时段发布《关于拆除冬瓜岭临时安置区的通告》（以下简称《通告》）。《通告》再次确认冬瓜岭临时安置区内的建筑“全部属于违法违章占地和违法违章建筑”，并宣布“根据城市规划建设需要，政府决定依法拆除冬瓜岭临时安置区”。

《通告》要求，区内住户和商户“在8月20日之前全部搬迁出安置区”；区内所有建设和使用单位“必须在8月31日之前自行拆除所有的临时建筑，并清理好现场”；自9月1日零时起，“安置区全面封闭，停止供应水、电，并中断通信”；9月上旬，“开始强行拆除安置区所有建筑”。《通告》也在冬瓜岭广泛张贴和散发。

9月4日上午，拆除工作开始。记者金涌在9月5日深圳特区报报道说：“福田区政府从国土、公安、工商、城管等部门抽调的千人整治队伍，在30台泥头车、10台挖掘机和5台推土机开进现场后，对该安置区残存建筑以及多达12万立方米的废墟、垃圾进行彻底清理……镂刻有‘冬瓜岭’字样的大门楼在巨型挖掘机前轰然倒塌。”冬瓜岭安置区从此淡出人们视线。当年底，彩田村开工建设，

2002年建成，2003年入伙。从设计水平、建筑标准、周边环境和交通便利等方面综合衡量，把它说成是福田区最好的福利房小区，应无异议。

但与此同时，兴亚大公司等也开始了为期数年的法律诉讼，将深圳市人民政府、福田区人民政府和深圳市规划国土局福田分局一起告到市中级人民法院，该诉讼于1998年10月被受理。此案因“民告官”的性质而受到外界关注。此案后被要求分别起诉，数次开庭，其间还同时进行了行政上诉。2000年11月，市中院对其中一起讼案进行判决，确认市国土局福田分局1998年8月6日的《限期拆除通知》不合法，驳回兴亚大公司的行政赔偿请求。原告不服，上诉到省高院，高院于2001年10月驳回，维持原判。此案一度惊动全国最高人民法院。据笔者查阅相关资料，虽屡屡被驳回，但控方直到2005年4月还在上告，最后结果不详。

20 年前的“中”“华”之争

背景：“巨大中华”只剩深圳两强

20世纪80年代的电话机普及率，有点像70年代电视机的普及率，明知有这东西存在，绝大多数老百姓却用不上。由于线路、设备和产品的稀缺，一部电话机的安装，不仅费用昂贵，且实行准入制，即要得到一些机构的批准才能向电信部门申请。所以，当1986年我所在的报社为包括我在内的5名编委的家中公费安装电话机时，曾惹来很多羡慕的眼光。

即便20世纪90年代早期的深圳，装电话也非易事。我是1991年来到深圳的，到1993年申请成功并交纳5000多元的“初装费”后，经电信部门复杂施工并等候较长时间才享受到了家用电话。这个“初装费”相当于我那时约4个月的工资收入，而且所谓“初装费”，意味着不包含同样较为昂贵的电话机费和每月的使用费及遇到故障时的维修费。所以，20世纪90年代的深圳，也并不是家家都能装得起电话的。

电话由“人工交换”到“机电交换”再到“程控交换”，都是巨大进步，中间间隔了上百年的时间。1965年，美国开通了世界上第一部基于电子计算机控制的程控电话交换机，一套系统可控制2000门电话。1970年，法国开通了世界上第一部采用大规模集成电路的数字程控交换机。随后程控交换技术不断改进，呈现高效率、多功能、低费用等机电交换机所没有的优势，很快在发达国家得到普及，使程控电话进入寻常百姓家。这一技术进入中国较迟，直到20世纪90年代初，主要设备仍完全依靠进口，定价权垄断在贝尔等少数几家外资企业手上。一部程控电话，80年代初要1000美元，90年代初要400美元，这是中国电话装机难、装机贵的主要原因。

在外国企业对中国有着巨大潜力的电话市场虎视眈眈的时候，一批中国民族企业相继进入了程控设备市场。1991年，位于郑州的解放军信息工程学院研制出我国第一台国产大型程控数字交换机。为推动该技术尽快走入市场，该学院与地方机构合作成立了巨龙信息公司（简称“巨龙”）。所以巨龙是中国最早生产国产程控交换机的企业。与巨龙的军工背景不同，大唐则直接来自科研的国家队。1998年，大唐电信科技股份有限公司（简称“大唐”）在北京成立，并于同年10月在上海证券交易所挂牌上市。大唐的创办和控股方是前身为邮电部第一研究所的电信科学技术研究院，该院曾研制成功我国第一台大容量程控数字交换机，本身就拥有核心技术。

同是90年代，深圳两家企业也进入了程控交换市场，分别为中兴通讯和华为公司。1985年，43岁的侯为贵受位于西安的航天部691厂委派，以该厂副总工程师的身份来到深圳与港资合办中兴半导体公司。1989年，公司研制出我国第一台有自主知识产权的小型数字程控交换机。后来国有企业在管理体制和分配机制等方面弊端凸显，加上合资企业一些内部矛盾，导致侯为贵带领技术团队出走并成立民营企业维先通公司。1993年，港方企业因故退出后，维先通又应邀回到原公司，重组成立中兴新通讯设备有限公司（简称“中兴新公司”），国有企业控股51%，维先通占股49%并承担经营责任，在深圳首创“国有民营”的混合经济新模式，并全力进军电信市场。当时公司生产的程控交换机规模较小，于是选择广大的农村市场为突破点。由于公司多位高层领导和中层干部都来自南京并与我相熟，我曾于1994年4月应邀参加国务院有关部门在深圳召开的全国“电话村”技术研讨会（会议由中兴新公司赞助），方知中兴新的产品已覆盖全国乡镇局域用数字交换机五分之一的市场，而江苏的华西村、天津的大邱庄、河南的刘庄和山东的大泽乡等富裕乡村，借此技术已实现户户通电话。中兴新提出的三种“电话村”实施方案也受到与会者关注。1997年，公司更名中兴通讯股份有限公司，并于21世纪初相继进军移动交换和网络交换技术市场，成为名副其实的IT企业。

任正非创立于1987年的华为技术有限公司，也是从1993年研制成功2000门大型数字程控交换机C&C08后进入这一市场的。公司很快就研制成功万门机，并且也为避开巨龙和大唐的锋芒选择农村市场作为突破口，采取了“农村包围城市”的战略，首先在浙江义乌开通，逐步铺向全国，进而出口海外。20世纪90年代末，华为即抢先进入移动通信市场。1998年11月14日，华为研发的深圳第一套GSM移动通信系统通过信息产业部的生产定型鉴定，并被认为总体技术达到20世纪90年代国际先进水平。那次也是一向低调的华为公司第二次接受我的采访。当时，该公司已形成年产2000套基站、8万信道、300套基站控制器和超过400万用户移动交换机的能力。我在报道的副标题里称其“标志中国移动通信产品全面步入实用阶段”。报道中我也提到，中兴通讯开发出的移动通信系统，“明年可望开通实验局”，“至此，中国民族通信工业已初步形成在移动通信领域群体突破的态势，类似6年前在程控交换机领域的突破”。世纪之交，华为开始向网络传输领域发力，取得了令全球瞩目的成果，进而进军移动终端产品领域，成为世界领先的IT企业。

人们把上述四大电信企业简称为“巨大中华”，据说这个称呼还是时任信息产业部部长吴基传的发明。1998年时，四大公司的销售额分别为30亿元（巨龙）、9亿元（大唐）、40亿元（中兴）、98亿元（华为），“中”“华”已显露强势。进入21世纪后，在市场竞争和技术比拼都十分激烈的电信技术市场，同为国有企业的巨龙和大唐渐渐走衰，最终淡出市场。华为和中兴通讯则以强大的创新和市场开拓能力，不仅扛起了程控交换机的民族大旗，还迅速在海外市场攻城略地，成为世界知名企业。

到20世纪90年代末，深圳两大公司已占据全国程控交换机产量的半壁江山（另一半仍由贝尔等外资企业和其他电信企业生产）。但“四强”剩下的“两强”毕竟在产品类型、战略选择、发展道路和市场覆盖等方面具有高度的同质性，又在同一座城市短兵相接，所以两者之间的竞争也日臻白热化，甚至发展到屡次对簿公堂的地步。第一次官司，就是双方于1998年7月在郑州、长沙两地的相互诉讼，总涉案标的超过4000万元。

笔者第一次进入华为公司，与孙亚芳副总裁等高管交谈，就为此官司而来，既了解情况，也希望劝和。孙亚芳于1998年11月12日上午在公司的会议室向笔者表示，公司现在已将自己定位为“网络供应商”，“其他领域一概不做，永远进入信息服务业”。她说，当时将这一点写入“华为基本法”时内部也有很大争议。公司想进入世界一流企业，压力很大，只能将所有资源都用上。谈到官司原因时，她认为主要是对方不实宣传太多，华为各办事处屡有反映，对方的员工条款中也“严重攻击竞争对手”。她表示不希望媒体炒作，因为怕“媒体失控”。她表示希望能和中兴坐下来谈。

此前的11月9日上午，中兴通讯总裁侯为贵接受了我的采访。他觉得这本来

“是个小问题”，电源产品方面的比较表，只涉及数千万元销售额。他们曾经向郭荣俊副市长汇报情况，但郭市长认为是企业行为，政府较难插手，于是中兴就在长沙和郑州也起诉华为。他说：“1992年前全是外国品牌，现在我们自己开发的产品占了50%，刚有个转折点，自己就先乱起来了。”他表示：“中国通信高技术产品快速发展是整体突破的结果。恶性竞争对谁都没有好处，最好双方撤诉。但我对此缺乏信心。”陪同接受采访的中兴通讯法律办主任王桂山认为：“最后的结局很可能是谁当被告谁都输。目前的起诉都可归入不正当竞争，只是程度不同而已。”

随后我写了一篇通讯，披露了这场世纪末官司。但我考虑到华为方面的建议，未在特区报上刊登，只是发在《深圳风采周刊》。同时采纳孙亚芳的建议，我写了篇内参发在《深圳特区报内参》上，题为《恶性竞争不利深圳高新技术产业发展/华为中兴应互相沟通解除纷争》，由报社发往市委宣传部和市各领导班子。

故事——见刊稿：

两大中国通信公司展开诉讼大战
华为中兴互指侵权标的逾四千万

本报记者 乡 人 图 杨 政

（《深圳风采周刊》1998年11月23日）

正当中国民族通信工业进入快速发展时期，国内两家拥有自主知识产权的最大通信企业——深圳华为技术有限公司和深圳中兴通讯股份有限公司却在法庭上斗得难分难解。自7月1日华为指控中兴“不正当竞争”诉诸河南省高院及中兴以同样罪名起诉华为以来，国内首例通信企业不正当竞争纠纷案已持续4个多月，迄今遥无结果。外界对此议论纷纷，作为双方企业所在地的深圳市政府及高技术产业界，均不希望此事“闹大”而影响中国通信产业的健康发展。

事起突然四诉状如出一辙
“对照表”引发世纪末官司

华为和中兴都是国内开发、生产、经营通信设备及其配套产品的大型通信产品生产企业，也是包括河南在内的全国许多省市通信网上的主要设备供应商。

今年7月1日，华为具状河南省高级人民法院，告中兴及其郑州办事处“在5—7月电源产品销售旺季”散发的宣传材料中，“有意以列表对比的形式，对原告、被告双方不同型号电源产品的质量、性能进行了引人误解的比较”，取己之长攻彼之短，“许多重要的事实、关键数据和技术指标严重失实，是十分明显的不正当竞争行为”。诉状要求判令对方赔偿1200万元及在当地主要传媒上赔礼道歉。同日，华为以完全相同的理由向湖南省长沙市中级人民法院状告中兴及其长沙办事处，判赔标的为600万元。

对于在一夜之间成为被告，中兴虽感突兀，但很快做出反应：于7月20日和8月16日分别向上述两家法院递交《民事起诉书》，称华为及其在郑州和长沙的办事处在1997年至1998年间向客户散发的材料中，“有意以对比的形式，对原、被告双方不同型号的数字程控交换机及接入网产品的质量、性能进行了引人误解的比较”，以己之长攻彼之短，以达“牟取不正当利益的目的”。诉状要求对方分别赔偿1500万元和750万元并在传媒公开道歉。至此，双方这场官司总标的额已达4050万元之巨。

有趣的是，笔者看到的两家企业的4份诉状内容如出一辙，都在第一段表明自己在国内同行中的重要地位和国家党政领导人对自己的重视程度；主要告状理由都是对方在用于向客户宣传的产品对照表中作了不公平、有违事实的比较，误导了客户；起诉书中4条诉讼请求及援引的法律条文也完全相同。所不同者仅在产品名称和标的方面：华为诉电源，中兴诉程控交换机；中兴后发制人，将赔偿额比对方增加四分之一。

7月28日上午，河南省高院开庭审理华为诉中兴案。双方在法庭上展开激烈辩论，都不同意当庭调解。法庭当天下午宣布：由于此案涉及许多技术问题，尚需调查和补充证据，当事人双方应在8月5日前将未提交的证据全部提交法庭。法庭将根据情况在近日再次开庭审理此案。

通信产业首例不正当竞争案
诸多因素可能影响及时判决

这起纠纷被认为是中国通信产业首例不正当竞争案件，涉及诸多技术问题，因而拖延至今迟迟不见判决。有消息说，影响及时判决的原因之一，是一些客户怕得罪双方，顾虑重重而不愿出庭作证，致使该案缺乏必要的证人。

而对于中兴的起诉，华为已以管辖权异议而书面要求河南高院和长沙中院驳回中兴诉状，改在深圳法院审理。但两法院最近具函向华为表示不予支持这一要求。华为方面尚未就是否进一步上诉表态。如此，待两地四次公堂结案，极有可能延至下个世纪。

一位不愿透露姓名的法律界人士日前向笔者分析：此案从双方的诉状和证据来看，理由都是成立的，难度在于技术上暂无先例可援，需审慎定夺。最后的结果很可能是双方都胜诉，但由于华为起诉在先、立案在先、开庭审理在先，先胜者自然是华为。不过，河南一案的任何一方不服上诉，还会惊动最高人民法院，因为一审已在省高院进行。

对这两家在中国通信产业界举足轻重、前景美好的高技术企业，深圳市政府当然希望“和为贵”。早在7月9日，中兴在收到法院文件不久，就致函深圳市政府称：中兴早有华为侵权证据，只是考虑到“同室操戈”会导致不良影响才未诉诸法律。现对方先行告状，中兴也拟起诉。同月31日，深圳市分管工业的郭荣俊副市长也收到华为来信。信中表示：中兴对华为的不实宣传由来已久并已形成一种文化，严重影响了华为公司的商业信誉。华为在不得已情况下，只好通过法律来维护企业的合法权益。

据了解，深圳市政府官员有意出面调停，但又不好直接干涉这类企业行为，颇感为难。

两家产品占全国半数增量
激烈争夺市场成反目主因

中国电讯事业的加快发展始于20世纪80年代，国产通信设备的发展更晚。直到1991年，国内电话的关键设备程控交换机，还是外国产品一统天下。但此后，中国民族通信企业便渐渐崛起，被称为“巨大中华”（巨龙、大唐、中兴、华为）的四家中国通信公司脱颖而出，成为同行中佼佼者。去年以来，华为和中兴两家深圳公司更是二马当先，至今年9月，两公司程控交换机产量已占全国市场新增容量的半数以上，深圳因此成为全国最大的交换机生产基地。其中，华为产品首次赶上销量居第一的美资企业上海贝尔公司。

但是，市场的激烈竞争，使刚刚进入合理利润时代的民族通信企业过早陷入恶性价格大战的泥淖。自1981年中国引进第一台交换机开始到20世纪90年代初，其价格都是每线170—250美元。1992年，以巨龙信息公司为先，华为、中兴等企业自己研制的交换机相继问世，以每线600元人民币的价格挤进被进口产品垄断的市场，遏制了外国品牌在中国继续扩张的势头。但随后价格竞争的焦点便转向国内同行，至去年已达白热化，年底交换机的综合报价降至每线400元以下，今年初更降至200元的历史新低，后来在200—500元间大幅波动。

由于华为和中兴发展势头最盛，许多合同招标最后往往剩下这两家公司刀枪相见。例如，作为两家公司继交换机后第二个支撑型产品，光纤接入网去年的市场价格为每线1000元左右。在今年国家电信总局推荐的8种有源光接入网排序中，中兴和华为的产品分别居第一和第二位。今年3月，华为向各省邮电管理局和一些主要城市电信局提交了每线不高于600元的商务承诺书。而今年5月，在华为占据主要市场的通信电源领域，中兴公司驻郑州办事处打出“贺中兴通讯内部职工股上市暨中兴电源全面让利行动”旗号，亦属变相降价。

你来我走：看似不共戴天
实为发展需要

两公司同处一城，相距仅约30分钟车程，却到外地打起官司，的确出乎人们意料。

华为公司成立于1987年，现有员工近9000人，是深圳最大的民营高技术企业。去年销售额41亿元，今年预计可实现108亿元。公司在美国硅谷等地设有分支机构，在俄罗斯成立了合资公司，产品进入香港（和记有线网和新机场）、俄罗斯、东欧等11个国家和地区。

中兴通讯的前身为1985年成立的中兴半导体公司，后多次重组，1997年更名中兴通讯，现有员工4000多人，1996年被国务院确定为全国300家重点国有企业之一，也是同行中第一家上市公司，今年预计销售额23亿元人民币。产品销往非洲、中东、东南亚等近10个国家和地区，上月与巴基斯坦签署了9500万亿美元的电信工程总承包项目合同。

然而，就在中兴本月12日在深圳高新技术园区举行新址奠基典礼而有可能与华为比邻而居之时，在该园区立足并已发展多年的华为却已决定将总部搬至关外的龙岗区——在公司占地1.3平方公里的新址上，建筑面积17万平方米的一期工程即将竣工。其实，这一“分居”纯属巧合，与官司无关，都是各自为求得更大更好发展空间而早就计划决定的。外界不必过度解读。

至于官司，虽然已进入庭审阶段，但仍有和解可能。中兴通讯总裁侯为贵接受记者采访时表示：“中国通信高技术产品快速发展是整体突破的结果。恶性竞争对谁都没有好处，最好双方撤诉。”

发展：两强全球崛起　美国忌惮打压

双方这四场官司，果然于1999年被判定“准许上诉人撤回上诉”。两公司随后多年相安无事。随着企业的迅速发展，华为和中兴的主战场渐渐转向海外。2010年，华为实现销售额340亿美元，其中三分之二来自国际市场。同年，中兴通讯实现全年营收107亿美元，其中半数以上来自海外市场。不过，海外的竞争愈发激烈，致使两企业再次兴讼，只不过这次是在其他国家打官司。

2011年4月28日，华为分别在德国、法国和匈牙利针对中兴通讯发起诉讼，指称中兴侵犯了华为在数据卡和第四代移动通信系统（LTE）上的专利，同时指控中兴涉嫌未经授权而使用华为的注册商标。29日，中兴在国内对华为提起反诉，指控华为侵犯中兴LTE若干重要专利。这场专利战，比起13年前那场“不正当竞争案”要高端许多，也引起世界的关注。因为官司双方，多年来都在技术创新和专利申请方面取得令人瞩目的进步。联合国下属机构世界知识产权组织（WIPO）2012年3月6日公布的统计数据表明，中国上年的专利申请量提升了33%，虽然还远不及美国、日本和德国，但专利申请公司排名的第一和第三名却被中国的中兴和华为夺得。其中，中兴通讯以2826项专利申请超过日本松下公司的2463项而排名第一，华为以1831项专利申请排名第三。通信是综合性技术，谁都有使用别人创新成果的需求，专利壁垒已成为国际竞争的重要武器，这就是这场专利战的基本背景。据悉，华为2010年支付了2.21亿美元的专利许可费。而在华为起诉之前的4月1日，爱立信在英国、意大利和德国也已起诉中兴通讯。

这场诉讼以华为在商标侵权案中的胜诉告结。此后双方在国内外还有一些法律摩擦，多体现在知识产权方面，但也大多以撤诉或和解结束。同时，两公司还分别与国际巨头打过官司。激烈的竞争致使科技企业千方百计在技术方面领先对方，事实上促进了企业的发展与提升。华为和中兴的国际市场份额不断扩大，超越多个国际电信巨头。其中，华为已连续多年在全球五大通信设备厂商中排名第一，中兴通讯则在2017年和2018年的排名中名列第五。特别是5G技术领域，华为已成为拥有较大话语权的国际领先企业。于是，中国这两大公司2018年先后遭到通信业的老大国家美国的打压排挤。

2018年，在中美贸易战的背景下，美国商务部于4月16日发布公告，以中兴通讯向被美国制裁国家出售产品为由，在未来7年内禁止中兴通讯向美国企业购买包括芯片在内的敏感产品。此举令中兴的生产销售陷入瘫痪。经多次交涉，美国商务部于7月2日宣布“暂时、部分解除”对中兴通公司的出口禁令，前提是中兴通讯向美方缴纳10亿美元罚款和4亿美元保证金，并彻底改组董事会。这是中兴数年前遭美国罚款之后最严重的一次制裁危机。同年12月1日，华为公司副董事长兼财务总监孟晚舟应美国的引渡要求而在加拿大被捕，理由也是所谓华为旗下公司向伊朗出售产品。与此同时，一场以美国为首的西方国家针对华为5G产品的联合打压行动也已展开。同年8月23日，就在“五眼联盟”（美国、英国、澳大利亚、加拿大、新西兰）情报人员商议合谋阻止华为成为5G网络供应商后一个多月，澳大利亚以国家安全为由，宣布禁用华为产品。此后美国多次出面，一直公开游说“五眼联盟”之外的其他欧盟国家和日本等国禁用华为5G产品。

尽管外部打压不断，华为2019年的营收仍再创新高，达到8588亿元，同比增长19.1%；净利润627亿元，同比增长5.6%；智能手机发货量2.4亿台；继续引领5G商用进程[1]。华为已超越苹果公司成为全球第二大手机生产商。2020年第一季度，虽遭遇新冠疫情，华为营收仍达1822亿元，同比增长1.4%，净利润增长7.3%[2]。中兴通讯虽遭重挫，但已于2018

位于华为深圳总部的5G产业园

中兴通讯位于深圳高新科技园（南区）的总部大厦

[1] 华为：2019年营收8588亿元，净利润627亿元[EB/OL]. [2020-03-31]. http://news.ynet.com/2020/03/31/2493907t70.html.

[2] 华为发布2020年一季度经营业绩[EB/OL]. [2020-04-21]. https://www.huawei.com/cn/press-events/news/2020/4/huawei-announces-q1-2020-business-results.

年8月完全恢复主营业务，第三季度的营收和盈利已开始回升。2019年，中兴通讯实现营收907.37亿元，同比增长6.11%；净利润也扭亏为盈，达51.48亿元[1]。

不过，树欲静而风不止。2020年5月15日晚，美国对华为的打压再度升级。美国商务部发布声明称，将全面限制华为购买采用美国软件和技术生产的半导体，包括那些处于美国以外，但被列为美国商务管制清单中的生产设备，要为华为和海思（华为的芯片制造商）生产代工前，都需要获得美国政府的许可证。同时给予120天的缓冲期[2]。

然而，“中华”已经崛起。相信在前所未有的围堵打压下，特别是在美国举政府之力旨在“消灭华为”（任正非语）的恶意攻击下，根植于深圳的这两家伟大企业，会“大雪压青松，青松挺且直”。

[1] 中兴通讯2019年净利润51.48亿元[EB/OL]. [2020-03-27]. http://finance.sina.com.cn/stock/relnews/hk/2020-03-27/doc-iimxxsth2155061.shtml.

[2] 关于美国制裁华为再升级，你需要知道的都在这里了[EB/OL]. [2020-05-17]. https://t.cj.sina.com.cn/articles/view/6221932120/172db265802700l8jp?from=tech.

不由你不信：我们身边的“高”农业

背景：城市化的深圳仍有高端农业

深圳自1992年6月18日发布《关于深圳经济特区农村城市化的暂行规定》后，就开始了迅速而卓有成效的农村城市化建设和布局，并延伸到特区以外的宝安和龙岗两区。到2004年1月，深圳成为全国第一个百分之百实现农村城市化的大中城市，农村人口全部转为城市居民。

事实上，20世纪90年代末，除了为城市供应蔬菜的菜地，宝安和龙岗几乎已经看不到庄稼和农田。这和我1991年刚到深圳时相比，变化是巨大的。于是很多深圳人觉得，凡事一沾“农”字，全是外地的事。1997年10月我在深圳市委党校第二期“中青班”学习期间，认识了同班的市农业局办公室主任梁俊乾兄。交谈中我问他：农村城市化后，农业局是否已经不需要了？他说不是，讲了一通深圳市的高端农业发展，令我大长见识。

在后来的工作和生活交往中，我发现很多人和我一样，对深圳的农业产业缺乏应有的认知，对很多正在美化或改善我们日常生活的农业成果更是一无所知。1998年10月17日，我曾在深圳特区报头版发表过一篇消息《种鸡种鸽种猪新菜蔬供应全国/深圳成为重要良种培育基地》。文章披露了深圳在农业方面若干“大牛”之处，诸如国内很多较受欢迎的“西”字头蔬菜，包括西生菜、西芹、西兰花等，都是在深圳引进培育成功后推向全国的；全国最大的养鸡企业也在深

1998 年，深圳特区报经济部，部分员工参观位于河源万绿湖的新丰江水库。前排左起分别是蓝岸、黄玉山、朱良骏、潘未末、王敏、李焱、童梅、王欣、辜晓进，后排左起分别是吴铭、张宝兴、张默、毕竟、万中沛、王磊、王平（拍摄者不详）

圳，并每年向香港供应1300万只鸡；全国唯一祖代肉用种鸽基地也在深圳。这篇报道引起读者较大兴趣，报纸收到一些反馈和进一步的询问。于是，1998年底我组织经济部讨论近期报道选题时，便提出做一组有关深圳农业的深度系列报道，得到大家一致赞成。我上报报社领导，也得到赞许和支持。于是我制定了计划，做了分工，立即行动。我们打算写6篇，副标题统一定为《“我们身边的农业”系列报道》。我和跑线记者潘未末写第一篇，从畜禽生产入手。承蒙已经提升为农业局局长助理的梁俊乾的帮助配合，我们跑了很多地方，除了农业局各相关部门，还有如康达尔集团、光明华侨农场、市农牧公司、坪山种猪场、惠州饲养场等地。

在上市公司康达尔集团，我们采访了养鸡公司的副经理薛义山等精通业务的“现管”，详细了解到当时在全国形成垄断地位的黄羽鸡品种的由来及生产方式和年产量，看了每次可以孵12万枚鸡蛋的大型孵化器等现代化设备和一个祖代育种中心。据介绍，这种看上去有点像家养土鸡的品种，是公司通过杂交、三系配套、组合不同品系优点而培育出来的新品种，肉质比通常看到的“洋鸡”（白羽鸡）鲜美，非常受香港消费者欢迎。20年后的2019年3月1日，我在一个饭局上偶遇当年的康达尔集团董事长陈沣。他早已离开康达尔，现在是惠江集团的董事局主席。谈及当年的黄羽鸡，他说是他亲自在巴西选定的品种成为主要品系来源。

记得去位于坪山的市种猪场采访时，正逢分管农业、旅游和外贸的副市长郑通扬去检查工作。这个种猪场是全国12个国家级原种猪场之一，其培育的“深农”猪被一个国家级专家委员会鉴定为达到国内领先水平，并已向内地和海外大量提供。当着市、区领导和我们的面，种猪场当场宰杀了一头猪，血淋淋地讲解这种瘦肉型猪的瘦肉率和肉质情况。而我没想到的是，当时深圳租用惠州靠近深圳的一个山丘，用现代化的方式（平均7个人养1万头猪，劳动生产率居全国领先地位）养了9万头优质瘦肉猪，供应深圳和香港市场。

后来我还单独采访了花卉产业，作为“系列报道之五”发表。刊发时间分别为1999年的1月11日和2月1日。首篇发表在头版头条位置，我还为此写了一篇“编者按”，特别提到深圳农业五大产业规模大、技术含量高，不仅造福广大市民，还大量出口创汇，并为内地提供优良品种。

故事——见报稿一：

高度集约化的现代畜禽生产基地

——“我们身边的农业”系列报道之一

本报记者 辜晓进 潘未末

（《深圳特区报》1999年1月11日第1版转第2版）

（编者按：去年10月，江泽民总书记要求沿海发达地区率先基本实现农业现代化。不久前召开的中央经济工作会议，把稳定和加强农业放在今年三项重点工作之首。最近闭幕的中央农村工作会议更提出在新的起点上把农业提高到一个新水平。可见，农业仍是当前中国经济发展的重要环节。

在城市化改造的过程中，深圳传统的农村正在消失，但深圳不可没有农业。这是市委、市政府一贯坚持的方针。事实上，深圳的农业生产已取得了长足的进步，形成畜牧、水产、蔬菜、水果、花卉五大产业。这五大产业规模大、技术含量高，不仅造福广大市民，还大量出口创汇和为内地提供优良品种。

为帮助读者了解深圳的农业发展近况，加快我市农业现代化的步伐，本报记者从生产第一线发回一组系列报道，今起以“我们身边的农业”为副题刊出，敬请垂注。）

在紧靠深圳的惠州东部一个山丘中，几万头猪在蠕动。当车轮经过药水消毒、外来人员被要求穿上隔离服、隔离靴后，我们近观这群被密集饲养的动物便发现，它们的生长状态与我们印象中的传统养猪大为不同。

例如，这些猪按生长阶段被养在不同的猪舍，并在短短5个月的生命周期中要“搬家”4次：在母猪身边吃奶21天后，就搬入“保育栏”；42天后又搬入“生长栏”；30天后再搬入“育肥栏”；60天后达到90公斤即出栏上市——一切均严格控制，仿佛现代工厂里的流水线。

再如，在屋顶玻璃纤维上加盖杉木皮而产生冬暖夏凉效果的100米长猪舍内，千余头猪有的正埋头干净的食槽里咀嚼营养丰富的标准饲料，有的则从锃亮的金属自动水龙头里饮水解渴，有如身处一个公共大“食堂”；猪的外形也与一般大腹便便的肥猪不同：它们臀部硕大而收腹吸肚，个个显得沉重壮实——据称这就是典型的瘦肉型猪，其瘦肉率高达64%，达到国际先进水平。

更重要的是，这里平均每7个人养10,000头猪，劳动生产率居全国领先地位。

我们见到的正是去年1月13日建成投产的深圳农牧公司的10万头生猪生产基地，当年产量就有90,000多头。至此，加上光明华侨畜牧场、广三保合营公司、康达尔公司，深圳已有4条5万头以上生猪生产线。去年全市饲养量达83.9万头，出产55.2万头优质生猪，较1997年增长6%。这样大的产量出现在我们这座不生产粮食的新兴都市，大概会出乎许多读者的意料吧？

更加先进的饲养出现在位于龙岗区坪山镇的深圳市种猪场。为防止病菌病毒，进出这里的外来人员不仅要更衣换鞋，还必须全身冲洗（包括头发），就是来检查工作的市领导也概莫能外。不久前，这里已经装备上世界最先进的自动化育猪喂料测定系统。管理者通过猪耳朵上一小片亮晶晶的“感应器”，便可随时测定猪进食的次数、每次的数量，进而测出猪的饲料需求量和生长速度、饲料报酬等关键数据。

市种猪场是全国12个国家级原种猪场之一，其培育出的“深农”猪已经向内地和海外大量提供。1998年“深农”父母代产量突破1万头，其中4000头销往香港。“深农”和光明华侨畜牧场的“光明斯格”两个种猪配套系去年还双双成为国内首批通过国家级鉴定的种猪配套系。它们的存在，彻底改变了深圳及周边一些地区种猪依赖进口的局面，并为内地肉猪品种的改良做出了贡献。

深圳畜牧产业的另一大拳头产品是鸡。长期以来，世界高产的现代化养鸡场出品的大多是欧美的白鸡（业内人士称“AA鸡”），但香港人乃至整个广东人不爱吃这种生长快而肉质稍差的鸡。于是，深圳人经过多年努力，培育出一种兼具白鸡和本地鸡优点的“黄羽鸡”，并形成两个全国性祖代种鸡场。其中，仅深

深圳特區報

SHENZHEN SPECIAL ZONE DAILY

1999年1月11日 星期一
农历：戊寅年十一月廿四
大寒：农历十二月初四

深圳特区报社出版
统一刊号：CN44—0027
http://www.szszd.com.cn
第5594期
今日28版

深圳市今日天气预报
白天 夜间 多云间阴，天气干燥
温度 最高18℃ 最低12℃
风向 东北 风力3级

高度集约化的现代畜禽生产基地

——“我们身边的农业”系列报道之一

● 本报记者 李晓逵 潘未末

编者按：去年10月，江泽民总书记要求沿海发达地区率先基本实现农业现代化。不久前召开的中央经济工作会议，把稳定和加强农业放在今年三项重点工作之首。最近闭幕的中央农村工作会议更提出在新的起点上把农业提高到一个新水平。可见，农业仍是当前中国经济发展的重要环节。

在城市化改造的过程中，深圳传统的农村正在消失，但深圳不可没有农业。这是市委、市政府一贯坚持的方针。事实上，深圳的农业生产已取得了长足的进步，形成畜牧、水产、蔬菜、水果、花卉五大产业，这五大产业规模大、技术含量高，不仅造福广大市民，还大量出口创汇和为内地提供优良品种。

为帮助读者了解深圳的农业发展近况，加快我市农业现代化的步伐，本报记者从生产第一线发回一组系列报道，今起以“我们身边的农业”为副题刊出，敬请垂注。

在紧靠深圳的惠州东部一个山丘中，几万头猪在蠕动。当车驰经过药水消毒、外来人员被要求穿上隔离服、隔离靴后，我们近观这群被密集饲养的动物便发现，它们的生长状态与我们印象中的传统养猪大为不同。

例如，这些猪按生长阶段被养在不同的猪舍，并在短短5个月的生命周期中要“搬家”4次：在母猪身边吃奶21天后，就搬入“保育栏”；42天后又搬入“生长栏”；30天后再搬入“育肥栏”；60天后达到90公斤即出栏上市——一切均严格控制，仿佛现代工厂里的流水线。

再如，在屋顶玻璃纤维上加盖杉木皮而产生冬暖夏凉效果的100米长猪舍内，千余头猪有的正埋头干净的食槽里咀嚼营养丰富的标准饲料，有的则从锃亮的金属自动水龙头里饮水解渴，有如身处一个公共大“食堂”；猪的外形也与一般大腹便便的肥猪不同：它们臀部硕大而腹腰吸肚，个个显得沉重壮实——据称这就是典型的瘦肉型猪，其瘦肉率高达64%左右，达到国际先进水平。

更重要的是，这里平均每7个人养10000头猪，劳动生产率居全国领先地位。

我们见到的正是去年1月13日建成投产的深圳农牧公司的10万头生猪生产基地，当年产量就达90000多头。至此，加上光明华侨畜牧场、广三保合营公司、康达尔公司，深圳已有4条5万头以上生猪生产线。去年全市饲养量达83.9万头，出产55.2万头优质生猪，较1997年增长6%。这样大的产量出现在我们这座不生产粮食的新兴都市，大概会出乎许多读者的意外。

（下转第二版）

《深圳特区报》1999年1月11日第1版

（上接第一版）

更加先进的饲养出现在位于龙岗区坪山镇的深圳市种猪场。为防止病菌病毒，进出这里的外来人员不仅要更衣换鞋，还必须全身冲洗（包括头发），就是来检查工作的市领导也概莫例外。不久前，这里已经装备上世界最先进的自动化育猪喂料测定系统。管理者通过猪耳朵上一小片亮晶晶的“感应器”，便可随时测定猪进食的次数、每次的数量，进而测出猪的饲料需求量和生长速度、饲料报酬等关键数据。

市种猪场是全国12个国家级原种猪场之一，其培育出的“深农”猪已经向内地和海外大量提供。1998年“深农”父母代产量突破一万头，其中4000头销往香港。“深农”和光明华侨畜牧场的“光明斯格”两个种猪配套系去年还双双成为国内首批通过国家级鉴定的种猪配套系。它们的存在，彻底改变了深圳及周边一些地区种猪依赖进口的局面，并为内地肉猪品种的改良作出了贡献。

深圳畜牧产业的另一大拳头产品是鸡。长期以来，世界高产的现代化养鸡场出品的大都是欧美的白鸡（业内人士称“AA鸡”），但香港人乃至整个广东人不爱吃这种生长快而肉质稍差的鸡。于是，深圳人经过多年努力，培育出一种兼具白鸡和本地鸡优点的“黄羽鸡”，并形成两个全国性祖代种鸡场。其中，仅深圳康达尔公司的优质鸡育种中心就年产祖代种鸡100万套、鸡苗3000万羽。

从每次可孵12万枚蛋的大型孵化器到新型饮水系统、机械喂料、人工调节气温、人工控制光照、饲料的科学配方等，深圳的康达尔等大型养鸡公司无不体现现代化大生产概念。优良的品种和现代化的养鸡环境，使深圳去年的活鸡产量达2717万只，其中2100万只供应香港。此外，深圳生产的鲜奶不仅满足市民的需要，还占据了香港一半的市场；深圳的天翔达种鸽场是国内唯一祖代种鸽场，其培育的肉鸽居国际领先水平，深圳年出口香港肉鸽就达220万只以上。

记者从市农科中心查阅国际资料获悉，全球畜牧生产已呈现从粗放型向集约型、从资源推动向需求推动、从人口密度小向人口密度大方向发展的趋势。以美国为例，畜牧业已经成为资金和技术密集的产业，其牛肉、猪肉、禽肉、鸡蛋的产量均居世界第一、二位，特别是猪场不断减少而平均规模却日益增大。相比之下，深圳的畜牧生产当然还有差距，但其发展方向是顺应了这一国际大趋势的。

目前，深圳农业产值一半来自畜牧业，而畜牧业的80%来自康达尔、农牧公司、光明华侨畜牧场、广三保合营公司等几个骨干企业。在这些企业中，平均每1.5人养一万只鸡，每7人养一万头猪，集约化程度领先全国；而畜禽繁殖性能、存活率、（猪）瘦肉率等指标均达到国际先进水平。人们有理由相信，深圳的畜牧产业尽管发展的空间有限，但高度集约化和科学化的生产会使它更多更好地造福人民。

《深圳特区报》1999年1月11日第2版

圳康达尔公司的优质鸡育种中心就年产祖代种鸡100万套、鸡苗3000万羽。

从每次可孵12万枚蛋的大型孵化器到新型饮水系统、机械喂料、人工调节气温、人工控制光照、饲料的科学配方等，深圳的康达尔等大型养鸡公司无不体现现代化大生产概念。优良的品种和现代化的养鸡环境，使深圳去年的活鸡产量达2717万只，其中2100万只供应香港。此外，深圳生产的鲜奶不仅满足市民的需要，还占据了香港一半的市场；深圳的天翔达种鸽场是国内唯一祖代种鸽场，其培育的肉鸽居国际领先水平，深圳年出口香港肉鸽就有220万只以上。

记者从市农科中心查阅国际资料获悉，全球畜牧生产已呈现从粗放型向集约型、从资源推动向需求推动、从人口密度小向人口密度大方向发展的趋势。以美国为例，畜牧业已经成为资金和技术密集的产业，其牛肉、猪肉、禽肉、鸡蛋的产量均居世界第一、第二位，特别是猪场不断减少而平均规模却日益增大。相比之下，深圳的畜牧生产当然还有差距，但其发展方向是顺应了这一国际大趋势的。

目前，深圳农业产值一半来自畜牧业，而畜牧业的80%来自康达尔、农牧公司、光明华侨畜牧场、广三保合营公司等几个骨干企业。在这些企业中，平均每

1.5人养1万只鸡，每7人养1万头猪，集约化程度领先全国；而畜禽繁殖性能、存活率、（猪）瘦肉率等指标均达到国际先进水平。人们有理由相信，深圳的畜牧产业尽管发展的空间有限，但高度集约化和科学化的生产会使它更多更好地造福人民。

故事——见报稿二：

花卉业：产销两旺　潜力巨大

——“我们身边的农业”系列报道之五

本报记者　辜晓进

（《深圳特区报》1999年2月1日第5版）

九七、九八，深圳多花，这是大家感觉得到的。

1997年香港回归祖国，深圳大街小巷被装扮得姹紫嫣红，离得开花吗？刚刚过去的1998年，在市委、市政府大力美化环境、建设花园般现代化国际性城市措施的作用下，深圳街头不仅草坪面积大增、大树纷纷“落户”，花的数量和质量更是大胜往年。眼下虽值隆冬，20公里深南大道去年改种的美人蕉，24座立交桥下的蜘蛛兰、白蝴蝶、牵牛花，各公共场所怒放的圣诞红等等，依然争奇斗艳、美艳如春。

最新的统计数据已经出来：1998年，全市花卉生产面积约5000亩，鲜切花2800万枝，盆花500万盆，总产值1亿元，出口创汇400万美元。其中，盆花产量和总产值分别比基数较大的1997年增长100%和15%。

如此大的花卉数量，在农用土地很少的深圳是怎样生产出来的呢？心里这样想着，两脚已迈进先科四季青鲜花公司位于南山区的“西丽基地”。这是目前市内最大的花卉种植基地，也是全省最大的盆花生产基地之一，占地240亩。去年才投入使用的这片苗圃，宽阔平整，绿茵茵的“发财树”、散尾葵和五颜六色的矮牵牛、何氏凤仙等植物已覆盖了大部分土地。一群姑娘戴着护袖端坐在遮阴大棚内，仔细分拣着无数棵绣花针长短的幼苗——它们经过几次换盆，大约两个月时间即可供人观赏。

基地内两道独特风景引起记者注意，其一是“煮土”。循着“突突”的蒸汽机声，可以看到几个男青年正在塑料薄膜覆盖的土包旁操作机器。陪同采访的郭康副总经理告诉记者说，这是对土壤进行高温消毒。公司去年生产的150万盆花卉，其土壤全部经过150摄氏度高温的消毒杀菌，花草在这样处理的泥土中不易染病，成活率高，生长快。其二是一座明亮的透明玻璃房。据介绍，这座于去年12月下旬才启用的新型建筑，是目前全市最先进的温室，可实现全自动控光、控水、控温，面积1000多平方米，一年可生产300万棵盆花种苗。我们知道，被中国花协评定为“全国花卉先进企业”的四季青公司，早在1987年就曾投入巨资引进两套共11,000平方米的温室而跃居亚洲最大的电脑化花卉工厂之一，但那两套温室在技术档次上又逊色于西丽基地的新温室。目前这里全部种植从国外引进的蝴蝶兰及其种苗，蝴蝶兰许多已盛开，鲜艳欲滴，煞是好看。

深圳地处亚热带，日照充足，雨水充沛，无霜无雪，适合很多花卉生长，且有靠近国际市场的地缘优势，具备发展花卉产业的良好条件。因此，尽管深圳的花卉生产起步较晚，但发展势头强劲，去年的生产面积、产值和出口额比1990年分别增长2至3倍，现已与畜牧、水产、水果、蔬菜并居我市农业五大产业。目前紧随龙头老大四季青公司的花卉骨干企业，还有市园林集团总公司和外贸花卉进出口公司等，小规模的花卉生产企业更多达100家。为扩大生产，各企业纷纷增加投资，改进设施，目前玻璃温室达25.2亩，塑料大棚和荫棚有1200多亩。

促使花卉业快速发展的主要因素当然还是科技进步。除了以上已提到的采用新的栽培技术和设备更新外，品种更新的力度更大。你只要看看大街小巷大约200多家花店，就会发现，前些年还是名贵稀有品种的香水百合、马蹄莲、郁金香、泰国兰、红掌等花卉，现在身价一跌再跌，已成为可以广泛用来装点家居的“大众花卉”。中国台湾“发财树”、巴西铁等室内观赏灌木更是普及到千家万户。在各大苗圃，洋兰、国兰、红掌、凤梨、玫瑰、鹤望兰、火百合、天堂鸟等的栽种比例也不断扩大。市农业局有关部门的同志认为，深圳无论鲜切花、盆花还是阴生观叶植物，都比以往任何时候更加接近欧洲发达国家花卉发展的新潮流。1998年还是各类兰花大发展的一年，市农科中心自大花惠兰规模栽培和火鹤兰引种栽培分别于1995年获得市科技进步二等奖后，去年各种洋兰的组织培育居国内领先水平。四季青公司的蝴蝶兰也已引种成功，马蹄莲引种后已形成商品化大生产并获得良好经济效益。

深圳的花卉产业形势喜人，但也有不足。在产量上，近比广州，远比上海、大连，还有较大差距；在销售方式上，深圳迄今还没有一个现代化的大型花卉交易市场，与荷兰、比利时等国的花卉交易水平不可同日而语，这在相当大的程度上影响了花卉的生产；在规模上，像先科四季青鲜花公司、园林集团公司这样的大企业如凤毛麟角，90%以上的花卉企业生产力还比较低下，资金投入困难，难出规模效益；在结构上，品种的更新速度还远逊国际先进水平，且由于信息交流不畅和行业指导不力，“一窝蜂”现象和对某些花木的盲目追捧，导致常出现某

1999 年 2 月 1 日 星期一 第五版 深圳特區報

花卉业：产销两旺 潜力巨大

——"我们身边的农业"系列报道之五

●本报记者 辜晓进

"九七、九八，深圳多花"，这是大家感觉得到的。

1997 年香港回归祖国，深圳大街小巷被装扮得姹紫嫣红，这离不开花。刚刚过去的 1998 年，在市委市政府大力美化环境、建设花园般现代化国际性城市措施的作用下，深圳街头不仅草坪面积大增、大树纷纷"落户"，花的数量和质量更是大胜往年。眼下虽值隆冬，20 公里深南大道去年栽种的美人蕉，24 座立交桥下的蜘蛛兰、白蝴蝶、牵牛花，各公共场所怒放的圣诞红等等，依然争奇斗艳、景色似春。

最新的统计数据已经出来：1998 年，全市花卉生产面积约 5000 亩，鲜切花 2800 万枝，盆花 500 万盆，总产值 1 亿元，出口创汇 400 万美元。其中盆花产量和总产值分别比基数较大的 1997 年增长 100% 和 15%。

如此大的花卉数量，在农用土地很少的深圳是怎样生产出来的呢？心里这样想着，两脚已迈进先科四季青鲜花公司位于南山区的"西丽基地"。这是目前市内最大的花卉种植基地，也是全省最大的盆花生产基地之一，占地 240 亩。去年才投入使用的这片苗圃，宽阔平整，绿茵茵的"发财树"、散尾葵和五颜六色的矮牵牛、何氏凤仙等植物已覆盖了大部分土地。一群姑娘戴着护袖端坐在遮荫大棚内，仔细分捡着无数棵绣花针长短的幼苗——它们经过几次换盆，大约两个月时间，即可供人观赏。

基地内两道独特风景引起记者注意。其一是"煮土"。循着"突突"的蒸汽机声，可以看到几位男青年正在塑料薄膜覆盖的土包旁操作机器。陪同采访的郭康副总经理告诉记者，这是对土壤进行高温消毒。公司去年生产的 150 万盆花卉，其土壤全部经过摄氏 150 度高温的消毒杀菌，花草在这样处理的泥土中不易染病，成活率高，生长快。其二是一座明亮的透明玻璃房。据介绍，这座于去年 12 月下旬才启用的新型建筑，是目前全市最先进的温室，可实现全自动控光、控水、控温，面积 1000 多平方米，一年可生产 300 万棵盆花种苗。我们知道，被中国花协评为"全国花卉先进企业"的四季青公司，早在 1987 年就曾投入巨资引进两套共 11000 平方米的温室而跃居亚洲最大的电脑化花卉工厂之一，但那两套温室在技术档次上又逊色于西丽基地的新温室。目前这里全部种植从国外引进的蝴蝶兰。

深圳地处亚热带，日照充足，雨水充沛，无霜无雪，适合很多花卉生长，且有靠近国际市场的地缘优势，具备发展花卉产业的良好条件。因此，尽管深圳的花卉生产起步较晚，但发展势头强劲，去年的生产面积、产值和出口额比 1990 年分别增长 2 至 3 倍，现已与畜牧、水产、水果、蔬菜并居我市农业五大产业。目前紧随龙头老大四季青公司的花卉骨干企业，还有市园林集团总公司和外贸花卉进出口公司等，小规模的花卉生产企业更多达 100 多家。为扩大生产，各企业纷纷增加投资，改进设施，目前玻璃温室达 25.2 亩，塑料大棚和荫棚达 1200 多亩。

促使花卉业快速发展的主要因素当然还是科技进步。除了以上已提到的采用新的栽培技术和设备更新外，品种更新的力度更大。你只要看看大街小巷大约 200 多家花店，就会发现，前些年还是名贵稀有品种的香水百合、马蹄莲、郁金香、泰国兰、红掌等花卉，现在身价一跌再跌，已成为可以广泛用来装点家居的"大众花卉"。台湾"发财树"、巴西铁等室内观赏灌木更是普及到千家万户。在各大苗圃，洋兰、国兰、红掌、凤梨、玫瑰、鹤望兰、火百合、天堂鸟等的栽种比例也不断扩大。市农业局有关部门的同志认为，深圳无论鲜切花、盆花还是荫生观叶植物，都比以往任何时候更加接近欧洲发达国家花卉发展的新潮流。1998 年还是各类兰花大发展的一年，市农科中心自 1995 年大花蕙兰规模栽培和火鹤兰引种栽培分别获得市科技进步二等奖后，去年各种洋兰的组织培育居国内领先水平。四季青公司的蝴蝶兰也已引种成功，马蹄莲引种后已形成商品化大生产并获得良好经济效益。

深圳的花卉产业形势喜人，但也有不足。在产量上，近比广州，远比上海、大连，还有较大差距；在销售方式上，深圳迄今还没有一个现代化的大型花卉交易市场，与荷兰、比利时等国的花卉交易水平不可同日而语，这在相当大的程度上影响了花卉的生产；在规模上，像先科四季青鲜花公司、园林集团公司这样的大企业如凤毛麟角，90% 以上的花卉企业生产力还比较低下，资金投入困难，难出规模效益；在结构上，品种的更新速度还远逊国际先进水平，且由于信息交流不畅和行业指导不力，"一窝蜂"现象和对某些花木的盲目追捧，导致常出现某类花木的供过于求；在政策上，出口赔额的限制制约了优质花卉的大量出口。相信深圳花卉业会随着这几大缺陷的逐渐弥补而有更大发展。

近日传来最新消息：一个较大规模的花卉交易市场将于近期在市农科中心附近建成。或许这是深圳花卉业发展的一个新契机。

《深圳特区报》1999 年 2 月 1 日第 5 版

类花木的供过于求；在政策上，出口赔额的限制制约了优质花卉的大量出口。相信深圳花卉业会随着这几大缺陷的逐渐弥补而有更大发展。

发稿时传来最新消息：一个较大规模的花卉交易市场将于近期在市农科中心附近建成。或许这是深圳花卉业发展的一个新契机？

发展：产业调整挤压农业　城市改造驱离花市

毕竟深圳的科技产业和传统工业的发展太迅速，加上产业调整和人口的急剧增长，土地供应量持续趋紧。深圳的面积不到2000平方公里，只相当于同为一线城市的广州的不到三分之一、上海的不到三分之一、北京的八分之一，也小于周边的东莞、惠州等市。万科创始人王石在2018年4月22日的城市共创大会上透露，深圳可开发的土地面积只剩不到20平方公里。

在此情况下，深圳的多数农业项目后来还是逐步转移到了内地。就连惠州那片租用的大型养猪场也因惠州人有意见而被撤除。2012年，深圳市正式撤销了农林渔业局，相关业务并入市经济贸易信息化委员会。深圳因此成为全国第一个没有农业局的城市。此前的2011年，离"农业"最近的宝安和龙岗两区已经撤销了各自的农林渔业局。这一年，深圳因为没有了农民而拒绝报名参加广东省第二届农民运动会，一时还引发争议。位于香蜜湖片区的深圳市农科中心，也已于近年消失。

值得一提的是，上文末尾说："发稿时传来最新消息：一个较大规模的花卉

位于深圳市红荔路旁的“花卉世界”

交易市场将于近期在市农科中心附近建成。或许这是深圳花卉业发展的一个新契机？”理由也在上文倒数第二段说得明白：“在销售方式上，深圳迄今还没有一个现代化的大型花卉交易市场，与荷兰、比利时等国的花卉交易水平不可同日而语，这在相当大的程度上影响了花卉的生产。”没错，文中所说的“较大规模的花卉交易市场”已如期于1999年在农科中心建成，并迅速成为市民热衷的购花休闲去处。可惜好景不长，这座占地43万平方米、原特区内最大规模的花卉交易中心于2014年起被拆除，改建为香蜜湖公园于2017年对外开放。

几乎就在香蜜湖公园开园迎客的同时，位于红荔路旁的福田区另一个花卉中心“花卉世界”开拆。市民不理解的是，“花卉世界”在若干年前刚刚进行了一番整治改造，店铺外观按统一的标准装饰一新。由于交通方便和靠近数十个住宅区，这里一直门庭若市。农科花卉中心2014年开始封闭拆除后，这里更加人满为患。两个花卉中心相继被拆除后，偌大一个福田区已无像样的购花场所，整个原特区内也只剩位于南山区西部边缘的“荷兰小镇”。福田花卉中心的空白无处填补，导致本已逼仄的“荷兰小镇”更加拥挤，2018年起干脆不再让消费者车辆进入。

购花赏花历来是广东人的休闲传统，也符合“人民群众对美好生活的向往”。如今这一传统连同春节前的花市做法已向内地城市辐射，在全国开花结果。难以理解的是，与此同时，深圳却自己从市区将民众如此喜爱的购花场所一再赶尽杀绝，弄得网上不断有人打听今后去何处购花。目前看来，除了早已不堪重负的“荷兰小镇”，市区民众只有两个主要选择：一是位于西丽靠近“报恩福地”的“深港花卉中心”，二是位于龙岗区丹竹头的“百合花卉小镇”。这两处都远离市区且公交车难以抵达：前者附近虽有公交车站，但下车后要走300米，这对购花人来说是颇费体力的；后者距市区至少有 20 公里之遥，公交车更不方便。

深圳人可以不要农业，但离不开农产品，包括花卉。

第三编

社　会

编辑部为难了：
这则新闻能否发表

背景：脚步丈量出来的新闻

我是1991年7月29日到深圳特区报社报到并被分配在专刊部工作的。那时该报实行大部制，专刊部是少数几个最大部门之一，囊括科学、教育、文化、卫生、体育、法律、科技、旅游等专刊专版及体育等领域的采访编辑等采编事项。分管该部的编委丘盘连副总编是深圳特区报的创始人之一。主任是胡向东（已去世），副主任是张德纯大姐（也早已退休）。该部后来被拆分为政文部、体育部等部门，这是后话。

我被分配在该部版名为“青春节拍”的青年专版工作，兴致勃勃干了没几天，去人事处办理采访证时，处长却一口拒绝，要我去校对科见习3个月再说。我知道很多报纸都有这个规矩，让新来的大学生了解办报流程、加强采编责任心、体验夜班工作等，这是合情合理的。但我可不是办报新人，我在考上中国人民大学研究生之前就已获得编辑职称（新闻岗位的中级职称）并担任报社编委兼采通部主任，怎么也要走这程序？我对处长说，当时人民日报社接纳我时也让我直接到教科文部工作，并无去校对科见习的要求（当时我从中国人民大学新闻学院研究生毕业，已被人民日报社录用，其人事局已来调档，是深圳特区报人事处两位北京籍大姐硬劝说我回绝该报选择来特区的）。处长态度严厉，大声说“这里是特区”，要我别拿内地那一套来讲理。无论我怎么解释，他都是这句话，不容分辩。

无奈，我找到丘副总编。丘总看上去较为严肃，其实为人热心善良，对部下体贴关心。他分管人事工作，了解我的情况，答应我向人事处处长解释。后来，据说一直惊动到区汇文社长，这是一位从南方日报副总编任上调来主持深圳特区报工作的受人尊敬的忠厚长者（也已去世）。区社长让丘总转告我，我这样的情况无须实习，但又说要尊重人事处的规矩，答应时间减半，象征性地干一段时间再说。我后来遭遇许多人和事，都发现早期来深圳的少数掌权或不掌权者，对新人都有一种莫名的居高临下的优越感，动辄拿“这里是特区”来抵斥一切合理惯例，轻易就解除你的辩解前提。我后来忍不住写了一篇评论，以“古辛”的笔名发表在《深圳特区报》当年8月21日的文艺副刊《海边细语》专栏，题目就是《“这里是特区”析》，不知道人事处处长有无耳根发热。一笑。

校对科的环境很好，大家都很友善。科长崔敏莎大姐带着一群年轻人，认认真真，嘻嘻哈哈，夜班时间过得很快。我还向他们学习广东话，知道“2”读“1”，“9点9”是指“9：45”之类奇怪的“鸟语”。白天没事，我就开始了解附近的城区，办法是用脚步丈量。报社位于罗湖区和福田区交界处，隔着一条“同心路”小路与市委大院并排，门外公交车站的站名就叫“特区报站”。我便以报社为圆心，每天朝一个方向步行6站左右的路程，且行且观察。一周下来，我就对方圆十数平方公里的主城区熟悉起来了。

这样走着，就发现一个与我熟悉的北京和南京完全不同的现象：人们很喜欢悬挂或佩戴毛主席像，满街都是。很多出租车和一些小汽车、面包车的驾驶位上方，都挂着透明塑料封装的毛主席像。年轻人腰间别着的BB机上火柴盒大小的外壳也插着毛主席像。BB机也称“BP机”，是一种无线传呼设备，当时还没有手机，这是唯一可以抵达个人的移动通信方式。因其每只售价为1000—2000元，且要交付月费，不是人人都配备得起，因而成了一种地位的象征。

记得当时深圳媒体中待遇最好的是深圳法制报（现已停刊），记者平均月收入上千元，比深圳特区报记者不到600元的平均月收入高多了，而更让人羡慕的就是深圳法制报记者每人配备了BB机。深圳特区报作为深圳第一大报，其要闻部的记者一直嚷嚷着要装备却得不到，而工作又确实需要，多数记者只好自己掏钱买。有一次，要闻部通过BB机通知大家开会，一些记者就装作没收到而不参加，以表达自己的不满。当时，我看到一些女士的钱包打开来也有精巧的毛主席像。而街头所有报刊亭和小摊，都在出售各种尺寸封装好的毛主席像，仿佛为汽车、BB机、钱包量身定做。再一问，才知这股风刚刮起不久，而深圳所有媒体似乎都视而不见。

经验告诉我，这是一条有一定新闻价值的软新闻。于是自8月6日起，我从蔡屋围到天虹商场，沿路采访，四处观察，请教专家，先后访谈14人，写成一篇近2000字的特稿《BB机上的毛主席像》。担心发表困难，又删减至1500字。但稿子写好了，却不知该送给谁。

我首先想到的是要闻部。那时候要闻部也是大部门，包含文艺、体育之外的所有新闻采访以及要闻版、本地版等所有综合新闻版面的编辑工作，由副总编陈锡添（一年后他写的《东方风来满眼春》风靡全国）分管，主任是钱汉江（这两人都是我中国人民大学新闻学院的学长）。但按当时党报的新闻范式，以时政新闻为主的综合新闻版上，很少刊发这类并非主旋律而又被西方新闻教科书称作“软新闻”（soft news）的稿件，何况还涉及领袖，似乎有点敏感。我查阅了特区报近段时间的要闻版和本地新闻版，发现绝大多数新闻都很硬，似乎也容不下这篇稿件。转而回归我所工作的专刊部，但那么多个版专业性都很强，放在哪个版合适呢？似乎“十三不靠”。最后，我还是把稿件给了较为综合的青年版（版名“青春节拍”）的责任编辑郑鸿裕（写这本书时才获悉他于2018年因病去世）。老郑看了一遍说不合适，太敏感，没有先例，婉言退稿，任我怎么解释他也不听。于是，我干脆拿给副主任张德纯大姐看，她又请示了丘总。丘总也是中国人民大学新闻学院的学长，与我的朋友、科技日报江苏记者站站长朱卫卫竟是同班同学。他比较开明，认为稿件可用，提议就发在青年版，批给了老郑。老郑让我再删掉些和青年无关的内容，最后压缩至1000字以内。

于是，我到深圳后写的第一篇新闻，于1991年8月15日发表了。后来听要闻部的同事说，钱汉江在主持要闻部编前会时还夸了这篇小文。那时，我和要闻部的编辑陈寅（现为深圳报业集团社长）、刘琦伟（现为深圳特区报编委）、记者吴伟（已离开报社）及专刊部体育版的毛维会（已离开报社）四个年轻人来往较多，几乎每周轮流做东到报社对面的上步食街大排档小聚。

故事——见报稿：

BB机上的毛主席像

本报记者　辜晓进

（《深圳特区报》1991年8月15日第7版）

打工仔小陈，今年17岁。毛泽东主席在神州大地叱咤风云的时候，他还没出世呢，但他现在整天随身带一帧毛主席像，那是人人熟悉的毛泽东的标准像。这个汕头青年把这毛主席像别在腰间的BB机（传呼机）上，就像时下成百上千的

青春节拍

第120期

本版责任编辑 张德纯 郝鸿彪

BB机上的毛主席像

本报记者 辜晓进

打工仔小陈，今年17岁。毛泽东主席在神州大地叱咤风云的时候，他还没出世呢，但他现在整天随身带一帧毛主席像。

他把毛主席像别在腰间的BB机（传呼机）上，就象时下成百上千的深圳青年人一样。

细心的市民会发现，近一个多月来，一种印制精美、用塑料封装的袖珍毛主席像悄然出现在一些人的工作证里，出租车上、钱包中，更多的是装在BB机的外侧或皮套里。从7月份起，星罗棋布、遍及大街小巷的报摊小贩几乎无不在出售这种像片。这种像片分三种规格，小的有火柴盒大，中等的有掌心大，大的也不到64开。一个小贩每天最多可卖四五十个，售价1至3元不等，利润率100%。

为什么袖珍像会突然在我市流行？人们的购买动机是什么？购买者主要是些什么样的人？它是一种积极的还是消极的现象？对此，公众已有议论。近日，记者沿主要干道作了巡访，并和一些社会人士交谈，得出以下初步印象。

据小贩们介绍和记者直接观察，购买者以二三十岁男青年居多，他们多是做生意或办实业的腰挎BB机的人士。也有少量中老年人购买，他们多把像片放在写字台上或家中柜橱上。女青年则喜欢把像片放在荷包里。

他们出于何种动机买毛主席像？被采访者这样分析：一是出于对毛主席的怀念和尊重，并夹杂着对当前某些不良社会风气的不满。兴华商场对面一位操东北口音的卖报老汉持这种观点："人民的江山不是共产党毛主席创的吗？人们怀念他老人家！"一位大学老师也这样认为。他本人买了一张像置于案头，还表示要为别的老师复印。他希望人们别忘了这个伟人。

二是出于迷信。这在青年人中很普遍。他们把毛主席当作神，觉得放一张像在身边，可以交好运，保平安。开着丰田车的小柯说："有了毛主席像，开车有一种安全感。"自称为待业青年的小梁指着票夹里的毛主席像说："它可以避邪！"天虹商场门口一位女摊主觉得此事很平常："毛主席在大家心目中的地位就象神一样嘛！"

三是赶时髦。本文开头提到的那位小陈告诉记者，他并不信毛主席像可避邪，只是看别人买他也买。东门停车场一位中巴个体司机说，他的朋友都买了，他也应该买。相信涉世未深的青年人中有此种念头的不少。

市工业学校德育教师黄丽萍女士还说出这样一番理由：深圳打工仔有好几十万，他们在这里大都无依无靠，要寻求某种寄托。信宗教，他们似乎还有些欠缺；歌星影星照片看多了也觉得不大实在；毛主席既是伟人，其像片又很威武气派，于是便被选为贴身物品了。

至于何以从7月份开始流行，不少人作这样猜测：很多深圳人从香港电视上看到前年动乱期间天安门前毛主席像被污损后曾有狂风刮过，于是对毛主席增加了神秘感。有人判断这种流行与今年7月1日《毛泽东选集》（第二版）正式发行有一定关系。还有人指出其源头在广州。

记者认为，这一现象同前两年南方城乡流行大幅毛主席画像如出一辙，是人们怀旧、迷信、景仰伟人等复杂心理的一种体现。不过，现在流行的是袖珍像，它装帧更漂亮，携带更方便，所以一旦出现便受到欢迎。

《深圳特区报》1991年8月15日第7版（"青春节拍"专版，局部）

深圳青年人一样。

细心的市民会发现，近一个多月来，一种印制精美、用塑胶封装的袖珍毛主席像悄然出现在一些人的工作证里、出租车上、钱包中，更多的是装在BB机的外侧或皮套里。

从7月起，星罗棋布、遍及大街小巷的报摊小贩几乎无不在出售这种相片。这种相片主要分三种规格，小的有火柴盒大，中等的有掌心大，大的也不到64开。全都是为前面提到的BB机或钱包和汽车司机度身定做。据询问十多个小贩，他们每天最多可卖四五十个，少的也有三十多个，售价1至3元不等，利润率至少100%。例如售价1元的用于BB机的小幅相片，进货价只有0.40元，可赚0.60元。科技商场一个女报贩起初吃不准，不敢卖。有人送来二三十张让她试试，竟很快卖光，于是她也加入这热销活动。

为什么袖珍像会突然在我市流行？人们的购买动机是什么？购买者主要是些什么样的人？它是一种积极的还是消极的现象？对此，公众已有议论。近日，记者沿主干道作了巡访，并和一些社会人士交谈，得出以下初步印象。

据小贩们介绍和记者直接观察，购买者以二三十岁男青年居多，他们多是做生意或办实业的腰挎BB机的人士。也有少量中老年人购买，他们多把相片放在写字台上或家中柜橱上。女青年则喜欢把相片放在荷包里。

他们出于何种动机买毛主席像？被采访者这样分析：

一是出于对毛主席的怀念和尊重，并夹杂着对当前某些不良社会风气的不满。兴华商场对面一个操东北口音的张姓卖报老汉持这种观点："人民的江山不是共产党毛主席创的吗？人们怀念他老人家！"一个大学老师也这样认为。他本人买了一张像置于案头，还表示要为别的老师复印。他希望人们别忘了这个伟人。

二是出于迷信。这在青年人中很普遍。他们把毛主席当作神，觉得放一张像在身边，可以交好运，保平安。开着丰田车的小柯说："有了毛主席像，开车有一种安全感。"自称为待业青年的小梁指着票夹里的毛主席像说："它可以辟邪！"天虹商场门口一个女摊主觉得此事很平常："毛主席在大家心目中的地位就像神一样嘛！"打工仔小黄说："我们来到深圳无依无靠，信宗教没资格，就信毛主席啦。"

三是赶时髦。本文开头提到的那个小陈告诉记者，他并不信毛主席像可辟邪，只是看别人买他也买。东门停车场一个中巴个体司机说，他的朋友都买了，他也应该买。"我们是从浙江来打工的，广东人都买我们也买，买了就像广东人了。"他说。相信涉世未深的青年人中有此种念头的不少。

发展：20世纪90年代初的"毛泽东热"

后来了解到，这股"毛泽东热"来自湖南，起点时间是20世纪80年代末，然后往江西、湖北、福建、广东等地辐射，渐渐在整个华南地区流行起来。深圳当时的年轻人大多来自上述省份，受到影响也理所当然。当时有数据显示，毛泽东的标准像照片于1989年被印刷了37万帧，1990年被印刷了230万帧，1991年增加到5000万帧。

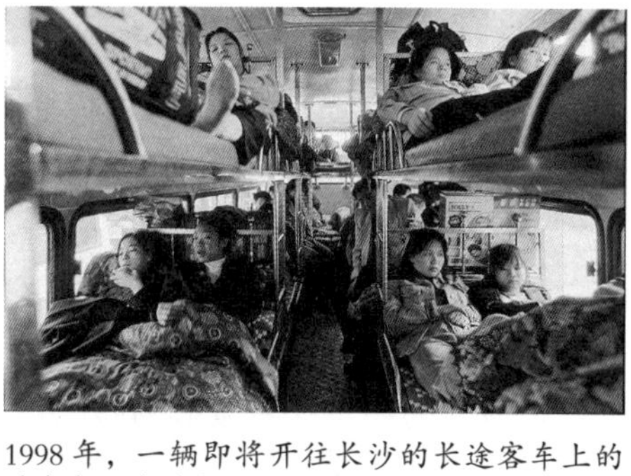

1998年，一辆即将开往长沙的长途客车上的外来务工者（余海波　摄）

不仅是画像照片，当时有关毛泽东的歌曲磁带也突然畅销，文艺演出中也频频出现相关节目，且颇受欢迎。有统计称，1980年到韶山参观的只有21万人，到1992年已猛增至120万人。有专家分析，这些现象与20世纪80年代后期的社会变革不无关联。

不过，深圳毕竟是改革开放的新型城市，人们渐渐回归理性，这股潮流到

1991年底已明显衰退。1992年春，邓小平视察南方并发表重要讲话后，这里的改革开放风云再起，BB机外壳上的画像也被明星偶像或股票代码等取代。就全国而言，唯一延续下来的，只剩与养身健体相结合的主旋律红歌。

但在很多乡村，挂毛主席像仍很普遍。毕业于昆明理工大学外语系的摄影家孙大虹，曾用3年时间遍访来自56个民族的家庭（绝大多数在农村），发现几乎都能看到墙上的毛主席像。于是，他在2014年12月26日毛泽东诞辰纪念日，回母校举办了为期1个月的展览“毛主席是我们家里人——中国56个民族人文情怀影像纪实”。

第一个戒毒所与早期深圳毒情

背景：毒情蔓延　深圳首建戒毒所

我在校对科“实习”才一个多月，9月11日领导就急召我回专刊部工作了。我临走前一晚，校对科还全体聚餐为我送行，连分管要闻部的陈锡添老总都出席了（校对科归要闻部管）。当时并未想到，仅仅一年多后我又“杀”回来了（担任总编室副主任，校对科转归总编室管）。其实在校对科上夜班期间，我手脚未停，已为报纸写了几篇稿件。除了前述《BB机上的毛主席像》，较重要的还有两篇：一篇是发在特区报第二版占据三分之一版的通讯《“东方”不再静悄悄》（9月2日完稿，9月26日刊发），说的是由酱料厂发展而来的东方企业有限公司以科技创新扭亏为盈进而成为远近闻名的现代化饮料企业的故事。另一篇是《成功，需要实际些——来自市婚姻介绍所的报告》，刊发在8月29日青年版头条，约2500字。9月2日，崔大姐回来传达报社例会精神时特别说，总编辑王荣山和副总编辑陈锡添分别提到我在青年版发表的两篇通讯，说写得不错，青年版多些这样的稿件，面貌就不一样了。

那时《深圳特区报》每日出8版，虽然比内地绝大多数日报每日4版多了一倍，但按现在的标准看，薄薄两大张，按理工作量是不大的。不过，若你去那时的编辑部看看，大家也总是忙忙碌碌。原因大概有三：一是工艺落后。虽然《深圳特区报》已在国内较早实现激光照排，但编辑的工作仍然是全手工的，和半个世纪前没什么两样。他们要手工删改稿件，要数着字数在版样纸上画版，对每幅图片都要量好精确的尺寸再交给制版房制版，还要用到剪刀和糨糊。二是工作精细化，一篇稿件，编辑总是改来改去，精益求精（不像现在媒体泡沫泛滥，错别字一大堆），而且经过多道门槛审核，往往花费较多时间。三是落后的通信、交通、技术手段等因素使得稿件生产流程漫长。例如，照片要冲洗，摄影部记者可以在自己的暗房随时冲洗，其他采编人员的照片就只能拿到外面照相馆冲洗。有时一卷胶卷才拍一两张就洗，采编人员还舍不得，总想再赶上其他事情多拍几张，不免延误。

我所在的青年专版“青春节拍”每周出版一期，责任编辑郑鸿裕是潮汕人，来自中国青年报，编辑业务好，认真严谨，坐得住，但不爱与外人交往。我和他的分工就是他主内，我多跑跑，包括组稿和写稿，后来还参与科技版的编辑工作。青年版主要联系的部门是团市委和市青年联合会等机构，这些部门提供线索或来稿都很积极，所以完成每周一个版的内容并不难。于是我就想开阔视野，发现和报道一些更有价值的新闻。就在这时，我在和民政局接触中听闻深圳吸毒贩毒的情况较为严重。

深圳过去本无涉毒现象，但改革开放后泥沙俱下，特别是一些富起来的宝安农民子弟游手好闲，追求享乐，加上毗邻香港，交通便利，使得毒情从20世纪80年代开始出现，至80年代末有加速蔓延之势。就在我刚到深圳的1991年7月，深圳首次成立以副市长林祖基为主任的禁毒工作领导小组，并于7月30日发布首个《关于禁毒反黑的通告》，印行近12万份发到各基层。此后，市、县两级还历史上第一次兴建了戒毒所，戒毒所是在当年七八月间紧急建成的，可见情况之严重。到深圳特区报资料室查阅往期报纸，我发现虽有零星缉毒个案报道和关于全市禁毒工作的政策报道，却并无对此现象的深度揭示。民众难以通过媒体了解到深圳毒情的全面情况，也就不利于引起全社会的重视以及真正意义上的社会动员。我觉得，这是个值得深挖的有较大社会价值的新闻，决定在做好本职工作（青年版）的前提下，深入了解深圳涉毒情况，争取完成一篇有一定分量的报道。

采访手记：三访戒毒所　两去蚝业村

我向部领导和分管老总汇报了我的想法，得到肯定和支持。于是，从1991年9月16日起，我密集走访深圳市公安局、深圳市除七害办公室、深圳市民政局、深圳市戒毒所、宝安县戒毒所等部门和机构，被访谈者从普通工作人员到科长、处长、局长等领导，从中获得了深圳近期和近年有关缉毒、禁毒、吸毒的大量资料和信息。我又到吸毒重灾区的宝安县沙井镇采访村民、吸毒者及其家人。

与此同时，我于9月18日和26日两次进入8月18日才成立的深圳市戒毒所，一次进入宝安县戒毒所，与数十名戒毒者逐一进行了交谈。

8月16日上午，我首先采访市公安局，分别向三处、五处、办公室调研科的干警了解情况，获得部分材料。但公安局当时关注的重点是抓获贩毒分子，对吸毒情况提供的信息不多。他们说吸毒主要归民政局管。于是，我当天下午又去市民政局，但兼任深圳市禁毒工作领导小组副组长的副局长朱流星不在，其他工作人员均称不太了解情况。我留下了自己的联系方式，希望与朱副局长再约。然后我顺便去民政局涉外婚姻登记处了解近年来香港人嫁给深圳人的情况，为另一篇稿件做准备。

后来我终于联系上了朱流星副局长。这位于1988年由正师级军职干部转业到深圳市民政局的领导，平易近人，精力充沛。据说，深圳第一个市级戒毒所就是在他的带领下仅用17天就建成的，也算是“深圳速度”的又一个体现了。8月18日下午，朱副局长亲自陪我来到位于深圳特区北部二线检查站附近的深圳市戒毒所。这里原来是一个废弃的收容站，都是矮旧的平房。办公室主任郑建文告诉我，戒毒所从8月22日起开始接收戒毒者进行强制戒毒，迄今一共收了44人（男31人，女13人），其间跑了6人，都是外地女子，4个来自广西，2个来自湖南。戒毒所配备了4名医生、6名护士。吸毒者进来时都骨瘦如柴，现在普遍增加了体重，最多的增重25斤。

我又采访了兼任戒毒所副所长的深圳康宁医院副院长谭思明。他说这些人离开毒品就头昏、恶心、烦躁，多数刚来时怕冷、无食欲、失眠，个别人还总喊肚子疼。戒毒所采用口服和针剂的中枢神经镇静药物，对焦虑者用抗焦药辅以安眠药。多数人还静脉输葡萄糖、盐水、维生素等，以恢复体力和增强抵抗力。他说，更重要的是进行心理治疗。吸毒者进入戒毒所一般一周后症状消失，半个月体重至少增加五六斤。他介绍道，吸毒者毒龄最长6年，岁数最大的44岁，最小的16岁。“这小子现在胃口好，吃得比我还多。”他指着那个小陈说。

接着，我和多个戒毒者交谈，了解他们在这里的作息情况，诸如晚间活动可以看电视等。他们都应我的要求谈了自己吸毒的经历和“第一次”，里面有很多生动的故事。我还听说有个戒毒者获悉妻子生病，竟于8月12日晚偷跑出去，8月15日又被姐姐送来。还有人跑出去后又自愿回来的。朱副局长说：“对这些跑回去又自己或被家人送回来的戒毒者，我们不歧视，重在帮助，就像连队里对待落后的战士一样。”

9月20日上午，朱副局长要去宝安县戒毒所检查工作，我闻讯也跟着去采访。这个戒毒所位于宝安县的罗田林场，离市区较远，条件也比市戒毒所差很多，戒毒人员28人住一个大房间。我采访了所长张牛根、副所长何茂先。据介绍，这里是7月2日开始收人的，迄今收了115人，跑掉33人，公安局拘留7人，还剩75人。随后访谈戒毒者7人次，都在30岁以下，多数无业。其中一个无业青年17岁，父亲在沙井镇政府工作，自己一年前曾因吸毒被抓进入戒毒班，放出去后又复吸。其18岁的哥哥也曾因吸毒被抓。

9月26日，我再访深圳市戒毒所，这回在里面待了一整天，想仔细观察一下里面的生活。我当晚写成一篇1200多字的白描式特写《戒毒所一日》（稿件于28日在《深圳特区报》头版围框刊出，因纳入"全国副省级城市党报短新闻竞赛"，稿件被删至800字，后来获奖）。10月2日，我又在第2版刊发题为《循循善诱　文明管教　细心医治：市戒毒所成立月余效果好》的消息。

我这个月连续在要闻部的版面（主要是第1版和第2版）发了3篇稿件，专刊部里个别同事就有了点议论，好像我有点不务正业，为"别人"干活。我赶紧向主任们澄清，这些都是在完成本部门重点稿件之余写的，而且也请示过领导并得到同意的。《戒毒所一日》只是我正在写的重点稿件的副产品。随后，我继续利用空余时间补充采访，重要的有两次。

1985年，沙井镇蚝民在晒蚝
（刘廷芳　摄）

沙井镇最后的蚝民
（郑东升　摄）

一次是10月8日，我一早赶去宝安县沙井镇蚝业村。蚝业村是个富有的大行政村，分为若干小村。这里的农民世代以养耗为业，著名的“沙井蚝”和“沙井蚝油”就产自这里。村里有人用蚝壳做墙盖房，看上去蔚为壮观。改革开放后，这里建起了厂房，很多家庭有稳定且不菲的房租收入。村镇经济发展壮大后，村民每年有分红。富裕后，老一代村民仍辛苦养蚝，一些富二代青年却成了“不做工、不务农、不经商、不读书”的“四不”青年。有些人无所事事，游手好闲，手中有钱，便染上吸毒恶习。于是这里成为深圳吸毒的重灾区，常出现在市公安局、民政局的相关文件里，我在两大戒毒所采访过的多个戒毒者也都来自这里，我早就想来一看究竟。同时，正好这段时间深圳市公安局五处（刑侦处）处长彭安恭带领一个社教工作组在这个村蹲点，因我采访过彭处，趁他在，我可以得些采访的便利。果然，这次收获颇丰。我不仅再次采访了彭处，还与来自各村的工作组成员交谈。我是上午去的，下午又去蚝业一村参加了十几个吸毒青年的政治学习，与他们逐个进行了交谈。然后，我又去几个吸毒者家里看看，与他们的家人交谈。意犹未尽，我原本想在沙井住一晚的，但妻子生病在家，因此我还是当晚赶回去了。

另外一次是10月10日，我再访深圳市公安局，补充一些最新的材料。至此，采访工作全部结束。第二天，我又去深圳市图书馆查阅文献，重点了解中国香港及东南亚近年的禁毒情况。这方面的图书几乎没有，我只能查阅中国香港和新加坡、马来西亚的一些报刊，很费力，像大海捞针一般。

稿件是10月16日完成的，11,000字，我当晚12点多誊写完毕。主标题是《深圳：面对白色妖魔的冲击》，我第二天把稿件交给了部主任。21日晚，丘盘连副总编和张德纯副主任第一次来到我位于深圳特区报7楼的临时宿舍看望我，顺便谈了对稿件的修改意见。那时，深圳特区报也和内地报纸一样，领导和采编人员相处和谐，不分尊卑，大家都不称职务头衔。我这新来者也都是“老丘”“老张”地称呼他们，不像现在官衔不离口，否则似乎大不敬。老丘很客气，鼓励一番，要我修改后尽快交稿，24日见报。

23日晚上，老郑给我看了小样。看得出来，老丘亲自做了修改，下了很大功夫。改动主要在三个方面：一是增添了评论色彩，将主标题改为《这也是一场争夺战》（这就很像评论的标题），正文里也添加了些许议论文字，例如第一小标题段落最后的三行排比句，大概是想强化党报的舆论引导吧；二是将整篇文章的开头及个别小标题下的开头文字做了修改，有的甚至做了改写，用了更加口语化的表述；三是做了较大幅度的删除，全文较原稿减少了近4000字，最后只剩7200余字。删去的部分，包括一些典型案例、一些采访痕迹、一些受访者引语、一些环境描述（如关于两个戒毒所的介绍）、一些背景交代，以及一些穿插衔接、想表现点文采的话语等。很多内容删得我心痛，但我也能理解（当晚版面临时安排有三块小广告而不能发整版）。我觉得领导的思路和自己有点差异，但相信对特区政治和深圳特区报文风的把握，领导比自己高明。所以，我对已经定稿并等着上版的小样只改动了几处事实性表述，其余未敢再动。

现在回过头来看，至少一些采访过程是应当保留的，否则有些事实就显得突兀，不知从哪儿来的。朱副局长、彭处长等重要受访者的名字被删除，也在一定程度上损害了稿件的权威性。但我仍然要感谢丘总和专刊部的两位主任给出这么大的版面刊登我这样一篇“计划外”的稿件，并为之花费精力。

故事——见报稿一：

戒毒所一日

本报记者　辜晓进

（《深圳特区报》1991年9月28日第1版）

铁门徐徐打开，转眼便把记者关入这一神秘领地——深圳市戒毒所。时间：9月26日上午9时整。

高大的院墙，堡垒般石砌的建筑，一扇扇铁栅栏门，意味着这里的戒毒具有强制性。

记者缓缓走过戒毒者宿舍门前。这些戒毒者看上去都很年轻，有的表情漠

戒毒所一日

● 本报记者 辜晓进

铁门徐徐打开，转眼便把记者关入这一神秘领地——深圳市戒毒所。时间：9月26日上午9时整。

高大的院墙，堡垒般石砌的建筑，一扇扇铁栅栏门，意味着这里的戒毒具有强制性。

记者缓缓走过戒毒者门前。这些戒毒者看上去都很年轻，有的表情漠然，有的耳朵里塞着"随身听"，还有几位对记者微笑着。

东面两个大房间里，有10多位进入康复期的戒毒者。一位面色红润的小伙子笑嘻嘻地告诉记者，他体重增加了11．5公斤，现已没有任何毒瘾，还能提两桶水去伙房走个来回，而8月23日他刚刚入所时，连半桶水都提不动。

9时30分，适医生带两名护士来查房。

适医生问4号房一位男子牙还疼不，答曰不疼。5号房两位青年抱怨同屋新来的人整天呕吐，影响他们睡眠。8号房一位姑娘咳嗽，咽喉痛，适医生一一写下医嘱。令护士去取药。

查房回来，记者见教导员陈晃容和办公室主任郑建文还在做两位香港戒毒者的思想工作。在他们身后墙上张贴的"所规"里，有"不打不骂"字样。

太阳热辣辣地照射着院内空旷的场地。新栽的小树还不到1米高，绿绿地装点着橙黄色的土地。几个标语牌上书有"贩毒必惩，种毒必究，吸毒必戒"等大字，十分醒目。

11时30分，开饭。工作人员逐个房间送饭，每人1份白菜、1份土豆炒肉丝、1个冬瓜鸡肉汤，米饭随便吃。

饭后，记者随护士小黄去各房巡视，只见戒毒者有的已呼呼大睡，有的默默地坐在床上抽"万宝路"，两位男子正在象棋盘上"战犹酣"。

下午2时30分，一位女干部布置了一番防卫措施，便用话筒令工作人员打开各屋铁门栏，放戒毒者出来活动。不一会儿，25号活动室传出"卡拉OK"声。尚未装修好的戒毒者饭堂里，一群人在两个乒乓球桌旁摆开了战场。几位姑娘在拍打着篮球。还有一些人坐在一起聊天。据说他们当中不少人以前就是"道友"。现在他们大概要交流交流戒毒的感受了吧。

夕阳西垂。当铁门再次为记者打开后，刚进来时那神秘和监狱般的感觉已消失殆尽。

《深圳特区报》1991年9月28日第1版

然，有的耳朵里塞着“随身听”，还有几个对记者微笑着。

东面两个大房间里，有10多位进入康复期的戒毒者。一位面色红润的小伙子笑嘻嘻地告诉记者，他体重增加了11.5公斤，现已没有任何毒瘾，还能提两桶水去伙房走个来回，而8月23日他刚刚入所时，连半桶水都提不动。

9时30分，适医生带两名护士来查房。

适医生问4号房一位男子牙还疼不，答曰不疼。5号房两位青年抱怨同屋新来的人整天呕吐，影响他们睡眠。8号房一位姑娘咳嗽，咽喉痛。适医生一一写下医嘱，令护士去取药。

查房回来，记者见教导员陈晃容和办公室主任郑建文还在做两位香港戒毒者的思想工作。在他们身后墙上张贴的“所规”里，有“不打不骂”字样。

太阳热辣辣地照射着院内空旷的场地。这个戒毒所启用才月余，新栽的小树还不到1米高，绿绿地装点着橙黄色的土地。几个标语牌上书有“贩毒必惩，种毒必究，吸毒必戒”等大字，十分醒目。

11时30分，开饭。工作人员逐个房间送饭，每人1份白菜、1份土豆炒肉丝、

1碗冬瓜鸡肉汤，米饭随便吃。

饭后，记者随护士小黄去各房巡视，只见戒毒者有的已呼呼大睡，有的默默地坐在床上抽“万宝路”，两位男子则在象棋盘上“战犹酣”。

下午2时30分，一位女干部布置了一番防卫措施，使用话筒令工作人员打开各屋铁门栏，放戒毒者出来活动。不一会儿，25号活动室传出“卡拉OK”声。尚未装修好的戒毒者饭堂里，一群人在两个乒乓球桌旁摆开了战场。几位姑娘在拍打着篮球。

还有一些人坐在一起聊天。据说，他们当中不少人以前就是“道友”。现在他们大概要交流交流戒毒的感受了吧。

夕阳西垂。当铁门再次为记者打开后，刚进来时那神秘和监狱般的感觉已消失殆尽。

故事——见报稿二：

这也是一场争夺战

——我市吸毒现象透视

本报记者　辜晓进

（《深圳特区报》1991年10月24日第7版）

“吸毒”这个字眼，若干年前对我国大陆人民、深圳特区的群众而言，还很陌生。如今，人们对这个字眼竟开始熟悉起来，报章杂志上时有所见，现实生活中也屡有所闻。

据深圳市公安局的不完全统计，由公安部门查出的吸毒人员，1989年为3人，1990年为98人，今年1至8月为285人。在8月我市禁毒大清查期间，仅罗湖区就破获毒案20多起，涉及贩毒、吸毒人员111人。另据调查，宝安县某镇的吸毒者至少有数百人。从群众举报看，市区吸毒人数也比人们想象的要多。

就绝对数看，吸毒者目前还只是极少数，但近年的增长速度有点惊人。据公安部门估计，吸毒现象在我市已呈蔓延之势，决不可轻视。

吸毒者都是些什么人？他们为什么吸毒？如何才能有效地禁毒？带着这些问题，记者最近多次赴市公安局、市民政局、市戒毒所、宝安县戒毒所、市除七害办公室、沙井镇等部门和地区调查，采访管理者、吸毒者、医疗专家、市民等数十人，获得的事实触目惊心。现象之严重，对吸毒青年拯救之迫切，均应引起全社会的高度关注。

令人担忧的现象

据了解，吸毒者中，95%以上是青年人，且多数属于青年人中素质比较差的一部分。为保护这些人的隐私和方便叙述，本文提到的吸毒者都用拼音字母作代号。典型者不妨先从记者见过两次的小A说起。

小A虽有16岁，看上去却还是个孩子：一米五的个头，满脸稚气。他是深圳市戒毒所最年轻的戒毒者，但在“享受”毒品方面已是有4年“毒龄”的老手。初次见面，他正经历痛苦的戒毒初期。进所之前，他吸毒、打锡纸（把“白粉”放锡箔纸上用火烤，鼻子凑上去嗅）和注射毒品样样精通。在他瘦小的胳膊和手背上，密布着几十个针眼。他自己用针筒单手一次扎入静脉血管的水平，不亚于训练有素的资深护士。

记者第二次见到他时，他已进入康复期，神情比第一次放松了许多。谈话中得知，他排行最小，父母无业，上有2兄3姐，其中1兄3姐在香港打工，常往家里寄钱。他1987年上小学5年级时开始吸毒。自从吸了白粉就无心上学，成绩也江河日下，渐渐便再也不进校门了。他吸毒的钱都从家里偷，已花了四五万元。今年夏天，他看偷钱越来越难，就想戒，以每粒20元的价格托人从香港买来15粒叫作“非士通”的戒毒药，自己关屋里吃了13粒，仍熬不过去，直到被派出所送到戒毒所。记者劝他出去后继续念书，他直摇头，说读书年纪大了，没意思；做工年纪小，还是玩玩吧，在村里可以打麻雀（麻将）、赌钱……

青年人吸毒，是深圳毒害蔓延中最普遍也最令人担忧的现象。在市戒毒所50多名戒毒人员中，除1名44岁外，其余都在30岁以下。位于罗田林场的宝安县戒毒所现有75名戒毒人员，绝大多数是20岁左右的青年，年龄最大的才32岁。沙井镇蚝业村登记在案的97名吸毒者，清一色都是17至28岁的年轻人。据某自然村的村民说，若把曾尝过一两次而未上瘾和吸了又戒掉的人加起来，该村16至28岁的青年人70%和白粉打过交道。近两个月来，记者见过的吸毒者不下100人，他们的名和姓已记不全，但他们那一张张年轻的面孔却令人难以忘怀。更可怖的是，贩毒活动似乎也为青年人所主宰。在今年禁毒专项斗争期间市公安部门抓获的93名贩毒分子中，35岁以下的案犯有91人，占案犯总数的98%。今年9月11日在福田区某出租屋破获的2个贩毒团伙共7人，岁数最大的29岁，最小的才19岁。

中国的老年人，即使不具备近代史中那令人悲伤的知识，至少还记得住新中国成立初期那坚决禁毒的情景。也许正因为这一点，当“白色妖魔”再次袭来的时候，出生于新中国成立前的大陆公民便有了抵抗力而极少被毒魔击倒。在记者所知我市近年各种吸毒贩毒案中，只有一名香港贩毒分子年龄超过50岁。可是，我们那些不明事理的少男少女们，那些刚刚担起家庭重担的年轻太太和后生们，却是那样自甘堕落，踏着轻快的舞步，乐滋滋地投向毒魔的怀抱。污染着新中国这片无毒土地的，竟是在这片土地上成长起来的年轻后代！

年轻人当自思。

年轻人的家长们当自思。

教育年轻人的社会工作者们当深思。

祸及社会的孽障

读过《红楼梦》的人对贾瑞之死恐怕还有印象。贾瑞病重时，一位道人给他一服良药——一个名曰“风月宝鉴”的镜子。道人再三告诫贾瑞，只消每日看正面（一具骷髅）病便可愈，切不可看反面（一副淫景）。可是贾瑞偏经受不住淫欲的诱惑，明知有害却一再看镜子的反面，以致一命归西。

在为数众多的吸毒者中，似贾瑞一般明知毒品有害却一再放纵和任意糟蹋自己的大有人在。有的更在糟蹋自己的同时，还去糟蹋自己的家庭，糟蹋社会，乃至成为为害一方的祸水。

B是位女性，22岁，一米六五的个头，站在记者面前显得亭亭玉立，脸上甚至有了点红晕。可是两个月前，看守所的同志说她是具骷髅。那时她体重80斤（现在106斤），一天不吸毒就浑身抽筋，吐黑水，甚至休克，吓得看守人员手足无措，后来送进戒毒所。她12岁时父母离婚，自己跟外婆过，16岁嫁给一位个体户。1989年，丈夫因行凶被判刑，丢给她一个女儿和二三十万元钱。不久她开始吸毒，且不顾自己天生体弱，一吸量就很大，每天少则200元，多则近千元，很快就瘦得皮包骨头，女儿也扔给别人照料。不到3年，30万元（包括母亲和继父给的钱）花个精光，换来的是每隔3小时要发作一次的毒瘾，一日不吸便可能昏死过去。她自己承认，若非戒毒所医治，她可能活不了多久；但若不是被强制戒毒，她还会吸下去。

C不像B那样有钱，吸毒后听说注射既省钱效果又好，便把海洛因溶入矿泉水中，自己朝自己屁股上扎。她沾上毒品后还学会抽烟，最多时每天4包都不够，19岁的姑娘，把自己折磨得面色蜡黄。没钱买毒品，她就去卖淫，一次赚300至500元，每周两三次，毒瘾越大就越不顾廉耻。9月12日第一天被强制戒毒时，一会儿大哭，一会儿大笑，竟当着管教人员的面把衣服脱得只剩乳罩和裤衩。毒品，不仅损坏了她的肌体，也摧毁了她的灵魂。

在记者接触到的吸毒者中，用矿泉水作溶解剂注射毒品的，还算是最卫生的。不少人就用自来水注射，甚至有人为解一时之急，竟就近用淘米水掺入毒品打进自己的血管之中！他们同样也不知道什么叫消毒。这些可悲的吸毒者，往往因自我注射而染上各种各样疾病，有的甚至染上绝症。

据了解，沙井镇已知姓名的吸毒者中，有的得了肝炎，有的患有性病。据卫生部艾滋病监察中心统计，我国现有艾滋病毒携带者493人，云南即占去397人，其中394人是毒品注射者。

可见，吸毒者是在无知地糟蹋自己，实在可悲！他们还有可恨可憎的一面，即他们不仅糟蹋自己，还糟蹋家庭，造成家破人亡悲剧的并非个别。

记者在蚝业村的一个菜市场旁见到一位老太太。这位66岁的母亲提到儿子D时，百感交集。D本来家境很好，几个哥姐收入颇丰，妻子在蛇口开时装店，月收入2000元。D自己养蚝，年收入几万元，身边还有可爱的孩子。可是D从1988年起却染上毒瘾，蚝也不养，家也不顾，把小家庭的积蓄挥霍一空，还卖掉了赖以养蚝谋生的电动船。妻子曾经多次愤而提出离婚。

也是这个村，一位父亲见吸毒的儿子屡教不改，信心顿失，竟抛家舍业，卖掉蚝田，独自去香港谋生。

蚝业村的老人悲叹：毒不戒，蚝业将后继无人，全村几千万元家产也将毁于毒害！

有的家长哭着要求派出所把吸毒的孩子抓去管教。记者获悉，宝安县戒毒所一些戒毒人员已满3个月的戒毒期，但当地居民和公安人员都反对将其放回，生怕这些“烂仔”回来后再为非作歹。

吸毒者因吸毒而以身试法、为害社会的现象并不少见。

去年4月7日凌晨，回宝安县老家扫墓的香港同胞文锡明从村边一小店回家时，被抢去脖上金项链并遭刀砍致死。凶手文伟全就是因吸毒缺钱花而伙同两名“道友”蒙面行凶抢劫的。今年6月24日在海丰苑停车场被抓获的以文杰为首的5人抢劫团伙，其犯罪动机也是为了“凑”钱买毒品。

更有一些青年吸毒后卷入与香港有联系的黑社会组织，聚众斗殴，横行霸道，为非作歹。据调查，沙井镇去年立案侦查的刑事案件共192宗，其中有40%以上是吸毒者所为。种种迹象表明，吸毒产生的生理上的某些异常反应，还会诱发卖淫、嫖娼、强奸等违法犯罪活动。今年以来沙井镇发生的多宗强奸、轮奸案，多数与吸毒有关。蚝业村注册在案的97名吸毒人员中，触犯刑律而被劳教或逮捕的就有22名！

近几年，深圳的治安状况已引起市民的普遍关注。疯狂的毒魔再给本已复杂的社会环境播下孽障，前景堪忧。

可怕的“第一次”

1840年鸦片战争爆发时，世界上还没有海洛因。1874年，一个英国人从吗啡中提取出一种白色粉末，那才叫海洛因。海洛因，又译海洛英，是一种较吗啡更为强烈的麻醉药，可解除病痛、使人昏睡，用后易上瘾，上瘾者若停止作用，则有全身抽筋、疼痛、下痢及呕吐等症状，因此在医疗上也尽量避免使用。

深圳在历史上从未成为毒品的重灾区，现在的郊县也从未种植过罂粟。那么，上述提到的那些年轻、健康的深圳青年是如何与这类只有垂危病人为缓解剧痛才偶或使用的东西结下不解之缘呢？让我们听听他们的自述吧，其他的青年人或许可从中获得启迪。

青年人喜欢交朋聚友。“近朱者赤，近墨者黑”这句古话在毒雾蔓延中得到了鲜明的验证。不辨是非、贪图享乐、意志薄弱、好赶时髦的青年人，因结伙而吸毒，又因吸毒而结交新友、拉他人“下水”的情况非常普遍。

18岁的E，有一个令人羡慕的家庭，父母和哥哥都是我市某著名科技企业的知识分子。今年3月的一天，男友带她到人民路一间旧屋里玩，一进门见有六七个青年男女在吞云吐雾。经大家劝说，她好奇心萌动，吸了一支带有白粉的“KENT”（健牌香烟），从此陷入毒网，并与一帮毒友打得火热。

可怕的“第一次”。许多年轻人都因涉世未深，对毒品无知，在朋友相聚中，敌不过朋友的“盛情邀请”，吸了“第一口”“第一支”，并从这无知的“第一次”开始，跌进吸毒的深渊。

21岁的F就是这样。他沉痛地对记者说：“我原先也不知道那是啥玩意儿，到深圳来见朋友中有抽的，总说很过瘾，还把带白粉的烟送到我嘴边让我抽。我连吸三口，不一会儿就吐了，还头昏，躺下来却觉得挺舒服。一觉醒来就回想那舒服味儿，又想抽。”

更可悲的是，有的青年竟是因无知而中计，不知不觉中发生了“第一次”，中毒了，自己还不晓得。18岁的G姑娘就是这种无知的受害者。她的事情在报上披露过，所以见到记者很羞涩，低着头不说话，记者一再保证不提她姓名，她才开口：今年2月一个晚上，有位朋友过生日，在歌舞厅聚，我也去了。当时有位我认识的男青年点好一支烟要我抽一口，我拒绝了。他又往前送，说这支烟很特别，抽了会觉得很舒服。我不好意思再推，硬着头皮吸了一口，真有一种说不出的感觉。我不知这东西会上瘾，几天后又见到那青年时就向他要“烟”抽，直到有一天晚上我突然流口水，浑身发冷，才意识到有了毒瘾。就这样抽开了，谁知，越抽瘾越大，越不能控制自己，越陷越深。“如果我当初不抽‘第一口’就好了。”她沉痛地对记者说。

诚然许多吸毒者都是因无知而发生的“第一次”，但也有的是因思想空虚，寻求刺激，在别人的教唆下开始了这可怕的“第一次”。比如，宝安县一个花名叫“盲三罗”的27岁青年就是这样。他浑身上下刺有精美的图案：右大腿上是条龙，后背上一幅关帝像，右臂雕了个什么神仙，左臂则是上龙下凤。他是蚝民，常去香港，1981年起吸毒，至今已耗掉十几万元。“我出海做蚝时认识在香港做工花名叫‘阿鸡’的，他们给我毒烟抽，说白粉可增强性欲，这正符合自己寻求刺激的欲望，于是我就吸了。很快就上瘾了。越吸越厉害。”

记者的采访本里还有不少人谈的感受，不用一一列举。据记者观察，吸毒青年多是些意志不坚强的人，文化水平也很低（一般念到小学或初中），对毒品危害乃至一般卫生常识所知不多，而且大多数人初次吸毒时感觉并不一定美好。吸毒者所谓快感，主要是心理上的。尤其在开始阶段，他们心理上对毒品的欲望往往超过生理上所受的痛苦。待到他们生理上产生依赖性时，剩下的只是脱离时的痛苦和解除这种痛苦时的满足。

吸毒，无论从什么角度看，都是一场不值得去尝试的游戏。年轻人，千万不能发生“第一次”！

打一场灭毒的“人民战争”

对于吸毒和贩毒，我市有关部门是早有警惕的。市政府和公安、海关、民政等部门对毒品贩运活动的打击和对吸毒分子的拯救，早已付诸行动。几年来，我市已判决的毒品案就有42宗，案犯124名，有10多名案犯被判处死刑或死缓。今年便投资300多万元先后在宝安县和市区建立了两个戒毒所，累计收容戒毒人员150多人，戒毒效果良好。在此之前，宝安县沙井镇也举办过两期戒毒班。最近，宝安县正在筹建一个设施更完备的戒毒所，市康宁医院的戒毒中心也在酝酿之中。今年7月起，还成立了以副市长林祖基为主任的禁毒工作领导小组，并于7月30日发布《关于禁毒反黑的通告》，印发近12万份到各基层。公安、海关部门加强了缉毒、禁毒的力量。

治毒如灭火。毒火若不趁早扑灭而让其进一步蔓延，后果将不堪设想。新中国成立前就有不少地区的经济主要毁于毒品的泛滥。有鉴于毒品的破坏力，深圳的领导者正把禁毒当作一件功在当代、利及千秋的大事来抓。

然而，治毒又是一项十分艰巨的工作。对此，必须有足够的认识。

纵观全世界，尽管各有关国家和联合国有关组织在禁毒上投入了大量人力财力，但世界毒品的交易额仍扶摇直上，于去年达到5000亿美元。其数量之巨，已被列为高于石油而仅次于军火的全球第二大买卖。在亚洲，尽管泰、缅政府于20世纪80年代多次出动军队在金三角大举扫毒并空播除毒化学药剂，但金三角的鸦片产量仍从1986年的800吨增至去年的2000多吨。在中国，毒品泛滥早已引起政府警觉，新闻传媒也在开始加强禁毒宣传，但从公安和海关缴获的海洛因看，数量仍从1988年的166公斤上升到1989年的488公斤，进而跃至1990年的1632公斤。

据与公安干警的访谈和记者自己调查掌握的材料，深圳在禁毒方面，面临严峻的形势，面对强大的挑战。

首先，毒品流动走势对我市极为不利。行家们都知道，执世界毒品生产之牛耳的，当属位于泰国、缅甸、老挝三国交界的“金三角”地区。过去，金三角生产的毒品主要通过东南亚的重要港埠或机场运往日本、澳大利亚和欧美国家。近年来，马来西亚、新加坡等国家和地区在查堵贩毒通道、严惩贩毒分子上大刀阔斧，使金三角毒品的南线通道受到抑制，于是国际贩毒分子正把注意力转移到广阔无垠的中国大陆。

其次，深圳在地理上与港澳地区紧密相连。每日由香港流入深圳的客人多时以10万计，港客携毒品进入我市的事时有所闻。同时贩毒分子经我市携毒品进入港澳地区也不鲜见。今年3月24日查处的我市第一宗毒品“冰”（安非他明）贩运案，即是香港司机何文东携带31.5公斤“冰”从沙头角口岸出境时被海关人员发现的。宝安县沿海渔民、蚝民与香港的频繁接触，也使毒品的流通渠道更加多样化，这些都给查毒和禁毒带来一定的困难。

特别应该引起社会注意的是，对戒毒成果的巩固，绝非轻而易举。应该说，本市所有戒毒机构，都在挽救吸毒者上取得了可喜成果。但是，很多人担心戒毒者出去后重操旧业，使已有的成果化为乌有。这种担心不无道理。据报道，美国虽采用了最先进的戒毒药物，戒毒复吸率仍高达90%。原联邦德国的戒毒复吸率也在87%以上。而我国某地的复吸率竟接近100%。沙井镇举办的两期戒毒班共100多名，当时效果尚好，出去后复吸率也在85%左右。县戒毒所中不少人就是“二进宫”人员。记者和进入康复期的人接触后感到，有些人的确有痛改前非之念，而有些人若遇上合适环境却难保不重蹈覆辙。

禁毒工作尽管异常艰巨，但这场仗必须打赢。中国是社会主义的中国，深圳是社会主义的深圳，这是我们的优势。社会主义的中国曾经以壮士断臂的决心把国民党政府束手无策的毒害一扫而光。现在，深圳市政府和有关执法部门再次具备了这样的决心。在公安干警们夜以继日、频繁出动的禁毒专项斗争开展不久，市委、市政府便号召全社会重视禁毒工作，打一场人民战争。

《深圳特区报》1991年10月24日第7版（"青春节拍"专版）

有识之士已经指出，对我市禁毒工作而言，“人民战争”既体现了我们社会的优势，也是我们的唯一出路。从今年我市缉毒工作的经验看，几乎所有案件线索都来自群众的举报。记者也很欣赏民政部门组织的诸如市戒毒所那种攻心为上、重在教育的工作方式，相信其效果会好于西方国家单纯依赖药物的戒毒手段。记者还看到，宝安县一些毒害较重的村镇的地方政府和群众组织正在总结过去的经验，实施更为科学的戒毒措施。但是，从总体上看，政府的决心还没有完全体现为各部门的决心，更没有完全体现为全体民众的行动。人民战争除了公安部门等主力军外，还需要社会各界最广泛地参与。如果在一些地区和村落，能对那些既不肯上学又不愿做工、整日游手好闲的青少年加强教育和管理；如果家长们对自己的孩子，妻子们对自己的丈夫，先生们对自己的太太能更注意其交友的范围和与吸毒有关的蛛丝马迹并及时予以制止；如果学校、工厂等各单位能广泛开展禁毒的宣传教育活动；如果吸毒、贩毒的罪恶后果能通过各种媒介昭示天下而为妇孺皆知；如果吸贩毒活动真正成为老鼠过街、人人喊打的行为；如果……就能造成查毒禁毒的良好社会气氛。

中国，曾经是一个因毒品而惨遭蹂躏、蒙受奇耻大辱的国家。中国，也曾是一个因短期内肃清毒害而享誉全球的国家。今年6月27日香港《大公报》刊出一组数据：中国大陆新中国成立前夕罂粟种植面积约100万公顷，制毒贩毒30万人，全国有吸毒者2000万人。新中国成立后，共产党带领全国人民，开展了空前规模的扫毒行动，1950年国务院颁布《关于禁绝鸦片烟毒的通令》后，共逮捕制毒、贩毒犯8万多人，其中被判死刑者800多人。1952年，毒害在大陆基本绝迹，社会风气根本好转。中国共产党人的这一胆略和魄力，使全世界为之震惊和佩服，中国人民也为此自豪和骄傲。

40年后的今天，我们再次面临严峻的挑战，面对这一挑战，只要我们充分发挥党的领导的优势，发扬我们解放初禁毒的经验，下定决心，全社会动员起来，定然会再次夺取查毒、禁毒、灭毒的胜利。

发展：政府不懈努力　禁毒任重道远

上述报道刊发后，新成立不久的深圳市戒毒所和宝安县戒毒所及其卓有成效的工作为更多人所知晓。深圳市公安、民政等部门也不懈努力，在缉毒、禁毒、戒毒等方面屡出佳绩。1991年底，市委书记李灏做出批示，表扬戒毒所成立时间不长却已“取得显著成绩”，勉励“把戒毒工作做得更好”。第二年（1992

深圳市强制隔离戒毒所的戒毒学员们于国际禁毒日举行广播体操比赛（选自深圳大学优秀新闻毕业设计作品集《以新闻的名义》第二辑）

年）6月，民政部部长崔乃夫亲自来深圳市戒毒所视察，并题词“禁毒戒毒 净化社会”。同年11月，美国、法国、日本、泰国、波兰五国驻广州总领事和部分领事参观深圳市戒毒所后，美国官员认为该戒毒所的管理水平超过了洛杉矶戒毒所，表示愿意与深圳合作。1993年3月21日，世界卫生组织和联合国禁毒署代表团来深圳戒毒所考察，给予了高度评价。禁毒署官员埃德娜·奥本海默女士和罗德尼·贝尔德先生认为，这里的生活设施、医疗手段、文明管理已超出许多国家和地区。他们对戒毒所成立不到两年就收治来自本市和港澳地区的吸毒人员700余人、康复出所620余人的成绩表示惊讶和赞赏[1]。此后，央视等全国媒体和日本的媒体都来采访报道，深圳的戒毒工作成为全国先进典型。

1994年6月24日，一直关注深圳禁毒情况的我，应深圳特区报旗下《深圳风采》杂志（该杂志1996年10月起更名为《深圳风采周刊》，1997年7月起更名为《深圳周刊》）约稿，再次来到深圳市戒毒所。那段时间，我正参与筹备号称“新中国第一份合资日报”的《深港经济时报》。我是1994年1月31日离开4楼的总编室去7楼参与筹备该报的。该报由深圳特区报和香港星岛日报集团合作投巨资2.5亿元创办，计划在两地公开发行，引起境内外关注，香港媒体纷纷报道。当时报纸已经试刊两期，每期分别为对开20版和24版，容量远超内地任何一份报纸，获得同行的好评。大家在等候中央批准刊号，作为采访部主任的我，

[1] 康普华. 曾海畴所长与深圳市戒毒所 [J]. 社会工作研究，1994（3）：50-53.

也因此并不太忙。

令我吃惊的是，时隔2年零9个月，深圳市戒毒所已经大变样，仿佛是座花园小区。一座新楼已经启用，我第一次来时不到1米高的小树已经长大成荫，空地都是如茵草坪，看不到黄土，荔枝树也已长成并硕果累累。办公楼里有包括日产心电图机、500毫米X射线透视仪、血液常规自动生化仪等整套现代医疗检验设备，以及彩色闭路监控系统和从美国进口的世界最先进的毒品检测仪（可通过尿液测定吸毒者40天前是否吸过毒，比上届亚运会使用的设备还先进）。这个戒毒所“独创”的“提前催眠法”（即在毒瘾发作前让吸毒者进入睡眠状态）被证明效果良好。而彼时，宝安县也已投资1000万元建成了一个环境良好、功能完备的现代化新戒毒所。至笔者第三次采访市戒毒所时，宝安的这家新戒毒所在一年半时间里已收治了1505人。

经补充采访，我将1991年那篇长稿中被删除的部分内容，结合最新事实和当时形势，写了一篇近7000字的通讯《荡涤腐恶现清明——深圳市政府挽救吸毒者行动纪实》，刊发在《深圳风采》杂志上。文章在末尾特别加了一小段文字：“在结束此文前需要说明的是，深圳在挽救吸毒者方面取得的突出成就，并不表明今后可以高枕无忧。事实上，受国内外大环境和戒毒者所处小环境的影响，吸毒现象远没有被消灭，有时还表现得较为严重。深圳在这方面尚须继续做不懈的努力。”后来的事实证明，尽管政府和民间不遗余力，但随着人口的大幅增长、民众生活水平的普遍提高，以及物流的高度发展，毒势力之顽固超出人们的想象。

20多年后的2016年秋，我指导深圳大学传播学院一个新闻本科大四学生小组进行毕业设计。深圳大学的新闻本科毕业设计在全国开展早、口碑好、影响广，师生都很重视。在学生提出的诸多选题都被证明难以实施之后，我建议他们考虑深圳的涉毒现象。我这样建议是有理由的：根据我所了解的情况，毒品正以一种不同以往的形态更广泛地侵蚀着民众生活；吸毒者的人口构成也从过去的低素质青年向较高素质的人群蔓延；而媒体仍然停留在零星个案的报道，至少10年内没有发表过像样的深度报道，给民众留下毒品已远离深圳的虚假印象。6名学生一致赞同这个选题，并在随后的5个月里进行了艰苦而卓有成效的调查采访，获得了大量数据和完整而典型的个案，甚至拍摄了吸毒者、戒毒者讲述自己经历的视频。整个作品完整、翔实、有说服力，有正面导向作用。

以《深圳毒情》（作品在出版时更名为《深圳禁毒》，中国人民大学出版社出版）为总标题、由1篇主稿和7篇辅稿及数十幅图片和1个纪录短片组成的这组专题报道，超过32,000字的篇幅，所揭示的事实就连我这个长期关注深圳吸毒现象的媒体人也颇感惊讶。

尽管深圳自1991年以来陆续建立了强制性和柔性（自愿戒毒）戒毒所数十家、戒毒社工站136个，但吸毒人数仍呈惊人发展态势。2010年至2015年，查获的吸毒人数一直以两位数增长，2016年抓获的吸毒人数为21,948人。若按国际通行的吸毒人数显性与隐性之比1：5的比例，实际吸毒者的数字相当惊人。更有甚者，深圳已从过去单纯的流通转运毒品发展为包含制毒在内的全面涉毒状态。特别是类似美剧《绝命毒师》上的运用化学合成手段制作冰毒的案例，每年都破获多起。2016年查获的8.34吨毒品中，冰毒占比高达八成。制毒工具和防毒面具在网上就能买到。2015年，警方在深圳龙岗端掉的一个制毒窝点，就一举查获冰毒成品900公斤，半成品约2吨。公安部已将包括深圳在内的广东省列为国家重点禁毒对象。国家禁毒委也已将主要精力从云南转移到广东，甚至认为“广东毒品问题解决好了，全国毒品问题就解决了一半”[1]。

如此触目惊心的现状，由于主流媒体报道的缺位（可能有种种顾忌），公众多不知晓。而对事态严重性的无知，显然不利于引起社会和民众的警觉和重视，所谓“打一场人民战争”的愿望也会成为泡影。从这个意义上讲，学生的这组作品是积极而有较大社会价值的。

故事——见刊稿三：

荡涤腐恶现清明

——深圳市政府挽救吸毒者行动纪实

古 辛（笔者笔名之一）

（《深圳风采》杂志1994年第7期）

1991年10月的一天，位于广东省东莞市虎门镇的林则徐纪念碑，迎来了20多名男女青年。仅仅在2个月前，他们中的大多数人并不知晓150多年前发生在这里的壮烈的一幕。而此刻，他们终于或多或少感受到了面前这块石头的分量。

最大的23岁，最小的16岁，少男少女，花一样的年纪。游客们大概没有料到，这群青年人就来自距林则徐焚烧鸦片处仅30公里的深圳市，他们是中国第一个经济特区建立以来当地政府从毒魔口中拯救出来的第一批“瘾君子”。

[1] 李至之.快递小哥发现100公斤毒品线索，警方重奖30万[N].南方周末，2017-01-12.

从这一年起，深圳市政府在严厉打击毒品贩卖活动的同时，脚踏实地地开展了挽救吸毒者、教育全社会的工作。境内外舆论对此做出积极反应，称特区“已决心向自己身上的毒瘤开刀”。

特区难成世外桃源

我们所见到的深圳吸毒现象，始于20世纪80年代初。史料记载，深圳虽然离“虎门销烟”不远，但当年包括深圳在内的新安县，是含有大量荒山野岭的不毛之地，鸦片在这里难以形成市场，所以未见关于吸食行为的文字记载，只是20世纪初直到新中国诞生前，有一些本地人成了鸦片的消费者。

中国大陆在1950年2月24日周恩来总理签发《关于严禁鸦片烟毒的通令》后，政府以雷霆万钧之势剪除毒害，把林则徐怒烧237万多斤鸦片而未能遏制的烟毒灭得干干净净，深圳也成为无毒之地。但是，近15年来，随着中国国际交往的渐趋频繁、西方颓废生活方式对国民的渗透以及境外制毒贩毒环境的变化，中国绝迹约30年的吸毒、贩毒现象又死灰复燃，有的地方甚至蔓延得十分迅速，如云南、广西、甘肃、四川、贵州、广东等地。

据报道，尽管各有关国家和联合国有关组织在禁毒上投入了大量人力物力，但世界毒品的交易额仍扶摇直上，于1990年达到5000亿美元。其数量之巨，已被列为高于石油而仅次于军火的全球第二大买卖。在亚洲，列入世界三大毒品生产基地的“金三角”（位于泰国、缅甸、老挝三国交界处），虽遭泰、缅政府多次出动军队大举扫毒并空播除毒化学药剂，其鸦片产量仍由1986年的800吨增至1990年的2000多吨。过去，“金三角”生产的毒品主要通过东南亚运往日本、澳大利亚和欧美国家。但80年代中后期马来西亚、新加坡等国家和地区的严厉行动使“金三角”毒品的南线通道受到抑制，国际贩毒分子便把注意力转移到有着2000公里中缅边境线的中国云南省乃至整个中国大陆，并把广州、深圳等地也列入经香港转运毒品的过境城市。

于是，包括深圳在内的珠江三角洲也遭到了毒魔的入侵。

1979年，广州抓获第一批来自港澳的贩毒分子。贩卖毒品的高额利润使一些国人也甘冒杀头危险加入贩毒行列。1981年广州市中级人民法院判处的18名贩毒犯中，就有7名是中国籍。深圳市于1980年破获建市以来第一宗贩毒案，逮捕2名外地男人；1985年破获第一宗海洛因贩毒案。到80年代末，发生在深圳的贩毒案明显增多，1985年至1989年已缴获海洛因约15公斤。1988年至1990年这3年时间，共判决此类案件42宗，124名案犯中有10多名被处极刑或死缓。较大的一起贩运毒品案发生在1991年3月24日，1名香港司机携带31.5公斤“冰”（安非他明）企图从沙头角口岸出境，被海关查获。至今，境内外经深圳贩卖或转运毒品的势头有增无减，1993年，深圳破获的贩毒案达156宗，抓获221人。

贩毒频率的增高，导致毒品在经过地的沉淀相应增多。有不少贩毒者本身就吸毒，所谓以“贩”补“吸”。他们用各种方式培养“道友”，使得吸毒现象如一撮撮毒菌滋生在深圳的一些角落。综合各种统计数据，深圳80年代末至90年代初查出的吸食、注射毒品案已近千起，涉案者在2000人以上，郊外村镇和市内繁华地带都曾发生因过量注射毒品而死亡的悲剧。

深圳之所以产生吸毒现象，还与其特殊的地理和社会环境有着密切关系。深圳紧靠香港，与香港社会往来频繁：每日从香港跨过罗湖桥进入深圳的境外游客最多时数以10万计；20世纪六七十年代大批跑到香港打工的本地农民，在大陆改革开放的良好环境下不断回乡探亲或经商和定居；深圳许多沿海渔民和边境菜农都有出海证或特许证，可随时去香港种菜或贩卖水产品。而香港，不仅是目前“金三角”毒品向世界转运的重要港埠，也是中国版图上极个别自鸦片战争以来保留吸毒恶习的地区之一。香港从70年代起经济的崛起，也使当地人对昂贵毒品——海洛因的消费能力大大增强。据香港无线电视台旗下的翡翠台1994年6月26日报道，香港当年1至5月注册在案的吸毒者新增1200多人，比去年同期增长两成。照此推算，香港已登记的吸毒人员当在7200人以上。于是，吸食毒品的腐朽生活方式便瘟疫般由那块资本主义土壤悄悄向我们袭来。

种种因素，终于使深圳不再是一片无毒的净土！

一场“人民战争”拉开帷幕

应该说，整个20世纪80年代，深圳人与毒魔的斗争并未松懈过。但那种斗争，主要在公安部门与贩毒分子之间进行。1991年，深圳市政府在加强打击贩毒分子力度的同时，正式向吸毒行为全面宣战。

当时深圳吸毒的重灾区是原宝安县的沙井镇。这个镇濒临大海，渔民和蚝民多，很多家庭都有在香港工作的成员，全镇共查出吸毒者300多人，其中绝大多数是26岁以下的青少年。据统计，这些人平均每人每天为毒品耗去150元，一年下来每人耗资5万多元，300人就超过1620万元。而这一时期普通市民的正常工资大多也只有每月数百元。为满足这一庞大消费的需要，有的人就偷窃、抢劫、勒索，甚至铤而走险，加入贩毒者行列，使社会风气为之恶化。

这一年，沙井镇党委、政府和深圳市、宝安县派下来的工作组协同作战，把禁毒、戒毒作为压倒一切的重要任务来完成。他们深入到全镇21个村明察暗访，一一摸清吸毒者的底细，在广泛动员、大量印发禁毒决定、普及禁毒知识的同时，挨家挨户做思想工作，并在极其简陋的条件下对部分吸毒者实施强制性戒毒。

笔者曾于1991年夏天到沙井镇蚝业村采访。“蚝业村”，顾名思义，村民以养蚝为业（“蚝”即牡蛎，是一种蛋白含量高、营养成分丰富的贝类动物）。这是宝安县最大的村，下设4个自然村，年轻人几乎个个有出海证。该村也是沙井镇吸毒最烈的地区，全村当时登记在册的吸毒者已达97人，上年曾有2人在香港注射过量毒品致死。这里老一代蚝民中鲜见吸毒者，染上恶习的清一色是年轻人。笔者发现，村民们对吸毒行为已怨声载道，老人们更是痛心疾首。

蚝业一村有个青年吸毒成瘾，不听劝阻，不断盗卖家中财物，连老奶奶藏在香炉里的钱也偷，最后竟被忍无可忍而缺乏法律意识的家人勒死在家中。有老人仰天长叹：毒不戒，蚝业将后继无人，全村3000万家产也要毁于毒品。工作组因势利导，展开了强大的攻势。他们把吸毒者划分为4种类型区别对待：一是因好奇吸毒而尚未成瘾的，经动员后争取让其自愿戒毒；二是已经上瘾但已意识到吸毒危害，经做思想工作后与其家人共同帮助其戒毒；三是受毒害较深而屡教不改，对其实施强制性戒毒；四是不仅吸毒且有贩毒行为，则对其绳之以法、坚决打击。工作组和村民委员会一道，在村里大造戒毒声势，并从1991年9月开始，接二连三地办起了戒毒班。

在蚝业三村，笔者遇到一位说客家话的老太太。经陪同者翻译，笔者方知老太太家里也曾被毒魔“光顾”过。老太太那年64岁，几个儿女收入都很高，家中颇殷实。她最小的儿子叫阿祥，继承父业在家养蚝，妻子在蛇口开时装店，有两个孩子，日子过得不错。不料阿祥于1987年出海学会吸毒并很快上瘾，从此欲罢不能。他毒瘾上来时每天至少要吸9包海洛因（大约3包1克，每克100多元），4年下来，“吸”掉二十几万元，不仅将夫妻的积蓄和哥姐的资助挥霍一空，连家中的重要生产工具——机动船也卖了。面对妻子离婚的“威胁”和全家的压力，他曾让人用铁链把自己绑在家里戒了2天，可是到第三天就大叫受不了，扬言再不放他，出来就要杀人。老太太心下不忍，只好放人，于是阿祥又重陷泥淖。工作组来到后，把阿祥作为重点攻关对象，与他家人共同教育他，在市内工作的姐姐、姐夫也积极配合，多次赶回来协助。9月25日，阿祥终于自己走进戒毒班。刚来时，他每3小时发作1次，发作时常常六七人都架不住。工作人员一面咬紧牙关强制他服药，一面鼓励他家人多看望他、给他温暖。一星期后，阿祥毒瘾不再发作，进入巩固期。如今，他与妻子和好如初，两人都在蛇口开店，生活早已回到正常的轨道。

沙井镇不少吸毒者都有过类似的经历。政府的禁毒措施得到家长或家属们的由衷拥护，常有家长哭着要求工作组把自己的孩子尽早收入戒毒班甚至关进收容所。到1991年底，这个镇登记在册的吸毒者除少数触犯刑律被逮捕外，绝大多数告别了毒品，那些对毒品跃跃欲试的后生仔们也在强大的禁毒声势下不敢造次。与此同时，宝安县其他镇（如新安、福永、松岗、公明）也开展了轰轰烈烈的禁毒活动。为了解决强制戒毒的场所问题，宝安县因陋就简于1991年在罗田林场创办了深圳有史以来第一个戒毒所，并从7月2日起开始收人，首批接收戒毒人员115人，全是各镇查出后强制送来的。笔者当时也来到这个戒毒所，看到条件的确比较差，28人住一大间房，外面用铁栏杆围着。但这里包括4名医生、6名护士在内的40名工作人员十分努力，戒毒效果尚令人满意。2个月后，宝安县已在县城附近着手筹建一个设施更完善的戒毒所。

与宝安县禁毒工作相呼应，深圳市区的禁毒活动也已深入展开。1991年7月，市里成立了以市委常委、副市长林祖基为组长的禁毒工作领导小组，同时以公安、海关、民政等部门为主开展缉毒、禁毒的专项斗争。专项斗争进行2个月，全市就破获贩毒案37宗，逮捕贩毒分子93名，其中包括福田公安分局破获的建市以来最大毒品案（查出海洛因4300克）；摧毁吸毒团伙28个，查出吸毒者158名。7月30日，领导小组印发《关于禁毒反黑的通告》12万份。新闻媒介也紧密配合，不断报道禁毒工作的新进展，其中《深圳特区报》以《这也是一场争夺战》为题用整版篇幅刊出的关于深圳吸毒现象的深度报道，在社会上引起较大反响。

这段时间，特区在市领导的直接过问下做了一件后来让全国刮目相看的工作：建成一个起点高、效果好、受欢迎的现代化戒毒所。这个戒毒所的诞生，使深圳首次出现吸毒者自愿进所戒毒的喜人局面。

迈向科学化、正规化的戒毒工作

1994年6月24日下午，笔者第三次来到深圳市戒毒所时，仿佛置身于一座新建的花园。这里绿草如茵，米兰开出星星点点的杏黄色花蕾，荔枝树已长出一人多高，一座虽然不高但装饰讲究的新办公楼敞亮大方。在办公楼和另一侧建筑里，可以看到包括新型日本产心电图机、500毫米X射线透视仪、血常规全自动生化仪在内的一整套现代医疗检验设备，以及彩色电视闭路监控系统和从美国进口的目前世界最先进的毒品检测仪（它可以通过尿液测定吸毒者40天前是否吸过毒，比上届亚运会使用的设备还先进）。

这一切，都是笔者上次来未见到的。

深圳市戒毒所位于特区北部二线检查站附近，于1991年8月18日正式挂牌，22日即开始收容戒毒人员，到月底已接收34名吸毒者，其中有4人自愿进所要求戒毒。这里原是一个废弃的收容站，当时市政府在副市长林祖基“创办第一流戒毒所”的要求下，投资近200万元，用“边建设、边收容，边运作、边完善”的方式很快搭起一个可容纳165人同时戒毒的建筑群。笔者首次来这里是当年的9月12日，见这里虽然基建还在进行、花草树木刚刚种在一片黄土地上，但40多名戒毒人员已经有了与宝安县戒毒所迥然不同的环境：在未脱瘾阶段，他们住“治疗区”，每3人一间屋，内有全套卫生设备；脱瘾后住“康复区”，每9人一大间屋，卫生设施亦齐全；他们每天有自由活动的时间，可以参加乒乓球、篮球、看电视等文体活动；医生护士每天4次查房，当时的医疗设备仅与戒毒有关，所以每遇其他健康问题，总是立即送去大医院检查治疗；医生们还从营养学角度为伙房定制了一日三餐的菜谱。

正是从这时起，深圳市政府挽救吸毒者的行动进入了科学化、正规化的轨道。有资料表明，在毒品依然泛滥的今天，国际戒毒行动的效率极不理想。在美国，尽管采用了先进的戒毒药物，但戒毒复吸率仍在90%以上；原联邦德国的复吸率也达87%；中国某些地区的复吸率为100%。市公安局一处有位同志告诉我说，香港是世界戒毒效果最好的地区，戒毒率也才达到20%。所以，查出吸毒者固然是重要环节，但如何摸索出一套办法，把严格管教、科学戒毒和人道主义精神结合起来真正使吸毒者“浪子回头”，才是深圳官员更关心的问题。从这个意义上讲，市戒毒所是特区现代化建设中的又一试验场。

笔者第二次去市戒毒所是1991年9月26日。那时候，以市康宁医院副院长谭思明（兼戒毒所副所长）为首的医护人员已经探索出一种“提前催眠法”来解除戒毒者对毒品的依赖。他们针对戒毒人员来源广（当时已有香港人入所戒毒）、吸食毒品纯度高（100%吸海洛因）、普遍吸量大（每日1至5克）、身体虚弱且并发症多等特点，用此方法在72小时内分阶段使戒毒者在准睡眠状态下度过最痛苦的时期。实践证明，这种方法脱瘾治疗无痛苦，对药物无依赖性，咽部分泌物少，无遗尿，身体康复快，效果好于国际流行的美沙酮替代递减治疗法。曾有一个吸毒44年、年龄为64岁的香港戒毒者在这里仅用5天就解除了身体对毒品的依赖。戒毒所于1992年充实医护力量后，在去全国各地取经学习和钻研国外专家论著的基础上，对这套方法作了完善。

1992年，市政府加大了对戒毒所的投资，除前面提到的先进设备外，还建起了健身房、电影间、录像室、图书室。在所长曾海畴、教导员陈晃荣的主持下，市戒毒所利用各种教育手段对戒毒者实施心理战，尽量缩短他们与外界社会的心理距离，并先后制定出45种规章制度。以国际上屡禁不绝的外界向所内传送毒品为例，该所就有自己的对策：80名工作人员中任何人传递1包（0.3克）毒品入所，即开除公职并罚2万元。对其他外来人员的检查也十分严密。1992年6月，一出所者企图将毒品传入所内，当场被抓获扭送公安机关并被罚款1万元。来此戒毒的菲律宾、中国台湾及香港人士对此大为欣赏，说这才是真正的戒毒所。一些参观者注意到，这里康复出所的五大条件中还包括体重增5斤以上和5分钟内绕所内跑道跑5圈。

软硬条件的具备，使这里成为中国第一间对外开放的戒毒所。截至1994年6月20日，这个所已收治戒毒人员1976人，康复出所1817人，其中自愿戒毒者1477人，占75%。1993年戒毒所对768名出所人员跟踪调查，发现78.6%的人已上岗就业，25名学生返校就读，复吸率不到30%。这年3月21日，国家禁毒委员会、世界卫生组织、联合国禁毒署的高级官员来这里考察，对戒毒所的成就给予高度评价。

市戒毒所创出的经验，对基层戒毒机构的建立与完善起了良好的促进作用。1993年1月，投资1000多万元的原宝安县新戒毒所建成并投入使用。该所有200多个床位，也是一个环境良好、功能完备的戒毒机构，至1994年6月底已收治1505人，康复出所1280人（其中有150多人查出是二次吸毒后被送去劳动教养的）。以治疗神经系统疾病为主的市康宁医院于近期成立了戒毒中心。南山区也于1994年2月由民间团体创办了一家“戒毒治疗所”。至此，一个多层次且医疗手段较为先进的戒毒网络已经形成，它们所收治的戒毒者中，市外和海外人员已占相当大的比例。

在结束此文前需要说明的是：深圳在挽救吸毒者方面取得的成就，并不表明今后可以高枕无忧。事实上，受国内外大环境和戒毒者所处小环境的影响，吸毒现象远没有被消灭，有时还表现得较为严重。深圳在这方面尚需继续作不懈的努力。

（因时间久远，从深圳特区报资料室等途径未能找到这期杂志，封面和版面只好从略）

移民城市的“第三者”现象

背景：深圳第一个社会新闻专版如何开篇

1991年10月31日，报社安排我搬进招待所二楼的一间客房。房间经改造，有带煤气灶的洗手间，可兼作厨房；屋内放了一张铁制写字台，兼作餐桌；还有一张90厘米宽的钢丝床，房间就基本填满了。虽然逼仄，但好过此前在7楼一直和两位同事合住，也算开始了新的生活。

第二天是周五，老丘找我谈话，说报社编委会决定从明年起，报纸每周增出4个版，也就是说在周六这天每天出12个版，其余时间仍旧出8个版。其中一个版想定位为社会生活类的版面，交给专刊部办。老丘说该版是采编合一的，希望我来接这个任务。他说这个版会有一定难度，因为没有固定的线和联络部门，全靠自己找米下锅。他答应，如果一个人忙不过来，可以为我配一个编辑。我表示要考虑一下，下周一给答复。我没有立即答应，主要是想测算一下工作量。

11月4日（周一）下午部门开会，胡向东主任传达上午例会精神，正式宣布“社会生活”版由专刊部办，要求“可读性强，有深度，有些文学色彩”。讨论时，大家七嘴八舌，气氛热烈。下班后，我给老丘打电话，表示愿意接手社会生活版，并说如果人手不够，自己一人顶下来也行（当时，深圳特区报采编合一的专版还没有一个人包揽的）。丘总很高兴，说编委会对这个版要求很高，一个人肯定不

1991年11月，报社分管领导与专刊部部分员工在刚建成不久的民俗文化村合影。从左至右分别是丘盘连、张德纯、卢建纲、杨红芳、胡向东、辜晓进、刘伟忠，后排站立者为严子光（拍摄者不详）

行，打算再安排一个人，并说目前有两位编辑愿意做这个版。我一听名字，都是老资格，便选择了正在做旅游版的相对年轻的编辑弓玄兄，但后来宣布是许瑞银与我合作。许大姐经验丰富而温润内敛，说话轻声细语，身体也不太好，但我们的合作很顺利，我从她身上学到了不少东西。

6日，我应老丘要求把5页纸的办版方案交给了他。方案根据编委会“可读性强，有深度，有些文学色彩”的要求，分为编辑方针、栏目设置、版式设计三个部分，内设《鹏城纪实》《社会经纬》《都市心态录》《马路新闻》《开眼界》《众生相》《生活博士》《高楼深处》《打工一族》《一周话题》等12个专栏，每个专栏都详细列明了用稿要求，每期根据稿件情况轮流上。部里进行了讨论，对编辑方针和开设的专栏无异议。

老丘说编委会要求当月就试刊。困难的是，我和弓玄已被抽出报道女足世界杯。那年11月16日至30日，首届女足世界杯在中国广州举行。广东籍足球老将容志行担任中国队副领队，孙雯等“铿锵玫瑰”刚刚崭露头角，民众兴致很高，所以专刊部体育组全力以赴还人手不够，把我和弓玄抽去加强编辑工作，我们从12日晚上就开始上夜班了。老丘答应找王荣山总编争取推迟到12月试刊，但我还是决定在工作之余，立即着手采访和组稿。

根据我的方案，《鹏城纪实》是最核心的主打专栏，每期都是一篇深度特稿，第一次必须亮相。但写什么呢？我考虑了好几个题材都不满意，突然想起9月采访时听说深圳市妇联在做一个关于深圳第三者插足家庭的调查，立刻觉得这是最佳选择。我来深圳不久就发现，这座年轻而充满活力的城市，无论与我出

1997年2月12日，位于布吉的全兴鞋厂工人下班，一眼望去，全是女工（刘廷芳 摄）

生长大的南京还是上了几年学的北京相比，都有很多不同之处。一是这里的产业结构特殊，总体偏轻，几乎没有重工业，而服务业发达，女性明显多于男性。在一些电子、制衣等集中的区域，如人口最多又紧挨罗湖区的布吉镇，男女比例为1∶7。二是观念开放，道德尺度宽松。例如报社办公室后面的宿舍楼，三个青年合住一套三居室单元，各自带着女朋友过夜，门外每晚放着六双鞋。这种在自己单位公然未婚同居的情况，在当时的内地是不可思议的，在这里却习以为常，只偶尔有老同志经过这里时指着这些鞋子撇撇嘴。三是类似我这样夫妻一方单身从内地调来这里工作的人大量存在，夫妻分居是普遍现象。四是深圳人口构成以移民为主，大量来自内地的人口脱离熟人环境，传统上的“他律”力量大大放松。写《菊与刀》的美国著名人类学家本尼迪克特将日本的文化定义为“耻感文化”，其他学者则将此推广到包括中国在内的所有东方国家。这种文化在是非问题上相比于西方的“罪感文化”，更依赖“外部的强制力”[1]。这个观点是有一定道理的。联想到妇联正在做的调查，我觉得这是值得关注的社会现象。

11月13日，我去妇联了解情况，但发现他们做的所谓调查，能提供的“干货”并不多。随后几天，我都利用上夜班白天休息的时间，去市、区的妇联和市中级人民法院等地采访，获得了一些面上数据和个案线索，并循这些线索找到一些当事人访谈。我记得有位被丈夫抛弃的妇女谈话时泪流满面，愤愤地说，深圳的企业家八成有外遇。这显然是气话。后来，我还采访到中国社会科学院社会

[1] 本尼迪克特.菊与刀[M].吕方和，熊达云，王智新，译.北京：商务印书馆，2005.

1992年2月，制衣厂里的外来务工者（辜晓进　摄）

学研究所的副研究员陈一筠女士。她曾出版《婚姻家庭的科学咨询》等5本著作和译著，在央视和央台举办过系列讲座，是国内婚姻家庭方面的知名专家，还参加了在罗湖区举办的一个婚恋家庭高级研讨会。这样下来，内容已经很丰富了。因文章较长而版面有限，我决定将文章分两次刊发，第一次主要摆现象，第二次主要做理性分析。第一篇《都市交响乐中的不谐和音——深圳"第三者"现象剖析之一》便成为《鹏城纪实》专栏首次亮相的文章，2000多字，刊于头条。我另用自己两个不同的笔名写了两篇小稿，加上组织的几篇稿件，上了4个专栏，1个版就凑齐了。我又请美编黄昌海画了插图，以当时报纸的标准，版式算是相当活泼美观的。

由于是第一次样报，领导十分重视，逐级送审，一直送到总编辑王荣山的案头。王荣山来自新华社，曾任经济参考报编委，为人诚恳率直、责任心强、爱才心切，还常常有点冷幽默；1993年9月被调任深圳有线电视台台长，为深圳有线电视的发展壮大及天威视讯公司的创办做出了重大贡献。他对样刊基本满意，但对用"第三者"做头条有点犹豫，但最后还是同意了。于是，首期"社会生活"专版连同稿约终于赶在11月30日出现在《深圳特区报》上。后来又试了两期，我的"第三者"下篇未舍得用，而是放在1992年1月4日该版正式出版时做了头条《这里需要科学和理性的阳光——社会学家陈一筠剖析深圳"第三者"

现象》，也是2000多字。

出版数期后，我还是觉得“社会生活”的版名平庸了点，建议用“社会大观园”，并得到领导批准。我又请文艺部副主任、深圳著名书法家卢绍武题写了版名（卢绍武后来当了深圳市书法家协会会长）。这个版作为深圳市第一个社会新闻的专版，从试刊起就一炮打响，在社会上产生较大影响。在当年年底的通讯员例行评报活动中，“社会大观园”被评为最受欢迎的专版。1月21日晚，辗转联系到我的深圳广播电台编辑袁林女士（一位我并不认识的热情编辑），邀请我一起主持了一档叫“家庭奏鸣曲”的直播节目，说我的版面已引起听众注意。当时，广播电台确实常常引用“社会大观园”的内容。

专版的来稿也越来越多，由初办时的“稿荒”变得有点供过于求。特别是《打工一族》专栏，每天都收到几篇甚至几十篇来稿，以至该专栏一年多后扩大为另一个专版，版名为“打工世界”。深圳是全国外来打工青年最多的城市，他们写的“身边事”都是真实而生动的，透着浓浓的生活气息。后来还诞生了打工女作家安子，这是后话。工人日报曾约我写一篇约2000字的《上紧发条的深圳打工族》，发表在1992年6月14日的头版。版面受欢迎的另一个标志，是每一期都有商户指定要在这个版做广告，哪怕这个版是逢周六出版。为不至于过分影响新创刊的专版内容，专刊部领导和广告部商妥，每次广告限于底部10厘米通栏，面积不能再大了。但那个时候也确实弄得很忙。记得1992年4月9日这期的头条要配一张插图，但专刊部唯一的美编黄昌海去参加社教了，报社美术组都忙着筹办创刊十周年画册，没人接活。我只好自己画了一幅，头天整整折腾了一晚上。

故事——见报稿一：

都市交响乐中的不谐和音

——深圳“第三者”现象剖析之一

本报记者　辜晓进

（《深圳特区报》1991年11月30日第11版）

第三者，一个不算新鲜的话题。

特区的“第三者”现象，又有着比内地更为复杂的色彩。它不仅发生率高，而且表现得更为直露、更不受约束。但在庞杂而宏大的都市交响乐中，人们往往忽略了这个不谐和音。

受害者在增多

这里有一组数字：我市两级法院今年1至10月受理的离婚案件达633件，而去年同期为484件；今年调解或判决离婚共367件，去年为278件；两者增幅都在30%以上。市中级人民法院民事审判庭的法官称：离婚原因中居首位的是第三者插足，约占总数的20%—30%。我市各级妇联去年接受来信来访中投诉第三者插足的有152例。妇联有关人员告诉记者，在所有涉及婚姻纠纷的投诉中，第三者因素占多数。

在接触了大量事实和一些当事人后，记者感到，尽管存在因一方自身原因而导致对方另寻外遇的个别事例，但很多家庭悲剧完全是有了第三者后才演化而成的，对那些已恩爱多年的中年夫妻来说尤其如此。

一对年逾五旬的中年知识分子，迁来深圳多年，子女也在深圳工作，双方都认为家庭是美满幸福的。可是自从一年前一位30多岁离婚女子经熟人介绍来深求职并住进他们家后，情况便有了变化。这位在内地就曾染指他人家庭的女人和这家的男主人由逛街、看电影发展到同居。不久，男方像着了魔似的不顾子女反对，肆意虐待妻子，直至逼迫她在离婚协议上签字。如今这被遗弃了的妻子身染重疾，终日以泪洗面。

这是一位看上去纤弱柔顺的知识女性，丈夫是某公司负责人，几年前曾因与人通奸而受到处分。当时该妇女认为过错主要在第三者而原谅了丈夫。谁知他们仍偷偷来往，以至丈夫今年夏天突然提出离婚，并第一次动手打了妻子。现在妻子不忍让过去的感情付诸东流，正盼望法院调解不离，再给丈夫一个回心转意的机会。

第三者也不都是女性。一对工人夫妇，女的被另一男人勾引，竟丢下孩子与其私奔，一年后离婚。男的现在带着两个孩子，十分苦恼。

因为父母离异，很多孩子也过早卷入不幸的生活之中，有的被当作讨价还价的筹码，有的遭遗弃。

“第三者”现象几个特征

深圳的“第三者”现象还表现出几种倾向：

一是中年夫妇受影响的明显增多。对此，法官们也有同感。记者接触的当事人中，38岁以上的夫妇占了绝大多数。由于中年人中被抛弃的一方往往更眷恋原有的家庭，而且重新选择理想配偶的可能性相对较小，所以他们的悲剧色彩更浓些，对社会的影响也就不能低估。

二是两地分居者与第三者有染的多。深圳每年都有不少已婚者单身调入，且多为男性。有一部分人在各种因素的诱惑下渐渐移情别恋。某部门今年7至10月接受的22宗第三者插足投诉中，原告在内地而被告在深圳的就有5宗。

三是第三者，特别是年轻的第三者多数不太掩饰自己的行为。她们一旦与对方确立关系，便急于公开，以加速对方家庭的解体。相当多的人对自己的行为理直气壮。一些受害者气愤地说：“我还没去找她（指第三者），她倒先上门来搅我！”

四是第三者中以无常住户口、工作不稳定的单身女性居多。由于产业结构等原因，来深圳求职和打工的女性多于男性。她们工作不稳固、生活不安定，有少数人便想找一个丈夫作依靠，一旦相中也就不问他是否有妻室。

记者在采访中发现，深圳“第三者”现象较内地同等规模城市为多，还有一些特殊的原因。

首先是观念的变化。深圳是中外文化的交汇点，一些曾被视为美德的传统观念在这里受到外来文化和各种道德观念的冲击。一些人甚至为错误的思想观念所俘虏，只为追求个人“幸福”，并不太在乎别人怎么说。

其次是道德约束机制松弛。作为移民城市，这里大量人口来自外地。他们脱离了原有的熟人环境，便减少了许多顾忌。少数人甚至把婚外性行为视为儿戏。

舆论该支持谁

受害者们希望得到舆论支持，希望背信弃义者和第三者受到谴责。但是，这几年舆论亦困惑。

不知从何时起，第三者悄然变为“尚可理解”的对象，“第二者”（指夫妻中与第三者“拍拖”的一方）亦受到一些笔墨的同情。更有人为他们所谓敢于追求“幸福”、敢于冲破“世俗”的羁绊而叫好。

相反，不少人倒希望“第一者”（指受害者）多从自己身上找原因，说看看自己是否不合潮流，是否不注意修饰，是否婚姻基础原先就不牢，为什么吸引不住对方，等等。

对此，第一者们在记者面前愤愤不平。41岁的C说：“我们这一代人，哪个不是自由恋爱？能简单地说缺乏基础吗？”37岁的Y说：“到深圳来的女人，除了个别的，谁不注意修饰和打扮？谁愿让人说‘上不得厅堂’？”身材姣好、打扮入时、还不到40岁的G向记者哭诉说，他们已有了一个可爱的孩子和一个幸福的家庭。为了缩短与他的差距，她吃尽辛苦念完大专，谁知她毕业第二年他就另有女人！51岁的Z说：“说到底，是女人与女人的竞争，是中年人与青年人的竞争，我们争得过年轻女人吗？”

近一两年新闻传媒已不太介入第三者问题，也许就因为这问题有时说不清道不明。但是，深圳“第三者”现象的愈演愈烈，使记者无法再沉默。大量的事实表明，第三者增多于社会于个人都不是个好事情。看来，为了抑制这类现象，总体上我们的舆论环境应该是：以《婚姻法》和社会主义道德观念为准则，给第三者以教育，给第二者以忠告，给第一者以同情和支持。

不知读者诸君以为然否？

1991年11月30日 星期六 深圳特区报 （第11版） 社会生活

都市交响乐中的不谐和音

——深圳“第三者”现象剖析之一

受害者在增多

第三者现象几个特征

舆论该支持谁？

追求更加充实的生活

——皇岗海关青年消费透视

支出标准高，但也讲究实用

支出项目多，但有计划性

大学生自荐当门僮

你中了吗

死掴活救

“性感姑娘”

社会生活

稿约

深圳的第一个社会新闻专版、《深圳特区报》1991年11月30日第11版“社会生活”专版（已截去底部通栏广告）

故事——见报稿二：

这里需要科学和理性的阳光

——社会学家陈一筠剖析深圳“第三者”现象

本报记者　辜晓进

（《深圳特区报》1992年1月4日第11版）

上篇关于第三者的报道发稿后，记者遇见第五次来我市调研和讲学的中国社科院社会学所副研究员陈一筠女士。她近年来专门从事婚姻家庭的社会学、心理学和伦理学研究，曾两度赴欧美讲学，出版有《婚姻家庭的科学咨询》《走向婚姻》等5部著作或译著，并在中央电视台和中央人民广播电台举办过系列讲座，反响热烈。

陈一筠十分赞赏本报能正视和介入“特区‘第三者’现象”这一敏感问题，并根据自己对特区社会的观察与探究谈了新的看法。下面是谈话的部分内容笔录。

婚姻“转型”期的多见现象

记者：与内地比较，深圳“第三者”现象似乎更常见，究竟应怎样看待这一问题?

陈：从根本上说，每一桩婚姻都存在第三者介入的可能性，因为配偶关系是在人生早期、机遇有限、候选人数不多、双方成熟性相对较低的情况下确定的。如果一个人没有清醒的头脑、高度的责任感和较强的自我约束能力，就可能在婚后作第二次甚至第三、第四次选择，从而毁弃第一次婚姻。特区家庭“现代化”程度较高，家务劳动减少而闲暇活动增多，社会交往广泛，家庭关系淡化的趋势较明显。在这些变化中，“第三者”现象由可能性转变为现实性的机会也就增多了。

记者：现在人们谈论第三者时用的外延似乎过宽，我认为应把它与卖淫嫖娼等其他不正当的两性关系区分开来，而专指那些以结婚为目的插足他人家庭的现象。

陈：我同意把概念缩小来谈。对这一问题，还要看到有不同的因果关系。多数情况，是先有第三者后有家庭破裂，但也有一些是婚姻长期处于危机状态或濒于死亡而导致其中一方另寻出路。两种现象并存，所以也显得更为复杂。

引入消费意识不是进步的体现

记者：有人笼统地把与第三者相联系的家庭破裂视作社会进步的标志，招致不少当事人的反对，我想听听您的见解。

陈：应该说，对婚姻质量有较高追求，敢于借助法律解除不幸的婚姻关系，排除婚姻的功利因素等等，是符合社会发展规律的。但问题是，深圳“第三者”现象中这一类只占较小部分，而很大一部分是夫妇中一方在经济条件或社会环境变化后自觉或不自觉地把一种消费意识引入两性关系中。消费就要求更新，要求高档次，要求不断满足自己新的欲望。一般说来，家中的半老徐娘总是比不上外面年轻貌美或在某方面有特殊吸引力的女人那样“新鲜”，因此有些人也在更换消费品的同时更换配偶，这种意识就不能说是进步了。旧社会中有钱的男人不断喜新厌旧，娶上三妻四妾，不就是把女人和色情看作消费品的现象吗?

“第二者”应负主要责任

记者：人们现在已渐渐明白，夫妻双方对维系感情纽带都负有责任，但“第三者”现象中主要责任应由谁来负却变得模糊了，不少“受害者”都把矛头指向第三者。

陈：我觉得，与其讨论如何惩戒第三者，不如讨论怎样教育“第二者”。第二者既要对配偶和子女负责，也应对第三者的前途负责。我最近收到几位第三者来信诉说的情况几乎都是：已做了父亲的成熟而有魅力的男子与年轻女子相恋。男方一面表示要甩掉妻子娶这第三者，一面又因各种利害关系不能离婚，而第三者却在苦熬傻等。实际上这男子同时占有两位女性，表现了一种自私和贪婪。这种情况下的第一者和第三者都是受害者，后者有时更可悲。即使第三者梦想成真，说不定不久又会看到丈夫（或妻子）投入另一个第三者的怀抱呢!

记者：最近就有一例，被抛弃的妻子及其替代者（当初的第三者）一齐去妇联告发那个再次卷入第三者关系的男人。

陈：人永远不可能在足够理想的范围选择伴侣；况且，世界上没有完美的人，因而也没有完美的婚姻。不明白这一点，就可能在追求完美的心态下走入婚姻的误区。有位先生曾向我诉说，他已经三次离婚而四次结婚，每次都看中第三者的优势而婚后又发现诸多不如人意，后来比较之下还是觉得原配妻子比较理想，至少纯情的初恋值得珍惜。

需要科学来疏导

记者：那么，是不是在社会变化、婚姻转型期，与第三者有关的婚姻阵痛就一定不可避免或减轻呢？

陈：对特区一些婚姻乃至一些单身女性或男性来说，现在的确是个多事之秋。但除了纯粹的违法现象、道德败坏需要惩处、谴责和一些顺应自然的家庭重组应予理解外，大多数人都可以在科学的教育和理性的启迪下免生或少生事端。譬如，懂得两性间的各种差异后，女方就会给男方更多理解和配合，男方就会给女方更多体贴和关怀；了解婚姻生命周期各阶段容易发生的"疾病"，就可能及时采取措施防患于未然；知道现阶段已婚者的心理、生理、情感特征和发展趋势，单身者在涉足他人家庭前或许就会有更审慎的考虑……

1992年1月4日 星期六　深圳特

这里需要科学和理性的阳光

——社会学家陈一筠剖析深圳"第三者"现象

●本报记者 辜晓进

上篇关于"第三者"的报道发稿后，记者遇见第五次来我市调研和讲学的中国社科院社会学所副研究员陈一筠女士。她近年来专门从事婚姻家庭的社会学、心理学和伦理学研究，曾两度赴欧美讲学，出版有《婚姻家庭的科学咨询》、《走向婚姻》等5部著作或译著，并在中央电视台和中央人民广播电台举办过系列讲座，反响热烈。

陈一筠十分赞赏本报能正视和介入"特区第三者现象"这一敏感问题，并根据自己对特区社会的观察与探究谈了新的看法。下面是谈话的部分内容笔录。

婚姻"转型"期的多见现象

记者：与内地比较，深圳第三者现象似乎更常见，究竟应怎样看这一问题？

陈：从根本上说，每一桩婚姻都存在第三者介入的可能性，因为配偶关系是在人生早期、机遇有限、候选人数不多、双方成熟性相对较低的情况下确定的。如果一个人没有清醒的头脑、高度的责任感和较强的自我约束能力，就可能在婚后作第二次甚至第三、第四次选择，从而毁弃第一次婚姻。特区家庭"现代化"程度较高，家务劳动减少而闲暇活动增多，社会交往广泛，家庭关系淡化的趋势较明显。在这些变化中，第三者现象由可能性转变为现实性的机会也就增多了。

记者：现在人们谈论"第三者"时用的外延似乎过宽，我认为应把它与卖淫嫖娼等其他不正当的两性关系区分开来，而专指那些以结婚为目的插足他人家庭的现象。

陈：我同意把概念缩小来谈。对这一问题，还要看到有不同的因果关系。多数情况，是先有第三者后有家庭破裂，但也有一些是婚姻长期处于危机状态或濒于死亡而导致其中一方另寻出路。两种现象并存，所以也显得更为复杂。

引入消费意识不是进步的体现

记者：有人笼统地把与第三者相联系的家庭破裂视作社会进步的标志，招致不少当事人的反对，我想听听您的见解。

陈：应该说，对婚姻质量有较高追求，敢于借助法律解除不幸的婚姻关系，摒除婚姻的功利因素等等，是符合社会发展规律的。但问题是，深圳第三者现象中这一类只占较小部分，而很大一部分是夫妇中一方在经济条件或社会环境变化后自觉或不自觉地把一种消费意识引入两性关系中。消费就要求更新，要求高档次，要求不断满足自己新的欲望。一般说来，家中的半老徐娘总是比不上外面年轻貌美或在某方面有特殊吸引力的女人那样"新鲜"，因此有些人也在更换消费品的同时更换配偶，这种意识就不能说是进步了。旧社会中有钱的男人不断喜新厌旧，娶上三妻四妾，不就是把女人和色情看作消费品的现象吗？

"第二者"应负主要责任

记者：人们现在已渐渐明白，夫妻双方对维系感情纽带都负有责任，但第三者现象中主要责任应由谁来负却变得模糊了，不少"受害者"都把矛头指向第三者。

陈：我觉得，与其讨论如何惩戒第三者，不如讨论怎样教育"第二者"。第二者既要对配偶和子女负责，也应对第三者的前途负责。我最近收到几位第三者来信诉说的情况几乎都是：已做了父亲的成熟而有魅力的男子与年轻女子相恋。男方一面表示要甩掉妻子娶这第三者，一面又因各种利害关系不能离婚，而第三者却在苦熬傻等。实际上这男子同时占有两位女性，表现了一种自私和贪婪。这种情况下的第一者和第三者都是受害者，后者有时更可悲。即使第三者梦想成真，说不定不久又会看到丈夫（或妻子）投入另一个第三者的怀抱呢！

记者：最近就有一例：被抛弃的妻子及其替代者（当初的第三者）一齐去妇联告发那位再次卷入第三者关系的男人。

陈：人永远不可能在足够理想的范围选择伴侣；况且，世界上没有完美的人，因而也没有完美的婚姻。不明白这一点，就可能在追求完美的心态下走入婚姻的误区。有位先生曾向我诉说，他已经三次离婚而四次结婚，每次都看中第三者的优势而婚后又发现诸多不如人意，后来比较之下还是觉得原配妻子比较理想，至少纯情的初恋值得珍惜。

需要科学来疏导

记者：那么，是不是在社会变化、婚姻转型期，与第三者有关的婚姻阵痛就一定不可避免或减轻呢？

陈：对特区一些婚姻乃至一些单身女性或男性来说，现在的确是个多事之秋。但除了纯粹的违法现象、道德败坏需要惩处、谴责和一些顺应自然的家庭重组应予理解外，大多数人都可以在科学的教育和理性的启迪下免生或少生事端。譬如，懂得两性间的各种差异后，女方就会给男方更多理解和配合，男方就会给女方更多体贴和关怀；了解婚姻生命周期各阶段容易发生的"疾病"，就可能及时采取措施防患于未然；知道现阶段已婚者的心理、生理、情感特征和发展趋势，单身者在涉足他人家庭前或许就会有更审慎的考虑……

记者：了解到家庭破裂对下一代的不良影响后，第二、第三者的良知可能被唤醒；掌握了婚姻家庭的科学理论，一方即使"受害"也可能具备较豁达的心态从而减少一些悲剧色彩。

陈：这种科学教育的作用很难一下子说尽。它的目标就是帮人们培养健全的心理，使其较好地适应社会新的变化。婚姻家庭方面的咨询和诊治就是这种科学教育的重要方式之一。可惜深圳目前不如内地一些大中城市重视这一工作。相信不久人们会认识到婚姻家庭的科学教育和咨询对经济发展和精神文明建设的积极意义。

题图 黄昌海

《深圳特区报》1992年1月4日第11版（"社会生活"专版，局部）

记者：了解到家庭破裂对下一代的不良影响后，第二、第三者的良知可能被唤醒；掌握了婚姻家庭的科学理论，一方即使"受害"也可能具备较豁达的心态从而减少一些悲剧色彩。

陈：这种科学教育的作用很难一下子说尽。它的目标就是帮人们培养健全的心理，使其较好地适应社会新的变化。婚姻家庭方面的咨询和诊治就是这种科学教育的重要方式之一。可惜深圳目前不如内地一些大中城市重视这一工作。相信不久人们会认识到婚姻家庭的科学教育和咨询对经济发展和精神文明建设的积极意义。

发展：永远的社情　无止的故事

"社会大观园"版的社会知名度上升很快，其中连续两篇关于深圳"第三者"现象的深度报道和分析在早期发挥了较大作用，因为后来中华读书报（光明日报报业集团主办）驻深圳记者站站长、评论家朱健国兄来采访我时说过，这两篇文章在内地被很多家报刊转载。广州粤港经济日报的编辑部宁校女士也专程来深圳向我约稿。她断定我有出于种种考虑或党报限制未发出来的采访内容，希望为他们写一篇“更完整”的稿件。于是，该报于1992年1月13日用整版篇幅（含三分之一通栏广告）刊出我写的约5000字的文章，题为《恩怨？是非？——深圳“第三者”现象面面观》。

1992年4月下旬，在出席“首届全国报纸社会专刊理论研讨会”期间，范以锦副总编（中）与徐列（右二）、辜晓进（右一）在武汉黄鹤楼前合影（拍摄者不详）

1992年3月底，我去武汉参加4月20日—24日在武汉和襄樊召开的“首届全国报纸社会专刊理论研讨会”，这次研讨会由长江日报承办，各地来了很多报纸工作者。我有机会参加这个会，也缘于我创办了这个社会新闻版并在社会上产生了一定的影响。

我在那次会上做了发言，论文《走向读者的大趋势——从选题特色看社会类副刊勃兴的因由》也被印发80份发给与会者。中宣部新闻局、理论局的领导也出席了会议。那时候，中国的报业正开始步入黄金期，过去被忽略的很多读者需求被放在了应有的位置，内容竞争对广告的牵引也使得再保守的报社领导也不敢小看市场的作用。也正是在那次会议上，我认识了后来成为“南方系”领军人物的南方日报副总编范以锦。他为人谦和，没有大报老总的架子，和我们都很谈得来。他当时分管《南方周末》，和他一起来的还有《南方周末》的编委徐列。

那次会议让我开了眼界，国内一些报纸在创办社会新闻专版上比深圳早很多，如《解放日报》1984年就开设“社会家庭”专版，后扩版为每周4期的“人民广场”，成为该报的“名牌产品”。那次会上我认识的南京日报霜梅、新疆日报陈正直，也有来特区干一番事业的愿望，后来两人都在两年内被调入深圳，先后成为我在深圳特区报的同事。

至于“第三者”现象，当然不会因为我的报道而结束。事实上，深圳的人口在后来的10多年里翻了一番，社会的密集度大为增加，人们的收入也明显提

1994年夏，深圳特区报总编室工作情景。前桌左起分别是杜吉轩（编委兼主任）、董乾毅、刘琦玮、陈寅（副主任）、邢平安（副主任），右二辜晓进（副主任），右一不详。后桌左起分别是吕延涛、王德义、叶欣荣、周斌、申玉彪、李强（拍摄者不详）

高，类似的故事仍在不断上演。所不同者，一方面，随着配偶们陆续调入深圳，早期深圳大量单身调入的两地分居现象明显减少了，户籍人口中全家团圆的比重大为增加，抵抗“小三”的稳定因素显著增强了；另一方面，社会人口的流动性继续增加，贫富差距在拉大，加上影视作品对类似社会现象的展示明显增多（例如《蜗居》），第三者仍层出不穷，人们对此现象似乎也更加宽容了。

2010年5月5日，凯迪社区的“猫眼看人”频道贴出“深圳儒林列传之六”，内有《今日始知记者——辜晓进故事》，还提到我当年写的关于深圳“第三者”现象的文章。这个帖文未标作者，更没有采访我，猜测是根据当年杂文家朱健国的文章写的，只是里面加了我到英文《深圳日报》任职和出版《走进美国大报》等专著的后来情况，估计是编辑添加的。

1992年10月，深圳特区报社经市委和广东省新闻出版局批准，决定从第二年1月起每天出版12个版，并相应调整内部架构。动作较大的是要闻部一分为二：将编辑组扩大成总编室，负责报纸前面几个重要新闻版的编辑工作和对后面所有版面的统筹；原来的要闻部只剩记者组，今后只管采访不管编辑。专刊部也一分为二，变为政文部和体育部，另有一部分进入新成立的经济部（起初由钱汉江任主任，后胡向东接任）。在10月26日，深圳特区报于头版头条套红刊登扩版消息，宣布将砍掉一批专版（包括“青年”“他山石”“经营之道”等），增加国际、国内和市场版。“扩大‘社会大观园’等可读性较强的专版”成为当日深圳特区报这则重要改版新闻的副标题。

报社同时经市委组织部批准提拔了一批干部，较为引人注目的是提拔了林青、陈寅和我等几位“年轻干部”。此前，深圳特区报的部门负责人（也包括此次提拔的其他人员），因都是从内地报社调来的骨干，普遍年龄偏大，绝大多数都在45岁以上。我的新岗位是新成立且被寄予厚望的总编室，我担任副主任。主任是曾从深圳特区报抽调出去筹备深圳商报并担任副总编的杜吉轩。他因商报休刊而回归特区报，同时兼任编委。另外两个副主任是原要闻部副主任邢平安和恽辛才，都是有丰富经验的办报好手（邢平安是中国社会科学院研究生院与艾丰等同届的首批新闻学研究生；恽辛才笔名“云彩”，早年复旦大学的高才生），两人都已退休。陈寅比我年轻，但早于我进报社，此次也担任副主任，后因由“沿海新闻部”更名后的时事部缺人，被调去临时工作一段时间。我1992年12月下旬到任后，老杜交给我的第一个任务，就是起草包括“总编室工作流程”在内的三个内部工作文件。

2019年9月21日，笔者与著名社会学家陈一筠女士合影（葛涵菲　摄）

12月10日，王荣山总编把我叫到他办公室，亲自向我宣布调我到总编室担任副主任的通知，并说了总编室的重要地位。他还透露，在这次考察以及编委会研究干部问题的过程中，我是“最无争议并获全部同意的一个”，丘盘连和薛以凤（从新华日报调来的老资格编委）都要我去他们分管的部门，还有人建议我先到其他部门过渡一下再来总编室任职，但他主张“一步到位”，要我好好干。

不管怎么说，我将告别自己一手创办的“社会大观园”。12月18日，报社召开全体采编人员大会，王荣山宣布机构调整结果和部门负责人名单。我编的最后一期“社会大观园”随后不久也压版付印。在特区报1992年至1995年用铜版纸全彩印刷的对外宣传手册上，“社会大观园”被介绍为“题材广、可读性强，兼具晚报和日报周末版风格”。

2019年9月21日上午，我听说当年为“社会大观园”开栏文章采访过的陈一筠老师在深圳开讲座，赶紧前往演讲现场拜访她。没想到，年届八旬的陈一筠看上去那么年轻，且仍然活跃在社会科学第一线，频繁应邀就婚姻家庭问题举办讲座。此次她在深圳3天内连续为5家机构进行了演讲，当天上午多名听讲者感动流泪。"很多单位邀请我来讲，但从北京来一趟深圳不容易，我就干脆让'集中处理'了。"陈一筠风趣地说。

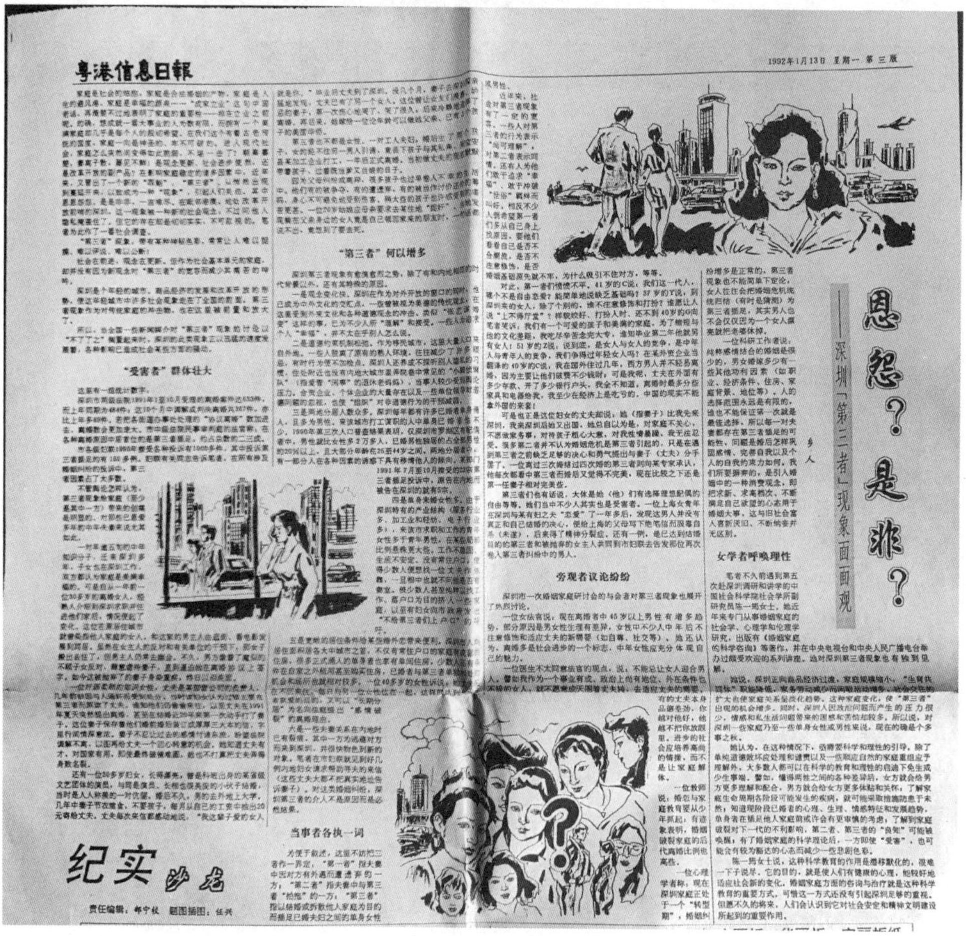

粤港信息日报

1992年1月13日 星期一 第三版

"第三者"何以增多

"受害者"群体壮大

恩怨？是非？

——深圳"第三者"现象面面观

旁观者议论纷纷

女学者呼唤理性

当事者各执一词

纪实沙龙

《粤港信息日报》1992年1月13日第3版（已截去底部通栏广告）

俩姑娘溜进党报办公室，为我捉“眼虫”

背景：早期的深圳　社会光怪陆离

1992年2月，红岭路边的用鸟算卦人（辜晓进　摄）

20世纪90年代初，深圳特区热气腾腾，大干快上。但同时，也有少量来自广东省乃至全国各地的投机取巧者，希望在这鱼龙混杂的地方捞取好处。记得曾有一次我路过上步食街西侧一条小巷（位于今中信城市广场地面），前面一个骑车青年“漏”下厚厚一叠钞票，似乎全然不知而转眼消失无踪。我正在好奇，不知哪儿窜出来另一个年轻人，穿着还算整齐。他捡起那叠钞票后朝我看看，然后用一副神秘

1991年10月，专刊部员工利用业余时间查看、评阅读者参加有奖知识竞赛发来的邮件。当时读者来信甚为踊跃，要用好几个麻包装。从左至右分别为张德纯副主任、弓玄、胡向东主任、李秋莎。胡向东与李秋莎均已不幸病逝（辜晓进　摄）

口气对我说：“这些大款丢就丢了，我们两人见者有份，把它平分了吧？”我忙说：“这哪儿行啊，你在这里等他回来找吧。”他脱口而出：“他不会回来的。”这令我更加好奇，没敢再和他纠缠，加快步子离开了。那人还喊：“别走啊。”

我一边快速往深南中路人多的地方走，一边想着：这两人肯定是一伙的，但他们会怎样诈骗我呢？百思不得其解。此后不久，我就在深圳广播电台听到一则新闻，说的情况几乎和我遇到的一样，所不同者是有个女人因为贪心而被骗了。当时，后来的“捡钱者”与这个女人正打算平分别人丢下来的钱时，“丢钱者”已经回来，老远嚷嚷着要扭送两人去派出所。“捡钱者”赶紧把钱塞到女人的包里，说自己得借机逃跑，让女人随便拿点值钱的东西给他就行，钱他就不要了。女人急忙取下一个18K金手镯给他，那人就溜了，“丢钱者”追出去也消失了。女人再看包里，只有第一张是10元钞票，其余厚厚一叠都是废纸，才发觉上当，跑去报警。

有一次，报社下属的《深圳风采》杂志一位编辑写了一篇文章想在“社会大观园”上发表，说有一个妇女会腹语，而且还能用腹语为人算命。他说亲眼看过，真的很神奇，要我去看看。我经不住劝说，加上也有点好奇，就跟着去布心花园某单元房看了。只见一个40多岁的妇女坐在床沿上，胖乎乎的，面色红润。陪着她的两个先生分别来自北京海淀走读大学气功学院和深圳气功研究会（那时这类机构都有点神神叨叨的）。见我进来，这妇女就盯着我"说话"，但嘴巴紧闭不动。声音尖细，像从橡皮玩具挤压出来似的，我完全听不懂。那两个陪同者介绍说，说话的是"灵哥"，贵州腔，让我问她。我问了些问题，尖细的声音有的说得准确，有的说不准确，《深圳风采》的编辑在一旁帮助解释。我还是不信，不久就离开了。

这就是那个时候的社会现象，无奇不有。我不由想起1983年我去北京参加中国科普作家协会第一次会员代表大会时，听时任国家科委副主任的于光远先生讲话。于老是当时反对伪科学的官方代表人物。那时，"耳朵识字""意念穿墙"等"特异功能"和各类"气功"正热闹非凡。于老说，很多搞所谓"特异功能"的人或团体都邀请他去现场观摩，但他从来不去，一概拒绝。为什么呢？他解释说，自己眼睛不行，观察力也不敏锐，一个例子是：他看变魔术的人在自己眼前用空竹竿钓鱼，他从来看不出鱼是从哪儿冒出来的。如果他去了"特异功能"现场又没看出破绽，他们一定会大肆宣扬，说于光远也认可××现象。

下面这篇报道所描述的场景，我也有了于光远的感觉：明知是假，但看不出破绽。稿件发表在《众生相》专栏。

故事——见报稿：

眼里爬出了虫

古　辛

（《深圳特区报》1992年5月9日第11版）

眼睛里居然爬出了虫子，而且不只一条，真是匪夷所思！

5月4日中午近12时，因耽于案头工作，我和另一同事还留在办公室，其余同事都去食堂吃饭了。恰在这时，门口突然出现两个姑娘，操着不流畅的普通话怯生生地问："帮你找眼睛里的虫子，好吧？"

我回头望去，两人年纪都大约20岁，一个胖点，一个瘦点，衣着朴素，从神色上看也像是来自农村的姑娘。在这人走楼空的下班时间，她们竟越过保安把守的大门，闯到6楼办公室来，好像料定我们在加班似的。我心里暗暗称奇，以至未听清她们的问话。

"我替你们找眼睛里的虫子，检查不要钱，治疗才要钱。"胖姑娘显得比同

（第11版） 社会生活

眼里爬出了虫

●古辛

眼睛里居然爬出了虫子，而且不只一条，真是匪夷所思！

5月4日中午近12时，因耽于案头工作，我和另一同事还留在办公室。恰在这时，门口突然出现两位姑娘，操着不流畅的普通话怯生生地问：“帮你找眼睛里的虫子，好吧？”

我回头望去，两人年纪都大约20多岁，一个胖点，一个瘦点，衣着朴素，从神色上看也象是来自农村的姑娘。在这人走楼空的下班时间，她们竟闯到6楼办公室来，好象料定我们在加班似的。我心里暗暗称奇，但未听清她们的问话。

“我替你们找眼睛里的虫子，检查不要钱，治疗才要钱。”胖姑娘显得比同伴老练，跨进门来又说一遍。“你们是医生吗？”我嘴里问，心想又是哪路神仙来骗钱，且看她们怎样表演。

“我们不是医生，是祖传的，今天才从湖北到深圳，专替人找眼里的虫子。”胖姑娘说着，从黑挎包里掏出一本书，翻开其中一页让我们看。我见书名是《少年儿童保护眼睛100问》，广东出的，这一页上写着人眼里会有寄生虫，多为吃未烧熟的猪肉引起，云云。她又拿出一双象牙色塑料筷子，要为我检查。

我好奇心顿起，要同事盯住她，看她怎样为我取虫子。只见她睁着略显眯缝的眼睛，用手在我左眼内角揉了几下，便用两只筷子在左眼皮上略作挤压。我睁眼一看，吓了一跳：筷子上果然有三四个比芝麻略长的白色虫子。我满腹狐疑地看看她的手又看看那筷子。我要她洗洗手，就用我桌上的钢笔再“检查”一下我的右眼，并嘱咐同事看仔细。结果竟也一样，同事惊讶地说，“是从眼皮里出来的虫子”。

我要她给同事也检查一下。我这一看不由毛骨悚然：虫子比我眼里还多，大大小小，如同筛糠一般从眼皮里涌出！虫子并不动弹，但用手挤破，里面有水。我实在也看不出任何破绽。“这么多虫子寄生在眼里，眼里怎没感觉？”我们摆出一副请教的样子。

姑娘说：“这虫子不在眼球上，当然没感觉。我是按摩穴位才把它们从眼角弄出来的。它们会影响视力，所以你们这些戴眼镜的多数都有。怎么样，开始治疗吧？医院里的眼药水治不了这虫子，我们凭一双手几分钟可以把它们捉光，捉光后你们会觉得很舒服。”

“多少钱？”同事问。

“一只眼60元，两只120元。”

“若想治，价钱可以商量。如果你们愿替我们宣传，价格可减半。”她又补了一句。

我仍不敢信，说：“这样吧，下午我们这里开会，戴眼镜的人也多，你们下午4点再来检查，如果大家都相信，给钱或宣传都可以。”见我们并无求医的意思，胖小姐悻悻地说了声“好吧，我们下午来”，便和那位始终未发一言的瘦小姐走出屋去。

下午，两位小姐再未露面。

一位朋友告诉我，她女儿的朋友也被人捉过虫子。那天她独自一人在办公室，两位年轻女人来为她作了“检查”，并收了50元的“治疗费”。

于是我去请教专家。市眼科医院医务办主任、副主任医师古洵清先生说：“眼睛里的寄生虫用肉眼就能看到的，我行医30多年还未见过。听说非洲有些地方少数人眼里可以发现较大的丝虫，中国未见有报道。从眼里找寄生虫，很熟练的眼科医生借助仪器也是有一定难度的。您说的情况会不会是一场骗局？”

众生相

……了，外科大夫用无创伤针线修补好这根唯一供应人体左上肢的血管，保存了其功能，使张明转危为安。

陈智明院长也闻讯赶到病房探望患者。他得知张明身无分文时，当即表示：病人的吃饭等问题，由医院免费提供。医务人员还从各家中拿……

黄洪……

《深圳特区报》1992年5月9日第11版（“社会大观园”专版，局部）

伴老练，跨进门来又说一遍。“你们是医生吗？”我嘴里问，心想又是哪路神仙来骗钱，且看她们怎样表演。

“我们不是医生，是祖传的，今天才从湖北到深圳，专替人找眼里的虫子。”胖姑娘说着，从黑挎包里掏出一本书，翻开其中一页让我们看。我见书名是《少年儿童保护眼睛100问》，广东出版的，这一页上写着人眼里会有寄生虫，多为吃未烧熟的猪肉引起，云云。她又拿出一双象牙色塑料筷子，要为我检查。

我好奇心顿起，要同事盯住她，看她怎样为我取虫子。只见她睁着略显眯缝的眼睛，用手在我左眼内角揉了几下，便用两只筷子在左眼皮上略作挤压。我睁眼一看，吓了一跳：筷子上果然有三四个比芝麻略长的白色虫子。我满腹狐疑地看看她的手又看看那筷子。我要她洗洗手，就用我桌上的钢笔再“检查”一下我的右眼，并嘱咐同事看仔细。结果竟也一样，同事惊讶地说：“是从眼皮里出来的虫子。”

我要她给同事也检查一下。我这一看不由毛骨悚然：虫子比我眼里还多，大大小小，如同筛糠一般从眼皮里涌出！虫子并不动弹，但用手挤破，里面有水。我实在也看不出任何破绽。“这么多虫子寄生在眼里，眼睛怎会没感觉？”我们摆出一副请教的样子。

姑娘说：“这虫子不在眼球上，当然没感觉。我是按摩穴位才把它们从眼角弄出来的。它们会影响视力，所以你们这些戴眼镜的多数都有。怎么样，开始治疗吧？医院里的眼药水治不了这虫子，我们凭一双手几分钟可以把它们捉光，捉光后你们会觉得很舒服。”

“多少钱？”同事问。

“一只眼60元，两只120元。”

“若想治，价钱可以商量。如果你们愿替我们宣传，价格可减半。”她又补了一句。

我仍不敢信，说：“这样吧，下午我们这里开会，戴眼镜的人也多，你们下午4点再来检查，如果大家都相信，给钱或宣传都可以。”见我们并无求医的意思，胖小姐悻悻地说了声“好吧，我们下午来”，便和那个始终未发一言的瘦小姐走出屋去。

下午，两个小姐再未露面。

一位朋友告诉我，她女儿的朋友也被人捉过虫子。那天她独自一人在办公室，两个年轻女人来为她做了“检查”，并收了50元的“治疗费”。

于是我去请教专家。市眼科医院医务办主任、副主任医师古洵清先生说：“眼睛里的寄生虫用肉眼就能看到的，我行医30多年还未见过。听说非洲有些地方少数人眼里可以发现较大的丝虫，中国未见有报道。从眼里找寄生虫，很熟练的眼科医生借助仪器也是有一定难度的。您说的情况会不会是一场骗局？”

发展：同样的骗术还在进行

当年发表的上文，末尾引述专家的话，只是对此现象的一个质疑。当时我并没发现谁能揭穿行骗伎俩，故未再做跟踪报道。不过写这本书时上网查了一下，我竟发现，27年前的故事仍在全国各地上演。不同的是虫子的“来源”已经从眼睛发展到鼻腔，收取的“治疗”费用也越来越高，最多上千元一次。与此同时，媒体也不断予以揭露，把行骗的手段讲清楚。

2014年12月15日，有网名为“xxje1973”的网友在“百度知道”发题为《警惕“刮虫”治眼病骗局》的贴文称，武义县卫生局监督所接到群众举报，称

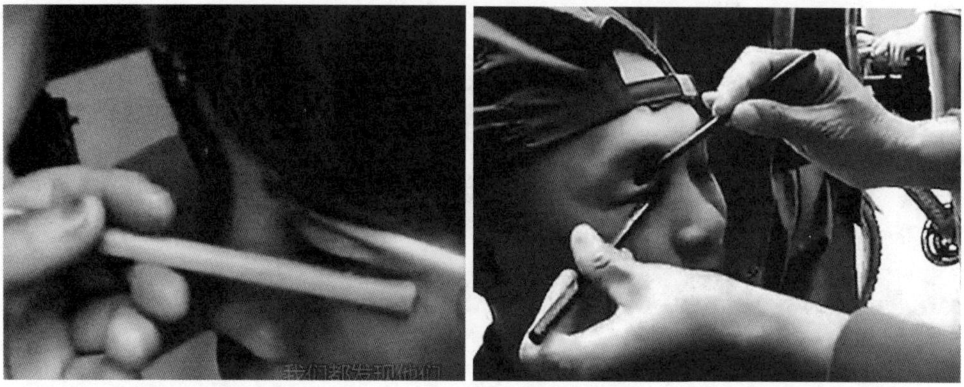

仍在骗人的“捉眼虫”（爱奇艺网站“生活”频道截屏，2018 年 11 月 19 日）

有游医在中南菜场摆摊看眼病。来看眼病的大多数是老年人，他们被游医认定患有白内障而且眼中有虫。多数老人对“刮虫”一事深信不疑，都向游医购买了“治眼药”。贴文引述专家话语说，这种捉“眼虫”的骗人伎俩历史悠久。所谓“眼中取虫”，有的骗子是将一种细小的柳条虫晒干，然后粘在筷子上或指甲里，行骗时用水沾湿，等虫子遇水膨胀后乘机放入人的眼皮下。也有的是将类似小虫的草籽用水浸泡后，拿来骗人。不仅是眼睛，行骗者还可以从人的耳朵、牙齿、鼻孔等地方刮出“虫子”来。

2015年9月24日，安徽芜湖的大江晚报也报道了类似“案情”，警方抓获了两名行骗妇女。2018年11月19日，爱奇艺网站“生活”频道干脆上传了一段题为《骗术揭秘：街头筷子在眼睛刮虫！一次问你要上千元》的视频，将街头从眼睛或鼻腔里刮出“虫子”来的骗术拿来演示，详细披露了整个行骗过程，看得令人恶心。新浪等网站也有类似报道，可见这种骗术目前仍在一些地方流行。

福利院之前，弃婴交民间代养

背景：弃婴现象　牵动社会的情感热点

关于弃婴的报道想法，最先来自和民政局打交道中听闻的消息。深圳作为新建城市，过去这类现象不严重，也没有婴儿院之类的基础社会服务机构。但随着城市的迅速发展，弃婴的数量也陡然增加，矛盾都集中到民政局这边。于是市政府下决心投资1000万元，开始建设深圳市福利中心，首要任务就是解决越来越多遗弃儿童的抚养教育问题。但现实问题等不起福利院的建成，民政局只好将收到的婴儿雇人养育。这也是一座初创城市应有的担当。

此外，各大医院也成为矛盾焦点。有些因种种原因意外怀孕又没有稳定家庭的年轻妇女，在医院生完孩子就偷偷溜走，甚至个别人就在医院的厕所里生下孩子，医院成了弃婴的“接盘侠”。我妻子在深圳市第二人民医院（那时还是红十字会医院）工作，回来也谈论过这一话题，据说深圳市妇儿医院压力更大。加上广东一些农村又有重男轻女传统，有些人到了城市生孩子，仍留男弃女，甚至将女婴扼杀。所以，弃婴多是女孩或残疾儿童。饭桌上常听到此类话题。我觉得媒体应当反映这一社会现实，并给予正确的引导，于是决定做这个选题。

1992年4月30日，我先去市民政局福利处了解情况，掌握到一些采访线索。后我又对深圳市妇儿医院的翁院长进行较长时间的采访，他连续说了很多事例，表示对弃婴问题很头疼。他还说每天来做人流（人工流产）的人也很多，不少香港人也来做，因为香港不允许做人流。接着，我采访了一些居委会，有个工作人员说前一天晚上他值班，发现垃圾箱旁有个旅行袋，打开一看竟是个婴儿，赶紧打电话给派出所。他说他们居委会一共有3个专职干部，常常是轮流照看丢来的孩子。

这类题材过去的深圳特区报是很少触碰的，“社会大观园”的创办给了刊登的理由。特别是那时候报社和部门的领导很放手，我的选题基本都不需要请示，自己说了算。当然，我也会把握好党报的舆论导向，区别于猎奇志怪的小报小刊。

故事——见报稿：

弃婴的命运

本报记者　辜晓进

（《深圳特区报》1992年5月23日第11版）

“可怜天下父母心”，“谁言寸草心，报得三春晖”，……颂父母之恩情，叹母爱之伟大，是人类情感表达中一个永恒的主题。

然而，倘若孩子一出生便会讲话，那么为数不多的一批婴儿可能首先会想到控诉。他们要控告的正是其亲生父母，他们要诉说的也正是自己命途多舛的人生起点。

因为他们是“弃婴”！

社会主义的中国并不富裕，社会主义的深圳仍百业待兴。但凭着社会主义的人道和人世间的温暖，弃婴只要不直接受害于父母，绝大多数都受到了保护并以不同方式生存下来，尽管中间还有曲曲折折、纠纠葛葛……

该遭诅咒的父母

4月20日上午，长城大厦顶楼的隔热层里突然传出婴儿的哭声。保安人员闻讯赶来，爬上去抱下一名浑身一丝不挂、沾满沙尘、连脐带还未剪断的女婴。孩子被送到市妇儿医院时，细心的护士小姐吃了一惊。原来，孩子的脖子上勒着一根细细的塑料绳，难怪她气喘吁吁、啼哭不止呢。

医生护士做出种种猜测：是狠心的父母要勒死自己的女儿？是他们到了最后

一刻又手软了？……有一点是肯定的，这孩子若不及时送医院，必死无疑。如今这健康、漂亮的小丫头已进入一个新家庭。

在过去的社会，因养活不了全家而遗弃、出卖自己孩子的父母，或许还值得同情。但今天深圳的为人父母者，并无饥寒之虞。他们扔孩子甚至杀孩子，虽然也可能源自生活压力，但更多的是出于重男轻女、传宗接代、抛弃包袱乃至顾全脸面等极狭隘、非理性的考虑。

今年元旦刚过，产妇S便住进妇儿医院。S 4日生下孩子，8日结账出院，孩子因健康原因暂留院护理。谁知S一去不返。医院按登记的地址找到××村×号时她还在“坐月子”。其丈夫承认：他们原以为会生男孩，结果是女孩就不想要了。经医院做工作，丈夫被迫于1月17日去医院领回女儿。但人们有理由继续为这孩子的命运担心。

有些产妇更是预谋在先，住院登记时就为抛弃女婴留下了后路。2月23日，一位在登记表上自称“黄金有”、家住“黄贝岭中村××号×号”的妇女在妇儿医院产下一女孩，4天后出院，从此杳无音讯。医院发现孩子未被带走，即会同派出所上门寻找，却“查无此人”。

据了解，深圳建市以来出现的数百名弃婴中，女性占绝大多数，少数男性基本都有残疾。

更为狠毒的一例发生在3月13日。一名出生不久、身上还沾着母血的婴儿被其父亲裹在蛇皮袋里从友谊大厦3栋高楼扔下，落在3楼阳台上，经送医院抢救无效而夭折。公安部门迅速侦破此案。22岁的凶手赖育胜交代：他与恋人未婚同居，在住处产下孩子，因怕别人知道而生歹念，将孩子由厕所窗口抛杀。不论凶手动机如何，法律都将对他严惩。

孩子流向何处

那些身有残疾或某种缺陷而无人愿意领养的孩子，基本上由民政部门抚养起来。深圳是新建城市，没有婴儿院，投资1000万元的福利中心尚在建设中。民政部门安置这些孩子的办法是出钱请人代养。目前全市仍被代养的弃婴至少有40名。

在罗湖区民政局吴妙同志的协助下，记者于12日见到一个小男孩和他的代养者。这孩子是去年5月捡来的，谁也说不清他有多大，估计今年至少3岁了。人们管他叫“罗男”，因为是罗湖区处理的（同样，福田区安置的孩子都姓“福”）。孩子是哑巴，右手如鸡爪且僵硬，智力似也低下，见人只一个劲地笑笑，至今不会走路，但胖乎乎的气色不错。代养者是个30多岁的妇女，外地户口，无业，丈夫在罗湖区一家公司工作。民政局每月给她代养费，孩子的医药费和服装费另外报销。她说，这孩子去年捡来时又黑又瘦，拉撒无常，现虽已摸出他大小便规律，但吃饭仍要喂。这个妇女同时还代养一名聋哑女，是去年12月在10路汽车总站捡到的。

吴妙说，深圳人一般不愿代养这些孩子，愿做此工作的都是些无固定收入、生活较为拮据的妇女，多为外地临工。

虽是残孩，代养者与之相处久了，也会产生感情。1987年1月在人民医院发现的一名女弃婴就有这样的际遇。这孩子先天无上唇，医院做了一次修补，约定7岁时再修补一次。代养者是一个来自陆丰县、靠捡垃圾为生的妇女L，当时每月代养费为340元。去年5月，L要回家了，对孩子恋恋不舍，恳求让她领养（当时国家尚未公布《收养法》）。有关部门便和L签了一纸协议，规定了法律上的责任，准予其领养。

据市民政局同志介绍，请人代养的最大优点是存活率高，但也存在今后上学等一系列问题，所以他们打算一俟福利中心建成，便将孩子收回统一管理。

大部分弃婴并未走“代养”之路，而是被领进一个个新家庭。罗湖区从1987年至今共受理过41名弃婴，其中30多名已成为新家庭的成员。福田区民政局从1989年至今共发现48个弃婴，被人领养的有36名。市妇儿医院这几年遇到的20多名弃婴，大部分也被人抱养。还有一些在社会上直接被人收养。

1989年8月的一天，一对50多岁的澳大利亚夫妇正在汇食街一家餐馆吃饭，一个20多岁的男青年抱着一出生约1个月的女婴上前搭讪。就在“老外”好奇地抱起孩子的当儿，男青年已悄悄溜走。这对未生育过子女的外国教师便在湖心大厦租了间房子，雇请一个懂英语的上海姑娘帮助照看。翌年5月，澳大利亚人弄齐了证明，经市民政、公安审核并逐级上报，给孩子入了户口。7月30日，孩子躺在“新母亲”的怀抱里出了国门。

带来几多烦恼

不可否认，孩子一经遗弃，就成了社会的负担。弃婴在深圳，是一种不该有的现象。但尽管市政府和有关部门的文件强调了对弃主的追查和处罚，深圳本地“生产”和从外地带进的弃婴仍在增加，并给社会各方面带来麻烦。

一些“发现者”告诉记者，捡到弃婴就像捡到了炸弹，留也不是扔也不是。5月8日晚上8时许，城贝居委会一蓝姓临时工在垃圾池旁捡到一个旅行袋，

《深圳特区报》1992年5月23日第11版（“社会大观园”专版，已截去底部通栏广告）

打开一看，里面躺着一名光着身子的女婴，便赶紧送到妇儿医院。孩子肤色蜡黄，额上有几处挂吊针的印痕，显然健康欠佳。医院急诊室立刻进行治疗，但要求送来的人陪护。9日上午记者来到孩子床边时，城贝居委会的曾平香女士就诉苦：“我们居委会一共3名工作人员，很多事要干，现在却把主要精力放在24小时轮流看护这孩子上，何时得了？”医院一位同志说：“我们可以承担治疗义务，但人手太紧，孩子的陪护和进一步处理只好请送来的人分担了。”急诊室护士长汪建梅愤愤地说：“报纸应该反映这事，要让那家长好好受些教育！”按有关文件规定，孩子治好后若无人认领，须由派出所查明遗弃情况，办好入户手续再交民政部门安置。幸好第二天找到了孩子的家长（父亲无业，母亲是临时工），否则居委会的同志还得陪下去。

医院碰到弃婴也是很头痛的事。去年9月一产妇在某医院生产出院一个月也不去接回早已病愈的孩子。于是，婴儿室向医务办打报告要求按弃婴处理；医务办又派人按婴儿家长填写的姓名和单位去市第一建筑公司和香梅派出所查找，仍无下落；医院又请示民政局，最后分别又向民政、公安、计生委打了报告，办妥让人领养的手续，前后耗时2个月。

弃婴的安置，基本上由民政部门负责。据了解，民政部门每年在弃婴上的花费也相当不菲。福田区民政局每年的救济费约20万元，仅请人代养10个弃婴就花去近一半经费，成为该区救济费中最大的支出项目。

围绕弃婴，还掀起过一些情感的波澜。某区一个50多岁的干部B，妻子不幸于6年前病故，3个女儿均已长大成人。B后来与宝安农村一个30多岁女青年结婚。女青年求子心切，怀孕后曾获县医院的准生证，后因不符合计划生育政策而“流”掉。1989年4月，两夫妇从医院领养了一名弃婴（女）。此举与1989年9月下发的“深府办〔1989〕838号”文件有抵触，更不符合今年国家颁布的《收养法》。去年10月有关部门欲按生第四胎处理。面临开除党籍和扣工资60%的处分，B只好将已近3岁并上了户口的女孩送交民政局。事后不久，妻子与他离婚。

记者的思考

弃婴现象已引起社会热切关注。记者所到之处，被采访的干部、群众都希望弃婴增多之势得到遏制。由此记者想到以下几个问题：

一是对弃主的追查和惩处问题。现在找弃主很难，千方百计找到了，也只是“责令其将婴儿领回抚养”，实际上起不到制止事情蔓延的作用。有的父母虽未亲手伤害婴儿，但其遗弃的方式实际上已置婴儿性命于不顾。如今查到过几例就有间接伤害婴儿之嫌，却未见“追究刑事责任”。记者认为，弃婴现象，弃主是始作俑者，对其追查、教育、惩处乃至打击应视作“治本”之举。

二是“超生游击队”与弃婴有直接关系。从全市来看，香蜜湖、竹子林一带建设区是弃婴的“高发区”。群众反映，这一带外来临工中“偷生”“躲生”的家属较多。超计划生育者多盼男孩，抛弃女婴的动机普遍存在。控制弃婴是否可与加强对临工家属的管理结合起来？

三是市民们应了解有关法律和规定，不要草率接受弃婴。过去一些人领养孩子而未办任何手续，在人口普查时便遇到麻烦，再去补办已十分不易。有的不具条件的领养者也枉受一场感情折磨。

1994年2月，深港经济时报领导和部门负责人商讨筹备事项。左起分别是刘廷芳（采访部摄影组组长）、刘远平（办公室副主任）、辜晓进（采访部主任）、陈锡添（总编辑，特区报副总编兼）、黄锦西（总经理，香港星岛集团总经理兼）、李佳琦（经济部副主任）、卢绍武（副刊部主任）、刘琦玮（编辑部副主任）（刘廷芳　提供）

2000年，时任深圳特区报副总编的杜吉轩（右）与辜晓进在报社香蜜湖新址交谈（岑志利摄）

1995年11月，辜晓进在修改《鹏城今版》大样（拍摄者不详）

四是弃婴出现后，各有关部门（包括医院）应按市府有关文件精神，各司其职，积极配合，及时把弃婴处理好。

发展：遗弃现象难绝　管理更加规范

深圳对弃婴的管理，随着深圳市福利中心的建成和相应规章制度的出台，得到明显的完善。加上民众认识水平和素质的普遍提高，有关弃婴的恶性事件明显减少，弃婴数量急剧上升的势头也被遏制下来。但这一现象仍难以杜绝，某些严重个案仍时有所闻。上文中提到的弃婴较多的竹子林，后来就发生一宗，我派记者前往采访做了报道。

这时已经到了1995年，我已被调至鹏城今版工作。《鹏城今版》源自办下午版的想法。那时中国的报业已进入黄金时代，《杭州日报》等内地主流报纸在同城已有晚报（杭州当时有浙江日报办的钱江晚报）的情况下，尝试办下午版与之争夺读者。深圳特区报社因已经着手筹办“新中国第一份合资日报”《深港经济时报》，市委便把创办深圳晚报的任务交给了深圳特区报的竞争对手深圳商报，以示平衡。我是1994年1月被负责筹办《深港经济时报》的陈锡添老总点将，从总编室调至该报参与筹备工作的。但《深港经济时报》在出了3期备受好评的大型试刊后，却迟迟等不来国家新闻出版署下发的刊号。由香港星岛日报集团总经理兼任该报总经理的办报老手黄锦西和陈锡添，轮番进京沟通打探，带回的种种信息表明，上面的政策可能有变，大家都在焦急地等待。

1994年12月9日，杜吉轩编委找我谈话，说编委会想调我负责筹办下午版，并答应给我两个助手先去内地调研，回来后写个办报方案。我这人喜欢接受挑战，便一口答应了。12日，编委会下达关于我的工作调整决定。14日，我便带着从深圳商报调过来的杨华和深圳特区报计财处的徐万忠赴武汉、南京、杭州调研。27日，我自己执笔写成的7000字办报方案交给了老杜。方案最大的创新点是，每天头版一个新闻特稿（或曰“大特写”）。随后，方案向省新闻出版局申报，获得批准，但出版局给出的条件十分苛刻：不得申报独立刊号，不能单独零售，只能随《深圳特区报》发行，报纸名称不能用“深圳特区报下午版”或我们原来设想的“今报”“晶报”，建议用“鹏城金版”。老杜和我都很不情愿用这个名字，因为此前《羊城晚报》办了个《羊城金页》，是以广告为主的服务资讯专刊，而且我们都不喜欢“金”“银”之类的土豪味儿。但社长吴松营劝我们先屈就，办起来再说，并同意申请将“金”改为“今天”的“今”。1995年1月16日上午，报社编委会开会，我被通知列席，重点讨论下午版创刊事宜。我汇报了办报方案，获得通过。接着谈到下午版负责人人选，老杜提议我出任，吴社长表示同意，多位编委附和。但陈锡添不同意，说深港经济时报最近有消息，眼看要批准创刊了，希望我回去协助他筹办。其他编委劝他另找他人，陈总一下急了，说大家这么不支持这份合资报纸，他也不干了。我见争论激烈且涉及我的人事安排，便向老杜请示后主动退场回避。

会后老杜告诉我，编委会最后还是体谅陈总，决定我仍去协助他筹办深港经济时报，由陈寅来创办下午版。《鹏城今版》于2月搭好班子从3月3日起开始每周一期的试刊，颇为新颖地都以三个字为各版命名。出版7期后的4月17日，我突然接到通知，接替陈寅继续筹办《鹏城今版》，陈寅去总编室任职。这时深港经济时报刊号无望，后改为在香港注册的深星时报正式出版。又经过约10期的周刊过渡，我率领30多人搬至香蜜湖尚未完工的深圳特区报业大厦裙楼三楼（现晶报编辑部楼下），于1995年7月1日正式改为日报，每周出版六天，并在深圳率先采用彩色印刷（深圳特区报在一年多后才在头版实现彩色化）。

深圳特區報
鹏城今版
与您同乐忧 伴着百姓走
新闻热线电话 二二四三九〇七
1995年7月 13 星期四
新生女遭父活埋 遇救助侥幸生还
珍稀野生动物精子库探秘
交通事故量下降 肇事逃跑者增多
七成传呼商不交费
八方传真
法言可话

《鹏城今版》1995年7月13日第1版

创刊前，我向杜吉轩编委和吴松营社长建议，根据国际上晚报的衰退趋势（那时美国多数晚报已改为晨报，国内晚报似乎还方兴未艾，但已有晚报改出早报），放弃下午版，改出早报。领导虽觉得与一直以来的下午版计划有冲突，但还是同意了。10年后，中国九成以上晚报都改为早晨出版。2003年，解放日报请我去讲课，时任该报副总编兼新闻晨报总编的裘新（现为上海报业集团社长）邀我调入解放日报社负责新闻晚报。该报是解放日报为与新民晚报争夺下午市场而创办的，但一直亏损。我当时也建议将新闻晚报改为早出，他担心与新闻晨报形成窝里斗而不同意，我也就没去。新闻晚报后来始终未能翻身，直至2016年停刊。

在1981—1998年的《深圳特区报社大事记》中，《鹏城今版》的创刊被列入1995年的“大事”。书中的“大事记”称：“创刊当天的《鹏城今版》受到深圳人民的热烈欢迎，共发行了16万份。”

回到竹子林事件。竹子林位于福田区和南山区交界处。如今这里高楼林立、人口稠密，当时却是荒芜之地，四处是土坡、菜地和建筑工地，深南大道向南山区的延伸还没完工。那时，新办公楼编辑部的电话尚未安装，全凭我的一部“大哥大”与外界联系。正是这部在报上公布了号码的“大哥大”得到报料，说竹子林有一个婴儿被人掩埋后救出。原来，7月6日晚有建筑工人在附近散步，隐约听到有婴儿哭声，循声寻找却找不到孩子。他们后来发现有新翻土地，哭声好像是从地里传出的，便忙扒开泥土，忽见一张小孩的脸，吓得赶紧跑回工棚。然后经别人提醒，他们才想到去附近派出所报案。南山公安局迅速派人来到现场，从土中挖出一个浑身赤裸带血、肚子上还连着一条一尺多长脐带的女婴，孩子呼吸微弱。我立即派两名记者前往采访。警方行动迅速，很快破案，找到已有3个孩子的女婴父亲。这个32岁的父亲承认因为孩子是女婴而将其活埋，随即被以杀人嫌疑刑拘。孩子经医院积极抢救，不久也脱离危险。记者采访了多个方面，内容详尽扎实。我认为事情虽然恶性程度较高，但孩子获救，有惊无险，且体现警方和医院高效救人破案的正面事迹，遂决定在7月13日头版刊出。

当天的《深圳特区报》因为这篇接近整版的特稿而大受欢迎，很多报摊很快卖完。时至今日，我更感兴趣的是，当年那个险因活埋致命的女孩，已长成20多岁的大姑娘了吧？现在何方？生活怎样？如果她能读到这本书，会作何想？

近期再次与弃婴产生交集的是2014年。深圳大学新闻学专业一个毕业设计小组以《生命不可承受之“弃”》为大标题做了一个关于弃婴的大型专题报道。这个毕业设计小组虽不归我指导，但其组长多次向我“请教”，就连上述大标题也是在我的建议下修改而成的，所以我了解他们的全过程。应该说，这组报道最终完成得不错，组长还应邀参与中央电视台“华夏之声”与此话题相关的直播节目。他们在广州“弃婴岛”连续24小时蹲守摄影，展示了那些前来丢弃孩子的家长们的各种纠结。很多家长都是依依不舍，掩面而去。有的丢弃了，又回来将孩子抱走，各种伤心，不一而足。这个视频在答辩现场播放时，我看得热泪盈眶。真希望弃婴现象早点消失！

组织化乞讨：丐帮在行动

背景：有组织的乞讨渐成气候

乞讨也是一种古老“职业”，而且全球国家不论贫富，各地都有。生活不下去，靠乞讨过日子，可以理解，值得同情。但在20世纪90年代的深圳，乞丐似乎明显增多：路边、天桥、餐馆、商场等场所都有他们的身影。后来发展成在一些重要的交通路口，乞丐拿着鸡毛掸趁红灯车停时向车主乞讨的普遍现象。甚至我在工作的深圳特区报新大院，也曾不止一次见有人领着个孩子说东西都丢了，要点钱给孩子吃饭（起初我每次都给10元，不管真假，后来想想会助长这风气，才作罢）。

有人分析，深圳人有钱，气候条件好，又多是外地人，有同情心，加上很多来此工作生活的香港人也爱行善，所以深圳是“乞讨者的天堂”。总之，深圳的乞讨密度，一度确实明显超过其他内地城市，并呈现外地乞讨者向深圳聚集的态势。直到有一天我收到一位通讯员的来稿，才知道深圳很多乞丐已经被组织起来，形成一个个丐帮。这位通讯员是驻守深圳的广东边防总队第六支队的宣传干事张仕安，常给特区报写稿，和我比较熟悉。他写的是一篇消息，说3月3日（1993年）执勤的边防干警在清除防区外来居住人员时与某丐帮的成员发生冲突，双方都有人受伤。他要反映一下“三无”人员（当时的口径是“无有效身份证件、无固定住所、无正当职业或合法经济来

1993年位于南山区大新村附近的丐帮聚集地（张仕安　摄）

源”）对社会安全的危害。

我对“丐帮”二字颇有兴趣，建议他别就事论事，干脆把丐帮的情况摸透，好好写一篇，因为报纸当时还从未触及过这个话题。他邀我一起采写，于是我们便展开合作，列了个计划，做了一番调查，于4月4日发表了3000字通讯《深圳丐帮在行动》。我对稿件的定位是：客观陈述，不歧视，不主观定性，一切用事实说话。张仕安数年后升任六支队副政委。

故事——见报稿：

深圳丐帮在行动

本报记者　张仕安　辜晓进　　摄影　张仕安

（《深圳特区报》1993年4月4日第10版）

在深圳这样一个欣欣向荣的现代化城市里，人们稍觉别扭的社会现象之一，便是随处可见、各种各样的乞讨者。他们当中有的是迫于生活而寻此下策的，有的则属于好逸恶劳之辈，更有人将此作为一条生财道路而去利用人们的善意。于是有人仿金庸武侠小说给了这类人群一个并无确切含义的概称——丐帮。

如今，深圳真的出现了具有帮会性质和一定组织形式的乞讨团体——“丐帮”！3月3日，9名执行公务的边防干警在金鸡涌与某丐帮的成员不期而遇，并在清除防区外来居住人员时同丐帮发生冲突，双方均有人受伤。3月4日，该丐帮帮主透露深圳至少还有六七个规模不等而结构相似的丐帮组织。

乞讨者这种组织化、集团化发展趋势，已成为一个值得人们思索的新问题。

一、金鸡涌成“安全港”

金鸡涌位于南山区大新村西侧，南望妈湾港，北临南头海关，西通珠江口水域，地处特区西侧海岸边防线。这里有一条约两公里长、周围有大片蚝田和海水养殖场的狭长凸地（俗称“基围地”）。从去年6月起，三五成群的外来人员便开始在这里搭棚居住。同年10月，外来人员明显增多。到年底，自称来自安徽、河南、江苏、四川等省份的水灾地区农民，在金鸡涌聚集成群，并按原籍互相区分，逐渐形成一个个小团体。

乞讨者选中这地方作为栖息地，自有一番道理。这里虽稍偏僻，却在特区范围内，既无特区外的杂乱和不安定，又地处特区内城管部门死角，可免受城管执法人员“干扰”。凸地四面环水，只有一小竹桥与附近社区相连，自然形成了一块“独立王国”。

一名丐帮帮主在谈到“移民”金鸡涌的意图时说：“我们去年在特区外谋生，常有人打劫。现在搬到金鸡涌，两边靠鱼塘，加上我们有‘警卫’，现在好多了。”

二、安徽帮初成气候

金鸡涌最大的丐帮由安徽人组成，共有211名成员。成员中年龄最大的已有84岁，最小的才1岁多（疑是“超生游击队”的孩子）。据成员介绍和查阅其身份证，这一“帮”的人全部来自安徽省临泉县庙岔镇农村。他们于去年11月12日在深圳成立“丐帮”组织，今年1月4日同时迁到金鸡涌。

与凸地上其他省份的外来人员相比，安徽帮的组织形式较为严密。这个帮在帮主之下设有班长、组长，主要负责内部“治安”工作。成员之间也有分工：老、少、残者沿街乞讨；中壮年则以捡破烂为生。他们自称每人每天收入约8元，收入归己，无须“上交”。帮内还订有帮规5条，成员违反帮规，由帮主处理，轻则罚款，重则清除出帮会。帮内大事由“帮务会”决断。

安徽帮中大多是家中若干成员结伴来深的，211人共组成78户人家，分散居住。据成员介绍，他们于前年华东水灾后就陆续来深，在找工作无着落后才转而乞讨或捡垃圾，并渐渐聚在一起以图互相照应。由于帮内仅10多人有边境通行证，所以大多数人进入特区都采取从海上游水或翻越二线铁丝网的办法。到目前为止，在深圳获得打工的机会仍是多数成员的最大目标，行乞只是权宜之计。

三、帮主原是村干部

安徽帮的帮主名叫张××，40多岁，蓄两三寸长的胡须，身着藏青色西装（见第143页图）。尽管西装既旧且脏，但已足以显示出他的“白领”地位。

张××1989年就到了深圳。1990年经几位同乡捐款600元相助，就敢租用快艇偷渡香港“探路”，后因摔伤肋骨而被香港警方抓获并住院18天，然后被遣返大陆。回到深圳，张便与安徽“盲流”为伍，去年成立丐帮时竟被“选举”为帮主。移居金鸡涌就是他的主意。

张帮主看上去憨厚寡言。与其同乡们比，他阅历较丰富，再加上过去的村干部经历，他在丐帮中显得较有威信，帮友们对他言听计从。他告诉笔者，去年他还兼管两个丐帮，一个在南山山坡上，有285人；另一个在紧挨二线铁丝网的“同乐村”附近，有130多人。这两个帮现在都另选帮主了。

他还透露出另外几处丐帮，如桂庙荔园有130多人，宝安县城公园有30多人，福田区的岗厦一带有上千人。

在谈到帮主的收入时，他说完全是为大家尽义务，从不要任何人给他钱。他的“部下”们也如是说。但我们了解到，由于张××在深圳时间久，各方面有些门路，所以丐帮成员们捡的破烂大多由他联系推销。他是否从中取利，就未可知了。

帮主有个女儿，今年16岁，在南头一家饭店找到了工作，每月收入200多元。帮主和帮友们都引以为豪，帮主主动向我们介绍他女儿的情况。显而易见，在这个临时团体里，找到工作仍是大家公认的最光明出路。

在回答我们的问题时，张××称他并不知道自己管理这个帮是否合法，在这里居住也未向当地派出所和有关部门申报。至于能否在几天内就搬走，他说要召开“帮务会”研究才能决定。

四、“月牙棚”下苦度日

丐帮成员的居住条件和世界上某些部落的土著人差不多。他们用捡来的竹竿、包装箱、编织袋、塑料纸、破布等材料搭成高0.8至2米不等的棚屋，里面一般住3至4人。大多数棚屋呈半圆形排列在凸地一侧，形似半个月亮，有人便美其名曰“月牙棚”。

月牙棚的主人们过着一种大多数深圳居民难以想象的日子。他们虽按家乡习惯以稀饭和面食为主食，但菜一般都是从菜市场或垃圾堆里捡来的。笔者到金鸡涌采访时见一只锅里煮的鸡已有异味，便问旁边那位自称84岁高龄的老阿公：“你锅上的鸡已发臭了，还吃吗？”他微笑着回答：“这就是我们捡到的最好的菜了。”

他们的炊具也很简单，整个住地只见锅不见炉子。代替炉子的最好材料是废汽油桶，有不少家庭干脆就用几块石头支着锅烧饭。燃料倒还丰富——捡来的木条纸片似乎用之不竭。

这里当然谈不上什么“自来水”。由于周围多是咸海水，他们饮食、冲凉、洗衣服的水都取自附近一个淡水鱼塘。在这里生活的人大多蓬头垢面、身有异味。

当我们问及住这样的环境是否满意以及海边风大雨大，这棚子是否顶得住等问题时，均无人回答。笔者又问：“这样生活不是很容易得病吗？”一妇女立刻回答：“不怕。”

社会大观园 （第10版） 深圳特区报

深圳 丐帮在行动

一、金鸡涌成“安全港”

二、安徽帮初成气候

三、帮主原是村干部

四、“月牙棚”下苦度日

五、怨声载道众居民

社会大观园

《寻找英雄的……

烛光影里品情韵

都市万花筒

《深圳特区报》1993年4月4日第10版（“社会大观园”专版）

五、怨声载道众居民

我们所采访的这个丐帮，目前还未发现有“黑社会”性质，但他们的存在确实影响了当地的市容和周围居民的生活。

首先是卫生状况令人担忧。丐帮成员们自己不讲究（也难以讲究）卫生，更谈不上保护周围的卫生环境。肮脏氛围的扩大必然导致疾病流行。据悉已有某种曾被控制的传染病在这一带抬头。与丐帮驻地仅一桥之隔的大新小学已受其害。该校8名教师在接受边防干警调查时说："这帮人来到这里后，经常烧垃圾，到处大小便，臭气熏天，加上孩子们出于好奇心常去与他们接触，师生的健康受到严重威胁。我们强烈要求他们尽快搬走。"

治安也是一个严重问题。尽管丐帮的帮规中有"不得偷盗"字样，但从去年以来这里失窃现象增多却是当地群众公认的。在大新村路口，一名中年男子见到调查人员便诉说："有一天，我们全家去喝早茶时，门前的沙井盖还在，回来时就不见了。"有居民反映，"自从这帮人来后，村里丢鸡丢鸭的事时有发生"，"我们平时在家若不关门，就有人在外面张望，大家都觉得不安宁"。大新村委的干部们反映更强烈："现在晚上常有人去偷我们蚝田和鱼塘中的蚝和虾，单车和建筑材料也常被人偷去拿到收购站换卖。我们现在在外工作时间长，心里很不踏实。"

乞讨人员的迅速增多和团伙化趋势，是特区面临的新问题。据悉，金鸡涌的丐帮正被当地有关部门清理。那么其他地方的丐帮呢？恐怕还应从管理制度上去着手解决问题。

发展：环境明显改善　打击黑恶势力

深圳的城市建设发展飞快，文中提到的一些地方，如金鸡涌已经高楼林立，没有死角；岗厦一带也因城中村城市化改造而变得光鲜豪华；桂庙旁的荔园早已划归深圳大学，桂庙村也成为包括深大师生在内的附近居民最常光顾的食街酒肆。可以说，当年"张帮主"们的生存环境，如今大多不复存在。但虽如此，乞讨现象不可能杜绝，我开车在红绿灯前也常见穿梭于车流中敲窗乞讨的人（我对此从不理会，因为不能助长这危险的行为，何况很多乞讨者看上去身强体壮，应该能够自食其力）。更有甚者，更多的残疾人和残疾儿童出现在路边或天桥，而他们中不少人竟已成为黑势力的牟利工具。

《瞭望》新闻周刊2006年第12期曾报道一位76岁退休老人乔装探底丐帮的事迹。报道称，这位名叫曹大澄的北京离休干部长期在深圳居住，曾从2005年11月起对深圳街头病残乞儿生存状况进行社会调查。为此，他乔装打扮成一个职业乞丐，每天拄着一根木棍，捧着讨饭盆，与在闹市区讨钱的乞丐们混在一起。这些乞丐多来自河南，而老曹在河南待过，会说河南话，很快和他们熟悉起来。老曹有时还请他们撮一顿，很多人因此向他吐露真言。他在乞丐们的帮助下探访了深圳丐帮中的“花子首富”，了解到此人长期盘踞人民南路、深南东路等几座人行天桥，手上控制着三四个病残儿乞讨。报道称，病重者常常下落不明，不久又会有新的病残乞儿出现。“花子首富”下毒手把拐骗而来的病残儿拧断胳膊、打断腿，制造惨相，以方便乞讨。有人说，“花子首富”一年能要个二三十万。老曹还查看了深圳市殡仪馆，说2005年登记在册的从各种渠道送来火化的死亡弃婴和幼儿多达286名。老曹还发现有位来自河南的村民组长老何，带着当年的生产队长、田头记工员和会计，一起来深圳乞讨，并聚集了一批同乡。老何说，早年来深圳的穷光棍，现在成了村里的大款，所以吸引越来越多的人来乞讨。乞丐中流行着“城里磕上三年头，回到老家盖洋楼”的“励志语”。老曹认为，深圳很多乞丐已经职业化、组织化。

现在，丐帮还以另外一种形式在这座城市继续存在着。直到2011年，深圳电视台都市频道还报道和讨论着“深圳的乞讨现象”。节目中被采访的一名乞讨者说，职业乞丐都是有人操纵的，大家都说深圳是“乞讨的天堂”。

非主流作家和她的《野兰花》

背景：文人们津津乐道的本土新作

20世纪90年代，才子姜威经常做东，邀胡洪侠、邓康延、郭红飞、梁二平和我等一帮同道小聚，无所不谈，海阔天空。有位名片上标着“一介秘书”的才女（她曾任汤一介秘书，恕我一时记不起她的芳名）也常在座。沙叶新、陈子善、余秋雨、胡文阁等名家也曾获邀光临我们的聚会。

1995年11月，大家的话题突然转向一个谁都不认识的女作家，说她写了一部长篇小说叫作《野兰花》，好得不得了，手稿被多位作家传阅。有市作协某领导，彻夜不眠，40万字小说一气读完。包括当时的市文联主席张俊彪、作协主席林雨纯、《特区文学》主编戴木胜在内的多位名家，都对其给予很高评价。人们较为一致的看法是，小说语言鲜活，故事真实，生活气息浓厚，颇具明清话本的味道。这番介绍，引起我们对这位女作家和这部小说的极大兴趣。

后来我也借来手稿一阅，果然读来有趣。书中所述，全是发生在深圳的故事，似乎信手拈来，很多日常琐事，其内容无所顾忌。书中几位非工薪阶层的女性人物也写得栩栩如生，有很多显然是有真实原型的，一看便知作者很有生活品位。书稿虽然仍较粗糙，错别字和语病不少，但语言质朴，不事雕琢，始终夹有儿化音，确实有点明清小说的韵味。不久后，我就找到了作者，在她于华侨城某小区租住的屋子里对她进行了专访，后来又见过数面。

作者姓刘，但大多数场合都爱用笔名“文夕”，她也要我这样称呼她。她来自江苏常州，毕业于工科院校，却热爱文学，1991年来深圳闯荡。她的文学梦是在深圳实现的。她的这部小说写的是深圳事。她的作品（手稿）在深圳作家圈里得到普遍的认可和很好的口碑。《深圳风采》杂志还节选刊发了书中片段。而且我没想到的是，在我们争相传阅她的手稿时，《野兰花》已于1995年11月由时代文艺出版社出版。书分上、下两卷，书末标的字数是43万字。这部处女出版物也是她在深圳期间完成的，而当时深圳媒体对本土作家的关注度不够。深圳很多作家都是在内地时已有名气或成就，而文夕是我所知第一个在深圳起步而成功进入长篇小说作家阵营的。冲着这诸多因素，我决定在报纸上予以报道。

于是便有了发表在1996年1月9日《鹏城今版》文化娱乐版的《江南女和她的〈野兰花〉》。实际上，由于这部小说的基调有些灰色，个别地方还有点情色描写（但程度远比不上3年前贾平凹的《废都》），我考虑到党报的要求，对她的报道还是相当克制的，只写了1300字，且对书中具体内容一笔带过，无一字渲染。但有人直指这部长篇小说暴露了深圳的黑暗，是一部坏作品，这显然是当时个别保守而有话语权的人士的偏狭看法。今天任何人去读这部作品，都不会得出那样的判断的。

可见，此事至少当时被一些人看得挺大的，不过我并未向文夕透露一字。

《野兰花》第一版及作者签名

故事——见报稿：

江南女和她的《野兰花》

本报记者　辜晓进

（《深圳特区报》1996年1月9日《鹏城今版》第4版）

在1995年的深圳文苑里，《野兰花》是一朵迟放而给人深刻印象的小花。

实际上，此花尚未绽蕾，就已经为不少文人所津津乐道。《野兰花》的第一稿尽管文字和语法上的错误多得让人吃惊，却以极快的速度被文化圈内的人传阅着。读这草稿的人中，有市文联、作协、文学期刊的领导，有相当知名的专业作家，有两家日报读书版的主持人，连同笔者在内，不下50人。

在如今这文化开放的年代，这么多人争睹一部洋洋40万字的当代小说草稿且多数人评价甚高，已属罕见，更何况作者竟是一位从未发表过任何作品的初出道者。于是，人们的注意力由作品转向作者——文夕。文夕本姓刘，但她喜欢在任何场合都用“文夕”这个新名字。我最近一次见文夕时，她的第二部小说《罂粟花》（35万字）已经完稿，正在写第三部还不曾命名的小说。全是女人题材。她说她的文学梦几乎做成了，话语中洋溢着喜悦。

今年33岁的文夕来自江苏常州，住处距《金瓶梅》的作者“兰陵笑笑生”所称的“兰陵”，仅5公里之遥。这位毕业于工学院、当过电子厂工人的女性原是个文学迷。据她说，她1991年只身来深闯荡的原因之一就是为圆那文学梦。在此之前，她先迷上“三言两拍”，后迷上琼瑶，甚至也写了一部10多万字的爱情小说，被出版社编辑毙了。但编辑又说，如果自费出版还可考虑。她这才明白，做文学梦也需要经济基础。到深圳的前几年忙于生计，直到1993年底，她才辞去工作，动手写这部《野兰花》。写完后，她从出版社名录中挑了几家出版社，挨个寄上小说简介和约一万字的“节选”，竟很快得到回音。中国青年出版社一位负责人甚至在一周内赶到深圳看稿。最后几经协商，由时代文艺出版社出版，她在获得一笔丰厚稿酬的同时，被吸收为深圳市作家协会会员。

《野兰花》说的是几位无固定职业的年轻女性在特区的生活和命运，写得真切、大胆、不遮不掩，虽不太讲究技巧，但引人入胜，布局和结构也算清晰工整。有文学权威给该作品以三句话评价：“现代主义流派，自然主义手法，明清小说语言。”小说内容是灰色的，但很真实，以致不少读者认定其中有作者本人的经历甚至作者就是某个人物的原型。文夕否定了这一判断。她说，她刚来深圳的那两年，在期货公司和房地产交易所干过，收入颇丰，租住火车站附近某高层公寓，邻居多为在娱乐场“打工”或嫁给香港人的女孩子。她与她们处得很熟，那些才是小说人物的原型。

文夕有两大癖好，一是照艺术照片，一是坚持用家乡方言念书。她的方言不全是常州话，而以老家苏北海安的话为基础。这使我顿时明白为什么《野兰花》中有那么多儿化音（常州话是不带“儿”的）。所谓明清小说语言，其实与这江南口语中夹杂着的儿化音有很大关系。她自己也觉得奇怪，为什么可以用普通话说话，一到念书或看书时，心里涌出的却是这“杂交方言”。也许这有助于形成她的语言风格吧。

在《野兰花》之后，她已经完成和正在写的两本书也是关于女人的故事，是否同样能成功？不得而知。但不难看出，她继续做文学美梦的兴趣和决心都很大，她甚至决定在相当长一段时间里走专业作家的路子。

发展：专注写作　乐此不疲

在当时那样的情况下，尽管《野兰花》被民间叫好，文夕的名字此后却在深圳媒体消失，主流话语圈不再传播。不过，她本人并未受此影响，继续以极大的

D 艺海潮·文化　深圳特区报　鹏城今版　1996年1月9日　星期二

艺海 潮

本版责任编辑 辜晓进 刘青
本版电话 3902688－8333

文化新闻眼

北京：晚报打破独家垄断

新年伊始，一家打出“北京第二家晚报”旗号的《生活时报》开始在北京街头零售。这份由《光明日报》主办的晚报，打破了多少年来

江南女和她的●●●●●●●●●●

□本报记者　辜晓进

文夕 近影

在1995年的深圳文苑里，《野兰花》是一朵迟放而给人深刻印象的小花。

实际上，此花尚未绽蕾，就已经为不少文人所津津乐道。《野兰花》的第一稿尽管文字和语法上的错误多得让人吃惊，但却以极快的速度被文化圈内的人传阅着。读这草稿的人中，有市文联、作协、文学期刊的领导，有相当知名的专业作家，有两家日报读书版的主持人，连同笔者在内，不下50人。

在如今这文化开放的年代，这么多人争睹一部洋洋40万字的当代小说草稿且多数人评价甚高，已属罕见，更何况作者竟是一位从未发表过任何作品的初出道者。于是，人们的注意力由作品转向作者——文夕。

文夕本姓刘，但她喜欢在任何场合都用“文夕”这个新名字。我最近一次见文夕时，她的第二部小说《罂粟花》（35万字）已经完稿，正在写第三部还不曾命名的小说。全是女人题材。她说她的文学梦几乎做成了，话语中洋溢着喜悦。

今年33岁的文夕来自江苏常州，住处距《金瓶梅》的作者“兰陵笑笑生”所称的“兰陵”，仅5公里之遥。这位毕业于工学院、当过电子厂工人的女性原是个文学迷。据她说，她1991年只身来深闯荡的原因之一就是为圆那文学梦。在此之前，她先迷上“三言两拍”，后迷上琼瑶，甚至也写了一部10多万字的爱情小说，被出版社编辑退了。但编辑又说，如果自费出版还可考虑。她这才明白，做文学梦也需要经济基础。到深圳的前几年忙于生计，直到1993年底，她才辞去工作，动手写这部《野兰花》。写完后，她从出版社名录中挑了几家出版社，挨个寄上小说简介和约一

主义流派，自然主义手法，明清小说语言”。小说内容是灰色的，但很真实，以致不少读者认定其中有作者本人的经历甚至作者就是某个人物的原型。文夕否定了这一判断。她说，她刚来深圳的那两年，在期货公

说“另类”

□ 瘦马

“另类”这个词，最近在目之所及的乐评文章中相当悲眼，最寻常的例句是“某某某做的是另类音乐”，那口吻饱蘸着欣赏顺带传递出写作者本身的卓尔不群。

不错，李春波曾经“另类”过艾敬曾经“另类”过“唐朝”曾经“另类”过，但是除去旗帜的“另类”外，我们还能够听到多少真正意义上的“另类”呢？

商业社会同时也是一个媚俗的社会，反媚俗如果不具根本上的建设意味就很容易落入另一种媚俗。音乐上的故作姿态与文学创作中的玩弄技巧一脉相承，而此类的“同病相怜”大概又可归之于“人类”的弱点：趋同心理，其最普通的表现是集体性的媚俗。另一种媚俗则具有相当大的迷惑性，它往往以物质利益作为支点，当“高雅”有利可图时它就可“拯救地

《深圳特区报》1996年1月9日《鹏城今版》（第4版，局部）

勇气和满腔热情埋头写作。我当年采访时她已经完成的另一部长篇，42万字，已于1997年由春风文艺出版社出版，定名《罂粟花》，她也送了我一本。1998年她又出版了《海棠花》，人称“文夕三部曲”，在内地颇有市场，以至当年出版社又决定再版《野兰花》。我一直觉得，这样一位在深圳发展起来并圆了文学梦的作家，是不应被深圳文坛忽略的。

后来我和文夕也少有联系，但仍关注她的作品。我听说她去北京发展了，并于2000年加入了中国作协。2001年，她又出版长篇小说《姐妹花》，看来是要将女性文学进行到底了。也许是心无旁骛的缘故，她出手很快，一直较为高产。

除了长篇小说，她还陆续还发表了短篇小说《证明幸福》、散文《都市芙蓉》、纪实文学《我所认识的最精明的女人》《多情的妓女》等数十篇（部）作品。但近年再无她的消息，她的微博和新浪博客也已停更多年。

只有孔夫子旧书网上常有她的各类作品在销售，问津者还不少。

第四编

事　件

一时不能言说：“8·10”股票风波始末

背景：原始股暴富神话下的全民炒股

新中国首开股市，是改革开放的里程碑事件。1986年11月14日，当邓小平向来访的美国纽约证交所董事长约翰·凡尔霖赠送一张面额50元的股票时，中国绝大多数普通老百姓并未意识到这样的股份制改革会与自己有关。当时这张股票是上海飞乐音响公司的，其于1986年9月率先实现公开委托的柜台交易，也因此成为中国首批上市公司之一。尽管深圳宝安股份有限公司于1983年公开向社会发行宝安股票，被称为“中国第一股”，最早在证券市场挂牌交易的却是飞乐。深圳最早在证交所上市交易的股票是深圳发展银行的“深发展”及“深万科”等5家公司，“深发展”编号000001，被称为“龙头股”。

笔者1991年来深圳的时候，柜台交易已持续了数年。我也在位于红岭中路的寰宇大厦一楼市国投证券部买过股票。我在中国人民大学新闻学院的导师薄翰培教授闻讯写信给我，叮嘱我千万别去碰股票，说这事风险太大。恩师毕业于复旦大学，是“旧社会”过来人，对股票之凶险有记忆，所以有此忠告。

由于此前已出现各类买股致富的故事，那时股市的热度很高。由于当时股票不多（两市相加共13只股票）而购买者多，又没实现电子化，因此我去开户和在柜台上购买股票的时候都需排长队，而且很拥挤。那时股票也是深圳最热门的大众话题之一，我在校对科见习的时

1985年11月4日，股票柜台交易初期园岭一家证券公司门口挤满了早期股民（刘廷芳　摄）

候，同事们闲聊中也常常触及这个话题。

其实，那时关于"买股致富"的神话主要发生在早期购买原始股的人身上。发行原始股的"一级市场"稳赚不赔，而"二级市场"的风险那时已经时时显露，1991年曾出现数月大熊市，导致政府出面"救市"。直到20多年后的今天，中国大陆的"一级市场"仍然稳赚，而"二级市场"的散户股民恐怕很多都亏得一塌糊涂。我们这些后来者，都没赶上"一级市场"的黄金期。

以深圳发展银行股份有限公司为例，其正式成立于1987年12月22日，却在当年5月就开始以"自由认购"形式向社会公开发售每股面值为20元的普通股票。起初认购并不踊跃，深圳甚至动员机关、企事业单位的干部员工带头购买。虽经社会动员，计划发行79.5万股，但实际发行才33.65万股，实收金额793万元，只完成发行计划的不到一半。

第二年，深发展股票每股分红2元，相当于10%的收益，已明显高于银行利息，示范效应顿显。这时，深发展股票开始在特区证券公司挂牌交易。1989年，每股分红7元，且10股送5股，另10股配5股（配股价每股40元，可以选择放弃）。1990年，股份按1∶20拆细，1股变成20股，再按每10股送5股、派息10元。1991年4月，正式上市交易，上市前10股送4股，分红3元，配3股（配股价

12元）。1992年，又是10股送5股，10股分红2元。1992年5月21日，“深发展”收盘价为45元整（据和讯网“1992年5月21日深沪两市重点股票股价一览表”）。

我算了一下，如果于1987年花400元购入20股“深发展”原始股，到1992年5月21日即便放弃每次的配股指标，也扩大为1890股，累计分红1292元。仅分红一项，就3倍于5年前的投资。当日若按45元的收盘价卖出套现，可得85,050元。如果不放弃历次配股指标，虽累计追加数千元，但最后套现肯定超过10万元了。要知道，1992年像我这样工龄超过10年的报社骨干编辑，每月工资连同奖金才600多元。前些年曾有人测算，说购买发展股票原始股的股东，如果连续持有20年后到2007年再抛售，当年投资就翻了4623倍。

事实上，到1992年时，原始股的价值已为全民所深刻认知。当年邓小平视察南方的谈话经《深圳特区报》先以“猴年新春八评”形式披露，再以陈锡添《东方风来满眼春》长篇通讯详细报道，引发席卷全国的改革开放新热潮。当时，中央对证券市场尚有不同看法，外界对股市也有很多批评，邓公高瞻远瞩，一言九鼎：“证券、股市，这些东西究竟好不好，有没有危险，是不是资本主义独有的东西，社会主义能不能用？允许看，但要坚决地试。看对了，搞一两年。对了，放开；错了，纠正，关了就是了。关，也可以快关，也可以慢关，也可以留一点尾巴。怕什么，坚持这种态度就不要紧，就不会犯大错误。”[1]此后，各种股份公司如雨后春笋般纷纷涌现，且大多数公司都怀揣着一颗上市的野心。老百姓则都在打听哪家公司有可能上市，很多人为此买了各种公司内部发行的“原始股”或可转股的债券之类，就赌其突然上市而一夜暴富。可惜真正上市的概率极低，很多人的钱就此被套牢，有的因公司倒闭而血本无归。深圳特区报当时也有员工通过关系向报社同事推荐一些所谓“靠谱”的股份公司，什么“惠州港”“河源实业”“光明华侨畜牧农场”等，我和同事们都花了不少冤枉钱——那些公司无一上市，不少血汗钱都打了水漂。在此情况下，确定的上市公司股票发行，就成为众人仰望的馅饼，人人欲争而夺之。这就是当年关于股市的社会大背景。

需要指出的是，1992年那次并非深圳第一次发售新股抽签表。早在1991年11月就有过一次。这年的11月9日，报纸公布了新股上市和股票发行的办法，决定10日、11日两日发售总共300万张的新股抽签表，涉及11家即将上市的公司。每人每次可凭5个身份证购买5张表，每张表1元。公布的中签率是3.6%。市民当

[1] 中共中央文献编辑委员会．邓小平文选：第三卷[M]．北京：人民出版社，1993：373.

晚闻风而动，全市近300个购表网点迅速排起长队，人们拿着椅子凳子，带着饮料干粮，打算熬个通宵。记得深圳特区报楼下的工商银行门前也排了近200米的长队，排队者很多都是我认识的报社职工或家属。到晚上12点，各队伍中增加了维持秩序的公安人员和保安人员。我和妻子都没去排队，主要是不想为这么低的中签率去耗费时间，而且我们手上只有2张身份证，不值得。

第二天发售时，前一天晚上通宵排队者大呼上当，因为抽签表发售得很快，排队人群很快就被“消化”掉，而各网点仍有很多表格剩余。中午11点多，我见网点窗口前人已不多，也去买了2张，同时用部里其他同事多余的身份证买了3张，一共5张。直到2天发售结束，300万张表格都没卖完（但所剩也不多，据称售出290多万张），导致最后的中签率由公布的3.6%增至4.9%。后来的抽签结果，我自己的两张都没中签，用老郑身份证买的一张中了“中石化”股票。我把表给了他，他很高兴。这次发售，风平浪静。我后来一直纳闷，为何1992年的发售不继续采用这一行之有效的方法？

1992年7月26日，第25届奥运会在西班牙巴塞罗那开幕。然而，人们的奥运热情却被另一个消息干扰了：深圳将再次公开发行上市股票，而且数量和中签率都将大为提高！接着就是有关此次股票发行办法的各种议论和揣测。香港报纸也不断发布各种小道消息。《明报》于7月29—30日连续两天在二版头条位置披露所谓深圳股票发行消息。事后证明，其中有的消息还是靠谱的，例如说将于8月8日开始发售（实际是9日），每个身份证可以买10张表。中国人民银行深圳分行的机关报金融早报关于发行方式的“民意调查”结果则迟迟不见公布。

8月7日，《一九九二年新股认购抽签表发售公告》终于在《深圳特区报》第三版整版公布，里面列出了全市303个发售网点的详细地址。而深圳电视台在前一天晚上就发布了这个消息。这次与1991年的发行办法相比，有四大不同：一是数量多，抽签表由300万张增至500万张，增幅67%；二是限购量提高，每人每次可凭10个身份证买10张股票，提高了1倍；三是收费大幅提高，每张抽签表由1元增至100元，是上年的100倍；四是中签率大幅提高，由上年公布的3.6%增至10%。

我当时一看就觉得这个办法有问题，在当晚的日记中写道：“今年新股认购方案今天终于公布。方案似有些问题。今年每张券卖100元，每个排队者可买10张，中签率为10%。这意味着每个人只要排队拿到表，便获得购新股机会。大概决策者怕表卖不完，还特别强调，抽完签而未中的表，可继续抽签购买上市公司即将转为股票的债券。因此，这次虽然发表500万张，但确定的预期，一定导致供不应求，会比去年更加紧张。”

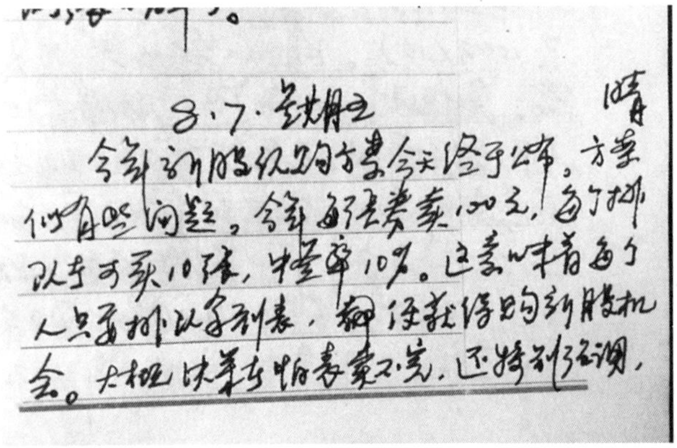

笔者1992年8月7日的日记（局部，其余在反面）

后来的事实果然不出我所料，且比我估计的严重得多。此次发行方案每张抽签表收费高达100元，仿佛买彩票一般，但其所特有的确定预期，比买彩票更有诱惑力。其果然导致不仅深圳，而且全国为之疯狂。接下来两天据悉至少有100万人涌入深圳。天气也作乱，一会儿暴晒，一会儿大雨。这次我仍然没有去排队，而是骑着单车到处转悠观察。全市所有发售点都是密密匝匝的人群，人多气急，秩序当然不好，加上管理的混乱，现场惨不忍睹。记得在深南路金融中心发售点附近的宽阔地带，有武警和保安人员拿着长长的竹竿“维持秩序”，方式简单粗暴，不时让人群站起或坐下，哪怕地下全是泥浆水。排队人群则不论男女，前后一个个抱得紧紧的，唯恐别人插队进来或自己被挤出队伍。如此姿态保持几小时甚至大半天不变，其痛苦是外人很难想象的。

报社摄影部主任江式高是颇具新闻敏感和专业精神的老记者，和我一样也没去排队，也骑着辆破旧的28单车，背着沉重的相机，四处拍摄。他曾私下给我看一张照片，是一位妇女坐在地下忽然让站起来，不料裙子被人踩着了，一站就只剩底裤，状态尴尬，被老江偶然摄入镜头。那几天，刚从中国人民大学新闻学院毕业来深圳法制报工作不久的陈远忠也在到处观察。他是学摄影的高才生，拍了很多照片。我后来发表的长篇通讯选用了他提供的5幅照片，都生动精彩。

最混乱的时刻是原定两天发售的时间不到一天就结束了，而人们发现大量表格并没有公开售出。500万张表可以发售给50万人，按303个发售网点计算，每个发售点平均超过1500人。每人都要完成1000元的现金交割，而混乱的秩序导致很多网点都有较长时间的暂停发售，怎么可能一天就卖完？当人们发现自己周边排队的人都没买到，特别是那些雇佣数百民工连续两天两夜排队而空手而归的外地人，绝望和愤怒的情绪便四处弥漫。种种走后门营私舞弊的行为被发现后，更是成为点燃怒火的导火索。所以，当8月10日报纸消息说“发售工作体现了‘公正、安全、高效’”，甚至使用了“秩序井然”的字眼时，“火山”还是爆发了。

当天夜里深圳市政府紧急决定追加发售500万份抽签表，政府动用宣传车在马路上用高音喇叭不断播放最新的决定，并说从第二天（11日）下午起开始发售。很多人又涌向各发售网点排队，谁也不愿错过这绝望后出现的最后机会。

那几天，我看了很多，记了很多，也采访了很多人。8月12日，我以尽量克制的口吻写了一篇侧记送领导审阅，领导说现在发不是时候，让放一放再说。8月27日，见事情已经过去，我将修改后的约7000字、副标题为《深圳“8・10”股票风波始末》的稿件再次交给领导审阅。为平衡这篇稿件，又写了一篇评论《反腐倡廉的一次契机》。评论提到：“反腐倡廉，扶正祛邪，需要最大多数人的共识和支持，也需要抓住有利时机。这次事件（指股票风波）较为集中地暴露了某些行业的歪风邪气，也使大家对权力机构营私舞弊的严重性和危害性有了切肤之痛。而且对照事前规定，违纪事实十分清楚。所以这是一次推动反腐和教育社会的大好机会。市委、市政府借此良机，对违纪舞弊者重则严肃处理、轻则认真教育，进而把整肃行业风气、强化职业道德意识的工作真正开展起来，不失为明智之举，也完全符合邓小平同志‘两手抓，两手都要硬’的讲话精神。”

丘总看了侧记，觉得写得比较翔实中肯，深圳特区报作为深圳第一大报纸，应该对这么大的事件有个交代，他同意在“社会大观园”发表，但因兹事体大要送王荣山总编审批，结果侧记被毙了。王总后来见到我时说，理解我的心情和为之付出的努力，但这个时候市里还是压力很大：“报纸发表这文章不是将他们的军吗？”但他还是同意发评论的，评论没有发在前面的新闻版，只刊于8月29日“社会大观园”的《一周话题》专栏。

事情发生一个多月后，十四大确立了社会主义市场经济的地位，由深圳股票风波引发的股市讨论热度还未散。这时，南京日报的老编辑刘宇庆兄向我约稿，希望我写一下深圳股票事件。刘宇庆兄业务很好，是我20世纪80年代在南京从事新闻工作时的老朋友。1993年，深圳特区报因扩版需要从河南、新疆、江苏等地调来一批经验丰富的编辑，刘宇庆也在列，并和我一起在总编室共事过一段时间，后来还是有点不适应这里的环境而回到南京。而南京日报似乎一直对深圳的股市较有兴趣。我与别人合作于1992年4月18日在深圳特区报发表的《股市众生相》特稿就很快引起该报的注意，编辑遂向我约写《深圳青年在股市》，后发表在该报5月28日第4版的《社会特写》专栏。

我告诉刘宇庆自己有一篇未发出的现成稿件，就是长了些。他听后很高兴，说给我一个版，发在报纸新创办的《科学时代周刊》（对开8版报纸）上。我把稿件润色一遍，再次删去一些敏感或可能有损深圳形象的内容，向陈远忠要了一批图片，于10月18日用快件邮发给了刘宇庆。为避免给自己单位带来麻烦，我用了笔名“古辛”。这个笔名我在深圳特区报的评论上常用，但外人多不知。稿件发表在《科学时代周刊》的试刊号（11月24日）上，果然一整版，而且把原稿中的“题记”放在了头版的“本期导读”中突出处理。虽然因报纸筹办而发得晚了点，但刘宇庆说效果很好。

故事——见报稿：

半晴半雨天地间　热热闹闹大世界

——深圳“8·10”股票风波始末（节选）

本报记者　古　辛

（南京日报社《科学时代周刊》1992年11月24日第7版）

题记

深圳虽地处亚热带，但气候瞬息万变的情况也是不多见的。然而1992年8月9日这天，老天爷却像一个暴躁的使者，一会儿用滚烫的太阳烧烤地面如火如烟，一会儿用倾盆大雨浇得四周污水横流。只苦了100多万头顶苍天抢购抽签表的股民们……

新股！新股！三个月的未雨绸缪

深圳的股市从1987年至今，已历经5个春秋。股民们不约而同总结出一条最简单的经验：买原始股（一说初始股）准有赚！

因此，中央批准深圳近年上市14家公司的股票（总额3亿元）即将发行的消息一经传出，便引起市内外群众的密切关注。人们更急于了解近年新股发行的方式。谁都想早作充分准备以便在未来的机会面前成为赢家。

决策层正式开始酝酿新股发行方案大约是在今年5月。从这时起，各种小道消息便在市面上流传起来。人们根据自己对消息的判断采取相应的对策，不少深圳人开始不动声色地从内地亲友处搜罗身份证。他们并不清楚今年是否采用去年的方式，但多一手总比少一手好嘛。去年有人用了100多张身份证，就连中数签，摇身成为十万元户。

6月初，某报传出“预交款”方式的倾向性消息，令无数人闻风而动。所谓预交款，即根据投资者预交款定额存单抽签认购，当然是存款越多越好。于是人们纷纷涌入各银行开设账户，唯恐到时候开不了户。一些储蓄所竟在数天之内宣布账号已用完。

6月8日，深圳各金融机构联合创办不到一个月、实为中国人民银行深圳市分行机关报的《金融早报》，刊出《1992年新股发行方式问卷》，提出四种方式供人们选择：①预交款抽签认购；②单位组织认购；③购新股认购申请表抽签认购（"即用30元钱购买一张认购单，认购单不限量，以认购单号码抽签认购"）；④采取1991年派表抽签认购方式。这个问卷反应热烈，一个月内便有一万多人寄回表格。那段时间，人们议论的话题都与此有关。深圳电台每天中午的《深圳事大家议》节目几乎都被谈论新股发行方式的话题淹没。市长专线电话也不停地传递着类似的内容，人们真诚希望决策者能博采众长，拿出一个万全之策。奇怪的是，《金融早报》直到股票实际发行完毕也未公布这项"民意测验活动"的结果。

千呼万唤始出来
新方案绷紧了人们的神经

8月7日，深圳的两家权威报纸《深圳特区报》和《深圳商报》终于白纸黑字刊出了人们盼望了几个月的新股发售"公告"。

"公告"称：1992年新股发行采用买表抽签方式，发行国内公众股5亿股，发售新股订购抽签报500万张，一次性抽出50万张有效中签表，中签率为10%。每张中签表可以订购本次发行公司的股票1000股。每张抽签表收费100元，每一身份证限购新股订购抽签表一张，为减少排队人数，每一排队者最多可持有10张身份证买表。抽签表还可抽签认购即将发行的可转换股票的债券。定于8月9日至10日在全市各银行、保险公司及证券机构303个网点同时发售和回收。

此方案一公布，立刻招来很多议论。明眼人断定，这个方案对本已如火如荼的购股潮流给了进一步的刺激。尽管今年发表数由去年的300万张增至500万张，每张表收费由去年的一元升至100元，每张中签表可买的股票由去年的2000股降为1000股，但今年公布的中签率却大大高于去年。去年的中签率为3.6%（后因表未卖完而略有提高），每人可买5张（凭5个身份证）。这样，即使4个人合伙排队买回20张表，也不一定能有一张中签。今年每人可买10张，中签率为10%，也即每个排队者都有把握中签；不仅如此，剩下未中签的表还可再抽签买"可转换股票的债券"。这大大强化了人们的预期，导致一些本不打算去排队的人也决定去放手一搏。

其实，新方案的主要信息早在一周前已走漏出去，各路炒股大军正源源不绝地涌向深圳。不消说，身份证更是雪片般飞来，邮局里每天都收到装有大量身份证的快件和包裹。深圳市计生委一位干部对北京某报记者说，据她所知，80个身份证重500克，而某邮局收到的最大一包身份证重达17.5公斤！笔者认识的一位来深找工作的大学毕业生，一得到消息便飞回老家，倒腾了1000多张身份证来。深圳法制报记者说，有人急中生智想到位于仙湖的弘法寺去借身份证，可一问，出家人的身份证也早被借走了。

一切都预示着一场恶战即将来临，太阳和雨水，眼泪和汗水，130万人的躁动使鹏城近乎疯狂

镜头一："老二哥"干劲冲天

新方案公布的当天（这时离发售还有两天时间），市内各发售点便出现了排队的人群。引人注目的是，最早在一些发售点安营扎寨的，多是些敞怀露胸、皮肤黝黑的庄稼汉。

在招商银行上步营业部和工商银行深南中路分理处，排在前面的也是一批操同样口音的农民。他们来自广西梧州市岭溪县，共有160多人。在一名姓陈的中年男子率领下，他们租用专车，携带2000张身份证，于7日到达深圳。一下车，"领队"便买回20多只白色大塑料桶、80多张凉席，把人分两排在发售点"就地宿营"。此后，"领队"组织车辆和劳力不断向这批人提供盒饭、开水、绿豆粥之类，后勤保障显得颇有章法。据称，这群农家兄弟采取的战术是：集体买表，中签后大家分摊。

镜头二："雇佣军"来势汹汹

不少投资者志在多领表，又限于自己身单力薄，便使出花钱雇人帮忙排队购表的招数。"雇佣军"现象在这次购表中表现十分突出。

笔者见到的最大"雇佣军"首领，是一个姓秦的年轻人。他联合几个"哥们"，从深圳附近的临工中雇了300多人，动用6辆大客车、10辆小车、10部"大哥大"，提前两天在南头、沙河、白沙岭、金融大厦4处摆开阵势。秦某驱车巡视也用"大哥大"调度，俨然一个现代化军队的指挥官。

那两天，很多私营企业主都停工让员工们去为自己购表。一家服装厂老板宣布：职工都去为他买表，每买回一张表，他奖励100元。深南中路某施工队队

长，不顾工期一再拖延，难按合同竣工，竟放假两天让民工们去买表，每张表奖励120元。在宝安县和市郊一些厂区，人们在那两天突然见到一些"紧急招工"的牌子。

镜头三：排队者苦不堪言

在香港的电视报道中，人们可看到一位50多岁的妇女，虽然已交钱拿到10张表，却忍不住放声大哭。为了这10张表，她也许忍受了从未有过的痛苦和屈辱。

她所在的位置是位于深南路和红岭路两条干道相交处的市金融中心。这里是工商银行、建设银行、中国银行三大银行深圳分行的总部所在地，将发售近20万张表。因此，这里聚集了最大的人群。从高处往下看，这里像个古战场，大片黑压压的人海在涌动，偶尔还可看到大打出手的场面。要想挤进去购到表，恐怕非有"百万军中取上将首级"的气概不可。

买表这两天，恰值深圳一年中最高气温，9日最高气温达34℃，中午地面温度超过45℃。人们在炎炎烈日下"烧烤"，汗湿的衣服快晒干时，天又忽降大雨，把他们统统淋成落汤鸡。

很多排队者真正尝到了饥渴的滋味。他们自从在执勤警察划定的"线"内有了一席之地后，便再也不敢出去买吃买喝，小商贩们又不得挨近画线范围，怕涉嫌插队而吃苦头。于是，不少人连续八九个小时滴水、粒米未进。个别人因此休克被抬出人群。现场望去，几乎是色彩鲜艳的塑料凳椅，前后用绳子绑着，写着姓名。尽管后来的事实证明，这种看上去较为文明的排队方式毫无用处，但在售表前一两天里，各发售点却随处可见这"椅子长蛇阵"，构成深圳又一景。与此相对应的是，东门老街和深南路沿线商店中的塑料凳椅全告售罄。一个个体杂货店老板告诉笔者，他两天内卖出300多张塑料凳，相当于他以往半年内的销量总和。

抽签表奇迹般提前售完，人们由疑转恨，情绪开始恶化

这次发售抽签表，工作量之大与去年不可同日而语。不仅今年发表数量比去年增加七成而发售点只增加9个，更重要的是，去年每个排队人只交5元钱而今年要交1000元现金。然而，去年两天结束的工作今年一天便完成了。在这一天中，很多网点都因秩序混乱而中断过3至6小时不等。

8月9日傍晚，当各发售点陆续挂出"售完"的牌子时，绝大多数排队者便面对一个冷酷的现实：他们两三个昼夜的辛苦拼搏彻底失败了！

即便是那些志在必得的"雇佣军"，大多数也一败涂地。本文前面提到的那

个秦姓青年，尽管摆开300多人的庞大阵容，最后只有两人总共购得20张表。他称其人马本来排在前面，谁知夜间不断有人冲击，他们忍不住后撤了一段，谁知因此就没买到。他说他耗资10多万元，结果血本无归。

在国投证券一部和国投基金部，130多名惠州人在雇佣者指挥下“战斗”了3天，受伤6人，一张表也未买到。倒是工商银行深南中路分理处来自布吉镇的30名四川籍临工中有20多人完成了老板的任务。看来川军果然善战。

不过，当大多数人都发现自己前后左右以及一些亲友熟人都扑了空时，一个大大的问号便出现在他们眼前：500万张表，这么快就卖完了吗？它们究竟去了哪里？

他们开始回忆在8月9日白天看到而当时无暇顾及的事实。一些排队者反映，发展银行在湖北宝丰大厦的营业部有8万张表，但该发售点上午因秩序太乱而基本未发售，下午2点开始发售，到5点半就结束了，挂出“售完”的牌子。一个排了两天一夜、排队编号为178号的人也没能买到，而8万张是可以满足8000人的排队购票的。他质疑：三四个小时就能办完8000人的买表手续吗？

浙江温州来的蒋先生愤愤地说，他排队的东门湖贝路中信银行有1.5万张表，当时一次进去10人，一分钟一次，一小时卖600张。从上午9点至下午3点30分“售完”，只可能卖出3900张，其余1万多张表哪里去了呢？

一位老记者告诉我，9日下午6点多钟，他在招商银行上步营业部，亲眼看见一名年轻女性3次将鼓鼓的信封塞给一名着黄色制服、操湖南口音普通话的执勤者。

某贸易公司谢先生说，他家后门正对着田贝四路工商银行的后门，他亲眼看到许多人拿着一沓沓表从后门出来，其中还有一名穿工商制服、手拿“大哥大”的人。他还表示随时愿出来作证。在某证券部工作的一位朋友告诉笔者，9日上午到该部担任执勤的一位姓杨的公安队长对他们的经理说：“你们别忘了解决我们80位弟兄的后顾之忧啊，否则我们就走人。”说着硬把可买1000张表的钱放进柜台。

从8月10日事件发生后一周内市信访办接到的几百宗投诉以及报社、电台、市长专线电话接到的无数个电话，也可断定这样一个事实：深圳此次发售新股抽签表中出现了严重的舞弊行为！后来人们作最保守的估计，也断定至少50%的抽签表被内部瓜分和从“后门”流出！

很多人不相信表真的已经售完。8月10日凌晨，红荔路交通银行门前仍排着两三百人的队伍。这群人无视那挂着的“售完”牌子，任谁劝说也不愿离开。

从8月9日晚开始，各网点就已出现私下倒卖抽签表的行为，价格由每张300元涨至700元。笔者见到，三四百元一张表很抢手。谁有幸获得100张表，须臾间

1992年"8·10"股票风波中排队的人群（陈远忠　摄）

就可净赚两三万元。令人纳闷的是，10日这天，有关方面突然宣布回收表格的截止时间再拖延一天。表格回收的工作量比售表少得多，无须点钞，只要将填好的表一联裁下即可，却要三天时间，而售表只用一天！于是有人怀疑，是不是那些"局内人"得的表太多而无法处理，需要假以时日？

政府处理果断，教训有待吸取，人们在思考……

8月11日上午，各发售点贴出公告，宣布将于当天发售与前两天相等数量的抽签表。由于来不及赶印500万张抽签表，将以兑换券代替，即每个排队者以10张身份证、1000元人民币购买一张兑换券，9月再凭此兑换券换10张抽签表。这些表将与前次发售的表一同抽签，中签率不变，仍为10%。这次市里组织大批机关干部到发售点参加维持秩序，各点也大多采用对号排队、数量公开的办法，基本未再发生违纪和舞弊行为。大多数网点这回算得上是“秩序井然”了。到12日凌晨，兑换券全部售完。

第七版 社会纪实 科学时代周刊 本版主编：吴平

半晴半雨天地间

——深圳［8.10］股票风波始末

新股！新股！三个月的未雨绸缪

千呼万唤始出来 新方案绷紧了人们的神经

一切都预示着一场恶战即将来临，太阳和雨水，眼泪和汗水，130万人的躁动使鹏城近乎疯狂。

抽签表奇迹般提前售完，人们由疑转恨，情绪开始恶化

失望、愤怒的情绪又遇新闻界的“欲盖弥彰”，火山终于爆发

政府处理果断，教训有待吸取，但事件的负影响不可低估，人们在思考……

热热闹闹大世界

结束语

南京《科学时代周刊》1992年11月24日第7版（“社会纪实”版）

11日晚，市长郑良玉发表电视讲话，要求“广大群众要像爱护自己的眼珠一样爱惜深圳安定团结的局面”，说“对于新股认购表发放过程中出现的违纪、舞弊现象，市政府坚决采取措施，从严查处，以儆效尤”。

有消息称，郑良玉在事后有关部门负责人参加的会议上流了泪。

一个重要教训是，决策者对违纪舞弊的可能性估计不足，防范不严。在报纸事前发布的近两千字“公告”中，没有一处提到对参与发售的工作人员的纪律要求和违纪处理。只是《深圳特区报》8月7日的一则消息中提到：“人民银行深圳分行、工商、公安、监察等部门将共同严格监督新股订购抽签发售、回收的全过程，对违反纪律、扰乱秩序、起哄闹事、徇私舞弊者，将依法严处。”

这次事件对人们心理的不良影响也难以很快消除。事件之后，深圳股市立刻下挫，牵连上海股市也猛跌。两个月来，尽管有上市公司公布的良好业绩、中美301谈判成功、正式提出建立社会主义市场经济体制的十四大召开等重大利好消息，深圳股市仍然交易清淡，成交萎缩，价格在低位徘徊。甚至在与深股关系密切的香港股市因十四大召开而连续5天大升388点时，深圳股价仍不见任何起色。

结束语

对深圳"8·10"股票风波，各方面普遍认为是改革开放前进中遇到的问题，是缺乏经验的表现。这里，不妨引用一段当时在深圳的著名经济学家、北京大学教授肖灼基先生（笔者采访过他）的话：

"对10日在深圳发售新股认购证时出的一些事不要大惊小怪，更不能对股份制加以否定。这次主要是因为股票市场太少了，人们挤到深圳，就像一头大象钻进一个罐头盒。"

但是，在了解这次事件的全过程后，我们仍有理由要求，今后的新股发行不再出这样大的乱局。因为这其中有很多因素是大可防患于未然的。这次事件同样有力地证明，腐败行为是改革开放和安定团结的大敌。人民群众可以理解工作上的失误，但却难以容忍对腐败行为的放纵！

发展：果断的"寅吃卯粮"　温和的"以儆效尤"

事情过后16年，深圳市原市委书记李灏在接受南方都市报采访时，详细回顾了当年的情况。李灏是从国务院副秘书长任上于1985年到深圳担任市委书记兼市长的（我1991年到深圳时，深圳市市长已经是郑良玉），其作为特区掌门人，对深圳的改革开放做出过重要贡献。据他回忆，深圳在全国率先筹办证券交易所并第一个向中国人民银行申报了。当时担任上海市副市长的黄菊还"专门率队来我们这里考察、参观，把我们几乎全套的东西都拿去复制。没想到的是，我们先申报建立证券交易所，中国人民银行没批；后来上海申报上去，就批下来。知道这个消息后，我们都很着急"[1]。结果是，深圳证券交易所1990年12月1日试营业，上海证券交易所同月15日已正式开业。深圳证券交易所到第二年的7月1日才获得批准，于9日补办了开业仪式。他称深圳是"先生孩子，后领结婚证"。

李灏在回忆中承认："由于发售组织工作存在失误，一些网点发生内部舞弊行为。有的发售点数千人排的长队，只有30多人买到抽签表；有的发售点刚刚宣布卖完抽签表，就有一些'黄牛'手握几十甚至上百张抽签表，以每张700至1000元的价格兜售。舞弊现象严重，导致广大股民的极度愤怒和闹事。"而且

[1] 中共广东省委党史研究室.深圳市委原书记李灏自爆8·10股市事件内幕[N].南方都市报，2008-09-09.

发行公告中有“中签率为10%”等“鼓动性、诱导性的表述”。关于抽签表的价钱，“市里先是提议50元一张，郑良玉听了多方面意见后，觉得干脆卖100元一张，‘让股民冒点风险’，‘市里多集些钱修马路解决交通问题’”。

李灏说，8月10日晚上民众闹事时，他和郑良玉市长正在陪来深圳视察工作的人大常委会副委员长陈慕华吃饭，其间不断有人进来嘀嘀咕咕，郑良玉还没吃完饭就被叫走了。他自己吃完饭也匆匆赶到市政府，来不及上楼，就和已经到达的郑良玉市长、分管金融的张鸿义副市长以及李海东、李定等市领导在一楼传达室商量。为迅速平息民怨、稳定人心，李灏提议把计划于第二年发行的500万股票提前到当年发行。其他领导说这么重大的事项得请示上面。他当时说：“千钧一发，分秒必争啊！哪里有时间给你层层请示？事不宜迟，就这样定了，全部责任压在我一个身上，撤职法办我一人承担！”

结果，连起草文件都来不及，草草写了5条，当晚9点40分，以市政府《公告》形式拿到广播车去广播。李灏又把中国人民银行深圳分行行长王喜义找来，问抽签表能否赶印出来。王回答印不出，因为防伪的专用纸张不够。后改为印刷50万张兑换券。

直到当年12月中旬，事情已经过去4个月，深圳“联合调查小组”才公布调查结果：截至1992年12月10日，已清查出内部截留私买的抽签表10万多张，涉及金融系统职工4180人，金融、监察、工商、公安等系统20个单位的干部75人。其中，金融系统内部职工私买近6.5万张，执勤、监管人员私买2万多张，给关系户购买近2万张。调查揭露了一些典型个案，如农业银行南头支行营业部发售点，参加发售工作的33人中有31人参与了截留私买抽签表。最终有9人被公开处理，其中7人是单位或部门的负责人。

张鸿义副市长事后在接受中国证券报记者采访时认为，这次股票事件的一个重要原因，就是一些工作人员在售表过程中存在不正之风和腐败现象，成为直接的导火索。

不过，王喜义上述采访中将“8·10”事件的根源之一归纳为未采纳他所倾向的“预交款方案”。中国人民银行深圳分行提交的所谓“预交款方案”，也就是每交款5000元可领取1张抽签表，按交款单顺序号依次抽签，分批认购。这个方案具有明显的富者恒富的马太效应，最后的股票必然落入有钱人之手，当然招来一片反对声。改用抽签表的方式本来是没问题的，每张表卖100元也没问题，问题在于10%的中签预期与每个排队者可购10张抽签表两者之间的共振。这等于明确告诉人们，只要去买表，就肯定能中签，当然导致趋之若鹜。而1991年公布的中签率为3.6%，每人只能购买5张表，买表与中签之间没有必然关系，就像买彩票一样，谁都不知道自己能否中奖，也就风平浪静。1991年那次起初虽有很多人排队，但很快人们就发现费尽心机找身份证去买表意义不大，所以各网点后来稀稀拉拉，并无拥挤现象。在没有明确预期的情况下，腐败者也不会挖空心思去钻营。

这次风波也有正面作用，即让人们意识到股市的各种风险，并加快了中国证券市场管理的改革步伐。就在风波过去两个月的1992年10月12日，国务院证券委员会（国务院副总理朱镕基兼任主任）和中国证券监督委员会同时宣告成立（这两个机构于1998年合并为中国证监会），对中国的证券市场进行宏观管理，改变了过去单纯由地方政府管理决策的做法。第二年3月，深圳也成立证券管理委员会和证券管理办公室，统一管理深圳的证券市场，股市变得更加规范化、秩序化。

无奈选择：商场贴出惯偷照

背景：商场失窃不绝　管理束手无策

20世纪90年代初期对于住在福田区的人来说，位于上海宾馆东侧、华强北路南端的天虹商场是极少数真正意义上的百货公司之一，也是福田区最大规模的商场。商场内的货品是统一定价经营的，而不像其他商店将柜台包给商贩分散经营。我们这些从内地来而不善讲价的人，比较习惯明码标价的购物环境，也较为信任这类国营商场。再加上其与报社只有4站路距离，骑个单车也很快就到，所以逛天虹商场是包括我家在内很多家庭的主要购物方式，商场生意也一直很好。

天虹与上海宾馆及周边一些企业当时都隶属中航集团，而我因工作关系与中航企业有些来往。有一次，朋友小聚，听一位中航人说起天虹商场的商品失窃现象很让人头疼。后来在1993年春节前购物旺季，我见到天虹正门赫然挂出一个大牌子，上面贴了十几幅小偷的彩色正面照，而且都是与其偷窃的商品合影，有的提着高跟鞋，有的脖子上挂着化妆品，还有的掩面哭泣。很多顾客进门时都驻足观看。那时我已在总编室任职，在年前的一次编前会上，我曾建议采访部门关注和报道一下这个现象。但可能因为过年吧，迟迟不见稿子上来。

1993年1月23日是大年初一，也是我连续近一个多月夜班后的第一次休息，下午我和妻子去天虹逛逛，发现小偷牌子不见了。这一挂一收，背后必有蹊跷，我希望有人能去采访，解开这个谜。那时大年初四已经开始上班，但一直等到月底也没等到有关天虹商场偷窃现象的任何稿件。2月1日是星期一，我利用白班休息时间，约了天虹商场的经理胡自轩前往采访。胡经理在采访中大倒苦水，说商场不断丢失物品，每月被逮住的小偷都有三四起，每年好几十人，还有很多是没逮着的。那时没有监控录像，商场防不胜防，损失很大。

采访中让我吃惊的是，小偷虽然以流动人口和外来劳工为主，但竟然还有机关干部、公司老总、海关、公安、部队的人。对这些“层次高”的人，一般教育一下就放了，但头疼的是那些惯犯。他相信有的已经沦为职业小偷，洗发水一次能偷一二十瓶。有女贼外穿大裙子，内穿萝卜裤，里面可以塞很多东西。还有五六人的团伙作案。有一个小偷曾因偷窃被自己的父亲剁了小手指，却还在偷。对惯犯，商场扭送公安派出所，但发现今天送去明天就出来了，因为案值不大，够不上劳教或判刑，拘留不是，逮捕更不行，只好放人。有员工气不过，把小偷打一顿，但也没用（以上内容大多不便在报纸上披露，所以后来我写的报道中都未提及）。

于是，胡经理就想出了曝光的办法，即对所有小偷都在做姓名、单位登记的基础上，将屡犯者拍照，公开曝光，同时给保安人手一份。他认为这样做至少有三大好处：一是起到警示威慑作用，让别人不敢偷；二是方便商场工作人员识别惯偷；三是方便顾客监督。他说这个办法效果不错，春节前这段只抓到一起，而往年是偷窃高峰期。但也有人投诉说这样做侵犯个人隐私，涉嫌违法。他也不太清楚是否违法，但既然已经起到作用，春节就先撤下来，以后需要时再挂。他一开始没说是主动撤下，只是“自动脱落”后就没再挂上去。

我决定先就事论事发个消息，将此事公之于众，看社会有何反响再跟进。当晚发稿，第二天在深圳特区报第二版以《天虹商场曝光小偷收效显著　众人驻足多数称好尚存异议》的双主题消息见报。消息见报后果然读者反响热烈，深圳广播电台的《深圳事大家议》节目之前已经开始的讨论因此出现高潮，一些法律人士介入讨论，使得内容趋向专业化。连《南方周末》《工人日报》等外地报纸也纷纷向我约稿。见报后第二天（2月3日）中午，我收听了电台的全部讨论，当时一位律师和数位听众争执得很激烈。2月8日，我又去市中级人民法院，约了5位法官就此事进行座谈，他们的意见也不太一致。有两位认为，虽然天虹的做法可以理解，但毕竟有侵权嫌疑，不宜提倡。有一位认为还够不上侵权。还有一位说，此事虽不宜提倡，但就现实情况看，也不应过分指责天虹商场。他们不希望我在报道中提所在单位和姓名，所以后续报道一概略去。

于是应约给《工人日报》写了一稿，于2月28日一版见报，标题为《天虹商

1993年2月19日，在丘总率领下赴上海《解放日报》《文汇报》考察学习，发现《深圳特区报》的收入水平还不如上海的《新民晚报》，促进我们加快了绩效考评方式的改革。从右至左分别是特区报财务科长张行坤、副总编丘盘连、辜晓进(《解放日报》陪同者　摄)

场贴出惯偷照　深圳各界产生争议》。《南方周末》也坚持要我为他们写，说与《工人日报》的内容大致相同也没关系。我便稍作修改并补充一些内容发往广州。稿件刊于3月5日，题为《为梁上君子曝光　深圳一商场贴出小偷照片引发争议》。这两稿都用了笔名“古辛”。因2月17日和丘总等启程去上海、南京、广州考察报业内部的管理改革，回来后不久又在老丘领导下成立5人起草小组（丘盘连、钱汉江、胡向东、贺海亭、辜晓进）住进上海宾馆，讨论起草特区报的内部改革考核方案，完成了颇具创新价值并一直使用至今的彻底打破大锅饭的绩效考评规章，天虹商场一事就未再跟进。

故事——见报稿一：

天虹商场曝光小偷收效显著　众人驻足多数称好尚存异议

本报记者　辜晓进

（《深圳特区报》1993年2月2日第2版）

曾于春节期间掀起一阵波澜的天虹商场“小偷脸谱”已有数日未再露面。昨日记者心存好奇前去询问，方知这块曝光牌“自动脱落”后商场未再挂起来。

春节前一周，天虹商场于购物高峰期突然在门前挂出一面牌子，上面贴有十

深圳特区报 1993·2·2·第二版

天虹商场曝光小偷收效显著
众人驻足多数称好尚存异议

【本报讯】（记者辜晓进）曾于春节期间掀起一阵波澜的天虹商场“小偷脸谱”已有数日未再露面。昨日记者心存好奇前去询问，方知这块曝光牌“自动脱落”后商场未再挂起来。

春节前一周，天虹商场于购货高峰期突然在门前挂出一面牌子，上面贴有十几幅彩色照片，照片中主人全是被商场当场抓获的小偷。他们面前写有姓名，有男有女，均手持偷窃物品，面部表情或尴尬，或痛苦，还有掩面哭泣的。每天都有很多顾客驻足围观。此举带来的直接效应是：今年春节期间，尽管顾客人数和销售额都多于往年，但盗窃发案数却比去年同期减去一半。

然而，这一曝光行为却在社会上引起不同反响。围观者们议论纷纷，电台的“大家议”节目也以此为话题展开过讨论。据记者所闻，大多数人对此做法表示赞成，认为偷风屡禁不绝，早该给贼们曝曝光，对别人也可起警示作用。反对者认为此事有点小题大做，偷几十元东西就让人这样丢丑，特别是有的还未成年，今后让他们怎样做人？更有人提到法律高度，指出是否会侵犯人身权利。

天虹商场经理部经理胡自轩是这一举措的主要发起者。他昨天向记者道出一番理由：天虹商场是含有百货超市的大型商店，去年销售额突破亿元，但一直深受被窃之苦，每年都要查获八九十宗窃案。有不少人屡抓屡犯，送派出所不久又出来，有的女贼一次就在裙子里藏上千元的进口洗发水。我们又不能打，更无权拘留。从去年起，便给抓到的小偷摄影“留档”，发给保安人员，注意查看。春节期间，我们工作量大增，窃贼也乘机大捞一把，我便想到这个主意，被曝光者多为再犯。

据悉，内地一些大中城市早已试过此法，效果都不错。至于此举有无法律上的漏洞，有关方面还将组织讨论。

《深圳特区报》1993年2月2日第2版（局部）

几幅彩色照片，照片中主人全是被商场当场抓获的小偷。他们面前写有姓名，有男有女，均持有偷窃物品。他们面部表情或尴尬，或痛苦，还有掩面哭泣的。每天都有很多顾客驻足围观。此举带来的直接效应是，今年春节期间，这家年销售额过亿元的大型商场，尽管顾客人数和销售物品都大大多于往年同期，但盗窃发案数却比去年同期减去一半。

然而，这一曝光行为却在社会上引起不同反响。围观者们议论纷纷，电台的“大家议”节目也以此话题展开讨论。据记者所闻，大多数人对此做法表示赞成，认为偷窃之风屡禁不绝，早该给窃贼们曝曝光，对别人也可起到警示作用。反对者认为此事有点小题大做，偷几十元东西就让人这样丢丑，特别是有的还未成年，今后让他们怎样做人？更有人提到法律高度，质疑是否会侵犯人身权利。

天虹商场经理部经理胡自轩是这一举措的主要发起者。他昨天向记者道出一番理由：天虹商场是含有百货超市的大型商店，去年销售额突破亿元，但一直深受被窃之苦，每年都要查获至少八九十宗窃案。有不少人屡抓屡犯，送派出所不久又出来。有的女贼一次就在裙子里藏上千元的进口洗发水，我们不能打，更无权拘留。从去年起，我们便给抓到的小偷摄影“留档”，发给保安人员，让注意查看。春节期间，我们工作量大增，窃贼也趁机大捞一把，我便想出这个主意。被曝光者多为再犯。

据悉，内地一些大中城市早已试过此法，效果都不错。至于此举有无法律上的漏洞，有关方面还将组织讨论。

故事——见报稿二：

天虹商场贴出惯偷照

——深圳各界产生争议

本报记者　古　辛

（《工人日报》1993年2月28日第1版）

偷窃现象愈演愈烈，已成当前社会治安一大顽疾。然而，当深圳天虹商场把一批小偷儿的照片公之于众时，人们的反应却由开始的一片叫好声而转为褒贬不一、议论纷纷。

春节前一周，位于深南中路的天虹商场，于购物高峰期突然在大门前挂出一面牌子，上面贴有十几幅彩色照片。照片中主人全是被商场当场抓获的小偷。他们中以青年人居多，面前写有姓名，手中均持有偷窃物品。这些男女或尴尬，或痛苦，还有掩面而泣的。此举带来的直接效应是，今年春节期间，这家年销售额过亿元的大型商场，尽管顾客人数和销售物品都大大多于往年同期，但盗窃发案数比去年同期减了至少一半。

照片贴出后，每天都有大批顾客或行人驻足围观。“观众”普遍持支持态度，认为这种使小偷颜面尽失的做法，既惩罚了小偷，使之不敢再轻易来此行窃；又提醒了顾客，自己身边可能有贼；更有警醒作用，使一些因一念之差而可能成为“三只手”的人悬崖勒马。然而，当这些信息渐渐辐射到社会各领域各角落时，人们的反应变得复杂起来，态度也呈现多样化：有人表示疑虑，有人直接提出批评，更有人上升到法律高度给予规劝。天虹商场总经理赵陆原甚至还接到恐吓电话。

有趣的是，就在人们为这“小事”议论纷纷、莫衷一是之时，那块曝光牌却悄然无了踪影。商场称其为“自动脱落”。

天虹商场为何要出此奇招？商场经理部经理胡自轩是这一举措的主要发起者。他在接受笔者采访时说：“我们商场约一半营业面积用作食品和百货超级市场，一直深受被窃之苦。每年都要查获至少八九十宗窃案，仅百货超级市场每月丢失的物品价值就有两三万元。有不少人是专业小偷，两手空空，身无分文，就跑到商场来乱转。有的女贼一次就在裙子里藏上千元的进口洗发水。抓住他们，罚款无效，送派出所不久又出来（警力有限，管不了那么多小偷），我们不能打他们，更无权拘留。从去年起，我们便给抓到的小偷摄影‘留档’，发给保安人员，让注意查看。今年春节期间，我们工作量大增，窃贼也趁机大捞一把，我便想出这个主意。被曝光者都是屡抓屡犯的惯偷。”

胡经理的出发点不能算错，但此举竟然引发争议，甚至牵扯到法律问题，却是他始料未及的。

2月3日中午，深圳律师事务所一位律师在给电台直播节目的电话中直指此事涉嫌违法。他说，对小偷，法律还是管得着的。1990年广东省规定，深圳一次偷600元以上者可定罪，判三年以下有期徒刑。1987年1月颁布的“治安管理处罚条例”规定，对偷少量物品者可拘留15天以下。天虹商场这样做已超出法律允许范围。《民法通则》第159条称，以侮辱或丑化的方式公开肖像，是对公民名誉权的侵犯。1988年6月1日，最高人民法院通知要求，禁止对死刑犯和其他罪犯游街

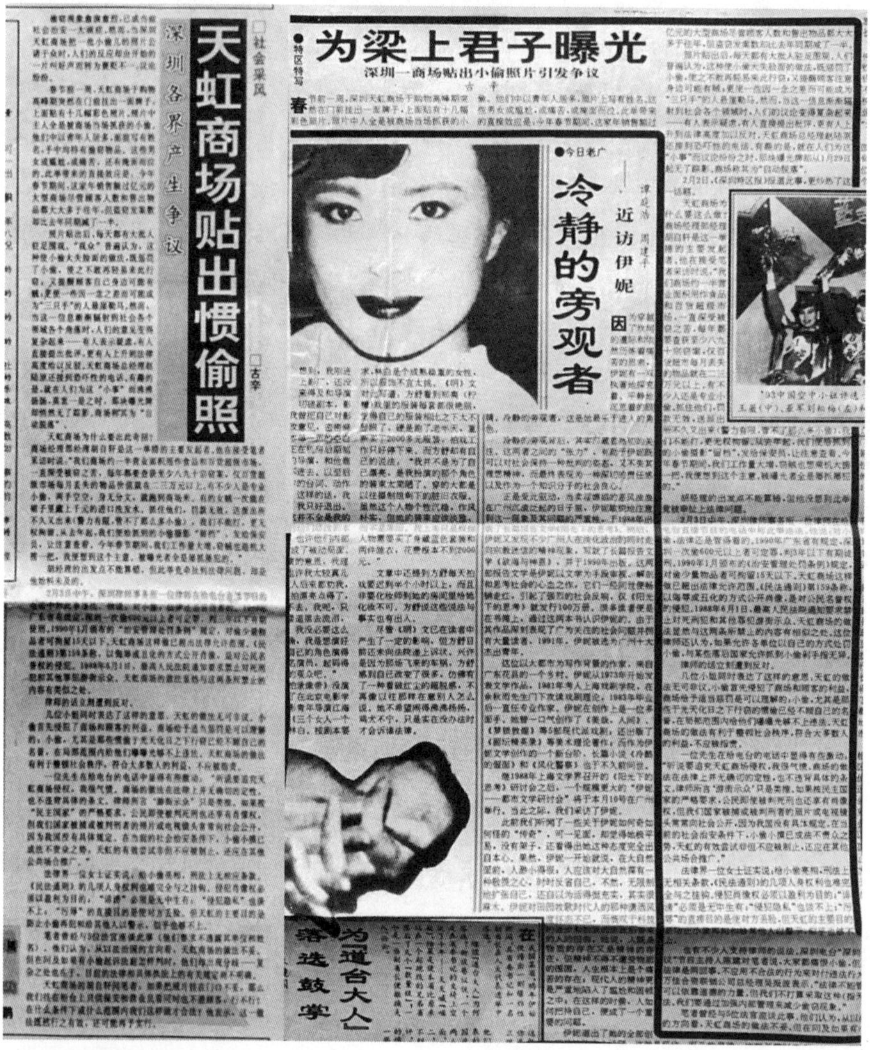
□社会采风

天虹商场贴出惯偷照

深圳各界产生争议

□古辛

为梁上君子曝光

深圳一商场贴出小偷照片引发争议

古辛

冷静的旁观者

近访伊妮

谭庭浩 周建平

《工人日报》1993年2月28日第1版（左）；《南方周末》1993年3月5日第1版（右）

示众。天虹商场的做法显然与这两条所禁止的内容有类似之处。

然而，就在这个直播节目里，上述律师的观点却立刻遭到其他听众的反对。

几位女士同时表达了这样的意思：天虹的做法无可非议。小偷首先侵犯了商场和顾客的利益，商场给予适当惩罚是可以理解的；小偷，尤其是那些惯偷于光天化日之下行窃已经不顾自己的名誉，在局部范围内给他们曝曝光够不上违法。天虹商场的做法有利于整顿社会秩序，符合大多数人的利益，不应被指责。

一位先生在电话中显得有点激动："听说要追究天虹商场侵权，我很气愤。商场的做法在法律上并无确切的定性，也不违背具体的条文。律师所言'游街示众'只是类推。如果按照'民主国家'的严格要求，公民即使被判死刑也还享有肖像权，但我们国家被捕或被判刑者的照片或电视镜头常常向社会公开展示，就因为我们国家没有具体规定。在当前的社会治安条件下，小偷小摸已呈法不责众之势，天虹的有效尝试非但不应被制止，还应在其他公共场所推广。"

自称在法律界工作的一位女士证实说，给小偷亮相，刑法上并无相应条款。《民法通则》的几项人身权利也难完全与之挂钩。侵犯肖像权必须以盈利为目的；"诽谤"必须是无中生有；"侵犯隐私"也谈不上；"侮辱"的直接目的是使对方丢脸，但天虹的主要目的是防止小偷再犯和给其他人以警示，似乎也够不上。

笔者近期邀请深圳市5位法官座谈此事（他们都要求不透露其单位和姓名）。他们认为，从依法治国的方向看，天虹商场的做法不妥。但在问及如果小偷起诉商场，法庭该怎样判时，他们的观点却出现分歧——复杂之处也在于，目前的法律和具体执法上的有关规定尚不明确。

天虹商场的胡自轩也问过笔者：如果把照片挂在门口不妥，那我们把照片挂在柜台上只供保安和营业员看，同时也不避顾客，这样行不行？在什么条件下或什么范围内我们这样做才合法？他表示，这一做法既然行之有效，就还可能再予施行。

发展：防盗系统升级　偷窃现象式微

深圳的商场从1994年起渐渐多起来，失窃现象也如瘟疫般蔓延开来。尽管有些商场已经装了监控录像，但探头少、死角多、智能化水平低，仍是防不胜防。到1995年，有业内人士估算，深圳各大商场每年失窃物品案值超过100万元，这在当年算是挺大的数额。那几年深圳就有一位市住宅局局长和一位银行行长分别因23万元和上百万元的经济犯罪被判极刑并立即执行了。那时《鹏城今版》尚在进行每周一期的试刊，我便组织几位记者做了一个针对全市商场失窃现

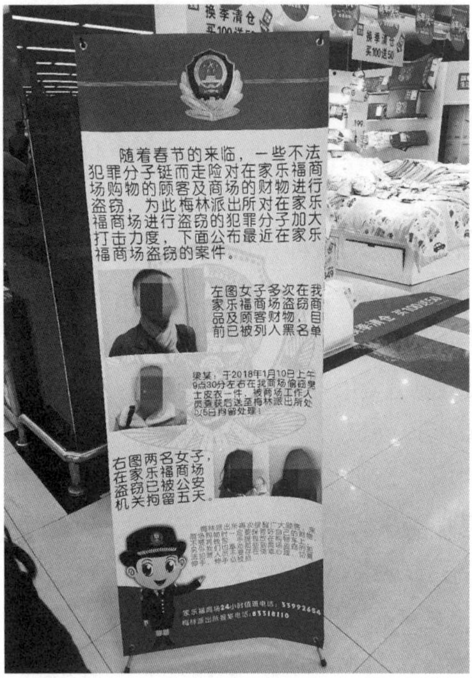

2018年春节前，深圳家乐福商场在旗下8家超市人口处摆放印有小偷照片的易拉宝（《南方都市报》2018年2月5日，见报时人像做了处理）

深圳特区报

鹏城今版

“三只手”频袭超市 二成利暗落贼兜

愁煞商家

治偷宜从严

查偷亦尴尬

形形色色“偷窃族”

五花八门防盗术

八方传真

偷盗行为的法律责任

《深圳特区报》1995年6月2日《鹏城今版》第1版

象的整版专题报道，置于一版。

采访的结果触目惊心：人人购物城、华润超市、万佳百货、马尔斯超市、天虹商场、7–11便利店、百家惠连锁超市七大商场的负责人一致认为，失窃率居高不下，已成为深圳商场经营的首要难题。人人购物城等商场失窃物品已占全年利润的20%—30%。华润超市一家分店开业当天，5瓶XO就被偷光，第二天30多瓶洗发水又不翼而飞。万佳百货曾创下一天处理30多宗盗窃案的纪录。窃贼则是各色人等，五花八门，还有内贼（保安员、营业员）。甚至有“大款”和“富婆”加入偷窃阵营。有名西装革履的男士在人人购物城选购了很多商品，最后又拿了一床价值300多元的高档棉被。付款时，他把棉被放在收银台下，趁收银员为货品计价的机会，用脚把棉被挪出营业员视线范围，趁人不注意提起就走，结果被保安抓获。他随手从口袋里拿出3000元现钞给了保安，说：“算我倒霉，这钱够罚了吧？”他说完后，扬长而去。友谊城的马尔斯超市曾有一位珠光宝气、穿金戴银的香港女士，逛着逛着就把一些东西塞进自己兜里了。被逮着后，她自愿受罚，在等家人送钱过来时，居然和商场经理谈起生意来。还有一位金发碧眼的俄罗斯女郎，偷窃被捉后查出，竟是世界之窗一位外籍员工的家属。

这个专题以1篇主稿和4篇辅稿构成，从全市综合情况、偷窃者身份、商场如何抓捕小偷、商场防盗方法、偷窃的刑罚惩处等方面，图文并茂地进行了报道，我还配了一篇短评加以引导。报道于1995年6月2日在深圳特区报《鹏城今版》头版刊出（见第137页右图）。

从20世纪90年代末起，随着电脑技术的普及和各种先进设备的引入，商场防盗水平有了很大的提高。除了视频监控的全覆盖，以电磁、微波、无线等技术支撑的防盗报警系统和门禁系统发挥了极大作用，盗窃的难度大为增加。不过，要想完全禁绝偷盗现象，暂时还做不到，这大概也是全世界的一个难题吧。

有趣的是，2018年春节前，深圳的家乐福商场竟然重演25年前天虹商场一幕：在梅林店、红宝店等旗下八家超市的出入口处摆放了印有小偷照片的易拉宝。从南方都市报拍摄的照片看，这些易拉宝的设计格式较为统一，都上有警徽、下有警察卡通像和相似的文字，中间配上几组小偷照片及其作案行为介绍。如梅林店上面写着：“随着春节的来临，一些不法犯罪分子铤而走险对在家乐福商场购物的顾客及商场的财物进行盗窃，为此梅林派出所对在家乐福商场进行盗窃的犯罪分子加大打击力度，下面公布最近在家乐福商场盗窃的案件。”此举也一如当年引发了争议，商场在舆论压力下于节前将易拉宝全部撤下。

气功“大师”的最后表演

背景：强弩之末的中国气功热

气功热是中国社会一段时期独有的一个怪现象，于20世纪80年代达到高潮。那时，各路气功门派大行其道，各种匪夷所思的“奇迹”纷纷涌现，民众或为健体强身，或为治病救命，或为学得绝技，卷入气功热程度之高，为今人所难以想象。要说涉及人数以数千万计，还是保守的估计，所以那时有“全民气功”一说。20世纪80年代初，笔者所居住的南京市，学练“鹤翔庄”气功的人就很多，各种培训班如雨后春笋，我自己也学过一段。但起初人们都是为了健身祛病，与现在人们对太极拳的态度无异。我当时则觉得运动量太小，且不相信一些人的吹牛，很快放弃了。

到了20世纪80年代中期，气功与各种“特异功能”遥相呼应进而融为一体，演变为“耳朵识字”“意念穿墙”“隔空取物”“无痛拔牙”“遥控救火”等光怪陆离的灵异传闻，还引起社会上的大讨论。经过媒体传播，很多民众对此类“特异功能”深信不疑，各种伪气功甚嚣尘上。现在的年轻人若上网检索，还能看到那个时代种种怪异的练功姿态。严新、张宝胜、李正洪、田瑞森等就是那个时期的代表性气功“大师”。

我那时是中国科普作家协会的会员，知道即便在科普作家中也有赞同“特异功能”的。我所认识的一位江苏籍和叶永烈同时代写科幻小说的令人尊敬的著名作家，当时也很认可“耳朵识字”，对我说他亲自验证过。但我即便对研究某些人类现象持开放态度，对严新之流所谓气功“大师”的灵怪做法还是坚决反对的，且很欣赏以何祚庥院士为代表的反伪科学斗士对他们的揭露。反伪科学的舆论后来在媒体上也成为主流，所以进入20世纪90年代后，全民气功的热潮已经逐渐消退，但仍有相当多的铁杆气功迷成为一些“大师”的拥趸。

20世纪90年代初的深圳，伪气功仍然很有市场。1990年严新就曾来深圳做报告。所以，当1993年4月香功“大师”田瑞森要来深圳体育馆做带功报告的消息传出时，很多人还是奔走相告，体育馆连续三晚一票难求。“香功”的全名为“中国芳香智悟气功”，20世纪80年代公开创立，据说修炼时身上会“芳香四溢”，具有易练、见效快等特点，已“秘传2000年之久”。该气功的“唯一传人”田瑞森是在“潜心修炼50年后”才毅然“出山”的。我看过人们练香功，很像20世纪70年代末一些人练的“甩手疗法”，即站立不动，入定，气沉丹田，不停而有节奏地同时甩动两个胳膊，远看仿佛人在颤抖。我的姑妈就曾练过“甩手疗法”。

我和妻子出于好奇也弄到最后一场的两张票，要去观看和体验一下。但当4月20日晚走进有3000个座位、是当时深圳最大规模室内场馆的深圳体育馆时，我们还是震惊了。体育馆不仅座无虚席，而且中间地面和所有过道都坐满了人，后面还有很多人站着，应有5000人左右。这大概是这座场馆观看人数的历史最高纪录了吧。不仅如此，几乎人人购买了2瓶以上的矿泉水，大门外3辆大卡车运送的矿泉水几乎卖完了。报纸上的广告说，带功报告后，这些矿泉水会有神奇功效。而在报告期间，台下一些观众的表现也堪称神奇。

亲眼看见整晚的离奇表演后，我按捺不住，第二天以尽量平实的口吻写了一篇现场纪实，题为《是科学现象还是又一宗东方神话——深圳香功报告会目击记》。我把稿件拿到政文部给张德纯主任看了，她说写得很好，同意发在“社会大观园”，但要我小心点。法制版编辑但平大姐也说，这些人（指那些气功迷）很疯的，别惹他们。最后我们商妥，我不用“本报记者”而用笔名“乡人”发表，内容也修改为更加个人化的写作。老张还向大家打招呼：要是有人来编辑部查问，别透露作者真实身份。这也表明，那时写这类文字是个相当敏感的事情。

“乡人”是我1986年在江苏盐城市建湖县一个贫困乡挂职担任乡党委副书记时启用的笔名。那时当地经常缺电，因此自来水也常常断供，我晚上多数时间都是点着油灯工作或写作。我的宿舍兼办公室里则放着一个大水缸，我每天去伙房挑水把它填满，供洗漱和洗澡用（后来伙房师傅常常趁我不在帮我挑水）。我到深圳特区报后，这个笔名只偶尔使用，外界并不熟悉。

稿件于5月5日刊出，虽删去了一些篇幅，但仍占去大半个版面。谁知这篇稿件还是给我惹了麻烦。

故事——见报稿：

是科学现象还是又一宗东方神话？

——深圳香功报告会目击记

本报记者　乡　人

（《深圳特区报》1993年5月5日第10版）

岂止是座无虚席？场内平地上坐着人，过道也坐着人。深圳体育馆举行的任何文艺或体育表演都没有招来像现在这样多的观众。

4月20日晚7时30分，田瑞生大师在雷鸣般的掌声中走上场内临时搭建的主席台。好奇于沸沸扬扬的传说，加上因染小恙而心存某种希望，我和妻此刻也成为田大师的拥趸。入场前，我曾力劝身为医生而满腹狐疑的妻：姑妄信之，或许真有奇迹出现也未可知。

然而两个多小时下来，我们真正坠入五里雾中。目睹台上台下人们的表演，我不得不叹服“外面的世界真精彩”。

一分钟内“戒烟”——第一次高潮

田瑞生来自河南洛阳，看上去60岁光景，被称作“中国香功的唯一传人”。他说话倒也不拿腔作势，从开场到结束，全像是在聊家常。今天是他在深三场报告中的最后一场。他说来深前已在北京、南京、广西等许多地方作过报告。

今晚第一次让观众打起精神的，是他那“戒烟绝招”。他说，他曾在洛阳让人们扔掉成麻袋的香烟，甚至在甘肃让人把毒品都戒了；今天想在这里试试。“凡是真正有决心戒烟的朋友，我现在要发布香功信息。我说你们口袋里的烟霉了、变质了，你们闻了真是这样就把烟扔掉，烟就戒了。”他又补充一句，“也不一定个个都灵。”

稍稍停顿，田瑞生提高嗓音开腔：“请大家全身放松，面带笑容，背部离开椅子。我说，你们身上的烟，霉了，变质了！”田老声如洪钟，这最后几个字被说得铿锵有力、气势如虹。

立刻有人往地上扔烟。更多的人拿着烟在嗅。一名男性主持人说："你们发现有异味就一定要把烟扔掉，否则你们自己就拒绝了香功信息，不会有效的。"于是烟如雨下，一会儿场内已落了一两百包香烟。我仔细看去，大多数竟都是"三五"牌。

我俩捡起一支别人扔掉的烟闻了闻，并无霉味。我又问附近一位熟人为何不扔，他说恰巧忘了带烟。他也捡了一支烟，说带回去作比较。两天后这位"烟枪"打电话称，那烟和家里的烟味道完全一样。

哑巴说话、瘫子走路——铁树真的开花了？

第二次高潮是治聋哑和瘫痪病人。田大师说，过去不少人听了他的报告后不再聋哑了，瘫痪病人也能走路了，甚至有40年驼背史的老人直起了腰板。现在他也要为各位试试。接着，他说了几句与前面相类似的话，便要求聋哑人的家属在病人脑后拍手，若有反应即将其领到主席台前来。

我见场内后排有一男孩似聋哑人，其家属在后面使劲拍着巴掌，孩子终无反应。然而不知何时开始的，此刻主席台下却已站着几十名病人和家属。主持人拿着话筒走下台来，要几位哑巴跟他学话。"妈妈。"他大声说。"巴巴。"一位哑巴含混地跟了一句。连续数人都把"妈妈"学成了"巴巴"。于是主持人笑着向观众说："看来因为我是男的，他们都愿叫爸爸。"果然，后几位哑巴都跟着这"爸爸"发出"巴巴"声，有的嗓门还挺大，引起观众席上一片掌声。

在我的印象中，许多哑巴是能发出一些简单声音元素的，不知这些说"巴巴"者是否第一次这样开口？

治瘫痪的场面也很热闹。几乎不等田瑞生话音落地，已有人在主席台前走动，就像早有准备似的。一位被称为市铁路公安处处长的老先生对着话筒说，他下肢瘫痪三年不能走路，自从练香功后现已能直立行走。（请注意练香功和听香功报告的区别）

与此同时，一位白胖的年轻女子正憋着劲站在自己的轮椅前。她身边的人拼命鼓励她向前迈步。大约努力了10分钟，女子颤悠悠终于把右脚挪出一步。主持人说她的家人已激动得流下眼泪。台下又是一阵掌声。

科学名词+现身说法——信不信不由你

田大师既是香功的"唯一传人"，又自称练功已数十年，但他在报告中对香功的解释，却不见什么传统特色，而总是使用最现代化的科学名词。他称自己发出的信息是一种“次声波”。他讲话时要求场内无人走动，说否则就把“磁场”给破坏了。他多次强调，观众一旦有了他提到的种种感觉必须立刻说出来，不然那信息就像“录像带”“录音带”似的被抹去了，“消磁”了……

次声波是一种频率低于20赫兹、任何动物都无法听到的声波。田瑞生不做任何发功动作，仅凭娓娓道来的话语，就把“次声波”送到全场甚至场外，却也神奇之极。事实上，正是这些名词给整场报告增加了一些“科学”的味道。

报告的魅力主要还不在这些科学名词，而是来自形形色色的现身说法。当晚田大师的开场白，就是让一名香港人介绍自己坚持练香功治愈糖尿病的经历。报告中也穿插了许多患者发言和验证性的讲话。大师几乎每一种奇异论断都立刻有人出面证实。

有一次，田瑞生环顾四周，突然一指红区西侧说：“第五排那位穿警服的男同志上衣口袋有香味，周围的朋友可以闻一闻。”就在旁边的人凑上去使劲嗅着一时还没有反应时，远在100多米以外的场内平地上的一位女士早已拖着长腔大喊：“香！有香味！”稍倾，她又加了一句：“是丁香！”我注意到，这位40岁左右、留短发的女子总是抢先做出反应。我还发现，坐在场内（不是看台上）的除了记者以外大多是一些特殊观众。他们或胸前别着嘉宾标志，或是各香功辅导站的辅导员和学员，或是赞助单位的代表，或是一些特别病人。反应最迅速、最热烈的正是这一群人。他们的表现对全场观众有牵引作用。

感觉来自何方——有待观众冷静体会的关键问题

长期练某种气功，可以起到调养身心、增进健康的作用。我对此笃信不疑。但一番讲话就能使多种疑难杂症痊愈，却很难服人。田大师最后给全场观众治病时，尽管我和妻以及同排熟人以相信的姿态全神听讲，却毫无作用。

问题的关键是，为什么大师说到的一些感觉常常得到观众异口同声的响应？这需要做些分析。

起初，田瑞生让大家抬起左手、掌心向上，说这时会觉得左手心或麻或涨或凉。这种感觉，练过气功的人应该熟悉。例如鹤翔庄功中有一招式：抬起左手（或右手），眼望“劳宫”（位于掌心的一个穴位），呼吸若干次。这时练功者会隐隐感到手心发麻、发热。其实这感觉主要是心理上的。任何人在任何时候，只要全神贯注于自己的掌心或“丹田”等部位，大多渐渐会有类似的感觉。

中间，大师让观众拿出纸或笔记本在上面写“中国香功”四字，然后要大家

深圳特区报 1993年5月5日 星期三

是科学现象还……是又一宗东方神……话？

——深圳香功报告会目击记

警惕，这样的扒手！

社会大观园

说“龙”道“虫”话颠倒

臭鞋大阵

蛇口万通货运代理公司

五月份集装箱船期表

升级换代的新空调——莱利空调

门神

《深圳特区报》1993年5月5日第10版（“社会大观园”专版，已截去四分之一通栏广告）

闻，说有檀香味。未几，他又让仔细看那纸或本，说上面有人头像。作了一段报告后，他突然宣布那人头像没了，要大家验证。报告快结束时，他让人们拿出矿泉水（会前的报纸广告曾预告有可供“大师”注入香功信息的矿泉水出售，很多人抢着买），说他注入香功信息后，大家喝水会品出甜、酸、苦、辣、腥中一种味道，遇胃痛等疾病时喝了可立刻除病。

在一种本无味道的物品上按某种暗示去嗅，有时会依稀嗅出自己熟悉的某种气味。到公园看假山，到桂林看石峰，到溶洞看钟乳石，人们会按导游的指点，“发现”很多原来不曾看出的人或动物形象。我以为这和在纸质的纤维纹理上意会某种图形有相通之处。当然，暗示取消后这意会也可能随之淡化。人们到林青山美、空气新鲜处舀一勺泉水喝，会有甘甜感；若把这勺水拿到某污染严重的地区，别人喝了也许又会品出另外的味道。

所有这些，都有心理暗示在起作用。国内较严肃的人体科学研究者和一些气功师也都承认心理暗示在气功中的作用。苏州一小有名气的气功师，曾让一慢性病患者于某时某刻背北面南立于家中按其“密授”的一套指令顺序行事，说他将在某地为其“遥控治病”。次日，病人兴奋地跑来告诉他，称果然有种种感觉，且浑身舒适，病况似有好转。其实，届时该气功师并未给她“遥控治病”，而是与朋友聚于某酒楼畅饮，此举只为做一心理暗示的试验。

但心理作用常常是含糊、似是而非、因人而异的，何以报告会上那么多人异口同声响应呢？田大师还有两条纪律在起作用：一是必须相信在先，否则就不灵。几乎所有特异功能者和气功“大师”都对观者这样要求。12年前我参加全国科普报刊广播电视年会时就听于光远先生说，他多次被邀请参加“特异功能”测试活动，但每次都被告知必须先相信，因而他从未接受邀请，原因是他不能不看就信。这种先入为主的要求显然强化了暗示的作用。二是一有感觉必须立刻说出来，否则就将信息拒于体外，当然也不会灵。这一条纪律常常使人们把自己一时难以确认的、似是而非的感觉当作被提示的感觉说出来。报告会上这样的情况屡见不鲜：田瑞生问大家有没有某种感觉时，回答者寥寥；紧接着主持人重申这一纪律并再次询问时，全场便齐声回答：“有！”

我无意否认练香功的作用。但就这场报告会而言，似乎包含了不少荒谬的东西。心理感觉难以检验，有些内容却是可以在会后验证的。例如，那无数瓶矿泉水拿回去果真能水到病除？田瑞生要观众中愿意减肥的人分别于第二天（4月21日）和5月21日测体重，说定能减去10斤，真耶假耶？深圳近两万观众可以去验证。即使上述聋哑、瘫痪病人的“奇迹”似也有甄别的必要。报载，去年秋天在合肥举办的一次香功带功报告会上，某女画家当场从轮椅上站立起来，引起轰动。但事后女画家的同事证实：她平时就能起立并走路。可见“事实”也有真伪可分。20世纪50年代的“柳枝接骨”、60年代的“鸡血疗法”、70年代的“甩手疗法”和80年代的“红茶菌疗法”都是借助大量“事实”才轰动全国的，但最终都被真相证伪。

愿各类中华气功能去伪存真，健康发展，造福于民。

发展：作者遭受攻击　“大师”患癌去世

应该说，和严新、张宝胜等比，田瑞森“出山”是晚的，但却后来居上，可见其弟子们的营销能力是相当强的。而深圳居然也有那么多死忠分子，且形成了一股势力，却让我始料不及。他们中的一些人，不仅知道上述文章是深圳特区报的记者所写，而且打听到我的真名和长相，还了解到我的生活规律。于是有一天，他们与我来了个短兵相接。

那时我已从招待所搬到老特区报社后院的1栋宿舍。平时只要不上夜班，我早晨就会去附近的荔枝公园跑步锻炼。报道见报后大约一个星期的某日早晨，我正在荔枝公园跑步，迎面见到百米开外有七八个男女朝我指手画脚并相向走来。我照常跑步，跑到他们跟前竟被拦住去路，只好停了下来，问他们想干什么。只见他们气势汹汹，质问我为何要写那篇报道，为何在文章中歪曲事实。我心平气和地说，报道新闻事实是我的职责所在，至于有歪曲事实的地方，请立即指出来，我一定登报更正。他们支支吾吾说不出来。他们又说，既然是报道，为何不敢用真名。我说用笔名写作也是记者常有的事，并不新鲜。我注意到有人拿着袖珍摄像机一直在拍摄。我问他们是什么人，有一人说是深圳市气功康复中心的。原来香功报告会就是他们组织的（这个机构在20世纪90年代很多活动中都借此盈利）。我反问说："三场报告会你们赚了不少钱吧？光矿泉水就卖了有10卡车吧？是不是我影响到你们？"这一说，他们情绪又激动起来。突然一个女士冲到我面前，右手几乎指到我鼻尖喊着："我就是你文章中说的那个女士，我就是闻到香味了，你好怎么样？我真想抽你！"说着真抬手要打，被旁人拦住了。我也火了，提高嗓门说："你们还在表演啊？你们想干扰正常新闻报道，要在这里对党报记者动粗吗？你们胆子怎么这么大？谁在背后给你们撑腰？有本事说出来！"这时，荔枝公园晨练的人渐渐围拢过来，有人相劝，有人对他们的做法提出批评。见局面不利，这帮人才悻悻离去，临走撂下一句："今天只是警告你一下，今后不许乱写！"

回来后，我告诉了妻子，她很担心。她说这帮人已经认识你，还拍了录像，要我晚上外出时务必当心，最近干脆别出门。我则在想，那"气功康复中心"究竟有何背景？再留心报纸电台的一些广告，发现这个协会相当活跃，不断组织各种活动和培训班，大多和气功和"特异功能"有关。我只是没想到，两年后与他们又有一次交手。

田瑞森大师自离开深圳后，继续在全国各地组织报告会，足迹所至，人满为患。不料包治百病的他，却在深圳做报告的两年后，于1995年9月30日因肝癌去世，享年68岁。他去世半年前，还在北京的报告会上发"信息水"（所谓含有香功信息的矿泉水）。2018年8月3日，曾8次获邀坐央视春晚前排的张宝胜在北京去世，年仅58岁。号称遥控扑灭大兴安岭火灾的严新已不知所踪（据说去了美国，还听说已于2014年去世）。但是，有巫文化传统的中国，此事难以绝迹，前些年迷住很多名人的王林就是一例。

前面所说的与深圳气功康复中心的再次交手，是1995年7月。当月1日，是《鹏城今版》正式以日报形式创刊的日子。虽然之前我们怕头版每天一个新闻大特稿或大专题稿源不足而储备了若干组稿件，但还是决定将一个刚发生的事件放

深圳特區報
鹏城今版
再致读者
气功啊！气功？(上)
从作家到“生命科学院”院长
八方传真
深圳地名大点名
诉讼标的最大案件
深圳特區報
鹏城今版
北京名人纷纷告别爱犬
八方传真
气功啊！
气功？(下)
打工狂人：年薪百万谁愿聘我

《鹏城今版》1995年7月1日、4日连续揭露柯云路组织的气功闹剧

入创刊号的头版。因为就在创刊之前一周，著名作家柯云路在深圳弄出了很大的动静。这位以《新星》《夜与昼》《衰与荣》等作品闻名的活跃作家，当时正沉迷于伪气功和“特异功能”，于1995年6月以“中国生命科学院”院长的身份自居，带领一帮神神道道的“大师”“神医”组成了一个“柯云路健康万里行报告团”，在全国多个城市进行了一次声势浩大的巡回演讲，最后一站到达深圳，于6月24日在深圳体育馆举行盛大的报告会和演示会。之前还召开新闻发布会和座谈会，以其名人效应弄得家喻户晓。我们为此做了充分准备，派了负责文字、摄影各两位记者，决定全程记录这场必然会引发争议的系列报告会。

采访内容实在太丰富，我们不得不将其分为上、下两部分，分别刊于1995年7月1日和7月4日的《鹏城今版》头版，标题是《气功啊！气功？——“柯云路健康万里行”报告团在深演示目击记》。在6月20日、21日、24日三次座谈会和报告会上，柯云路分别请出并介绍随行的吕新林（称其能让大腿粉碎性骨折患者10秒钟站起来，让全聋儿童10秒内听到声音并喊出“爸爸”，日本人连他吃剩下的西瓜皮都拿回去研究）、梁光祥（称其已经为全国2000人开发了“特异功能”）、周德荣（称凭意念、特异无麻醉无痛拔牙是其绝技）等气功“大师”进行现场演示，虽气氛诡异却频频穿帮。最精彩的是，主办者为提高可信度，请来深圳市红十字会医院（现第二人民医院）退休牙科医生主任医师辜先生现场观察和证明周德荣的“意念拔牙”，谁知辜医生并不配合，现场指出周大夫不是用意念而是用尖长的指甲从病人嘴里把牙齿拔下来的，台下一片混乱。主办方有人要将辜医生拖走，辜医生坚持说：“我是医生，违反科学的话我不能说，刀架在脖子上也不能说！”

这个活动的协办者就是深圳气功康复中心。其主任担任“组委会”的秘书长。我们这两期报道在深圳产生很大影响，可谓开门红，气功康复中心的声誉也再次受到打击。报道后不久，何祚庥等中科院三位院士和中国科协科普研究院郭正谊研究员（曾著有《香功大骗局》）分别递交提案，要求严肃查处非法的伪科学机构“中国生命科学研究院”。一个多月后，柯云路创办的“中国生命科学研究院”被勒令关闭并停止一切活动。

可惜柯云路依旧走火入魔，于1997年出版70万字的畅销书《发现黄帝内经》，书的上半部分以《发现当代华佗》为题，详细介绍曾因杀人罪被判刑的“神医”胡万林，被全国很多媒体广泛报道。胡万林因而名声大噪，当年7月，便在太原开办胡万林医院，治死20余人；11月，又移师陕西长安县开办“终南山医院”，先后引来全国10万人治病，弄出146条人命；1998年10月，又转至河南商丘开始新的骗局，治死30余人。当然，这些人命也不能都算在胡万林的身上，因为很多人都得了绝症甚至命悬一线，是听信胡万林才去找他治的。胡万林的大剂量芒硝治疗法可能是压死这些病人的最后一根稻草，或者加速了他们的死亡。胡万林最终被判刑15年。

商业城大骗局与报社成被告

背景：“购物还钱”诱客上当　报纸批评反成被告

现在的深圳各区中，地区生产总值最高、平均人口素质也最高、高科技企业最密集、最具经济活力、城区景观最好的区，当属南山区。这个区还于2018年被评为“中国百强区”的第一名。当年该区的地区生产总值突破5000亿元，每平方公里的地区生产总值产出更是连续多年位居全国城区第一名。华为、中兴通讯等一批世界级高科技企业，都曾在深圳的粤海街道辖区（华为后来搬走了）。粤海街道就在南山区。

但20世纪90年代初期的南山区还很不发达。当时随着特区核心区的强劲崛起以及华侨城的后来居上，加上南油片区的阻断效应，只有10平方公里而偏居一隅、难以向市区延伸的蛇口工业区已风光不再。南油本身从规划到产业布局都不理想，但当时人们要去蛇口，则必经南油。现在的“南海大道”，原名就是“南油大道”，已成为深圳高峰期最拥堵的道路之一。当时，南山其他地方到处都是城中村，西丽更是连宝安很多地方都不如的“郊区”。南山区作为一个行政区，也是1990年才成立的，此前很多深圳人只知“南头”“蛇口”“南油”“西丽”而不知“南山”。

那时南山区有一个营业面积达4000平方米、当地人有一定依赖度的大型商场“天天商业城”，位于蛇口“海上世界”附近。“海上世界”四个大字是邓小平1984年来视察时题写的，这里因为有新中国引进的第一艘万吨客轮和延伸至海上的著名雕像“女娲补天”（现在因填海，万吨轮和女娲雕像都被陆地包围了）而成为蛇口的必游景区。天天商业城开在这里，生意本应不错，但毕竟蛇口较为偏僻，商业城营业额未能达到经营预期。于是，该商业城想出了一个歪招，试图在短期内迅速扩大销量。

1994年2月8日，这家商业城突然在深圳市及南山区的主要媒体上打出“购物还钱”的广告，宣称：“自购物之日起满三年的，凭购物销售单一次性兑还与原金额等值的商品（九十天内有效）。购物满两年不满三年的，凭购物销售单一次性兑还与原金额20%的商品。购物满一年不满两年的，凭购物销售单一次性兑还与原金额10%的商品。”不仅如此，商业城还在购物凭据等各种媒介上喋喋不休甚至语无伦次地重复这一“好事”：“天下哪有这样的好事——购物还钱？天天有！”“天天门一开，好事自然来——购物还钱！”“一次消费，两次享受，天天有钱赚！”。

消息传出，人们议论纷纷，但多数人还是抱着“宁可信其有，不可信其无”的心态，纷纷前往购物。而且购物数量很大，一些本不在近期购物计划内的商品也被人们抢购回家。罗湖、福田、宝安的很多顾客也不嫌路远赶来消费，商业城人满为患，营业额因此暴增。然而半年多后的9月24日，商业城同样突然地又在深圳特区报等媒体刊出《天天商业敬告》，编造了一些理由，推翻了之前的承诺。此举引起众怒，消费者纷纷投诉，媒体开始批评，深圳特区报也发表了消息和评论。谁知商业城将深圳特区报告上法庭，索要100万元赔偿，福田区法院居然受理了。

报社决定应诉，但那时告报社的案例极少，像深圳特区报这样的权威大报，印象中我来深圳后还未上过法庭，因此也没有专人负责诉讼，更没有成立后来才有的法律事务办公室。报社领导商量后，让我来处理应诉事宜并代表报社出庭。我当时奇怪，消息和评论都不是我写的，也不是我签发的，此事与我何干？难道是因为我顶着个“中国人民大学法学硕士”的头衔？反正不容我推脱，我只能赶紧调查此事的前后经过，准备应诉。当时，我找了一家律师事务所，该所派了一位业务能力较强的女律师党琳作为被告代理。我和她一同去了一趟福田区法院，与有关人员进行交谈。该院负责受理案件的工作人员和一位书记员，素质并没我想象的那么专业。对他们的一些明显疏忽，我在后来的述评和给宣传部的回应（当时法院给宣传部去函对我们的报道有意见）中也提了出来。

就这样，我于1994年11月23日上午，生平第一次坐在了法庭上，而且是被告席。法庭辩论期间，我和党律师都频频发言，对方除了律师，还有法人代表张勇及其助手。唇枪舌剑一番，法官开始调停。我俩觉得这事是非黑白非常清楚，怎么还要调停？当然坚决不同意。对方居然也不同意调停。我们略作商量后，当庭提出反诉，理由是对方以深圳特区报“报道失实”的虚假陈诉到处宣扬，已侵犯了本报的名誉权，给报社的声誉带来负面影响。法官让我们等候裁定，随即宣布休庭。

1995年1月9日，深圳特区报收到该法院的民事裁定书，以控方在诉讼期间未按期缴纳诉讼费为由，将此案做撤诉处理。这个裁定书的落款为上年12月22日，却过了半个多月后才送达，工作如此拖延，颇令人费解。事后了解到，天天商业城的法人代表兼总经理张勇自开庭后便失踪，有商场员工给报社来信揭露公司主要负责人已卷款潜逃，并非仅仅未交诉讼费那么简单。而且，既然未交数额并不算大的诉讼费，且最后又以未交诉讼费为由撤诉，那当初为何又要开庭呢？这个裁定书还对本报的反诉予以驳回。我后来曾问法官，为何原告的诉状不能驳回而用撤诉处理？他说两者的区别就在于我们交了诉讼费而他们没交。我觉得好奇怪。

从天天商业城兴讼到我们收到裁定书的近3个月间，深圳特区报保持克制，除开庭消息外，未利用媒体权力在报上发表关于此案的只言片语，也未鼓励其他媒体介入。但在判决之后，我们觉得法院的撤诉处理并不能还此案以是非曲直，深圳特区报既是当事人，也是深圳最具影响力的社会公器，对此波及面甚广的骗案，应当有个态度。经请示领导同意，在发布结案消息的同一天（1月14日），我刊发了关于此事约4000字的长篇述评。消息和述评都是我写的。此事在当时的深圳无论社会还是新闻界都是有挺大影响的。蛇口有关方面正是在该报道发表之后才做了大量善后工作并决定追回外逃的天天商业城法人代表的。6天后，《南方周末》在第二版转载了我的述评，连标题都未动一字。

故事——见报稿一：

一场彻头彻尾的骗局

——蛇口天天商业城欺骗消费者事件述评

本报记者　辜晓进

（《深圳特区报》1995年1月14日第1版转第2版）

蛇口天天商业城（以下简称“天天”）欺骗消费者被曝光，进而引出法律纠纷的事件，迄今已持续两三个月了。福田区人民法院以告状者不交纳诉讼费为由，在开庭审理此案一个月后作了撤诉处理。

尽管法院以这样的裁决代替应有的判决未免令人遗憾，事情毕竟已暂告一段落。

几十天来，广大读者和消费者十分关注此事的发展，不断有人打电话到报社，希望本报能跟踪报道此事直至为消费者讨回公道。但本报恪守职业道德，为了创造一个公平的法律环境，从“天天”起诉到法院裁决，除开庭消息以外对此未置一词。

现在可以说了。

消费者不是阿斗

因时间间隔较久，有必要略述此事的来龙去脉。

去年2月8日，位于蛇口海上世界附近的天天商业城突然通过传媒大肆宣扬其“购物还钱”的计划，并宣称：“自购物之日起满三年的，凭购物销售单一次性兑还与原金额等值的商品（九十天内有效）。购物满两年不满三年的，凭购物销售单一次性兑还与原金额20%的商品。购物满一年不满两年的，凭购物销售单一次性兑还与原金额10%的商品。”

买商品无论多少，3年就能把花出去的钱捞回来，天下真有这样的好事？人们议论纷纷。然而，当人们看清楚许此诺言的是一家有着4000平方米营业面积的大型商场时，多数人还是抱着“宁可信其有，不可信其无”的态度上门购物去了。一些本不想买东西或原打算在附近商店买东西的市民也相继前去光顾这家商场。

“天天”营业额猛增，“促销”行动宣告成功。

于是，就在顾客手里攥着盖有“天天”两颗公章和总经理大印的“购物还钱凭证”，指望两三年后兑现的时候，“天天”已开始了它的毁约行动。

去年9月24日，“天天”在深圳影响最大的报纸《深圳特区报》等新闻媒介上刊出《天天商业敬告》的广告，说将从10月1日开始实行“一种新型‘公开商品进价，接受顾客监督’的商业格局”，并宣布：

“由于在高额效益和低额效益面前，我们选择了后者，前期实行的‘购物还钱’与新的经营格局不再相适应，为此决定从1994年9月30日起停止。为表诚意，从1994年10月1日至1995年1月1日止，凡持有天天商业购物还钱凭证的顾客，可在此规定期间凭购物还钱单在天天平价商场一次性提前兑还与原金额10%的等值商品。过期无效。”

这则广告明确无误地告诉消费者，“天天”7个多月内与他们以“凭证”形式订下的“还钱”契约，大部分已被对方一笔勾销。无奈的消费者只好拿着那张纸条以“聊胜于无”的心情去兑那10%价格的商品。谁知他们又错了！对大多数顾客而言，一次购买的商品，其10%的绝对值并不大。他们到了商场，既不能将多次购物的凭据合并起来兑一种商品，也不能到某些非原购物柜台（例如食品柜台）去兑自己需要的小额商品，于是不得不为那10%而再贴钱在“天天”买东西。广告中那点“诚意”竟又成为另一种促销手段！一名后来向法庭作证的中年男子因在原柜台找不到相当于10%价格的合适的小额商品，只好选短裤，但又没有他穿的男式短裤，便生平第一次带回一条太太穿的女式短裤。

愤怒的顾客开始投诉了。他们分别将情况向蛇口消费者委员会、深圳市消费者委员会、蛇口消息报和本报等单位和部门反映。10月17日，《蛇口消息报》以《天天上当？》为题发表署名为“谢梅”的读者文章，首次公开揭露“天天”的丑行。10月23日，本报根据顾客的投诉，在向蛇口消费者委员会、“天天”一名副总经理以及其他曾经受骗的顾客电话询问之后，刊出《天天商场食言，顾客利益受损》的消息和《以信为本　公平竞争》的短评，进一步揭露和批评“天天”愚弄消费者的行径。

对自己的错误和新闻界的批评，“天天”非但不思悔改，反而狮子大开口，恶人先告状，将矛头对准批评它的新闻界。10月20日，“天天”给蛇口消息报去函，在大骂《天天上当？》一文作者是“颠倒黑白”的“商愚”并做了一番强词夺理的辩解之后，要求该报和作者分别“赔偿”10万元和1万元，否则就告到法庭。见此威胁无效，它便先后向南山区法院（未受理）和市中级人民法院告状。11月4日，“天天”又以“侵害名誉权”名义，向福田区法院起诉本报，并索价100万元。3天后，本报收到“应诉通知书”，一场由原告人无理缠讼的闹剧就此展开。

狡辩无济于事

在11月23日福田区法院的庭审中，“天天”的法人代表及其副手们拉大嗓门反复唠叨这样一句话：他们“提前兑还”那10%，是为顾客做了一件“天下难得的大好事”。

这果真是件大好事吗？请看事实：

首先，在“提前兑还”的幌子下将顾客两三年内兑取20%—100%的权力无理取消，这对顾客来说是一件大坏事，因为当时许多顾客购物正是冲着能在3年内还本而来的。一年后才兑还10%，这对绝大多数消费者而言吸引力并不大。众所周知，在商贾云集、店铺林立的深圳特区（包括蛇口在内），商业竞争相当激烈，真真假假的“让利”“降价”销售可谓比比皆是。别说一年后或七个月后才兑还10%，即便购物时立即兑还，充其量不过是个九折，这在深圳并不是很具诱惑力的招牌。当初“天天”若只打这个招牌，绝不可能达到那样的促销目的。

其次，从“天天”经营者给蛇口消息报的函和在法庭上的陈述看，似乎这“提前”二字已经让顾客占了老大便宜，因为这是他们“对消费者的一个重大让利”。其实不然。人们大多有这样的常识：对于已经上架销售的货品，在今后的岁月里价格一般降多于升，因为它们极有可能被更好的同类商品所替代。因此，顾客今天买的商品，如果不是当场打折而是在1年或几个月后才“兑还”10%，是没什么意义的，尤其是在商业竞争激烈的年代。正如一位顾客说的那样：她去年10月9日去“天天”购一套裙，标价680元，营业员说是进口羊毛，不讲价；谁知11月12日再去时，该套裙的标价已改为358元。可见这一规律在“天天”也然。既如此，“重大让利”从何谈起？

大概面对顾客的质问和新闻界的批评，“天天”也觉理亏，却又不愿认输，便玩弄起文字游戏来。“天天”的法人代表及其副手们在法庭上一再强调，他们在9月的“天天商业敬告”广告中并没有说2年、3年不再兑还，“过期无效”4字只是针对“提前兑还”而言。这真让人贻笑大方了。读者读到这里，不妨回头看看前面的引文。任何一个有中学文化程度的人都不难从中得出这样的结论：“天天”的“购物还钱”到去年9月30日就停止了，只是“为表诚意”，才提前继续兑还那10%，但截止日期为今年1月1日，过期无效（请注意“过期无效”前面是个句号）。

如果说“天天”在这么多新闻媒介上登的广告都犯了同一个错误，以至读者们统统误解了“天天”的本意进而引起了投诉和争端，那么“天天”理应在报上做一解释。可惜它没有这样做。它甚至在《蛇口消息报》载文批评后给该报的洋洋近两千言的信函（见该报去年10月31日）中也只字未说原承诺继续有效。为了对消费者负责和维护社会的安定，也为了挽救这家位于闹市口、看上去挺不错的商场，本报曾在登报后派记者专程拜访“天天”的法人代表兼总经理张勇，表示愿意在报上刊登“天天”向消费者的解释。但张拒绝了这一送上门的机会。他甚至把客气当福气，在后来的法庭上无耻地称本报此次造访是想与他“私了”。

种种迹象表明，“天天”的负责人从骨子里就不愿履行当初的诺言，或者说当初许下诺言就是为了骗人（这一点已被后来的事实彻底证实）。但在法庭上他们还要强行挣扎。他们向法庭提交了唯一用以证明其承诺未被中止的“证据”——商场内部的一份“行政会议纪要”。这份日期为9月19日的“纪要”，确有原承诺仍然有效的字样。但阅者不禁顿生疑窦：既然是“行政会议”做出的如此重要的“决定”，为何不在5天后刊出的“提前兑还”广告中提及？这“纪要”究竟是当初就有的，还是为了打官司而于事后炮制的?

眼看在是否履行诺言这个大问题上瞒不过去，“天天”又在细节上找茬诬告报纸失实，说商场并没有规定多份凭据不能合并兑还购物。但证人们向法庭提交的证词立刻戳穿了“天天”的谎言。其实，“天天”在这细节上只是耍了一个“瞒天过海”“暗度陈仓”的花招。

整个10月，“天天”的营业员都在采取“一张凭据兑换一种商品、多余款由顾客另交”的做法。只是在报纸批评、“天天”向法院起诉之后，商场才开始改变这一做法，并于11月8日悄悄地在商场门口贴出一张“补充规定”，同时将原有的一张规定覆盖掉。而这一天，距“天天”向蛇口消息报致书问罪和福田法院受理其对本报的起诉已分别有18天和4天。笔者11月16日到达该商场时，还依稀可透过新规定看出原规定的日期：10月12日。“补充规定”主要增加了两项内容：一是原公告规定的兑还期不变；二是同一顾客可以多单合并兑还。多么凑巧，这新增的两条恰好是顾客表示不满和报纸给予批评的关键!

显然，“天天”不得已这样做是为了应付这场由它挑起的官司。可惜这“亡羊补牢”的做法已无法改变它欺骗消费者的性质。

骗到了法院头上

写到这里，笔者要向公众披露一件未曾见诸报端的事实：

“天天”的房子，产权属于招商局蛇口工业区房地产公司。以张勇为首的蛇口天天商业企业连锁有限公司于1993年11月11日与房主签订了为期3年的租用合同。而“天天”却于1994年2月向消费者许愿，在其商场购物满3年可兑还100%。换句话说，只有在“天天”因合同期满而很可能已在原地消失2个月后，读者才有权利去圆那100%的“兑还梦”。这不是蓄谋已久的欺骗还会是什么!

事实上，这梦的破灭期早已大大提前。因为即使“天天”不在新闻媒介上登悔约广告，它也无法履行诺言。“天天”开业不久，就拒不履行每月10日前向房主交租金的合同。房主在多次催款而不得的情况下告到南山区法院。南山区法院一审判决后“天天”不服，上诉市中级人民法院。中院最后于去年11月中旬二审维持原判，判决“天天”偿还拖欠的房租、违约金共550多万元，并限该公司（连商场）40天内迁出现址。也就是说，就在“天天”的法人代表色厉内荏地与本报对簿公堂并宣称两三年的兑还期继续有效的时候，这家商场在原址的存在期只剩半个多月了。

这样一个臭名在外且完全不讲商业道德、漠视契约精神的公司，谁还敢与它做生意？可笑的是，“天天”的负责人在11月23日的法庭上还一再恬不知耻地称“商誉是一个企业的生命”，把一些客户不愿继续与其往来的责任归咎于10月23日本报的批评报道，并以此为由要求本报赔偿100万元的“经济损失”。

更不可思议的是，“天天”的欺骗手腕竟要到了法院头上——

其一：在开庭审理过程中，“天天”的几名负责人一再向审判长强调他们的购物还钱活动是在国家内贸部发出《禁止举办还本销售》通知的前提下停止的，并挥起大棒指责本报的报道“直接干预了企业按国家政策的正常调整”。事实如何呢？“天天”的“停止”广告见报于9月24日，内贸部的通知见报于10月19日，而直至笔者11月16日到蛇口时，当地工商局还未接到有关通知。缘何因果倒置如是？再者，内贸部通知的禁止范围是国有企业，出发点是为了维护消费者的利益使之不再上“天天”这类商家的当，文中并无一处提到可以不履行过去已作的承诺。

其二：“天天”起诉本报或其他报纸，动辄要价上百万元，以至在涉及本报的案件开庭前又欲将100万的价码提高到500万元（后经了解是在法官的劝说下才作罢的）。声称学过法律并持有律师牌的“天天”法人代表张勇应该清楚，诉讼费与索赔标的成比例增加，他们必须预交数量不菲的诉讼费才能打这官司。然而他却装聋作哑，直到费用已成开庭的先决条件时，才出具缓交的书面申请，许诺在11月31日前交齐诉讼费。结果，法院直到今年1月11日笔者发稿也未收到“天天”分文官司钱。张勇当初压根儿就没想付这钱，不过临时糊弄法院而已。开庭后没几天，他就金蝉脱壳——溜了，连在法庭上和他一唱一和的那名副总经理也不知其去向而叹息自己是受害者。

事情不该就此结束

去年11月26日，蛇口天天商业城突然关闭。法人代表兼总经理张勇和董事长孙良子（女）在两天前已神秘失踪。副总经理王光辉当众证实：“我们的张总已经逃跑了。”据蛇口消息报报道，11月25日，当30多家厂商和客户拿着张勇开具的小额支票去银行取货款时，却被告知是空头支票不能支取。

“天天”以最后的欺骗扔下了一个烂摊子：包括副总经理在内的商场职工领不到工资，向“天天”提供货物的供货商催不回货款，房主应得的租金无处讨要，早应向法院交纳的诉讼费杳无踪影……是南山区政府垫资支付了员工的薪金并维持厂商取货的秩序，才平息了一场混乱。

至此，“天天”自始至终的欺骗行径彻底大白于天下。但令人失望的是，法院却未能为这黑白分明的案子划上应有的句号。

笔者曾请教多位法律界专家，他们无一不认为此案事实清晰、不难判断。可是，当广大消费者、读者翘首以待最后的结果时，福田区法院却不顾本报的多次反对，发出了“撤诉”的裁定书，而客观上出现这是非不明结果的唯一理由，就是原告（“天天”）未交诉讼费。

据了解，“天天”赖账，法院也有责任。福田区法院在决定受理此案时忘了及时发出交费通知书，直到开庭前两天才想到通知“天天”。该法院的民事审判庭在11月23日开庭前仍未收到诉讼费，却又临时决定坚持开庭，并在对原告信誉、品德、经济状况不甚了解的情况下允许其缓期交纳诉讼费，最终导致原告法人代表逃跑，诉讼费落空。笔者曾请教处理此案的法官：既然原定的开庭时间与原告申请缓交诉讼费的最后期限只相差8天，为何不能等几天再开庭？答曰“不必”。

那么，未交诉讼费是否一定要作自动撤诉处理？有关律师认为未必。虽然“天天”未交诉讼费，但法院既已对本案的实体部分开庭审理，在事实清楚的情况下就应尽量做出实体判决（例如驳回原告诉状），按自动撤诉处理显然不妥。奇怪的是，在全案不甚了了的情况下，该法院对本报充分行使自己的民事权利而依法提起的反诉却做出了“驳回”的实体判决。当问及为何原告的诉状不能驳回时，法官说两者的区别就在于本报及时交纳了诉讼费。笔者茫然。

蛇口天天商业企业连锁有限公司（天天商业城）欺骗了消费者，欺骗了读者，欺骗了它的经济合作伙伴，欺骗了法院，留下了至今尚未处理完毕的恶果，破坏了特区良好的商业环境。这已是无可争辩的事实。对这事实的责任人，就任其一跑了之、万事大吉了吗？

对事情最终公平的解决，法律应该有办法！

故事——见报稿二：

原告赖交万元讼费 “天天”案以撤诉告结

本报记者 辜晓进

（《深圳特区报》1995年1月14日第1版）

蛇口天天商业企业连锁有限公司诉深圳特区报侵害其名誉权一案，日前已获得裁决。深圳市福田区人民法院因原告逾期不交纳1万多元的诉讼费而将此案作撤诉处理。

原告主管的蛇口天天商业城于去年9月在传媒刊登广告，宣布停止履行7个月

原告赖交万元讼费

『天天』案以撤诉告结

【本报讯】(记者辜晓进)蛇口天天商业企业连锁有限公司诉《深圳特区报》侵害其名誉权一案，日前已获得裁决。深圳市福田区人民法院因原告逾期不交纳1万多元的诉讼费而将此案作撤诉处理。

原告主管的蛇口天天商业城于去年9月在传媒刊登广告，宣布停止履行7个月前向消费者所作购物二三年可分别“还本”20%和100%的承诺，引起顾客不满。本报在顾客投诉和记者调查的基础上于10月23日刊出消息和短评，对商场的错误行为进行了揭露和批评。该商场遂向福田区法院告《深圳特区报》侵权，并要求赔偿“损失”100万元。本报立即应诉。法院于11月23日开庭审理。双方在法庭上均表示拒绝调解。

这份签署日期为去年12月22日却于今年1月9日才送达《深圳特区报》的《民事裁定书》称：“本院认为，当事人进行民事诉讼交纳诉讼费是法定的义务，原告在诉讼期间不按期交纳诉讼费，法院对其实体事宜不予审理，对此，本诉应依法按撤诉处理。”

新闻界昨举行迎春联欢晚会

『老记』庆丰收

【本报讯】(记者刘东仁)北国冰天雪地的季节，鹏城却开满木棉花。富临大酒店华富厅昨晚一片热闹景象，由深圳市新闻工作者协会、深圳市新闻学会主办的’95新闻界迎春联欢会”在这里举行。我市新闻界300位同仁欢聚一堂，市委常委、宣传部部长邵汉青等出席联欢会。

我市新闻事业去岁取得大丰收。目前，全市已有11家公开发行的报纸，3家电台、电视台，67个正式登记的驻深记者站，新闻从业人员已达2000多人。

邵汉青在讲话中希望我市新闻工作者继续发扬奉献精神，在新的一年以浓墨重彩书写特区改革开放的成就。她还希望新闻单位加快探索体制改革，加快发展速度，提高质量。

市记协主席区汇文在会上介绍了深圳新闻事业蓬勃发展的情况。

富临大酒店总经理也藉此向全市人民拜年，欢迎各界朋友光临酒店品尝节日佳肴，欢度春节和元宵佳节。

本版责任编辑 云采 李强

扶持协作

扶持山区做法

派挂职干部、开展对口扶
作，他们亲自到梅州考察
和指导，并先后组织了由
部门参加的考察团(组)
多批、450多人到梅州参
察、洽谈合作项目，从而增
各级领导和有关部门对梅
了解，加强了两地多层次
域的交往，推动了对口扶
作的开展。二是积极探索
新路子，不断拓宽扶贫渠
合作领域。该报告指出，深圳在对口扶持上，并不
于单纯给钱给物的传统做法，而是注意发动有关
有关人员开动脑筋，积极开展调查研究、理论探讨
领域进行合作交流、提出了许多具有创意的设想
新的台阶。三是选派得力干部，加强对挂职干部的
选派的挂职干部大部分都是市、区经济综合部门
质都较好，他们在挂职所在地都能克服各种困难
当地政府和群众的普遍好评；同时，深圳还十分注
教育，使他们得到了较好的锻炼。四是注重办实事
这方面所做的工作归纳为五点，即牵线搭桥，引
资金困难；捐款捐物，为当地办好事、办实事
才；设立经济合作发展基金，发动全社会支持扶
帮助当地的经济起飞起到了重要的作用。

我市与梅州及所属县(市、区)实行干部双
作，是从1991年下半年开始的，几年来，共抽
梅州挂职锻炼。

一场彻头彻尾的骗局

——蛇口天天商业城欺骗消费者事件述评

本报记者 辜晓进

蛇口天天商业城(以下简称“天天”)欺骗消费者被曝光，进而引出法律纠纷的事件，迄今已持续二三个月了。福田区人民法院以告状者不交纳诉讼费为由在开庭审理此案一个月后作了撤诉处理。

尽管法院以这样的裁决代替应有的判决未免令人遗憾，事情毕竟已暂告一段落。

几十天来，广大读者和消费者十分关注此事的发展，不断有人打电话到报社，希望本报能跟踪报道此事直至为消费者讨回公道。但本报恪守职业道德，为了创造一个公平的法律环境，从“天天”起诉到法院裁决，除开庭消息以外对此未置一词。

现在应该说了。

消费者不是阿斗

因时间间隔较久，有必要略述此事的来龙去脉。

去年2月8日，位于蛇口海上世界附近的天天商业城突然通过传媒大肆宣扬其“购物还钱”的计划，并宣称：“自购物之日起满三年的，凭购物销售单一次性兑还与原金额等值的商品(九十天内有效)。购物满两年不满三年的，凭购物销售单一次性兑还与原金额20%的商品。购物满一年不满两年的，凭购物销售单一次性兑还与原金额10%的商品。”

买商品无论多少，3年就能把花出去的钱捞回来，天下真有这样的好事?人们议论纷纷。然而，当人们看清楚许此诺言的是一家有着4000平方米营业面积的大型商场时，多数人还是抱着“宁信其有不信其无”的态度上门购物去了。一些本不想买东西或原打算在附近商店买东西的市民也相继前去光顾这家商场。

“天天”营业额猛增，“促销”行动宣告成功。

于是，就在顾客手里攥着盖有“天天”两颗公章和总经理大印的“购物还钱凭证”，指望两三年后兑现的时候，“天天”已开始了它的毁约行动。

去年9月24日，“天天”在深圳新闻媒介上刊出《天天商业敬告》的广告，说将从10月1日开始实行“一种新型‘公开商品进价，接受顾客监督’的商业格局”，并宣布：

“由于在高额效益和低额效益面前，我们选择了后者，前期实行的‘购物还钱’与新的经营格局不再相适应，为此决定从1994年9月30日起停止。为表诚意，从1994年10月1日至1995年1月1日止，凡持有天天商业购物还钱凭证的顾客，可在此规定期间凭购物还钱单在天天平价商场一次性提前兑还与原金额10%的等值商品。过期无效。”

(下转第二版)

《深圳特区报》1995年1月14日第1版

(上接第一版)

这则广告明确无误地告诉消费者，“天天”7个多月内与他们以“凭证”形式订下的“还钱”契约，已被对方一笔勾销。无奈的消费者只好拿着那张纸条以“聊胜于无”的心情去兑那10%的商品。

愤怒的顾客开始投诉了。他们分别将情况向蛇口消费者委员会、深圳市消费者委员会、《蛇口消息报》和本报等单位和部门反映。10月17日，《蛇口消息报》以《天天上当?》为题发表署名为“谢梅”的读者文章，首次公开揭露“天天”的丑行。10月23日，本报根据顾客的投诉，在向蛇口消费者委员会、“天天”一位副总经理以及其他曾经受骗的顾客电话询问之后，刊出《天天商场食言，顾客利益受损》的消息和《以信为本公平竞争》的短评，进一步揭露和批评“天天”愚弄消费者的行径。

对自己的错误和新闻界的批评，“天天”非但不思悔改，反而狮子大开口，恶人先告状，将矛头对准批评它的新闻界。10月20日，“天天”给《蛇口消息报》去函，在大骂《天天上当?》一文作者是“颠倒黑白”的“商愚”并作了一番强词夺理的辩解之后，要求该报和作者分别“赔偿”10万元和1万元，否则就告到法庭。见此威胁无效，它便先后向南山区法院(未受理)和市中级人民法院告状。11月4日，“天天”以“侵害名誉权”名义，向福田区法院起诉本报，并索价100万元。

骗到了法院头上

这里，笔者要向公众披露一件未曾见诸报端的事实：

“天天”的房子，产权属于招商局蛇口工业区房地产公司。以法人代表兼总经理张勇为首的蛇口天天商业企业连锁有限公司于1993年10月11日、11月1日、12月8日与房主签订了3份为期3年的租用合同。而“天天”却于1994年2月向消费者许愿，在其商场购物满3年可兑还100%。换句话说，只有在“天天”因合同期满而很可能已在原地消失2个月后，读者才有权利去圆那100%的“兑还”梦。这不是蓄谋已久的欺骗还会是什么!

事实上，这梦的破灭期早已大大提前。因为即使“天天”不在新闻媒介上登悔约广告，它也无法履行诺言。“天天”开业不久，就拒不履行每月10日前向房主交租金的合同。房主在多次催款而不得的情况下告到南山区法院。南山区法院一审判决后“天天”不服，上诉市中级人民法院。中院最后于去年11月中旬二审维持原判，判决“天天”偿还拖欠的房租、违约金共550多万元，并限该公司(连商场)40天内迁出现址。也就是说，就在“天天”的法人代表色厉内荏地与本报对簿公堂并宣称二三年的兑还期继续有效的时候，这家商场在原址的存在期只剩半个多月了。

这样一个臭名在外的公司，谁还敢与它做生意?可笑的是，“天天”的负责人在去年11月23日的庭审中还一再恬不知耻地侈谈“商誉是一个企业的生命”，把一些客户不愿继续与其往来的责任归咎于10月23日本报的批评报道，并以此为由要求本报赔偿100万元的“经济损失”。

更不可思议的是，“天天”的欺骗手腕竟耍到了法院头上——

其一：在开庭审理过程中，“天天”的几位负责人一再向审判长强调他们的购物还钱活动是在国家内贸部发出《禁止举办还本销售通知》的前提下停止的，并挥起大棒指责本报的报道“直接干预了企业按国家政策的正常调整”。事实如何呢?“天天”的“停止”广告见报于9月24日，内贸部的通知见报于10月19日，而直至笔者11月16日到蛇口时，当地工商局还未接到有关通知。缘何因果倒置如是?再者，内贸部通知的禁止范围是国有企业，出发点是为了维护消费者的利益使之不再上“天天”这类商家的当，文中并无一处提到可以不履行过去已作的承诺。“天天”打这样的幌子想骗谁?

其二：“天天”起诉本报或其他报纸，动辄要价上百万元，以至在涉及本报的案件开庭前又欲将100万的价码提高到500万元(是在法官的劝说下才作罢的)。声称学过法律并持有律师牌的“天天”法人代表张勇应该清楚，诉讼费与索赔费成比例增加，他们必须预交数量不菲的诉讼费才能打这官司。然而他却装聋作哑，直到费用已成开庭的先决条件时，才出具缓交的书面申请，许诺在11月31日前交齐诉讼费。结果，法院直到笔者发稿也未收到“天天”分文官司钱。张勇当初压根儿就没想付这钱，不过临时糊弄法院而已。果然，开庭后第二天，他就金蝉脱壳——溜了，连在法庭上和他一唱一和的那位副总经理也不知其去向而叹息自己是受害者。

事情不该就此结束

去年11月26日，蛇口天天商业城突然关闭。法人代表兼总经理张勇和董事长孙良子(女)在两天前已神秘失踪。副总经理王光辉当众证实：“我们的张总已经逃跑了。”据《蛇口消息报》报道，11月25日，当30多家厂商和客户拿着张勇开具的小额支票去银行取货款时，却被告知是空头支票不能支取。

“天天”以最后的欺骗扔下了一个烂摊子：包括副总经理在内的商场职工领不到工资，向“天天”提供货物的供货商催不回货款，房主应得的巨额租金无处讨要，早应向法院交纳的诉讼费杳无踪影……是南山区政府垫资支付了员工的薪金并维持厂商取货的秩序，才平息了一场混乱。

至此，“天天”自始至终的欺骗行径彻底大白于天下。但令人失望的是，法院却未能为这大是大非的案子划上应有的句号。

笔者曾请教多位法律界专家，他们无一不认为此案事实清晰、不难判断。可是，当广大消费者、读者翘首以待最后的结果时，福田区法院却不顾本报的多次反对，发出了“撤诉”的裁定书，而客观上出现这是非不明结果的唯一理由，就是原告(“天天”)未交诉讼费。

据了解，“天天”赖账，法院也有责任。福田区法院在决定受理此案时忘了及时发出交费通知书，直到开庭前两天才通知“天天”。该法院的民事审判庭在11月23日开庭前仍未收到诉讼费，却又临时决定坚持开庭，并在对原告信誉、品德、经济状况不甚了解的情况下允许其缓期交纳诉讼费，最终导致原告法人代表逃跑，诉讼费落空。笔者曾请教处理此案的法官：既然原定的开庭时间与原告申请缓交诉讼费的最后期限只相差8天，为何不能等几天再开庭?答曰“不必”。

那么，未交诉讼费是否一定要作自动撤诉处理?有关律师认为：未必。虽然“天天”未交诉讼费，但法院既已对本案的实体部分开庭审理，在事实清楚的情况下就应尽量作出实体判决(例如驳回原告诉状)，按自动撤诉处理显然不妥。奇怪的是，在全案不甚了了的情况下，该法院对本报充分行使自己的民事权利而依法提起的反诉却作出了“驳回”的实体判决。当问及为何原告的诉状不能驳回时，法官说两者的区别就在于本报及时交纳了诉讼费。笔者茫然。

蛇口天天商业企业连锁有限公司(天天商业城)欺骗了消费者，欺骗了读者，欺骗了它的经济合作伙伴，欺骗了法院，留下了至今尚未处理完毕的恶果，破坏了特区良好的商业环境。这已是无可争辩的事实。对这事实的责任人，就一跑了之、万事大吉了吗?

深圳已经是一个法制越来越健全的社会，对事情最终公平的解决，法律应该有办法!

《深圳特区报》1995年1月14日第2版

前向消费者所作购物两三年可分别“还本”20%和100%的承诺，引起顾客不满。本报在顾客投诉和记者调查的基础上于10月23日刊出消息和短评，对商场的错误行为进行了揭露和批评。该商场遂向福田区法院告本报侵权，并要求赔偿“损失”100万元。本报立即应诉。法院于11月23日开庭审理。双方在法庭上均表示拒绝调解。

这份签署日期为去年12月22日却于今年1月9日才送达本报的民事裁定书称：“本院认为，当事人进行民事诉讼交纳诉讼费是法定的义务，原告在诉讼期间不按期交纳诉讼费，法院对其实体事宜不予审理，对此，本诉应依法按撤诉处理。”

发展：大百货时代终于来临

不过，“天天”事件也在一定程度上促进了深圳的商业转型。在天天商业城1993年开业前，这种类似于内地百货公司的统一进货、统一经营的商场是很少的，主要就是福田区的天虹商场和罗湖区位于东门老街的大江南商场。名气很大的国贸商场主要由香港人经营，以分租柜台形式售货。规模小一点的商场还有罗湖的友谊商场和福田的兴华商场等。深圳街头随处可见的是类似东门老街的小商铺。1995年前，历年全国商业百强的排名评比都与深圳无缘。1995年全国百强最末一名的销售额为3亿元，也明显超过深圳最大的商场，这都因为深圳的商场规模太小。

好在这种分散经营的情况从1994年起有所改变。改变的标志是万佳的出

1996年老东门的商业步行街，中国内地第一家麦当劳店就于1990年在这里开张（余海波 摄）

现。这年的7月17日，位于华强北的万佳超市开业。这是国内首家仓储式大型自选超市，商场面积4200平方米，空间有8米高，货架堆了好几层。这种推着小车购物而货品非常丰富的购物环境吸引了很多人，也带动了周边的商业发展。1995年，东方新世界百货、千百意、三九人人、金轮、中百惠等大型商场接踵而来。1996年1月28日，岁宝百货开业。该商场营业面积1.8万平方米，20多部电梯连接10层楼的购物区，创了深圳商场单店营业规模的历史纪录。就在岁宝开业前10天，我看到这个趋势，忍不住在报纸上发了一篇文章《大百货时代终于来临——写在深圳最大零售商场开业之前》。

后来的事实证明了我的判断。就在岁宝百货开业后仅半年多，全球500强企业、美国最大零售商沃尔玛在深圳开设中国第一家山姆会员店和沃尔玛购物广场。我1995年首次访美期间曾好奇地参观过当地的山姆店，还买了一对Bose环绕小音箱和连接线带回来，没想到这么快深圳就有了它的分店。同年，欧洲最大零售商家乐福也在深圳开店。第二年，同样是世界五百强的德国最大零售商麦德龙在深圳开店。而深圳本土零售商也在不断做大规模。万佳于1996年起大量开设分店，到1997年已成为广东省第一大零售企业（后并入华润，更名华润万家）。1997年开业的茂业百货也很快展开连锁化经营，而且规模一个比一个大。一直立足单店经营的老牌商场天虹也开始了连锁经营。深圳仿佛在一夜间，冒出了很多大型百货商场，而且都是统一经营模式。

大型百货商场的高级形态是类似于欧美“Shopping Mall”的购物中心。这方面深圳也起步较晚。广州天河城、上海港汇恒隆广场、北京国贸等出现时，深圳的购物中心还是零。但凭借20世纪90年代中后期大型百货商场爆发性增长的势头，深圳于21世纪初以2002年中信城市广场（现名新城市广场）的开业为标志，开始大量涌现各种购物中心。万象城、海岸城、海雅百货、万象天地、壹方天地等购物中心纷纷问世，没有最大，只有更大。2017年世邦魏理仕发布的《全球购物中心发展》报告显示，深圳在建购物中心以458万平方米位列全球第一。深圳的南山区则排在深圳各区之首，其人均购物面积为1.54平方米，已超出国际标准28%。

笔者2018年指导深大新闻系一组学生进行了关于深圳购物中心的调查报道，大量数据表明，以南山区为首的深圳一些城区的购物中心已经过剩。2018年6月公布的2017年中国零售百强的前50名中，总部位于深圳的华润万家、沃尔玛（中国）、天虹商场、茂业国际等赫然在列，占比8%。其中华润万家排第6位，仅次于天猫、京东、大商、苏宁、国美这些电子商务或以电子商务为核心的零售商[1]。这时再回望90年代，真可谓天壤之别啊。

故事——见报稿三：

大百货时代终于来临

——写在深圳最大零售商场开业之前

本报记者 辜晓进

（《深圳特区报》1996年1月17日第18版）

再过10天，一个营业面积达1.8万平方米、货物占据10层楼、有20多部电梯纵横连接的超大型百货商场——岁宝百货就要投入服务。届时，深圳人呼唤已久的大百货时代确实已经到来。

曾几何时，深圳的零售业还是个体小业主的天下。即使到了90年代初，无论是外地来客还是本地居民，在逛了东门老街五彩缤纷的店铺和国贸大厦内数不清的出租柜台之后，都坚信：这就是深圳商业的代表。

对这类大街小巷随处可见的小商店，人们在享受了它们的方便之后已感到了它们的不便。最大的不便就是近年来让人们深恶痛绝的假冒伪劣商品难以在这些店里杜绝。其次是顾客购买多种物品时必须跑很多商店，费力费神，无法做到一站制的购买。如果顾客尚不清楚自己所要的东西哪家商店有售，那就更麻烦了。这时顾客的迫切愿望，就是一头扎进某家大而全的百货商场，把自己需要的物品一次搞掂。

可是就在不远的过去，这种大商场在深圳是少而又少。位于深南中路西端的天虹商场长期火爆的一个原因，就是在相当大的范围内，它是唯一能解决顾客此种需求的商店。同样原因也使大江南商场能够在千店毕集的东门立于不败之地。于是，一股“大百货”的潮流开始在特区涌动。这两年先后诞生了东方新世界、万佳、千百亿、三九人人等大型商场，近一个月更连续崛起了金轮、中百惠这样营业面积上万平方米的商场，而深圳有史以来最大的百货商场岁宝百货也将在下周耸立在罗湖、福田两区交界的红岭路上。世界最大零售商美国沃尔玛集团在深投资的大型百货商场则磨刀霍霍，似也想赶在这个春天杀将过来。

[1] 2018年中国零售100强排行榜出炉，天猫、京东、大商名列前三位[EB/OL]．[2018-08-04]. https://baijiahao.baidu.com/s?id=1607851144731023155&wfr=spider&for=pc.

大百货的最大优点是信誉高，大而全。前不久笔者行将访美，大洋彼岸的母亲招呼我带一只顶针给她。顶针是状如戒指套在手上用于缝纫的金属物，非但多数现代人不屑去用，更有不少年轻人即使见了也不知为何物。这样的小商品实在不知哪里有售。最近，家中一白炽灯坏了，妻子到一家卖有各种灯具的百货店却买不到灯泡。于是，我拿这两样东西问岁宝百货的总经理是否有售，她答得干脆：“没问题！”继而解释说：“当然，卖顶针、灯泡、气门芯这类东西赚不到什么钱，只为提供方便。我们卖的自行车、灯具等商品，都有全套配件出售，甚至9楼儿童世界里还配售少儿图书。”老百姓呼唤的大百货，不就是这样的吗？

大百货不仅利民，更促进深圳的商业上规模、上档次。在历年评选全国商业百强的活动中，商品活动堪称活跃的深圳却每每与之无缘，皆因商场规模太小，与去年百强的最末名（年销售额3亿多元）尚有差距。然而在大百货的浪潮中，行家们一致看好今年，断定深圳会金榜题名。

B □现代风

深圳特区报 鹏城今版

现代 风

本版责任编辑 辜晓进 夏岩青 本版电话：3902688转8328

营销寻踪 □本报记者 辜晓进/文 梅 戈/图

大百货时代终于来临
——写在深圳最大零售商场开业之前

再过10天，一个营业面积达1.8万米、货物占据10层楼、有20多部电梯纵横连接的超大型百货商场——“岁宝百货”就要投入服务。届时，深圳人呼唤已久的大百货时代确实已经到来。

曾几何时，深圳的零售业还是个体小业主的天下。即使到了90年代初，无论是外地来客还是本地居民，在逛了东门老街五彩缤纷的店铺和国贸大厦内数不清的出租柜台之后，都坚信：这就是深圳商业的代表。

对这类大街小巷随处可见的小商店，人们在享受了它们的方便之后已感到了它们的不便。最大的不便就是近年来让人们深恶痛绝的假冒伪劣商品难以在这些店里杜绝。其次是顾客购买多种物品时必须跑很多商店，费力费神。如果顾客尚不清楚自己所要的东西哪家商店有售，那就更麻烦了。这时顾客的迫切愿望，就是一头扎进某家大而全的百货商场，把自己需要的物品一次搞掂。

可是就在不远的过去，这种大商场在深圳是少而又少。位于深南中路西端的天虹商场长期火爆的一个原因，就是在相当大的范围内，它是唯一能解决顾客此种需求的商店。同样原因也使大江南商场能够在千店毕集的东门立于不败之地。于是，一股“大百货”的潮流开始在特区涌动。这两年先后诞生了东方新世界、万佳、千百意、三九人人等大型商场，近一个月更连续崛起了金轮、中百惠这样营业面积上万米的商场，而深圳有史以来最大的百货商场“岁宝百货”也将在下周耸立在罗湖、福田两区交界的红岭路上。世界最大零售商、美国沃尔玛集团在深投资的大型百货超市则磨刀霍霍，似也想赶在鼠年春天杀将出来。

大百货的最大优点是信誉高、大而全。前不久笔者行将访美，大洋彼岸的母亲招呼我带一只顶针给她。顶针是状如戒指套在手上用于缝纫的金属物，非但多数现代人不屑去用，更有不少年轻人即使见了也不知为何物。这样的小商品实在不知哪里有售。最近，家中一白炽灯坏了，妻子到一家卖有各种灯具的百货店却买不到灯泡。于是，我拿这两样东西问岁宝百货的总经理是否有售，她答得干脆：“没问题！”继而解释说：“当然，卖顶针、灯泡、气门芯这类东西赚不到什么钱，只为提供方便。我们卖的自行车、灯具等商品，都有全套配件出售，甚至9楼儿童世界里还配售少儿图书。”老百姓呼唤的大百货，不就是这样的吗？

大百货不仅利民，更促进深圳的商业上规模、上档次。在历年评选全国商业百强的活动中，商品活动堪称活跃的深圳却每每与之无缘，皆因商场规模太小，与去年百强的最末名（年销售额3亿多）尚有差距。然而在大百货的浪潮中，行家们一致看好今年，断定深圳“金榜题名”会有时。

甜咖啡 □吕维

浓妆淡抹

化妆品是现代都市女人的宝贝，无论老少美丑，全都对它一往情深。女人们痴心地认为，拥有了它就等于拥有了驻颜和美容的法宝。

化妆品是专属于女人的补品，它轻轻巧巧的，用无言的细腻、用缤纷的芬芳把女人们的一寸寸肌肤、一缕缕心思都滋养得润润酥酥的。当你睡眠不足时、当你心绪不佳时、当你缺乏自信时，又快又好的改变方式，就是好好去洗个脸，然后端坐在梳妆台前，化个靓妆，心气就此柔顺起来，脚步就此轻盈起来。

站在化妆品柜台前的时候，是最折磨女人的时候。化妆品那神乎其神的广告，早把女人们的胃口吊得高高的，又把女人们一溜小跑地吸引到商场的化妆品柜台前。

考验女人折磨女人的时刻到了：女人们伸长脖子眼巴巴地望

玲珑空间 □储有品

腕上编织迷人

我们面临的是一个瞬息万变的世界，多的是“喜新厌旧”的人。改革开放使国人的生活越来越富裕，他们对美感的追求也越来越浓烈。手表不再是使用便利、计时准确的计时器，它已成为一种饰物，与时装配套，通过款式、造型、色泽乃至表带的变化，以整体装束的和谐感，获得“腕上时装”的美誉。

依据不同款式和色调的时装，配戴不同造型和色泽的表，这也许是一个迷人的梦。爱美女性在一年中随着季节的变化以及穿着场合的需要，也许会更换数十套时装，却未必会变换数十款手表，这多半缘于传统手表价格不菲。然而，以塑胶制成、防水避震，走时准确而又售价低廉的瑞士SWATCH（斯沃琪）手表，却能使美梦成真。

标新立异的设计风格与高科技的魅力，使斯沃琪手表的款式与色泽多采多姿。当新年的钟声撞响，暖融融的春天再次返回大地，斯沃琪的一款创意设计在您的腕上留驻了无限春光：一群群融入大自然生态的可爱雅致的小绵羊，栩栩如生地印在了表面及表带上，令您仿佛置身在田园中，加上布满原野的百合花和蔷薇花，更使您在喧嚣的尘市中感受到浓郁的春意。

斯沃琪还闯入扑朔迷离的神话王国，从亘古的罗马神话中邀来爱神丘比特，在散溢着玫瑰芳香的表面和表带上，化身为“我的爱人（For Your Heast Only）”腕表的精灵，为普天下有情人记下这刻骨铭心的一页。

《深圳特区报》1996年1月17日第18版（《鹏城今版》B版，局部）

顾城身后事：文稿拍卖与《英儿》著作权案

背景：首次文稿拍卖轰动全国留下后遗症

1993年的深圳，除了“8·5”大爆炸，还有一件文坛大事也震动了全国，这就是“1993深圳（中国）首次文稿公开竞价”，发起者是深圳青年杂志社，后来与广东省期刊实业发展公司联合举办。《深圳青年》创刊于1988年，20世纪90年代已成为深圳发行量最大的期刊，最高发行40万册。1992年，我后来采访过的该刊记者王星提出了这个创意，初衷是利用市场机制为中国的作家们创造一个挣钱的机会。此举当然也有利于提高杂志的知名度和增加广告机会，把它看作是一个高明的营销也无不可。此举很快得到包括时任社长王京生在内的杂志领导班子同意。经向团市委、市新闻出版局和市委宣传部请示，也得到支持。喜欢写散文的时任市委副书记林祖基批示“这也是一项改革”。这一活动还得到冰心、王蒙等大家的认可。

这项活动于1993年5月正式启动，消息传出，文坛顿时热闹起来。在新中国长期以来低稿酬制度下，写作的作家们纷纷介入其中，各种闻所未闻的作品标价引发关注。《深圳青年》在当年7月号发表题为《为文人造个海》的“卷首语”（署名“王京生、邓康延”），说“优稿优酬，也许惊世骇俗，其实顺理成章。在一个能够

深圳特区报

2010年7月14日 星期三 主编 陈建中 美编 李武一

SPECIAL FEATURE 特别策划 A8

鹏程

当年今日话深圳

■ 深圳经济特区建立30周年大型系列报道

1993

"深圳（中国）首次优秀文稿公开竞价"活动是1993年的大新闻：至当年7月14日，已有来自全国23个省、市、自治区400多位作者寄交2000多万字的文稿；10月28日，中国文稿拍卖第一槌敲响，作品全部成交，有的拍出天价。

一个标题拍出108万天价

深圳（中国）首次优秀文稿公开竞价背后鲜为人知的故事

尘封 解密

深圳报业集团记者 陈冰

深圳市委支持文稿竞价

"93深圳（中国）首次优秀文稿竞价"活动的主办者是《深圳青年》杂志社，1993年7月份该刊的卷首语曾激荡过无数人的心。在《要为文人造个海》为题的文章中，主办者呼吁"建立起一个市场，一个公平地体现出知识和知识分子价值的市场，让文人凭着自己智慧，富起来；让智慧仗着文人的经济腰杆，流通起来。"曾担任文稿竞价活动的总监督、原深圳市委常委、宣传部长杨广慧说，在这篇具有划时代意义的宣言刊发前，主办者们已经做了很多工作。

1993年初，当时的《深圳青年》杂志社社长兼总编辑王京生向时任深圳市委常委、宣传部长的杨广慧提出，要筹划首届全国文稿拍卖活动。杨广慧听了觉得非常好，就让他们写一个报告。

1993年3月份，《深圳青年》以杂志社的名义向深圳团市委、市新闻出版局和市委宣传部写了一份请示报告，其中说：在全

文稿拍卖现场气氛热烈。 资料图片

我们不能让已有的金子湮没在砂砾之中。"

杨广慧认为，这是中国精神产品市场

白烨等，到深圳审稿。但是，谁会成为买主呢？文稿拍卖不出怎么交代？组委会对"买主"的排

相关链接

11年之后，文稿拍卖重现深圳。2004年11月19日，首届文博会重点项目"小说影视剧改编权、电影剧本、

诚邀您提供采访线索

诚邀读者朋友继续提供深圳经济特区建立30年来"当年今日"（7月15日以后）的采访线索：您作为当事人，亲身经历的事件；您作为见证人，鲜为人知的故事；您作为记录者，现场拍摄的照片，尤其是由于种种原因未能公开披露事件的解密。

热线电话：0755-83518380；

文字邮箱：Tqbtqbjy@163.com；

图片邮箱：Shenzhentqb@126.com

本版文字未经许可不得转载

当年今日（1980—2010） 7月14日

■ 1988年

我市推行集资统建住宅，解决事业单位住房困难的可行办法。

《深圳特区报》1988年7月14日一版刊发消息。

我市推行集资统建住宅

■ 1990年

轰动全国的"1·25"特大走私、放私案主犯被依法执行枪决。

2010年7月14日，《深圳特区报》刊文回顾文稿拍卖活动（《深圳特区报》截图）

点石成金的时代，我们不能让已有的金子湮没在沙砾之中"[1]。整个活动期间，组委会共收到各类文稿800多部，总计1亿多字。参与活动的作者中，年龄最小的9岁，最大的93岁。有人通过标价在媒体上自我炒作，希望提高知名度或卖个好价钱。由于是新中国前所未有的事情，又可能涉及文化名人，新闻界也如打了鸡血般兴奋，各种报道被广泛传播，使得这起拍卖活动注定要成为中国文坛一件大事。位于深圳广信酒店的组委会忙得不亦乐乎。

但如此自由化的市场行为，也打破了长期形成的作家等级和文艺江湖的游戏规则，因而尚未开拍便争议不断。拍卖前，一些作品已经依买方接受的开价直接交易，其中史铁生的短篇小说《别人》以8000元成交，王东华的40万字社会学专著《新大学人》以8万元成交。此时作家出价已呈越来越高之势，女作家霍达将自己的电影剧本《秦皇父子》标价上调到100万元并成交，权延赤的《毛公山探秘》开价千字万元，叶永烈也将自己的纪实作品《毛泽东之初》的千字价定为3000元。媒体一顿炒作，引起一些作家对这漫天要价行为的不满。当时名气很

[1] 王京生，邓康延.为文人造个海[J].深圳青年，1993（7）.

大的从维熙、刘心武、梁晓声、张洁等6名作家联名宣布退出拍卖活动的监事会并公开发表声明。他们表示，不认同将金钱作为衡量作品质量的“第一尺度”，更反对将文字当股票和地皮来炒。各种批评声此起彼伏，文化部甚至打算叫停这一活动。据说，深圳市委书记厉有为还专门向上面解释，文化部方同意以民间活动方式如期举行，但要求宣传降温，规模缩小。

因诸事纷扰，原定9月8日开拍的竞价活动一再延迟，最后于1993年10月28日下午2点40分，终于在深圳图书馆（位于深南中路的老图书馆）正式开始（原定在深圳会堂，因“规模缩小”的要求而改在场地狭小的图书馆）。按事先设计，买方主要是企业。个人承担巨大风险的王星在拍卖前四处联系企业，组织了企业家、港澳人士等多个座谈会，并预先获得一些企业的购买意向，还成交了一批作品。当日原定经筛选后共30部作品拍卖，但后来考虑压缩规模和一些作品的负面倾向，将包括《英儿》在内的19部作品撤下，最终只有11部作品开拍。这些作品按作家们自己提议的保留底价开始叫价，最终全部拍出。

当日拍出的最高价是倪振良的26万字长篇报告文学《深圳传奇》，底价4.5万元，最后以88万元成交，买主是天虹商场。张抗抗2000字散文《恐惧的平衡》以1.6万元成交，创当日字数单价最高价。刘晓庆的《从一个女星到亿万姐儿》还只是个书名或只是一个选题，也以17万元成交，创未完成作品最高价。当年被炒得滚烫的“巴山鬼才”魏明伦的散文集《巴山鬼话》是唯一被个人买走的作品——8万元成交。叶永烈45万字的《毛泽东之初》起价7万元，成交价26万元。深圳本土诗人、作家王小妮（用笔名苏灵）的纪实文学《深圳的100个女人》起价6万元，成交价11万元。据当时深圳特区报等报道，当日全部11部作品成交额为249.6万元，是作家标的价的两倍以上。连同此前成交的《秦皇父子》等10部作品，此次活动全部成交额为390.04万元（不含刘晓庆作品的再次成交）。组委会按成交价提取10%的手续费。深圳市政府特批，卖方收入免税。

拍卖结束后，刘晓庆对自己的作品仅售17万元表示不满，认为以自己的名气和今后该图书完成后的分量，价格应远高于此。一个月后，这部未完成作品果然以108万的价格再次成交，从而成为整个文稿拍卖活动的最高价（不料9年后，她因涉嫌偷税被捕）。而此次竞价留下的一个最大后遗症就是《英儿》的拍卖。

《英儿》是中国朦胧诗派代表人物之一的顾城和妻子谢烨合著的自传体长篇小说，10多万字篇幅（谢烨的署名是“雷米”）。1993年7月17日，远在德国柏林的顾城夫妇获悉文稿拍卖的消息后，填写了授权委托书，由同是著名诗人的父亲顾工将文稿送交组委会。到拍卖前，组委会又临时决定从撤下的19部作品中对一些有出版价值的作品，以作者标的价为起点，进行非公开的版权交易。《英儿》即在此背景下于10月10日被“一位不愿透露姓名的人”以3.3万元的价格买走。但就在这时，传来顾城于10月8日在新西兰家中砍死妻子谢烨后上吊自杀的惨痛消息。这种隐姓埋名的购买行为与顾城之死消息的共振，导致社会议论纷纷，有人指责买主是“发死人财”，外界将书稿炒到几十万。压力之下，这名购买者无偿将书稿赠送给了作家出版社。

一波未平一波又起，老诗人顾工也对这次成交不满，于1994年4月状告主办方，要求宣布《英儿》的买卖合同无效并赔偿经济损失费30万元，理由是他并未同意私下成交。顾工还在报上撰文称此次交易黑幕重重。深圳青年杂志社于7月递交答辩状，认为顾工无权单独主张继承权。随后不久，谢烨的母亲谢文娥向深圳青年杂志社表示，反对顾工独自取走《英儿》交易所得。这场纷争导致该作品3.3万元的交易所得迟迟难以支付。1995年11月1日，这场关注度极高的案件终于在深圳市中级人民法院开庭。

当年，我得知开庭消息后便立刻行动，辗转找到并采访了这起案件的三个关键人物：①王星，文稿拍卖活动的提议者、总策划和组委会秘书长。文稿拍

《英儿》两个版本的首版封面：左为作家出版社版，右为华艺出版社版

卖时，他虽然只是深圳青年的普通记者，但经此一役名声大噪，先后接受过央视《东方之子》和《焦点访谈》两大节目的采访报道。但讼案发生后，他也被放在了风口浪尖上，我于1995年10月26日和29日两次采访他。②李春燕，即那位“神秘购书人”，也是此案的第三被告，在我采访她之前，她从未接受任何媒体采访，更未在媒体露面。我是通过她和我的一位共同的好朋友找到她的，当时她是深圳上市公司康达尔集团旗下康达溢投资有限公司的总经理，热情爽朗，不像城府很深之人。③顾工，著名诗人，顾城的父亲，当时67岁。我和找李春燕一样费了不少劲，找到他北京家中的电话，于26日晚上对他进行了电话采访。

我打算于开庭当日在深圳特区报《鹏城今版》头版做一个整版专题，将开庭消息作为主稿，并以该稿标题统领全版。因事涉敏感，分管鹏城今版的编委杜吉轩一时难以决断，而发稿在即。我便带着全部小样和版面安排计划，于10月30日赶到市第一人民医院找到正在住院治疗的吴松营社长，详细汇报了我的想法以及这组独家稿件如何来之不易。他听后同意发表。

这组独家报道如期于1995年11月1日在彩色头版刊出，包括顾工、李春燕和拍卖现场的照片（王星考虑到个人安全不愿提供照片），以及作家出版社和华艺出版社在开庭前同时出版的《英儿》书影。其中，作家出版社的版本上标有“作者授权唯一合法全本”。可见此书在出版界也引起版权之争。因版面拥挤，为保留图片，我的采访文稿做了删节。

而当年以88万元卖给天虹商场的倪振良的《深圳传奇》，已于1994年12月由海天出版社出版，精装版近600页，标价68元。内有任仲夷为本书的题词，以及署名“天虹商场赵陆原”（总经理）的“出品人的话”。

笔者收藏的 1994 年版精装本《深圳传奇》（辜晓进 摄）

故事——见报稿一：

顾城绝笔纠纷未了 庭前调解宣告无效

《英儿》著作权官司今日开庭

本报记者 辜晓进

（《深圳特区报》1995年11月1日《鹏城今版》第1版）

告状告了一年半、被舆论界炒得沸沸扬扬的《英儿》著作权纠纷案，今日正式在深圳市中级人民法院开庭审理。这桩在中国知识产权官司中堪称离奇却又并不复杂的案子，将通过今天全天的法庭程序见出端倪。

开庭前，记者获悉此案参诉者略有变化：法院根据调查，确认第三人“不符合本案共同诉讼的条件”，已与原告顾工及夫人胡惠玲商定撤回原诉状中对第三被告、深圳市民李春燕的起诉，并于去年10月6日下达了退出诉讼通知书。记者另悉，顾工夫妇因故不能到庭，而是全权委托其代理人、深圳振昌律师事务所代打这场官司。此案第一被告深圳青年杂志社的代表携律师将参加今天的法庭审理。双方因意见尖锐对立而未接受法庭前些日子所表达的调解意愿，估计庭上会有激烈争辩。深圳青年杂志社一位负责人并向记者表示将保留向顾工反诉的权利。

《英儿》著作权纠纷，缘起于两年前轰动一时的“1993深圳（中国）首次优秀文稿公开竞价”活动。1993年5月开始的这一颇具独创意义的活动共收到各种体裁的文稿800多部计1亿多字，其中包括青年诗人顾城夫妇在德国刚刚脱稿的自传体小说《英儿》（含顾城自己画的22幅插图）。此书由顾城在国内的父亲顾工代为办理报名手续，委托书上有顾城亲笔签名，顾工并注上“希望代为联系委托改编电影电视连续剧”字样。经过筛选，组委会通过传媒向社会公布了30部作品，供10月28日（原定9月8日）当场竞价拍卖，内有《英儿》。但后来组委会又将一批可能有负面影响的作品从最后竞价书目中取出，只剩11部书稿进场拍卖。被取出的书稿中有《英儿》，原因如文稿审读委员会主任李骏先生（广东省期刊实业发展公司总经理）的定评意见所述：《英儿》“实际上是宣扬了‘一夫两妻’的不适当的婚姻生活”，“这些不符合我国国情，会引起有识之士及广大读者的非议”。

对11部以外未能“上台”的文稿，组委会挑选那些尚有一定出版价值的作品，以作者标明的最低价为起点，代与全国的出版社和一些热衷文化事业的企业家进行版权交易。据介绍，《英儿》就是在这样的背景下被“一位不愿透露姓名的人”以三万三千元价买走，付费日期是1993年10月10日。谁知交易之后不久，传来顾城在新西兰用斧头砍死妻子谢烨（同是此书作者，署名“雷米”）后悬梁自尽的消息。这一“巧合”，加上买主隐姓埋名的举动以及种种关于价格的传说，为《英儿》的交易蒙上一层迷雾，纠纷随之而起。

顾工及夫人于去年4月向深圳中级人民法院递交“民事诉状”，要求确认被告（包括第二被告广东省期刊实业发展公司）与第三人签订的《英儿》买卖合同无效；被告赔偿经济损失30万元；将文稿交还原告；理由是他未同意此稿“私下交易”。顾工此前曾在报上著文，称这里有“被黑暗遮住的重重帷幕”。深圳青年杂志社在去年7月递交的答辩状中称：这种交易是有关章程所允许的，而顾工已签名同意遵守该章程；《英儿》系顾城与谢烨合著，顾工无权单独主张完整的继承权。答辩状还对顾工在委托组委会作独家代理人时又“擅自”将书稿交由其他出版社出版的做法提出批评。

就在双方剑拔弩张但还没采取法律行动的时候，顾工的亲家、谢烨的母亲谢文娥投书深圳青年杂志社，反对顾工独自取走《英儿》交易所得，并认为顾和她自己的前夫背着她领取该书在华艺出版社出版的稿酬和版税是侵权行为。这样复杂的继承关系，使得组委会至今无法支付《英儿》那三万三千元。但她不愿卷入法律纠纷，后来婉拒了法院要她到庭的要求。

故事——见报稿二：

神秘购书人细叙“捉放曹”原委

李春燕重提“爱的宽容”

本报记者　辜晓进

（《深圳特区报》1995年11月1日《鹏城今版》第1版）

曾在《英儿》著作权案中作为第三被告被起诉的李春燕女士，近日向记者讲述了她当初买回《英儿》又无偿将其赠送给出版社的详细经过。这是李春燕首次就此事件接受中外日报记者的采访。

自从青年诗人顾城和谢烨的遗著《英儿》被1993深圳（中国）首次文稿公开竞价组委会卖出后，有关买主的情况一直是个谜，人们只知道《英儿》被“一位不愿透露姓名的人”买走。直到去年顾工状告组委会时，外界才知道买主名叫李春燕，但笼罩在买主身上的神秘色彩依然存在。

现任深圳康达尔集团属下康达溢投资有限公司总经理的李春燕认为，顾工撤回对她的起诉是“意料中的事”，因为在整个活动中，她是合理又合法的买主，只与组委会发生关系，并不涉及第三人；况且她后来将此书捐赠出去，也是高尚而光明磊落的。她回忆说：当初组委会对未入选参加最后公开拍卖的文稿，都积极与企业和出版社协商，力求尽量将文稿卖出，但这个工作做起来并不容易，一些书稿都是再三说服动员才成交的。她当时作为深圳宝安索华伦有限公司的总经理，就是在这种情况下接触到《英儿》的。出于对顾城作品的喜爱和看在朋友的面子上，她决定购买此书。

今年31岁的李春燕有写日记的好习惯。她告诉记者，她做出上述决定是1993年10月8日（恰好是顾城自杀的那天），当时尽管书目已在报上公布，但此书少人问津，所以她作为唯一购买者，得以按每千字150元的作者自标价购买——“书稿看上去并不精彩，好在它是诗人的第一部小说”，她补充说。她于9日正式通知组委会，10日让自己手下工作人员肖聪代她去交清全部共三万三千元的款项并办理了律师见证手续，此书稿至此算正式成交。然而，她13日从境外传媒听说顾城杀妻自缢身亡的消息后，吃惊之余却对自己的买书行为十分后悔。

“我当时的感觉很不好。”她说，“把新西兰时间换算成北京时间，我与组委会商谈购买《英儿》的时间正是顾城自杀的时间，而且又是那样一种死法。这种巧合似乎是冥冥中上天的某种安排。于是我要求不公布自己的姓名。后来见外面弄出许多是非，我便要把书稿退回组委会，不再沾它的边，但对方说他们已经向外界宣布书被买走，退回来不好处理，还会惹麻烦。11月7日，在书被外界干炒到几十万元至近百万元的情况下，我仍坚持要退书，因不能如愿竟忍不住在广信酒店（组委会所在地）的楼梯口哭出声来。最后，我决定将书无偿捐赠出去。”

李春燕选择的捐赠对象是国内颇具声望的作家出版社。1993年11月15日，她拨通了作家出版社的电话，对方是该社副主编秦文玉先生（秦不幸于去年10月死于车祸，终年45岁）。秦正焦急地打听书稿被谁买去，接此电话十分高兴。李说：“我现在愿意将书稿捐赠给贵社，不要一分钱，只有一个条件：不要在书中透露我的身份。”11月19日，李自费飞抵北京，将22万字的书稿连同顾城亲笔画的22幅插图以及李为此书写的一篇文章交给出版社。文章题为《爱的宽容》，是李为顾城之死及此书的不寻常遭遇有感而发，编辑很满意，略作删节后随书出版，署名仍是“一个不愿透露姓名的出品人”。

李春燕理所当然地摆脱了被告的角色。她把她当初在公开拍卖中以5万元购得的另一部书稿也无偿捐献给了作家出版社。但直到今天，这位酷爱文学并发表过多篇作品的全国青联委员仍在念叨《爱的宽容》的主题：死的人已经去了，活着的人何不好好珍惜今天？

故事——见报稿三：

顾工坚信有黑幕交易

称多头出版是尊重死者意愿

本报记者　辜晓进

（《深圳特区报》1995年11月1日《鹏城今版》第1版）

“我觉得这是很明显的事——公开竞价，就不能私下处理。我觉得这里有很多诡计。”10月26日晚，当记者拨通顾工北京家中的电话时，他情绪有些激动地说了这番话。

以发表《喜马拉雅山下》《火光中的歌》等诗集著称的老诗人顾工，是《英儿》著作权纠纷案中的原告，也是近两年有关报章争议的主角。1993年7月，他从报上获悉深圳举行文稿竞价活动，便将包括《英儿》和自己3部书稿委托组委会竞价出售，并在后来数次了解书稿处理情况。但当得知《英儿》在顾城死后不久已经被别人买去后，他反应激烈，认为该书的成交价不止三万三千元，有人在“借亡灵发财”。他继而起诉组委会，直至今天与其对簿公堂。

今年67岁的顾工在电话中说，1993年9月中旬，他曾接到深圳组委会关于《英儿》在公开竞价前能否先“下面交易”的询问，他的回答是“不能”。但组委会却在当年10月12日（实际应为10月10日缴费、10月11日办理律师见证书）将作品“私下交易”。他认为，此举“在精神及经济上已严重地损害了著作权人的合法权益并给原告造成了极大损失”。他还说，深圳方面曾有匿名电话告诉他：此事牵涉到一个“阴谋集团”。

记者问及为何取消原诉状中对第三被告的起诉时，他说：“我了解到，真正的买书人不是李春燕，而是湖南衡阳市一位叫肖聪（音）的人。”（李春燕证实此人恰是替她去办理手续的她原先的部下）。在解释何以与原告已签订“独家委托”协议后还将《英儿》交华艺出版社和《花城》杂志社出版时，顾工说：“这都是顾城生前联系的。顾城死了，他们又来找我并出示顾城的委托，我就尊重了死者这一意愿。”有报道说，此书仅在华艺的稿费和版税就高达11万元。

故事——见报稿四：

王星：我们做得光明磊落

本报记者　辜晓进

（《深圳特区报》1995年11月1日《鹏城今版》第1版）

如果要把“始作俑者”和“总策划”这古今两块头衔放在一人身上，王星最合适。作为文稿竞价活动最初创意的提出者和组委会的总策划、秘书长，他对《英儿》事件的“内幕”应当比任何人都清楚。

就因为这，记者于10月26日和29日两个晚上，分两次与他作短暂交谈，主要是想核实三个问题：一是《英儿》不上场交易的真正背景；二是《英儿》要价30万港元的传闻是否属实；三是组委会9月中旬有没有打电话询问顾工《英儿》能否私下交易。对此王星直言不讳。

他说，撤下《英儿》，是根据上级一次谈话的精神。当时上面要求这改革风险很大的活动步子要稳，不要把内容不健康的作品公开集合竞价，以免造成不良影响。于是10月8日组委会商议后就把《英儿》撤下来（被指宣扬一夫两妻）。同时撤下的还有《人是怎样直立起来的》（内有过多性描写）和福建女作家唐敏（该作家本身是个很有争议的人物）的一部“手记”等作品。“我们当初很反对撤《英儿》，因为这是寄自海外的作品，又是诗人的第一部小说，很难得。”王星说，“但大家最后尊重审读委员会的意见，还是撤了。”

“事实上，我们的竞价活动一直在进行。”王星解释第二个问题说，“我们广泛地与出版界和企业界联系、推荐，价高者得（指筛选下来的作品）。早在当年9月11日就与深圳机场公司签订了《新大学人》（40万字）的合同，成交价8万元。《英儿》等书撤下的消息，我们也及时通知对它有兴趣的人，但只有李春燕一人要，就给她了。后来传出顾城死讯，来要的人就多了，包括深圳作家徐敬亚、王小妮夫妇。我就对他俩说：书已被人买走，你们别说出三万三，就是30万港币也买不到了。这就是顾工文章中有关传闻的由来。”

至于打电话给顾工要求私下交易，“这是没影子的事。”王星颇觉诧异，“我们直到10月初一直把《英儿》公开列入最后竞价书目的，怎么可能在9月中旬就想到‘私下交易’？”

深圳特區報
鹏城今版
1995年11月 1 星期三
与您同乐忧 伴着百姓走
顾城绝笔纠纷未了 庭前调解宣告无效
《英儿》著作权官司今日开庭
李春燕重提"爱的宽容"
顾工坚信有黑幕交易
称多头出版是尊重死者意愿
王星：我们做得光明磊落
旅游业"硕鼠"被起诉
粤港首次联手破获货柜车窃案
八方传真
南国电影院11月1日起独家隆重推出
《阳光灿烂的日子》

《深圳特区报》1995年11月1日
《鹏城今版》第1版

发展：文艺作品的市场化探索在继续

《深圳青年》那些年比较符合深圳的气质，闯劲十足，什么都敢尝试，但有时也有点过。就在文稿拍卖沸沸扬扬的风波还没过去的时候，该刊于1994年又弄出个"假新闻"事件来。我记得有一天下午康延来深圳特区报总编室找到我（我正在开编前会），想刊登一篇澄清的文字。康延当时很着急，两眼噙着泪水，我也觉得杂志有点冤，便让报纸予以刊登了。好在后来杂志安然过关。康延才华横溢，后来做到深圳青年的编辑部主任、凤凰周刊主编，现在是很多颇有影响力的纪录片的独立制片人。

而那起全名为"顾工等诉深圳青年杂志社等著作权案"的案件则于1995年底宣判。原告共有5人，包括顾城和谢烨双方的父母和两人的未成年儿子。判决书很长，核心结果是：顾工委托组委会进行《英儿》版权交易的代理行为成立；9月版章程（即决定对《英儿》等19部作品不予公开拍卖）对5月版章程的修改

2019年12月29日笔者与倪振良（左）在深圳小聚（辜子叶 摄）

不具备法律效力，因而组委会将《英儿》私下卖给第三方属于超越代理权限的行为，应就此行为承担民事责任；原告要求判令两被告赔偿人民币30万元，无充分依据，不予采纳。最后依据《中华人民共和国著作权法》第十三条第一款、第十九条第一款，判决如下：

（1）被告深圳青年杂志社和广东省期刊实业公司连带向原告顾工等五人赔偿人民币5万元，两被告各负担人民币2.5万元。

（2）被告深圳青年杂志社和广东省期刊实业公司于本判决生效之日起一个月内在《深圳法制报》就超越了代理权限行为向原告公开赔礼道歉。

（3）驳回原告的其他诉讼请求。

本案受理费7505元，原告承担2251.50元，被告承担5253.50元[1]。

不过，即便首次文稿拍卖闹得议论纷纷，还惹出了官司，这个尝试还是引起很多人的兴趣。毕竟脑力劳动的产品并不排斥商品属性，也应当在市场的交换中更好地体现其价值。于是就在深圳尝试的第二年，北京也于1994年6月30日在北京图书馆进行了首次文稿拍卖活动。主办者是北京儒邦人文科技发展公司，而文稿审读委员会据称由中国社科院文学研究所、中国作协、中国文联等“国”字头单位组成。不过那次拍卖不算成功，而且还惹出不少是非。此后，各地就不太敢再轻易尝试，深圳也一直按兵不动。

直到2014年，文稿拍卖活动才再次在深圳兴起。这次是作为深圳文博会的一个“重点项目”进行的，名称是“小说影视剧改编权、电影剧本、电视剧本拍卖会”。总共征集到400多部作品，参拍作家中名气最大的是莫言，但他后来

[1] 顾工等诉深圳青年杂志社等著作权案 [EB/OL].http://www.fsou.com/html/text/fnl/1176767/117676782.html.

又退出了。在当年11月19日下午举行的拍卖会上，最后入选的16部作品被拍出11部，总拍卖金额594.5万元。成交价最高的是《我是谁》的电视、电影剧本版权，成交价198万元。拍卖师还是21年前主持首次文稿拍卖的郑晓星。此次拍卖较之前的同类活动更加规范，参加拍卖的作家名气则远没有21年前大，气氛较为平静。此后，文稿拍卖活动在各地时有所见。

时隔26年后的2019年12月29日，在和朋友的一次聚会中，我和倪振良先生意外相见。我主动聊起当年的文稿拍卖，饭桌上气氛顿时热闹起来。他说《深圳传奇》拍卖时其实也只写了一半，最后以50万字成稿。2010年，该书经修订，分上、下册再版，更名《传奇深圳》。倪振良在文稿拍卖后先后担任《民主与法制》常务副总编、香港大公报副总编等职，并出版《命运交响曲——赵丹传》《落入满天霞——白杨传》等传记文学。